MW00901994

BAJO EL CIELO DE LOS CELTAS

JOSÉ VICENTE ALFARO

Primera edición: Mayo 2016

Para mis hermanos Luis y Merchi, dos admirables guerreros de nuestro tiempo.

PREFACIO

La civilización celta ofrece al escritor un fascinante universo con numerosos elementos para contar una buena historia. De hecho, no son pocas las obras de ficción que se enmarcan en dicha cultura, la cual llegó a extenderse por toda Europa, desde el Próximo Oriente hasta las costas atlánticas.

Sin embargo, la gran mayoría de las novelas suelen situar la acción entre los siglos I a. C. y I d. C., con ocasión de la conquista que el Imperio romano llevó a cabo de la confederación celta, primero en la Galia y después en la Britania. En otros casos trasladan el momento histórico a la Irlanda del siglo V, el último bastión celta en la Europa Occidental, coincidiendo con el inicio de su proceso de cristianización y posterior ocaso.

Sin duda, los diferentes escenarios citados resultan claves en la historia de los celtas, y el interés que suscitan queda fuera de toda discusión. No obstante, yo he preferido situar la presente novela en una época muy anterior, durante la última etapa de la Edad de Bronce, un buen puñado de siglos antes de nuestra era. Por aquel entonces, en el corazón de Europa —al norte de los Alpes y a lo largo de la cuenca del Danubio—, se gestaba nada más y nada menos que el origen del celtismo (cultura de Hallstatt).

Es importante señalar que el pueblo celta nunca conformó un imperio o una nación unificada, sino que estaba constituido por una multitud de tribus independientes entre sí, pero que compartían una misma lengua, así como costumbres y creencias semejantes. En todo caso, los celtas se reconocían a sí mismos como distintos de otros pueblos vecinos, como los situados en las estepas orientales o la ribera sur del Mediterráneo.

En la idiosincrasia del pueblo celta coexistían dos aspectos aparentemente contradictorios, aunque complementarios entre sí. Por un lado, los celtas eran reconocidos por la bravura de su ejército. Sus guerreros eran feroces, implacables y combatían con un extraordinario valor. Pero al mismo tiempo, sus gentes hacían gala de una espiritualidad fuera de lo común. De la mano de los druidas, su población tenía siempre muy presente el mundo sobrenatural, y sentía un gran respeto hacia la naturaleza, a través de la cual se manifestaba la Divinidad.

En sus orígenes, si los celtas pretendían crecer y expandirse por Europa, tan solo podrían lograrlo si alcanzaban el punto de equilibrio exacto entre ambos mundos: músculo y corazón. De su capacidad para encontrar dicha armonía dependería el futuro de todo un pueblo.

INTRODUCCIÓN

Te ruego que disculpes mi voz ronca y carcomida, que finalmente también ha sucumbido al paso de los años. Y tampoco te extrañes si toso repetidas veces. A estas alturas ya me he convertido en un bardo demasiado anciano como para seguir recitando poemas y cantando gestas con el mismo esplendor que en mi juventud. Ni siquiera podré acompañar el relato con los acordes de mi inseparable lira, pues mis dedos ya no conservan la agilidad de antaño.

En mis años dorados yo era considerado como el bardo de mayor prestigio, lo que me llevaba a recorrer grandes distancias, siempre de aquí para allá, reclamado por los reyes de las múltiples tribus celtas. Jamás decepcioné a ninguno y, a la conclusión de cada actuación, siempre me colmaban de atenciones y halagos.

La historia que voy a contarte es tan antigua que se remonta a nuestros orígenes, incontables generaciones atrás. Pese a ser muy extensa, es la que con más frecuencia me hacen repetir. Yo me conozco cada detalle de memoria y no me canso de narrarla, solo por ver la reacción de la audiencia. Si eres observador, te darás cuenta de que el presente relato deja entrever en su fondo el espíritu celta como ningún otro, aunque en mis días, por desgracia, este ya se encuentre a punto de extinguirse.

Normalmente he contado esta historia a un selecto grupo de personas, cuando no ante amplias multitudes. No obstante, y haciendo una excepción, en esta ocasión lo haré solo para ti. Quiero tener esta deferencia porque así me lo has pedido y porque me consta el gran interés que el tema te despierta. Además, para mí esta será la última vez. Apenas me quedan fuerzas y siento que la muerte ya me espera para iniciar mi viaje de tránsito hacia el Otro Mundo.

Prepárate pues, porque la narración va a dar comienzo. Cuando termines de escucharla, no olvides transmitírsela después a tus propios nietos e hijos. Solo de esa manera podremos evitar que el espíritu del legado celta caiga jamás en el olvido…

Siglo VI a. C.
Europa Central (territorio comprendido por la actual Austria y el
sur de Alemania).

Las puertas de Hallein se abrieron para recibir a los guerreros que regresaban de la batalla. Una vez más, los celtas nóricos habían salido victoriosos de su enfrentamiento contra sus vecinos germanos.

La marcha la encabezaba el rey Calum, acompañado en primera línea por Murtagh, el gran general. Ambos cabalgaban en sus respectivas monturas, escoltados por un puñado de jinetes que pertenecían a la élite guerrera. El resto de los combatientes les seguían a pie, diseminados a lo largo del camino, ya que solo unos pocos podían permitirse el lujo de tener un caballo de guerra.

El poblado celta, situado sobre un promontorio de considerable altura, se recortaba en el paisaje suspendido entre blancas nubes. La posición de Hallein no solo dificultaba su asalto, sino que también impedía que la llegada de posibles enemigos pasase inadvertida. Su indiscutible condición defensiva se veía reforzada además por una gruesa empalizada de madera que circundaba todo el recinto.

Sus habitantes, congregados en torno a las puertas de acceso a la ciudad, recibieron a sus valerosos guerreros con un clamor de vítores y aplausos. El ambiente festivo se había extendido por todas partes desde que las primeras noticias confirmasen el aplastante triunfo de los suyos. Los vigorosos acordes de los músicos se elevaron sobre el griterío, enardeciendo el júbilo de la población. El aroma de los cabritos asados impregnaba el ambiente y anticipaba un opíparo banquete, a los que los celtas eran tan aficionados. Los guerreros, pese al cansancio acumulado, no pensaban en otra cosa que en entregarse al festín, en cantar y bailar, y en emborracharse hasta perder el sentido.

Calum alzó la mano para saludar a su gente, mientras su larga capa de lana caía por la grupa de su montura. En su juventud, el rey había sido un formidable guerrero, pero desde que cumpliera los cincuenta años ya no participaba activamente en las contiendas y su papel se limitaba a planificar la estrategia y dar órdenes desde la retaguardia. Calum lucía alrededor del cuello un soberbio torques de oro, rematado en sus extremos por sendas cabezas de carnero; un distintivo reservado exclusivamente a la aristocracia militar.

Sin embargo, era Murtagh quien más ovaciones acaparaba. Al general se le consideraba un héroe porque hasta la fecha no había perdido ni una sola batalla. Entre las filas enemigas, era él quien más bajas causaba, y su fiereza inspiraba a sus hombres a dar lo mejor de sí. Murtagh personificaba el prototipo del celta medio, ensalzado a la máxima expresión: elevada altura, gran corpulencia, tez especialmente blanca y cabellos rubios como el sol. De la brida de su caballo, un robusto semental pardo, colgaba la testa del general germano a quien había derrotado en combate, cuyos ojos se revelaban vidriosos y de la que aún manaba un tenue reguero de sangre, a la altura de donde le había pegado el tajo. Los celtas acostumbraban a decapitar a sus enemigos más afamados, porque creían que de esa manera adquirían parte de su inteligencia, su fuerza y su poder. Después las cabezas eran embalsamadas con aceite de cedro y pasaban a ocupar un lugar de honor entre las paredes de sus viviendas.

Murtagh distinguió la recia figura del herrero y, desenvainando su espléndida espada de bronce, la encumbró en dirección al cielo. Teyrnon, apoyado en un poste de madera y ligeramente separado de la multitud, no pudo reprimir una sonrisa de satisfacción. Su prestigio en el dominio de los metales no tenía parangón en aquellas tierras, y el gran general se lo reconocía públicamente dedicándole aquel gesto. Teyrnon sabía que buena parte de la victoria también le pertenecía a él, pues la extraordinaria calidad de las armas que salían de su forja jugaba un papel decisivo en la batalla.

En el extremo opuesto del poblado, el druida jefe se mantenía alejado del bullicio que había provocado el recibimiento de los guerreros. Meriadec ya pensaba en llevar a cabo un ritual de sacrificio —probablemente de un buey— para agradecerle a la Divinidad la protección que hacía una vez más de los celtas nóricos. No obstante, y pese a la incontestable victoria, a Meriadec le había asaltado aquella misma tarde un repentino presentimiento que le había nublado el corazón. El druida jefe ocultó su mirada bajo la capucha de su túnica y deseó no estar en lo cierto. Su fugaz augurio anunciaba que los temibles dioses germanos intervendrían en el conflicto en favor de su pueblo, invirtiendo así las fuerzas en perjuicio de los celtas…

Al otro lado de la cordillera, el funesto velo de la derrota envolvía el poblado de la tribu teutona como si una sustancia invisible empañara los cielos. El rey germano se sentía tan humillado después de que los celtas nóricos les hubiesen vuelto a aplastar, que no se atrevía ni a levantar la cabeza delante de su pueblo. Ya había perdido la cuenta de las derrotas que sumaba a sus espaldas. Los hechos no dejaban lugar a dudas: sus feroces enemigos del sur eran más fuertes y estaban mejor preparados que ellos.

El rey teutón posó la mirada en el *godi* de la tribu. El singular sacerdote se había convertido en la última esperanza para los suyos. Incapaz de soportar por más tiempo aquel severo castigo, el *godi* había renunciado a sus principios y se había entregado a la nigromancia y a la alquimia oscura, con tal de lograr la intercesión de los dioses. A aquellas alturas de su interminable enfrentamiento con los celtas, solo una intervención divina podría darle la vuelta a la situación.

Los cuerpos de los caídos en la batalla se alineaban en el suelo, mientras el *godi* revolvía uno por uno en sus entrañas y trataba de leer en sus vísceras el futuro inmediato de su pueblo.

—¿Qué ves? —inquirió el rey, ansioso por hallar respuestas.

El *godi* volteó la cabeza. Tenía las manos empapadas de sangre y sus ojos giraban fuera de sí.

—¡Todo es caos y confusión! —replicó frustrado—. No consigo atisbar ni el menor de los vaticinios.

A escasa distancia de ellos, el curandero se empleaba a fondo con los guerreros malheridos. Aunque para algunos no hubiese remedio, muchos otros aún podían salvar la vida.

—Hoy los muertos no dirán nada. —El *godi* se puso en pie y señaló a los combatientes que recibían los cuidados del sanador—. Los dioses exigen el sacrificio de aquellos a los que todavía les late el corazón.

El rey le autorizó a proceder con un leve asentimiento de cabeza.

—Haz lo que debas.

El *godi* dio unos pasos y contempló a los heridos. Los moribundos tampoco le servían porque no representaban un verdadero sacrificio. El sacerdote se fijó en un guerrero que había recibido un profundo corte en el costado, pero cuya vida ya no corría peligro. Era el candidato perfecto. El *godi* sacó entonces un cuchillo, lo hundió en la herida que apenas había comenzado a cicatrizar, y rasgó la carne en dirección al abdomen.

El guerrero aulló como un lobo lanceado mientras contemplaba atónito cómo era abierto en canal. El *godi* no prestó atención a los quejidos y separó la cavidad torácica de la víctima hasta dejar a la vista el entramado de sus órganos internos. A continuación examinó la posición, el tamaño y el color de los mismos, así como otros muchos detalles que debían revelarle lo que sus dioses estaban pensando.

—¡Sí! —exclamó—. ¡Por fin! —El *godi* alzó los brazos al cielo y comenzó a murmurar un ensalmo de agradecimiento tras otro. Su rostro se había transformado en una máscara de felicidad.

—¿Qué ocurre? —pidió saber su rey.

—¡Esta noche! —anunció convencido—. ¡Esta noche los dioses nos cederán parte de su infinito poder!

La oscuridad se abatió sobre el poblado germano y las temperaturas descendieron en picado, como consecuencia de una intensa corriente de aire frío que bajaba de la cordillera. Pese a todo, la mayor parte de los habitantes prefirió pernoctar a la intemperie, después de que el augurio del *godi* hubiese llegado a sus oídos. Nadie quería perderse el momento en que los dioses intercederían a su favor.

El rey escudriñaba el cielo junto a buena parte de su ejército, ansioso por descubrir una señal. Una luna lechosa se perfilaba contra la negrura del firmamento, acompañada por un mosaico de estrellas que conformaba una brillante constelación. Aunque unos pocos pensaban que nada sucedería, el resto no perdía la fe. Los germanos se habían conjurado para robarle horas al sueño y hacer guardia en el exterior de sus viviendas, envueltos en gruesas mantas de piel de conejo. Los murmullos se alternaban con lapsos de silencio. Nadie sabía muy bien qué esperar del extraordinario acontecimiento anunciado por el *godi*.

De repente, el aire tronó y los guerreros intercambiaron miradas de desconcierto. El *godi* señaló entonces a las alturas: una bola de fuego rasgó el velo de la bóveda celeste, penetró en la atmósfera y describió una trayectoria descendente dejando tras de sí un rastro de partículas de luz. Un gran estruendo resonó en el cerro más cercano, al tiempo que la tierra vibraba bajo sus pies.

El terror se apoderó de los germanos, que durante varios segundos contuvieron la respiración. El *godi* fue el primero en reaccionar, llamando la atención del rey y de los guerreros que estaban con él. Tenían que dirigirse de inmediato hacia el lugar donde había caído la estrella que los dioses habían arrojado desde su edén.

El *godi* sonreía de oreja a oreja. Por fin estaba en sus manos dar al curso de los acontecimientos un giro radical…

PRIMERA PARTE

Fundición y forjado

CAPÍTULO PRIMERO

Los guerreros celtas suelen regresar a su casa con las cabezas de sus enemigos caídos colgando del cuello de sus caballos.

ESTRABÓN,
Geografía

A los ojos de los nuestros, curtidos y endurecidos por la guerra y muy acostumbrados tan a la barbarie y a la sangre como a la victoria, ver a los celtas preparándose para la guerra les suponía una imagen aterradora.

POLIBIO,
Historias

El taller de Teyrnon se hallaba en el extremo norte de Hallein, muy alejado tanto del barrio de los artesanos como del área donde se concentraban las viviendas de la mayor parte de la población. De hecho, la construcción habitada más cercana no era otra que la residencia de los druidas, a quienes también se les concedía por su modo de vida cierto nivel de aislamiento.

Como experto trabajador del metal, al herrero se le atribuían ciertas cualidades que oscilaban entre lo mágico y lo prodigioso, debido a su portentoso dominio de los metales y el fuego. No en vano, aquel oficio era el que más prestigio gozaba dentro de la comunidad, no solo por la dificultad que entrañaba su realización, sino también por la importancia de los útiles que fabricaba, como las herramientas agrícolas o las armas de guerra. Teyrnon descendía de una generación pionera en el campo de la metalurgia, y él mismo había elevado la destreza de aquel arte a un nuevo grado de perfección. Su reputación había traspasado incluso las fronteras naturales que delimitaban el territorio de los celtas nóricos.

—Coge el lingote de cobre —indicó Teyrnon.

Serbal, el hijo menor del herrero, obedeció mientras resoplaba a causa del intenso calor que hacía en el taller. El horno crepitaba con furia y resollaba como si fuese un animal herido. El suelo de tierra batida estaba lleno de suciedad, cubierto por la ganga desprendida de los minerales y por montones de ceniza. El ambiente resultaba casi abrasivo en el interior de aquella modesta construcción de madera, cubierta por un tejado de paja y entramados vegetales.

Previamente, los minerales se sometían al correspondiente proceso de reducción, que consistía en fundirlos, para limpiarlos a continuación de escoria e impurezas y obtener así lingotes de metal significativamente puros. La fabricación de utensilios de bronce se conseguía mediante la aleación de cobre y estaño. El uso del hierro como material para producir cualquier tipo de artilugio aún no se conocía en aquella parte del mundo.

—Observa con atención cómo se hace una hoja de espada de buena calidad. —Teyrnon introdujo el metal en el horno. Una espesa capa de sudor le caía a raudales por la frente y aterrizaba en sus pobladas cejas. Sus fornidos brazos lucían una abultada amalgama de músculos, moldeados a fuerza de trabajar durante años al amparo de la forja. Del rostro del herrero, casi totalmente oculto tras la abundante mata de pelo que conformaba su barba y su bigote, sobresalía una nariz con punta redondeada que se teñía de colorado tan pronto como se echaba al gaznate un trago de vino o de cerveza.

—Sí, padre.

Serbal se inclinó sobre el horno alimentado de leña, el cual consistía en una fosa semicircular rodeada de una pared de piedra. A media altura sobresalía una tobera, que era una especie de embudo de arcilla a través del cual se insuflaba aire sobre la madera incandescente, y en el fondo había un molde que recibía el metal fundido, con la forma del instrumento que se deseaba fabricar.

—Tienes que usar la cantidad de estaño justa —explicó Teyrnon—. Si te excedes, el bronce se volverá quebradizo y no será de utilidad.

—¿Y cómo sabré cuál es la proporción adecuada? —inquirió Serbal.

Teyrnon no podía ofrecerle a su hijo una respuesta clara. En su oficio, tanto la experiencia como la intuición jugaban un papel clave en cada paso del proceso. Saber cuánto tiempo debía exponerse el metal a una determinada temperatura, por ejemplo, dependía de la minuciosa observación de las distintas tonalidades que este podía adquirir.

—Todo dependerá de la herramienta que estés fabricando. Y, para bien o para mal, solo con la práctica podrás adquirir ese conocimiento.

A Teyrnon le preocupaba haber iniciado a Serbal demasiado tarde en el oficio, después de haber dedicado en vano los últimos años a instruir a su hijo mayor, Derrien. Este había renunciado finalmente a convertirse en herrero, y estaba recibiendo instrucción como guerrero para cumplir el sueño que siempre había perseguido. A Teyrnon le había costado aceptarlo, pero tampoco había podido ignorar que el poderoso físico de Derrien y su inquebrantable determinación, le convertían en el recluta con más futuro dentro del ejército.

Teyrnon amaba su trabajo, pese a su tremenda dureza y la dedicación que exigía. En contrapartida, el herrero se sentía importante y recibía el unánime reconocimiento de todo su pueblo. A nadie se le escapaba que su concurso resultaba imprescindible para el desarrollo de todos y cada uno de los sectores de la economía local: los artesanos necesitaban herramientas de metal; los agricultores, aperos de labranza; y los guerreros, lanzas y afiladas espadas.

Lo único que Teyrnon lamentaba era no haber sido capaz de transmitir a sus hijos la pasión que él mismo sentía por el oficio.

—Usa el fuelle ahora, Serbal —señaló.

El muchacho presionó el fuelle acoplado a la tobera, activando así la circulación del aire en el interior del horno, y logrando de esa forma elevar su temperatura.

A Serbal no le disgustaba la metalurgia, pero tampoco era la profesión que hubiese elegido para sí. Por desgracia, después de que su hermano Derrien se hubiese unido al ejército, no le había quedado más remedio que tomar su testigo. Aquel oficio se transmitía únicamente de padres a hijos, y Serbal no habría podido de ninguna manera oponerse a la tradición. Tampoco quería decepcionar a Teyrnon, y mucho menos tener que enfrentarse a él. No obstante, la verdadera vocación de Serbal discurría por un camino muy distinto. Desde que fuese tan solo un niño, el joven siempre había sentido una especial admiración hacia los druidas, y su mayor anhelo no era otro que llegar a poseer los conocimientos de aquellos hombres sabios. Serbal deseaba imbuirse de su misticismo, fantaseaba con desentrañar los secretos de sus conjuros, y soñaba con aprender a comunicarse con los espíritus de la naturaleza, del mismo modo en que ellos lo hacían. Pese a todo, nunca se había atrevido a confesarle a Teyrnon su deseo, porque sabía que de nada le habría servido.

Los lingotes de cobre y estaño comenzaron fundirse bajo las elevadas temperaturas. Los metales adquirían entonces su estado líquido y podían mezclarse con facilidad para obtener la aleación pretendida. Serbal se separó ligeramente del crisol, huyendo del calor y de los nauseabundos vapores que escupía.

—Serbal, estás despistado —rugió Teyrnon—. Y esta tarea requiere de la máxima concentración.

—Lo siento, padre.

Los pensamientos de Serbal habían volado de repente hacia la muchacha de la que se sentía perdidamente enamorado. Se trataba de Brianna, la hija del general Murtagh, cuya belleza les tenía hechizados a él, y a un buen puñado de incautos. Serbal quería creer que podía tener alguna posibilidad, por lo menos mientras Brianna no se comprometiese con ningún otro, cosa que hasta el momento no había sucedido. Sin embargo, era consciente de que si dejaba pasar más tiempo sin dar el paso, perdería incluso la oportunidad de intentarlo.

Tras la refundición del metal, el utensilio resultante todavía necesitaba ser trabajado. Teyrnon asió la hoja de bronce caliente con unas tenazas y la trasladó hasta la forja, donde aún tendría que eliminar las rebabas y darle la forma definitiva mediante una serie de precisos martillazos.

—Ocúpate tú —indicó Teyrnon—. Ya deberías saber hacerlo.

El herrero observó a su hijo de dieciséis años, de cabellos rubios ensortijados y ojos hundidos de un intenso color azul situarse frente a la fragua. Serbal era un chico extraordinario, aunque saltaba a la vista que no estaba hecho para el trabajo manual; no porque fuese torpe, sino por lo escuálido que era y la escasa fuerza de sus brazos. Parecía como si Derrien la hubiese acaparado toda al nacer y ya no hubiese dejado nada para su hermano. Pese a todo, Teyrnon estaba convencido de que, con constancia y dedicación, Serbal llegaría a adquirir las condiciones físicas que un oficio tan sacrificado como el suyo requerían. Por esa razón, había acabado depositando su confianza en él.

—Vamos —le apremió Teyrnon—. Antes de que la hoja se comience a enfriar.

Serbal asió el martillo y lo descargó sobre el bronce, haciendo saltar algunas chispas al compás de un armónico tintineo, mientras en su fuero interno su mente divagaba entre el desempeño de la actividad druídica que tanto anhelaba y la joven y hermosa Brianna, quien, sin pretenderlo siquiera, ya le había robado el corazón.

2

Murtagh dio buena cuenta del desayuno que le había servido su hija, confeccionado a base de gachas de avena y pan de bellota. Después de un combate reciente, el gran general solía entregarse con mayor intensidad de la habitual a aquellos pequeños placeres, consciente de que la siguiente contienda en la que participase podía ser la última. Los guerreros celtas no ignoraban que perder la vida anticipadamente formaba parte de su condición.

Y la guerra contra los germanos del norte parecía no tener fin.

¿La causa? La explotación de las ricas minas de sal, enclavadas en la cordillera que separaba ambos pueblos y dependientes de la aristocracia guerrera. La sal se había convertido en el recurso más importante de la época, pues además de utilizarse para curtir pieles, permitía la conservación de la carne y el pescado durante largos periodos de tiempo. La sal escaseaba y era objeto de una fuerte demanda en Centroeuropa. La posesión de aquellas valiosas minas, por tanto, proporcionaba a los celtas nóricos enormes riquezas; de ahí que los germanos llevasen décadas tratando de arrebatarles su control.

Además, los conflictos bélicos entre las propias tribus celtas —tulingos, ambisontes o boyos— también eran moneda común. En particular, los celtas nóricos y los latobicos, sus vecinos del oeste, solían intercambiar ofensas y golpes, aunque siempre por cuestiones menores, como el robo de ganado o la disputa de tierras fronterizas. Por fortuna, este tipo de escaramuzas rara vez solían desembocar en una guerra abierta.

Murtagh se limpió la boca con el dorso de la mano, se levantó de la mesa, se enganchó la espada al cinto y se envolvió en una gruesa capa de cuatro picos de color marrón pardo. Aquel día lo dedicaría a adiestrar a la nueva hornada de reclutas que aspiraban a engrosar las filas de su ejército.

—Brianna, me marcho —anunció.

La muchacha asomó la cabeza por la puerta del cuarto contiguo, mientras terminaba de arreglarse el pelo.

La vivienda de la familia celta corriente era rectangular y constaba de tres estancias: un estrecho vestíbulo de entrada, la habitación central, donde se encontraba el hogar, y por último una pequeña despensa situada al fondo. No obstante, y debido a la prestigiosa posición que ocupaba, Murtagh podía permitirse una casa integrada por más de un aposento.

Sin embargo, Murtagh ya no compartía su dormitorio con nadie, desde que su esposa Melvina hubiese fallecido tres meses atrás por culpa de unas malditas fiebres a las que ni siquiera los druidas habían podido poner remedio. La ausencia de Melvina le dolía profundamente, aunque su pérdida, al menos, había provocado que se acercase más a su hija, de cuya educación nunca se había ocupado en exceso debido a que él siempre había sido un hombre de acción, que poco o nada podía haberle enseñado a una niña destinada a realizar las tareas específicas de su propio sexo. Murtagh nunca había ocultado su frustración por no haber tenido un hijo varón, como en realidad había sido su deseo.

Brianna acudió a su llamada luciendo una melancólica sonrisa. La muchacha, de quince años de edad, era hija única, y cada vez que Murtagh la miraba le parecía contemplar el vivo reflejo de su difunta esposa. Brianna se acercó a él y le prendió un broche en la capa para sujetarla debidamente. La fíbula, hecha de una sola pieza, era de bronce y su montura adoptaba la estilizada forma de una máscara humana. Antes era Melvina la que se ocupaba de aquel tipo de detalles, que al general siempre se le escapaban. A Murtagh nunca le había preocupado tanto su vestuario, como que sus armas estuviesen en todo momento bien afiladas.

El general abrazó a su hija, hasta casi hacerla desaparecer bajo su formidable humanidad. De colosal apariencia y profusos bigotes que le caían a ambos lados de la barbilla, no había duda alguna de que Murtagh había nacido para la guerra.

—Padre, me gustaría que un día dejases de luchar —dijo Brianna—. Lo llevas haciendo toda la vida. ¿Acaso no es ese tiempo de sobra? Si te perdiese a ti también, no lo soportaría.

—Hija, un guerrero celta no deja de serlo hasta que muere, o hasta que ya no le quedan fuerzas para sostener una espada. Además, la seguridad de nuestra tribu recae ahora mismo sobre mis hombros. —Murtagh acarició el cabello de la muchacha—. Lo que deberías hacer es empezar a considerar las propuestas de matrimonio de los muchos pretendientes que prácticamente hacen cola ante la puerta. Ya estás en edad casadera, y sería bueno que contaras con un esposo que se hiciese cargo de ti, por si de repente un día yo faltara. —El general podría haber pactado por su cuenta el casamiento de su hija, pero quería darle a ella la oportunidad de elegir.

—No digas eso, padre. No tientes a la Divinidad.

—No te preocupes. Todavía no ha nacido el guerrero que sea capaz de darme muerte.

Murtagh se despidió de su hija con un gesto de la mano y abandonó su hogar a pasos agigantados.

La propia Brianna salió al poco rato en dirección al mercado, después de fregar los cuencos y los cucharones del desayuno. Tocaba reponer la despensa de productos frescos para los próximos días.

La mañana amenazaba con dejar caer ligeras lloviznas, y el sol se ocultaba tras un manto de nubes plomizas a través de las cuales apenas se filtraba la luz. Brianna esquivó un carro tirado por una mula y se unió al flujo de granjeros y criadores de ganado que se encaminaban al mercado para intercambiar su mercancía. La vivienda de Brianna se hallaba en la parte noble del poblado, donde residía el rey y el resto de la aristocracia guerrera, mientras que el barrio de los artesanos, agrupados según su especialidad, se hallaba situado cerca de la puerta de entrada. Hallein constituía el verdadero corazón económico de la región, aunque gran parte de la población se encontrase dispersa en el perímetro rural, entre las aldeas y las granjas que había repartidas por todo el valle.

Brianna aceleró el paso pensando en lo que le había dicho su padre.

Desde la muerte de Melvina, Brianna se había ocupado de todas las tareas de la casa: limpiar, lavar, cocinar y hasta remendar las prendas descosidas. Su nueva y absorbente rutina, así como el luto que todavía guardaba, la habían alejado de sus amigas y de las fiestas que con frecuencia se celebraban en Hallein. Los chicos del poblado también la habían extrañado. Y es que su padre no había exagerado: la belleza de Brianna deslumbraba a todo aquel que tuviese ojos en la cara y los quisiera utilizar. Brianna era menuda, pero de formas generosas y un rostro agraciado con rasgos equilibrados, salpicado por un puñado de pecas doradas en torno a la nariz. El cuadro lo completaba una larga y ondulada melena rubia, que le caía sobre los hombros y se derramaba por su espalda a modo de cascada.

Brianna comenzó a considerar seriamente la sugerencia de su padre, que la instaba a contraer matrimonio a no mucho tardar. En todo caso, no se precipitaría, pues estando en posición de elegir, solo se comprometería con el hombre adecuado. Brianna no solo constituía un extraordinario partido por su belleza, sino también por la elevada dote que el general Murtagh podía aportar. Y todas las familias de Hallein eran conscientes de ello.

De repente, al doblar una calle, Brianna se tropezó con un grupo de niños que jugaban cerca de un charco, y que sin querer le salpicaron el vestido. Los críos se quedaron paralizados, pues la habitual reacción de un adulto por aquel descuido solía saldarse con una sonora bronca, acompañada de una probable zurra. Brianna contempló a los pequeños y no pudo evitar imaginarse en apenas unos años a cargo de sus propios vástagos, si terminaba haciendo lo que se esperaba de la mujer celta. ¿Pero era eso lo que ella realmente quería? ¿Limitarse a cumplir el papel de madre y abnegada esposa? Brianna se sentía culpable porque, al contrario que a sus amigas, la perspectiva de esa clase de vida, por sí sola, no le seducía lo más mínimo. No obstante, tampoco habría sabido qué rumbo tomar en caso de haber sido libre de poder hacerlo.

Los niños aguardaban su castigo con ojos temerosos y las manos detrás de la espalda. Sin embargo, Brianna no pensaba malgastar saliva y reprenderles por algo que había ocurrido de forma accidental. La muchacha se encogió de hombros y prosiguió su camino, sin importarle demasiado la mancha de barro que ocupaba casi todo el lateral de su vestido, que de cualquier manera ya le tocaba volver a lavar.

Ni siquiera se dio cuenta de que un par de ojos la observaban silenciosamente desde detrás de una esquina.

3

Cedric había seguido a Brianna a lo largo de la calle, procurando que no le viera. Aquel muchacho, que estaba completamente obsesionado con la hija del general, era ni más ni menos que el hijo del rey Calum.

Cedric se dijo que, si hubiese sido la pareja de Brianna, se lo habría hecho pagar muy caro a aquella panda de críos que le habían ensuciado el vestido. Él mismo se habría encargado de regañarles, así como de darles una buena tunda. Pero entre ambos no existía nada, y Cedric se sentía frustrado porque Brianna no se comportaba del modo en que esperaba. Mientras que el resto de las jóvenes de Hallein le rondaban solo por ser quien era, sin necesidad de hacer nada, Brianna acostumbraba a ignorarle, por mucho que fuese el hijo del rey. Aquella actitud le desconcertaba, y Cedric tampoco se lanzaba por temor a sufrir un rechazo del que no pudiese recuperarse después.

Cuando Brianna se perdió en la distancia, Cedric regresó sobre sus pasos. Su padre le había llamado y no quería hacerle esperar, pues la situación en su casa ya era lo bastante tensa, debido al enfrentamiento que los dos mantenían desde hacía varias semanas.

Mientras caminaba, Cedric se imaginaba yaciendo con Brianna de forma salvaje, convencido de que algún día haría aquella fantasía realidad. El muchacho era bien parecido y derrochaba confianza en sí mismo, salvo en lo que a Brianna se refería. De cabello pelirrojo —un rasgo especialmente distintivo de su familia—, Cedric destacaba además por sus grandes ojos verdes de mirada penetrante, semejantes a los de una lechuza.

Las dependencias reales se hallaban en un edificio de planta circular, levantado con paredes de adobe y sostenido por un poste central, de dimensiones muy superiores a las de cualquier vivienda media. Dentro de la fuertemente jerarquizada sociedad celta, el rey era el jefe supremo de la clase guerrera y máxima autoridad de la tribu a la que pertenecía, cuyo territorio solía ajustarse a un área delimitada por accidentes geográficos naturales. Después de la aristocracia militar, el siguiente peldaño lo ocupaban los druidas, que gozaban de un especial estatus, y en tercer lugar se encontraban los plebeyos libres, estamento integrado principalmente por los artesanos, los granjeros y los criadores de ganado.

Cedric accedió al alojamiento personal del rey con cierta cautela. El olor a leña reseca se mezclaba con el del vino, que nunca podía faltar para recibir a las visitas. La estancia era tan grande que contaba con dos hogares, uno a cada extremo de la estructura, aunque solo en pleno invierno se encendían a la vez. De las paredes colgaban vistosos tapices y sobre una larga mesa de roble se exponía una colección de cráneos, pertenecientes a antiguos enemigos a los que el propio Calum les había quitado la vida.

—Hijo, acércate. Tengo algo para ti.

El rey le aguardaba en su silla, cómodamente reclinado contra el respaldo de madera. El rey, embutido en un calzón masculino y una túnica bordada en oro, lucía una poblada barba desgreñada, tan pelirroja como su cabello, y unas enormes bolsas bajo los párpados, que ponían de manifiesto la gran responsabilidad que conllevaba un cargo como el suyo. Debido a la edad, sus tiempos de gloria en el campo de batalla ya formaban parte del pasado. Aun así, las hazañas de Calum eran bien conocidas por los celtas nóricos e incluso otras tribus vecinas, pues los bardos no dejaban de recitar sus proezas allá por donde iban.

—¿Qué quieres, padre?

Calum tomó un objeto que reposaba junto a la silla y se lo tendió a Cedric con gesto solemne. Era una magnífica espada con hoja de bronce y empuñadura de asta, decorada con elaboradas espirales célticas.

—Es uno de los mejores trabajos de Teyrnon. Cógela. La he mandado hacer especialmente para ti. —Cedric dio un paso atrás, negando con la cabeza—. Hijo, ya tienes dieciséis años. Es hora de que te adiestres con el general Murtagh y te unas a sus filas. Es tu deber.

—¡No, padre! ¡Ya te lo he dicho otras veces, y no pienso cambiar de opinión!

—¡No puedes negarte! ¡Eres el hijo del rey y perteneces por linaje a la aristocracia guerrera!

Un tercer hombre se personó en la estancia atraído por la acalorada discusión. Se trataba de Eoghan, el hermano del jefe de la tribu.

—Los gritos se oyen desde la calle —señaló con pasividad.

Calum no se inmutó, al contrario, dirigió sus aspavientos hacia él.

—¡¿Querrías hacer entrar a tu sobrino en razón?! —espetó—. Parece que su obstinada idea de escapar a su deber va más en serio de lo que yo creía.

Eoghan resopló, evidenciando cierto hastío por aquel asunto que amenazaba con crear un cisma en el seno familiar. Además, su posición era muy delicada, pues se encontraba justo en medio del problema.

Eoghan, de edad ligeramente inferior a la de Calum, se distinguía por llevar siempre una barba cuidadosamente recortada y por exhibir una prominente barriga muy poco habitual entre los celtas. De joven había combatido como le correspondía, pero tras una cruenta batalla había quedado lisiado de por vida, tras perder la pierna derecha. Desde entonces se desplazaba siempre con un par de bastones que hacían las veces de muletas. Imposibilitado para la lucha, Eoghan se hizo cargo de gestionar las minas de sal, y vender los excedentes. El tiempo y la experiencia adquirida le habían convertido no solo en el mercader más importante de Hallein, sino también en su habitante más rico, por encima incluso del rey.

—Escucha al menos lo que el chico tenga que decir. ¿No te parece?

—Me importa bien poco lo que él quiera —replicó Calum—. Las tradiciones de la tribu no se cuestionan; se acatan y se respetan.

Aunque el rey amaba profundamente a su hijo, no podía tolerar semejante grado de insubordinación.

—Yo no he nacido para ser guerrero —se excusó Cedric, que en realidad aspiraba a dedicarse al comercio al igual que su tío, y a acumular tantas riquezas como pudiera, evitando en la medida de lo posible arriesgar el pellejo.

—Pues lo llevas en la sangre desde hace incontables generaciones —rebatió Calum.

—¿Acaso deseas que corra la misma suerte que mis hermanos mayores?

Calum no encajó bien aquel golpe, que le resultó especialmente doloroso. El rey había tenido otros dos hijos varones, a los que había visto morir en el campo de batalla.

—Ellos fueron valientes y se fueron al Otro Mundo con honor. Son un orgullo para su pueblo. ¿Podrías decir tú eso si persistes en tu actitud?

—Yo quiero seguir los pasos del tío Eoghan y adquirir sus conocimientos. ¿Sabías que ahora me está enseñando el alfabeto griego?

Calum se giró furibundo hacia su hermano.

—¡¿Tú le apoyas en esto?! —bramó.

—No exageres, Calum —se justificó Eoghan—. No hay nada de malo en que el chico aprenda la lengua de los helenos. Ya sabes que es necesaria para poder comerciar con los pueblos del sur.

Conforme la conversación avanzaba, el ambiente de la sala se iba caldeando cada vez más.

—Te lo advierto, Cedric —dijo Calum tendiéndole la espada—. Si no aceptas el obsequio que te brindo, lo consideraré una afrenta, no ya como padre, sino como rey de nuestro pueblo.

El muchacho le sostuvo la mirada desafiante, pero ignoró por completo la espada que su padre le ofrecía. El rey aguardó unos instantes con las manos extendidas, seguro de que Eoghan intervendría para ponerse de su parte. Este, sin embargo, se limitó a observar la escena como un testigo mudo, incapaz de tomar partido por ninguno de los dos.

La actitud de Eoghan soliviantó aún más a Calum, convencido de que el silencio de su hermano contribuía a legitimar la rebeldía de su hijo. El rey se dio cuenta de que estaba a punto de perder los nervios por lo que, antes de cometer una locura, prefirió marcharse de la sala llevándose consigo la espada fabricada por Teyrnon.

Sea como fuere, todavía no había dicho su última palabra. Calum no estaba dispuesto a dejar las cosas así.

4

El druida jefe no podía ocultar su preocupación. Más de una docena de habitantes de Hallein y sus alrededores habían acudido a verle por su condición de adivino, para informarle acerca de un reciente suceso de naturaleza excepcional: una estrella de fuego había caído dos noches atrás al otro lado de la cordillera, en territorio germano.

Meriadec había tomado el camino principal que discurría a las afueras de Hallein. Alto y delgado como la rama de un saúco, el anciano lucía una frondosa barba cenicienta que solo se recortaba una vez cada dos años. Tenía fama de duro, debido a que se regía por un sentido muy estricto de la justicia, sin dejar de ser por ello un hombre prudente como pocos. Solo tenía una manía conocida: su túnica blanca debía permanecer siempre inmaculada, hasta el punto de que si se le ensuciaba, la cambiaba por otra al instante.

A Meriadec le acompañaba Eboros, el druida sacrificador, que era su persona de mayor confianza dentro de la comunidad. Eboros era un hombre íntegro, bastante más joven que él, y su candidato favorito para sucederle en el cargo al frente de la orden.

Su rasgo más distintivo radicaba precisamente en la ausencia de una frondosa barba, norma común entre los demás compañeros, así como en poseer una constitución inusualmente fuerte, que bien pudo haberle valido para iniciarse como guerrero si así lo hubiese querido en su juventud.

—En tu opinión —terció Meriadec—, ¿existen suficientes razones como para que debamos preocuparnos?

Ambos druidas habían dejado el poblado atrás, tomando el sendero que conducía hacia el bosque más denso de cuantos circundaban la zona, situado a orillas del principal afluente del río.

—Eso me temo. Nuestros mayores enemigos han logrado invocar a sus dioses para que intervengan en la guerra de un modo que todavía no alcanzamos a comprender.

Los druidas eran los guardianes del culto divino de los celtas, así como de todo lo relacionado con el mundo de lo sobrenatural. Su doctrina se basaba en la imposición de una moral recta, muy unida al respeto por la naturaleza y el conjunto de la Creación. Pero los druidas eran en realidad mucho más que simples sacerdotes, pues más allá de oficiar los rituales y sacrificios esenciales para la vida religiosa, también hacían las veces de adivinos, sanadores, filósofos y jueces.

Meriadec y Eboros tomaron la estribación que conducía al robledal que se extendía por la ladera de la montaña, mientras el sol se encumbraba en el cielo.

—He de confesarte que hace unos días presentí que un acontecimiento así tendría lugar.

Desde muy joven, Meriadec había poseído un don innato para la adivinación, sin la mediación de ningún tipo de ritual, que con la edad había ido perdiendo fuerza lentamente. Con todo, aún seguía vigente, y podía manifestarse en el momento más insospechado.

—¿Y por qué no me dijiste nada?

—¿De qué habría servido? Tan solo fue una corazonada, demasiado vaga para sacar ninguna conclusión. ¿Y tú?, ¿qué viste exactamente esta mañana durante la ceremonia? —Por orden del druida jefe, Eboros había sacrificado con fines adivinatorios a un ternero de corta edad.

—Nada concreto… Pero, sin duda, algún tipo de amenaza, una sombra que nos puede devorar… Casi con toda probabilidad, el despertar de las deidades germanas.

—Que la madre Dana nos ampare… —murmuró Meriadec solicitando el favor de la diosa, pues pese a llevar más de dos décadas ejerciendo como máximo guía espiritual de la tribu nórica, nunca antes se había topado con un enigma como aquel.

La pareja de druidas se internó en el bosque, donde las frondosas copas de abedules y robles tamizaban la luz que alumbraba el suelo, sembrado de matorrales. Los celtas carecían de templos donde confinar a sus dioses, y los rituales solían llevarse a cabo en plena naturaleza, en un claro del corazón del bosque o a orillas de un lago. Los poderosos troncos de los árboles hacían las veces de columnas, y la mismísima bóveda del cielo suplía la cubierta propia de los templos griegos o de otras civilizaciones del sur.

—¿Hay algo que ahora mismo podamos hacer? —inquirió Eboros, que manoseaba sin darse cuenta su colgante en forma de trisquel, como si pretendiese espantar así las vibraciones negativas proyectadas por los malos espíritus. Todos los druidas portaban un amuleto de oro colgado del cuello, que servía para identificarles como tales sin importar el pueblo al que perteneciesen. El símbolo del trisquel describía un dibujo consistente en tres espirales unidas dentro de un círculo, al cual se le atribuía una amplia variedad de significados.

—Nada de momento. Permaneceremos vigilantes ante nuevas señales, e informaremos a Calum acerca de la situación.

—¿Y tú te encuentras bien? —Eboros se preocupaba constantemente por el druida jefe, al que le unía un poderoso lazo afectivo. El druida sacrificador, tras haberse quedado huérfano de niño y sin otros parientes que se hiciesen cargo de él, fue acogido por la orden a instancias del propio Meriadec, que se ocupó en persona de formarle en el druidismo. Por tal motivo, Eboros le estaría siempre infinitamente agradecido—. ¿Te sientes con fuerzas para afrontar el desafío que nos espera?

—Aunque soy viejo, todavía me quedan unos cuantos años por delante en primera línea de fuego. —Meriadec articuló una sonrisa—. Puedes estar tranquilo, sabré apartarme a un lado cuando vea que me ha llegado la hora.

A continuación cambiaron de tema para hablar de asuntos más mundanos, como los progresos realizados por los últimos iniciados, los preparativos para el siguiente rito de carácter público, o los ajustes del calendario previsto para aquel año, cuya elaboración resultaba de gran importancia para los agricultores y criadores de ganado.

—El verano será más corto que de costumbre…

De repente, un centinela apareció de la floresta y se plantó ante los druidas, interrumpiendo su conversación. El hombre necesitó de varios segundos para recuperar el aliento, ya que se había desplazado a la carrera durante todo el camino.

—¿Qué ocurre? —Por las prisas, Meriadec sabía que no podía tratarse de nada bueno.

—El rey Calum le requiere —anunció—. Se ha cometido un crimen.

5

Nisien reclamó la atención de su hijo, que debido a su escasez de entendederas se despistaba con facilidad. El hombre se inclinó sobre la tierra y le mostró cómo depositar la semilla en los surcos recién arados.

—Este proceso es más delicado de lo que parece —explicó—. Para que pueda germinar, la simiente no puede enterrarse demasiado. Aunque al mismo tiempo debes procurar que quede lo suficientemente protegida como para evitar que los pájaros se la puedan comer.

Anghus asintió como si lo hubiese asimilado a la primera, aunque su padre sabía que a lo largo de los siguientes días tendría que repetírselo tres o cuatro veces más.

Nisien poseía una modesta granja que a duras penas sacaba adelante con la ayuda de su esposa. El terreno, situado al fondo del valle, era muy fértil y le permitía cultivar cereales como el trigo o la cebada. La pareja se ocupaba también de un pequeño huerto, cuyos frutos destinaban al consumo propio. El único ganado que tenían era un rebaño de cabras, que por falta de tiempo ninguno de ellos podía pastorear. Aquella tarea la realizaba un muchacho de una granja vecina, que por un módico jornal se encargaba de conducir los animales hasta los pastizales que había en las zonas más altas del cerro.

—Ahora tú —indicó Nisien.

Anghus tomó un puñado de semillas y las dejó caer a chorro en el fondo de un surco.

—¿Así, padre?

Aunque no lo había hecho del todo bien, Nisien había aprendido a tener una infinita paciencia con su hijo. Anghus era lento de entendimiento y en ocasiones no daba para mucho más. Ya había cumplido los quince, pero su edad mental seguía siendo la de un niño de ocho o nueve años. Anghus tampoco se relacionaba con otros chicos de su edad, porque siempre había sido objeto de un profundo rechazo. En la despiadada sociedad celta, los niños que nacían privados de la natural chispa de la cognición solían ser abandonados en lo más profundo del bosque, a merced de los lobos. La esposa de Nisien, sin embargo, había concebido a Anghus cuando ya habían perdido toda esperanza de tener descendencia, y convencidos de haber sido bendecidos por la madre Dana, decidieron quedarse con él pese a las dificultades que su crianza les supondría.

—Muy bien, Anghus. Ahora dejemos la siembra a un lado y dediquémonos a labrar la tierra.

Nisien se situó delante para guiar al buey, mientras le indicaba a Anghus que empuñase el arado. Pese a que aquel trabajo exigía bastante fuerza, su hijo era de constitución gruesa sin llegar a la obesidad. Nisien puso en marcha a la bestia y observó a Anghus lidiar con el arado, gruñendo y jadeando para hacerlo avanzar bajo la tierra. Desgraciadamente, Anghus no podía sacarle excesivo partido a su corpulencia, debido a que se desplazaba con torpeza, evidenciando en el movimiento de sus extremidades cierta descoordinación. Con todo, Nisien necesitaba ir delegando en su hijo algunas tareas pues, de lo contrario, conforme fuesen envejeciendo, llegaría un momento en que entre su esposa y él no podrían asumir la carga de trabajo que la granja exigía. Por fortuna, en los últimos tiempos Anghus había hecho algunos progresos, y ya se atrevía a realizar ciertas labores para las que nunca antes había dado muestras de estar capacitado.

—Inclina el cuerpo hacia delante.

—¿De esta forma, padre?

—¡Muy bien, hijo! ¡Sigue así!

33

Al hablar, Anghus se expresaba con cierta dificultad, pero finalmente había logrado hacerse entender tras un inconmensurable esfuerzo. La forma arrastrada en que articulaba las palabras, unido al peculiar pliegue de la piel en la cara interna de sus párpados, dejaba a las claras que Anghus era diferente al resto.

De pronto, Anghus soltó el arado tras escuchar una rápida sucesión de ladridos a su espalda. El muchacho se giró y se puso de rodillas para recibir a *Ciclón*, el perro de la familia. *Ciclón* alzó sus patas delanteras y lamió el rostro de Anghus mientras se dejaba acariciar. Nisien contempló la escena en silencio, sabedor de lo mucho que aquel animal había hecho por su hijo: se había convertido en su mejor y único amigo, y contribuía enormemente a elevar su autoestima. Anghus había ganado una especial confianza en sí mismo desde que hubiese asumido la responsabilidad de cuidarlo, alimentarlo a diario y velar por su bienestar, y *Ciclón*, a cambio, le ofrecía cariño, compañía y lealtad, completamente ajeno al retraso mental de su dueño al que tanta importancia parecían darle los seres humanos.

—Venga, Anghus —señaló Nisien—. Deja que *Ciclón* acompañe a las cabras a pastar.

Anghus obedeció y ordenó al animal que siguiese su camino. Aunque pequeño y de patas cortas, *Ciclón* era un excelente perro pastor, así como un buen guardián de la casa.

—¡Adiós, *Ciclón*! —exclamó Anghus agitando la mano.

El perro se marchó meneando la cola, y el muchacho retomó el mando del arado. Aún les quedaba por delante una interminable mañana de trabajo. Tendrían que efectuar varias pasadas sobre los surcos para conseguir la profundidad adecuada, porque el arado era poco más que una reja de piedra que apenas arañaba la superficie del campo. Para cuando hubiese finalizado el periodo de la siembra, ya en pleno otoño, los druidas celebrarían los acostumbrados rituales con el fin de asegurar las cosechas. Los celtas creían que a través de la magia se podía influir en las fuerzas ocultas de la naturaleza, siempre que se respetasen los principios impuestos por la Divinidad.

—Anghus, coge de nuevo el arado. Después nos turnaremos y dejaré que tú te encargues de guiar al buey.

—Se lo agradecería, padre. Este trabajo es el más cansado de todos los que he hecho hasta ahora. No entiendo cómo los bueyes pueden soportarlo sin protestar. Con lo grandes y fuertes que son, ¿por qué no se rebelan?

Pese a sus limitaciones, Anghus era perfectamente capaz de mantener una conversación, aunque dadas las circunstancias su único interlocutor solía ser *Ciclón*, con el que mantenía largos soliloquios tras los cuales lo único que recibía por toda respuesta era un simple ladrido.

—Los bueyes están domesticados y obedecerán nuestras instrucciones si se las hacemos entender —explicó Nisien al muchacho, que cada vez manifestaba un interés mayor por aprender cosas nuevas, tanto de sí mismo como del mundo que le rodeaba.

—¿Igual que pasa con *Ciclón*?

—Sí, más o menos —repuso su padre—. Pero al buey se le castra para librarle de su agresividad.

Anghus observó al animal, que arrastraba el arado sin emitir el menor quejido.

—Siento un poco de pena por él —señaló.

—Pues no tienes motivo. Un buey puede acarrear este peso sin que le suponga esfuerzo alguno. Además, está bien alimentado y descansa más horas de las que trabaja. —El sol cegó un instante al granjero, que se protegió con la palma de la mano—. Y ahora deja de hablar y concéntrate en lo que estás haciendo, o de lo contrario tendremos que volver a labrar la tierra hasta que lo hayamos hecho bien.

Anghus suspiró con resignación y aferró el arado con mayor vigor para imprimirle el empuje adecuado. Pese a lo duro de la tarea, nada le satisfacía tanto como sentir que podía ser de utilidad.

6

Los jóvenes reclutas dedicaban un año entero de sus vidas a instruirse como guerreros.

Los aspirantes, de entre dieciséis y diecisiete años, eran separados de sus familias y trasladados a un campamento enclavado en un extremo del valle, entre un caudaloso arroyo y un bosque de hayas, y solamente con ocasión de ciertas festividades se les permitía regresar por unos días a sus lugares de origen.

A sus dieciocho años, Derrien era un poco mayor que el resto de sus compañeros. Su tardanza en alistarse se había debido al tiempo que le había llevado convencer a su padre de que su verdadera vocación no se encontraba en la forja, sino en defender a su pueblo de los ataques enemigos.

Hasta el propio Teyrnon, por más testarudo que fuese, se había visto obligado a claudicar ante los deseos de su primogénito. En realidad, era evidente que Derrien reunía todas las cualidades para convertirse en un excelente guerrero, pues el hijo mayor del herrero parecía un gigante al lado de los demás. De hombros anchos y poderoso armazón esquelético, su altura y la musculatura que había desarrollado en la forja no tenían rival. Además, su hercúlea constitución no afectaba a la agilidad de sus movimientos. Derrien era muy hábil con la espada, rápido de reflejos y, al igual que su padre, también sabía mantener la cabeza fría en momentos de gran tensión.

Los primeros meses de instrucción se centraban sobre todo en mejorar la condición física de los reclutas. Las maratonianas carreras les habían hecho ganar en resistencia y el levantamiento de pesadas piedras, en músculo y fuerza. También se les enseñaba a montar a caballo, pese a que tan solo unos pocos privilegiados llegarían a alcanzar la condición de jinete. Asimismo, como parte del adiestramiento, los aspirantes debían obtener su propio sustento mediante la caza y la pesca; y si por casualidad las piezas se resistían o no estaban de suerte, no les quedaba más remedio que alimentarse de frutos silvestres. Tampoco les proporcionaban pieles para cubrirse, por lo que durante el pasado invierno habían aprendido a convivir con el frío hasta que cada uno de ellos se curtió las suyas personalmente. La instrucción era tremendamente exigente, y no todos los que la empezaban conseguían llevarla a término.

Pero las enseñanzas no solo se constreñían al plano de lo físico, sino que también se extendían al ámbito de lo espiritual. El druida jefe se desplazaba al campamento a menudo y les instruía acerca del significado de la muerte y la transmigración de las almas. Los celtas creían que la muerte suponía una breve etapa de tránsito entre esta vida y la siguiente, tras la cual renacían en el Otro Mundo, donde mantenían memoria de su existencia terrenal. La idea se basaba en la creencia de dos mundos paralelos, y en la reencarnación del alma en cuerpos humanos de un mundo a otro. De esta manera, cuando la gente moría en el Otro Mundo, sus almas volvían a nacer en este. Estas convicciones hacían de los celtas guerreros aún mucho más fieros, pues no tenían miedo alguno a morir en el campo de batalla.

Durante la segunda etapa de la instrucción, los reclutas se ejercitaban en las técnicas de combate cuerpo a cuerpo, así como en el manejo de las armas de guerra. Actualmente se hallaban inmersos en dicho proceso, y el propio Murtagh había acudido aquella mañana para supervisar los progresos que habían logrado hasta la fecha.

El gran general desfiló lentamente ante la veintena de aspirantes dispuestos en fila recta frente a él. Los muchachos ya estaban al corriente del éxito que habían cosechado en la última batalla, en la que ellos todavía no habían podido participar. El brillo dorado del torques que Murtagh lucía en el cuello provocaba la admiración de los jóvenes, que solo tendrían derecho a llevarlo cuando hubiesen completado con éxito su formación.

Murtagh anunció que elegiría a continuación a distintos candidatos para que se enfrentasen entre sí y probasen si estaban hechos o no del genuino carácter del guerrero celta. Derrien se inclinó sobre el compañero que tenía a su izquierda y le susurró al oído:

—Espero no tener que luchar contigo.

El receptor del mensaje era Ewyn, su mejor amigo. Un chico más bien bajo pero extraordinariamente fornido, con quien había compartido juegos desde la infancia. ¿Cómo olvidar las veces que habían luchado con palos a modo de precarias espadas, simulando combatir en grandes batallas repletas de enemigos? La vocación de Ewyn, que adoraba el clima de camaradería que se respiraba en la milicia, también estaba fuera de toda discusión.

—Yo aún lo deseo menos que tú —replicó—. No me gustaría nada tener que recibir una paliza tuya delante de Murtagh.

El temor de Ewyn estaba sobradamente justificado. En los seis meses que llevaban de entrenamientos, Derrien no había sido derrotado ni una sola vez.

Murtagh conocía bien las cualidades de su nueva remesa de guerreros y gustaba de tutelar sus progresos muy de cerca. En particular, le parecía que el hijo del herrero estaba destinado a convertirse en un futuro referente de su ejército, como a él mismo se le consideraba en la actualidad. El general le señaló con el dedo y después escogió a su contrincante: Kendhal, un joven atlético y tremendamente voluntarioso, al que también auguraba un gran porvenir.

—Sin armas —precisó.

Derrien y Kendhal dieron un paso al frente y esperaron a que el resto de los reclutas formase un amplio círculo a su alrededor, que delimitaba el espacio donde debía desarrollarse la pelea. Ambos contendientes se desabrocharon sus cinturones de cuero y dejaron caer sus espadas al suelo, preparados para pelear con sus manos desnudas. Murtagh señaló entonces el inicio de la lucha con un asentimiento de cabeza.

Al principio, uno y otro se estudiaron con la mirada, aunque aquel silencioso tanteo duró solo un momento. Kendhal sabía que con Derrien tenía todas las de perder, y más aún en un combate cuerpo a cuerpo, de manera que para tratar de sorprenderle, se lanzó rápidamente sobre él y le embistió con la cabeza igual que si fuese un toro. Si Derrien no hubiese reaccionado a tiempo, un golpe como ese, propinado en pleno estómago, le habría dejado claramente en desventaja. Sin embargo, este logró frenar a Kendhal antes de que el impacto se produjera, neutralizando de inmediato el peligro. El hijo mayor del herrero comenzó entonces a girar sobre sí mismo con su rival bien asido por la cabeza, hasta lanzarlo a varios metros de distancia. Kendhal voló por los aires y aterrizó bruscamente en el suelo, y antes de que pudiera levantarse, Derrien ya le había inmovilizado clavándole una rodilla en el pecho. El combate había durado menos de un minuto.

La admiración de Murtagh por aquel prometedor guerrero creció aún más si cabía. Derrien era un verdadero diamante en bruto al que debía cuidar y pulir.

El general agradeció la entrega y escogió a dos nuevos contendientes para que probaran su fuerza y habilidad. Esta vez le tocó el turno a Ewyn, que lucharía contra Fynbar, un adversario más alto y, a priori, ligeramente superior a él.

—Combate con espadas —señaló el general.

Ewyn y Fynbar se colocaron en posición y desenvainaron sus espadas, las cuales tenían el filo romo para minimizar el riesgo de herirse de gravedad. En la otra mano empuñaban un pequeño y redondo escudo de madera. Pronto comenzó el intercambio de golpes y el entrechocar de los metales, bronce contra bronce. Fynbar llevaba la iniciativa, mientras que Ewyn se limitaba a defenderse. Aunque la técnica de Fynbar era mucho más depurada, Ewyn compensaba su menor destreza con coraje y voluntad.

El combate se alargaba en el tiempo y las acometidas de Fynbar se hacían cada vez menos intensas, acusando el desgaste físico. La propia incapacidad para finiquitar la pelea era lo que se estaba volviendo contra él. Fue entonces cuando Ewyn, mucho más aferrado al instinto que a la técnica, se abalanzó sobre él con el escudo por delante y logró derribarle por efecto de la tremenda embestida. Después se arrojó sobre Fynbar, que acorralado en el suelo y con el escudo de su rival pegado a la cara, a duras penas conseguía protegerse de la lluvia de mandobles que no paraba de recibir. Tal era la furia con que Ewyn se empleaba, que el muchacho estaba convencido de que, a poco que se descuidara, bien podía perder un ojo.

Pese a haber ganado el combate, Ewyn aún seguía golpeando el escudo de Fynbar, completamente fuera de sí. El propio Murtagh tuvo que sujetarle, y no le soltó hasta que se hubo tranquilizado. El impulsivo Ewyn era tan distinto del juicioso Derrien, que parecía imposible que ambos fuesen tan amigos aunque, después de todo, quién sabía si la clave de dicha amistad radicaba precisamente en aquella aparente dualidad de caracteres.

—Has estado sensacional —susurró Derrien al oído de su amigo cuando este se incorporó de nuevo a la fila.

—Gracias —repuso Ewyn jadeando aún por el esfuerzo.

—Al principio pensé que no resistirías sus ataques.

—Fynbar es más diestro que yo —admitió—, pero he sabido contenerlo hasta encontrar su punto débil.

Murtagh seleccionó a dos nuevos contrincantes y la sesión se reanudó con normalidad. Los enfrentamientos se siguieron desarrollando a lo largo de toda la mañana bajo la atenta mirada del general.

7

Los druidas siguieron al guerrero a través de una franja yerma de terreno que conducía al valle coronado por la población de

Hallein, que se alzaba vistosa, semejante al inaccesible nido de un águila emplazado en la cumbre de un cerro.

Meriadec caminaba presa del desasosiego. Todo lo que sabía era que se había cometido un crimen, pero el hombre que había acudido a buscarles ignoraba los detalles de lo sucedido; ni siquiera les había podido decir a quién habían matado ni por qué. Sea como fuere, si Calum le había hecho llamar, debía de tener una buena razón para ello.

Pronto avistaron una granja especializada en la cría de ganado. Un numeroso rebaño de ovejas pacía en el interior de un cercado, junto a unas cuantas vacas y una bandada de gallinas. El propio Calum les aguardaba con gesto alterado, escoltado por una pareja de centinelas. El jefe tribal solía implicarse personalmente en muchos de los asuntos que, por su propia naturaleza, podían perturbar la sana convivencia que debía regir entre los celtas nóricos. Como él mismo decía, era su deber de rey.

En el exterior de la vivienda se había congregado un buen puñado de lugareños, cuyos lamentos eclipsaban incluso el balido de las reses.

—Calum, ¿se puede saber qué es lo que ha ocurrido? —El druida jefe estaba algo sofocado por la prisa que se habían dado en llegar.

—Una muchacha ha sido asesinada —reveló el rey—. Acompañadme, por favor.

El grupo se dirigió hacia una arboleda cercana por la que discurría un manantial, alfombrada de flores perfumadas y una amplia variedad de plantas silvestres. No tuvieron que adentrarse mucho para toparse con el cuerpo sin vida de una joven que no aparentaba más de catorce o quince años. Se trataba de una de las hijas del granjero. Por la mañana temprano había acudido a por agua y no había regresado. Los druidas estaban allí no solo para encargarse de los rituales previos al funeral, sino también para colaborar en la investigación empleando los amplios conocimientos que atesoraban. Calum ya había ordenado peinar la zona en busca de testigos o posibles sospechosos. Un crimen de semejante naturaleza no podía quedar sin castigo.

Eboros, el druida sacrificador, se inclinó sobre la víctima y examinó el tono de su piel, ligeramente azulado, así como la rigidez de sus extremidades, que ya comenzaban a mostrar los primeros signos de *rigor mortis*.

—Lleva varias horas muerta —determinó.

—Seguramente la mataron al amanecer, tan pronto como llegó al manantial —razonó Calum—. Aunque su familia no lo ha descubierto hasta hace bien poco.

Meriadec observó el rostro de la muchacha, que había quedado congelado en una mueca de horror. Su cuerpo, desnudo, no reflejaba ningún signo exterior de violencia, salvo el tajo en la garganta a través del cual se le había escapado la vida. Las manos de la víctima descansaban cruzadas sobre su pecho, como si el asesino hubiese pretendido tener después de todo una señal de respeto o de consideración para con ella. En torno a la muchacha se había formado un charco de sangre que había teñido la tierra de rojo, provocando en el druida un desasosiego como pocas veces recordaba haber sentido. Detrás de aquel crimen se adivinaba la huella de una personalidad enfermiza, a la vez que dotada de una especial sagacidad.

—El corte en el cuello fue hecho con una increíble precisión —señaló Eboros, que inmediatamente intercambió una mirada con Meriadec. Ambos sabían que esa era la manera en que los druidas degollaban a los animales en los rituales de sacrificio.

—Comprueba si la víctima fue forzada —ordenó el druida jefe.

Eboros separó las piernas de la muchacha y exploró su zona genital. Sin duda, había desgarros y también restos de simiente humana.

—La violaron —concluyó.

Meriadec se sumió en una profunda reflexión. Los asesinatos se sucedían de cuando en cuando. Era inevitable, y más aún teniendo en cuenta el ardiente temperamento celta. Pero la gran mayoría de ellos no respondían a motivos siniestros, sino que se producían tras algún tipo de arrebato, como una pelea alentada por los vapores del alcohol, o un acto de venganza motivado por el robo de cabezas de ganado o de joyas de gran valor. Las razones podían ser muchas y variadas. Sin embargo, aquel crimen en particular rezumaba una frialdad que Meriadec había presenciado muy pocas veces, incluso suponiendo que el móvil fuese de índole puramente sexual. La pulcritud con que había cercenado la vida de la víctima, dejando intacto el resto del cuerpo, no encajaba con el proceder normal de un criminal común.

—Esto no ha sido obra de cualquiera —manifestó el druida jefe.

—He llegado a pensar que un guerrero germano habría entrado en nuestro territorio con el fin de sembrar la discordia —apuntó Calum—, pero sería casi imposible que, de haberlo hecho, nuestros centinelas no lo hubieran visto.

Eboros, entretanto, escudriñaba cuidadosamente el escenario del crimen en busca de alguna pista que hubiese podido dejar el asesino. Por desgracia, no halló nada en absoluto, salvo la ropa de la víctima arrojada sobre unos arbustos y el cántaro que había traído consigo. La ausencia de cualquier vestigio incriminatorio tampoco resultaba en aquel contexto nada habitual.

—¿Qué se sabe hasta el momento? —preguntó Meriadec dirigiéndose al rey.

—Nada más, aparte de lo que ya os he dicho.

—Está bien —repuso—. Por favor, comunica a los padres de la chica que ya pueden recoger el cadáver y velarlo como es debido. Y diles también que yo me ocuparé personalmente de oficiar el sepelio y las posteriores exequias.

Meriadec enfiló el camino de vuelta negando repetidamente con la cabeza.

—¿En qué piensas? —inquirió Eboros.

—Estoy muy preocupado —confesó—. La peculiar naturaleza de este crimen me hace temer que el autor del mismo no se detendrá aquí…

8

Mientras estos siniestros acontecimientos tenían lugar, en tierras de la tribu germana del norte se vivían indescriptibles momentos de entusiasmo y excitación.

Tras los primeros instantes de desconcierto, el *godi* ordenó restringir el acceso al remoto paraje donde había caído la Estrella del Cielo, haciéndose a toda prisa con el control de la situación. El rey confiaba plenamente en el sacerdote supremo, el único que sabía lo que debía hacerse, pues nadie más daba la impresión de estar capacitado para interpretar la voluntad de sus deidades, que les habían honrado con un presente tan extraordinario como —en apariencia— carente de poder.

Se realizaron exhaustivas pruebas a cargo de los hombres más capacitados de la tribu, mientras el *godi* intensificaba sus prácticas más oscuras relacionadas con la nigromancia y la adivinación. Varios días después, los primeros resultados dieron a entender que habían dado con la clave del misterio y que por fin habían descubierto la realidad práctica del aquel obsequio, el cual había devuelto la fe a la desmoralizada población.

—Los dioses nos han conferido un poder mucho mayor del que esperábamos —manifestó el *godi* regocijándose de placer.

—¿Y cuándo podremos hacer uso de él? —inquirió el rey germano.

—Hace falta tiempo. Primero tenemos que poner a todos los especialistas de que dispongamos a trabajar en el proyecto —explicó—. Pero cuando estemos preparados, les daremos a los celtas una lección que no olvidarán jamás.

CAPÍTULO SEGUNDO

Los celtas partían la comida de un modo limpio, pero leonino, asiendo miembros enteros con las manos y arrancando a bocados los pedazos de carne.

ATENEO DE NÁUCRATIS
El banquete de los eruditos

No hay despilfarro en los recursos naturales y todo se aprovecha con gran maestría. Los lugares donde viven son de gran resistencia. Sus casas presentan vigas arqueadas y paredes de mimbre empastadas con cal y arcilla, su techado es de paja.

ESTRABÓN,
Geografía

La comunidad druídica casi al completo se hallaba presente a orillas de una laguna situada al pie de la cordillera, para llevar a cabo la tradicional ofrenda de gratitud. Un cielo azul y despejado se reflejaba en las sosegadas aguas, que conformaban un paño de terciopelo ligeramente arrugado con pliegues celestes. Meriadec oficiaba la ceremonia, apostado en el extremo de una plataforma de madera semejante a un embarcadero, que se extendía sobre una pequeña bahía en el recodo más oriental del lago.

Junto al druida jefe había un cúmulo de armas recuperadas en la reciente batalla que les había enfrentado a los germanos, y que serían ofrecidas a la Divinidad como parte del botín de guerra, en señal de agradecimiento. Los druidas entonaban un melódico salmo que parecía competir en primor con el trinar de los pájaros, y que se esparcía por el aire como una densa niebla. Tras ellos, la aristocracia guerrera asistía solemnemente al acto, representada en primer término por el rey Calum y el propio general Murtagh.

Había transcurrido una semana desde el asesinato de aquella pobre muchacha, y nada se había averiguado acerca de la identidad de su autor. Meriadec no podía pensar en otra cosa, todavía conmocionado por la frialdad con que se había cometido. No había testigos, ni tampoco se había localizado a nadie sospechoso merodeando por la zona. Y, desde luego, si el asesino había sido alguien que estaba de paso, ya debía de encontrarse muy lejos de allí.

Aquel siniestro crimen se salía por completo de lo corriente, pues habitualmente los asesinatos se resolvían en muy poco tiempo debido al reguero de pistas que solían dejar tras de sí.

Eboros cogió una punta de lanza de la pila de armas y se la entregó a Meriadec, que la tomó con la mano derecha. En su mano izquierda portaba su bastón de fresno, del que nunca se separaba y que simbolizaba su autoridad como druida jefe. Meriadec murmuró una plegaria y arrojó el arma al lago, que la engulló con avidez. La superficie del agua palpitó al contacto con el objeto, para recuperar su quietud instantes después. Los celtas consideraban a los lagos, bosques, manantiales y cascadas —habitados todos ellos por espíritus de la naturaleza— lugares de culto y puertas conectadas al Otro Mundo bendecidas por la Divinidad.

Todos los druidas con que Meriadec había consultado convenían en que el homicida había actuado siguiendo un inequívoco móvil sexual. El granjero no tenía enemigos que quisieran causarle daño semejante, ni su hija estaba siendo cortejada por nadie que hubiese pretendido vengarse como consecuencia de un rechazo. No obstante, tanto él como Eboros intuían que tras aquel meticuloso asesinato se ocultaba un motivo mucho más oscuro que la satisfacción de un mero impulso sexual.

La noticia se había extendido a toda velocidad por la región y, aunque al principio había causado una enorme conmoción, poco a poco la calma regresó al ánimo de las gentes. Sobre todo porque, por el momento, no se había vuelto a producir ninguna otra muerte de índole similar.

A continuación, el druida jefe ofrendó a la Divinidad una espada cuya punta se había partido. Su estado actual carecía de relevancia, pues lo que de verdad importaba era la esencia de la pieza. El fondo de aquel recodo del lago se hallaba repleto de armas y otras ofrendas votivas. Sin embargo, ningún celta se hubiese atrevido jamás a intentar recuperar parte de aquel tesoro, que ya no les pertenecía. Nadie habría estado tan loco como para enfrentarse a los espíritus que habitaban las sagradas aguas de la laguna.

El general Murtagh le dirigía de vez en cuando un comentario en voz baja a Calum, cuando alguna de las armas le recordaba un momento de la batalla. El rey asentía con gesto grandilocuente y guardaba un respetuoso silencio acorde con la dignidad de la ceremonia. Calum se sentía disgustado porque el crimen de la muchacha había quedado impune, lo cual le debilitaba ligeramente ante los ojos de su pueblo. Las leyes célticas estaban para ser cumplidas, y todo aquel que las infringiera debía saber que tarde o temprano recibiría su castigo.

Después de las armas germanas, Meriadec comenzó a lanzar al lago un conjunto de huesos correspondientes a varios animales que previamente habían sido sacrificados en honor a la Divinidad. Eboros había tenido una mañana especialmente ocupada, cumpliendo con su papel de druida sacrificador.

Meriadec estuvo a punto de perder por un segundo el hilo de la ceremonia. Además del asesinato, otra gran preocupación hostigaba su mente. Hasta los celtas nóricos habían llegado los primeros rumores procedentes de tierras germanas, que hacían referencia a la que ya se conocía como la Piedra del Cielo. Los dioses teutones habían despertado y habían dado una clara muestra de su poder. Al parecer, el *godi* se sentía exultante y una ola de esperanza había sacudido el corazón de su pueblo. Todo indicaba que se avecinaban terribles cambios, con graves consecuencias para su pueblo.

De repente, se levantó un fuerte viento que hizo ondear las capas de los guerreros y las túnicas de los druidas, por lo que Meriadec resolvió adelantar unos minutos el final de la ceremonia.

Instantes más tarde la comitiva emprendía el camino de regreso tras la estela del druida jefe, rodeando el cerro que seguía el curso del río.

2

Poco tiempo después dieron inicio las fiestas de Lugnasad, las cuales tenían lugar a mitad de camino entre el solsticio de verano y el equinoccio de otoño. Los celtas celebraban cuatro grandes fiestas al año —aunque las dos más importantes eran las de Samain y Beltaine—, que señalaban los momentos culminantes del ciclo estacional, y solían coincidir con las épocas más propicias para el traslado de los rebaños o la recogida de las cosechas. El calendario creado por los druidas gracias a sus avanzados conocimientos astronómicos, y por el cual calculaban sus fiestas, tomaba como referencia las observaciones lunares. El año lunar constaba de trece períodos de veintiocho días, los cuales no comenzaban al amanecer, sino al anochecer. Por consiguiente, para el cómputo del tiempo, los celtas contaban noches en lugar de días.

Brianna atravesaba las estrechas calles de Hallein con una gran sonrisa aleteando en su rostro. Se había trenzado con esmero su larga melena rubia, y sobre el pecho le caía un hermoso collar de cuentas que hacía juego con los tonos dorados de su vestido. Era la primera vez que Brianna salía en mucho tiempo: su padre le había alentado a ello, pero también porque la propia joven sentía que ya comenzaba a recuperarse de la trágica muerte de Melvina, a pesar de que el recuerdo de su madre no la abandonaría jamás.

Brianna no estaba sola. Junto a ella caminaba Lynette, su más fiel aliada. Lynette era rubia y de cara agraciada, igual que Brianna, aunque cuando se encontraba cerca de su amiga, su atractivo natural quedaba eclipsado por la incomparable belleza de la hija del general. Eso sí, si había algo que de verdad caracterizaba a Lynette, era su ilimitada capacidad de hablar.

—Mi familia está a punto de pactar mi compromiso con Dunham, el hijo del curtidor. Te acuerdas de él, ¿verdad? —Lynette, llena de excitación, parloteaba agarrada del brazo de su amiga—. Siempre he creído que es muy guapo. ¿A ti no te parece guapo?

Brianna asentía con la cabeza mientras Lynette daba rienda suelta a su inagotable verborrea.

—Y seguro que hoy estará en la gran fiesta y querrá bailar conmigo —añadió—. ¿Te imaginas? Estoy deseando que llegue el momento... Pero basta de hablar de mí —se interrumpió—. ¿Y tú, cuándo piensas anunciar tu compromiso? Ya estás en edad casadera, ¿es que no te das cuenta?

—Después de lo de mi madre, no tenía ganas de pensar en esas cosas. Ahora me siento más dispuesta —admitió Brianna—. De todas formas, si no sucede este año, ya será el próximo. No me corre prisa.

—Cuanto más mayor te hagas, menos interés suscitarás entre tus pretendientes —le advirtió Lynette con gesto serio—. Ojalá supiese lo que buscas en un hombre. Así al menos comprendería cómo es posible que hasta ahora ninguno haya cumplido tus expectativas.

Brianna se encogió de hombros y continuó caminando. A decir verdad, ni siquiera ella sabría explicar qué cualidades debía reunir el hombre llamado a satisfacerla. Solo esperaba que cuando apareciese el candidato adecuado, fuese lo suficientemente lista como para saberlo reconocer.

—Eres tan contradictoria —concluyó Lynette—, que estoy segura de que el día en que te enamores, será igual de difícil que te vuelvas a desenamorar otra vez.

Pronto llegaron a un gran espacio abierto en el poblado que servía como punto de encuentro para las grandes ocasiones como aquella. La fiesta de Lugnasad se prolongaba durante varias jornadas, y constituía una ocasión señalada para la reunión de toda la tribu celta en torno a numerosos ferias y mercados. La mañana se presentaba soleada, lo que favorecía aún más la afluencia de visitantes y curiosos.

Brianna y Lynette se abrieron paso entre los puestos de los comerciantes, todos ellos plagados de sugestivos olores, llamativas telas y todo tipo de tentadoras fruslerías. Las muchachas, sin embargo, pasaron de largo y se dirigieron hacia la explanada dedicada a los juegos y las danzas, adornada con guirnaldas y coronas de flores y ocupada principalmente por los más jóvenes del poblado.

La rítmica música de percusión, acompañada por algunos instrumentos de viento, invitaba a bailar. Lynette tomó a Brianna de la mano y, antes de sumarse a la danza, pasó con fingida inocencia por delante de un concurrido grupo de muchachos, para asegurarse bien de que las vieran. Dunham formaba parte de aquella pandilla, y Lynette estaba más que dispuesta a allanar el terreno para dejarse cortejar.

Otro de los chicos que estaban en aquel grupo era Serbal. El hijo del herrero había recibido como una bendición la llegada de aquellas fiestas, tras acumular varias semanas de trabajo sin apenas descanso en el taller. En ese momento, Serbal participaba en una animada charla que, a decir verdad, no le interesaba demasiado. Los temas en torno a los cuales solían girar aquel tipo de conversaciones se reducían básicamente a dos: las mujeres y las batallas, en orden indistinto. Por desgracia para él, el druidismo no era algo que llamase la atención de los jóvenes, por lo que muchas veces terminaba por aburrirse de escuchar siempre lo mismo.

Serbal había comenzado a contarles una anécdota de su hermano Derrien, que interrumpió de repente cuando Brianna se cruzó por delante. El corazón se le aceleró y un ligero hormigueo le recorrió la columna vertebral desde la base hasta la nuca. Hacía un tiempo que no la veía, y la impresión que le causó fue tan arrolladora como el devastador efecto que las heladas provocan en las cosechas. Indiscutiblemente, Brianna seguía siendo la chica de sus sueños.

Serbal se separó unos metros de los demás y siguió a Brianna con la mirada. Por una parte, sabía que aquella constituía una inmejorable oportunidad para acercarse a hablar con ella, pero por otra, no podía evitar sentirse paralizado por el miedo. Levantó la jarra que sostenía en la mano y apuró su contenido de un solo trago. Serbal estaba dispuesto a hacerlo, pero se dijo a sí mismo que el hidromiel le vendría bien para reunir cierta dosis de valentía.

Mientras tanto, las dos chicas se habían unido al baile que tenía lugar en la explanada, frente a los músicos. La danza tradicional celta carecía de secretos tanto para Brianna como para Lynette: la mayor parte del tiempo se mantenía el tronco rígido, y eran los pies los que asumían todo el protagonismo, centrados en la ejecución de un regular taconeo. De vez en cuando uno giraba sobre sí mismo o cambiaba de postura con su pareja, y luego el ciclo se volvía a repetir. Brianna comenzó el baile situada frente a Lynette, hasta que pocos minutos después un decidido joven le quitó el puesto. Dunham había entrado en escena, y Lynette recibió al hijo del curtidor con una caída de pestañas y una sugerente sonrisa.

Brianna se apartó de la pareja para no suponer un estorbo y continuó bailando en solitario, aunque no por mucho tiempo. Un apuesto muchacho la abordó con cierta gracia y se sumó a la danza, acompasando sus pasos a los de ella.

Era ni más ni menos que Cedric, el hijo del rey.

A unos metros de ellos, Serbal hundió los hombros y se mordió el labio inferior, decepcionado consigo mismo. Había tardado tanto en decidirse, que al final otro se le había adelantado.

Cedric vestía unos calzones ceñidos y una túnica sin mangas rematada por un largo sayo pero, pese a su elegante atuendo, no lograba ocultar su nerviosismo. La sublime belleza de Brianna y su confiado comportamiento siempre le habían intimidado más de lo que le gustaba admitir.

—¿Sabías que a tu lado el resto de las mujeres parecen flores marchitas? —soltó Cedric, pensando que si iniciaba la conversación con un cumplido, se habría apuntado un tanto. Sin embargo, la expresión de Brianna no se alteró un ápice.

Aquella no fue la reacción que Cedric esperaba. Entonces se dio cuenta de lo estúpido que había sido, pues Brianna debía de estar más que acostumbrada a recibir continuos halagos. O tal vez la elección del mismo no había sido la más acertada porque, indirectamente, podría ser interpretado como un menosprecio hacia su amiga.

Aun así, Cedric no se vino abajo y, sin dejar de danzar poniendo todo su empeño, retomó de nuevo el diálogo tratando de aparentar una confianza que estaba muy lejos de sentir.

—Bailas muy bien. ¿Quién te enseñó?

La mirada de Brianna se volvió acuosa de improviso.

—Fue mi madre. Era una excelente bailarina.

Cedric recordó la desgraciada muerte de Melvina, y se maldijo para sus adentros. Su comentario había despertado en Brianna un amargo recuerdo. Otro cumplido que se había vuelto en su contra.

El baile dictaba ahora que los participantes se cogiesen de la mano y se colocasen uno junto al otro, con los costados pegados entre sí. Cedric agradeció el cambio, incapaz de sostener la mirada de Brianna por más tiempo. Sin embargo, un incómodo silencio se sucedió a continuación. El muchacho era consciente de que su acercamiento no estaba discurriendo por el sendero deseado. No obstante, todavía no había dicho su última palabra.

—Tu padre es un verdadero héroe, Brianna. Y su última victoria sobre los germanos lo ha vuelto a demostrar.

Brianna le dedicó por vez primera una generosa sonrisa, y Cedric dejó escapar un suspiro de alivio. Parecía que por fin había conseguido derribar su muro de protección. Ambos seguían cogidos de la mano y Cedric aprovechó para sujetarla con algo más de firmeza, convencido de que el contacto de piel con piel ayudaría a reforzar la interacción.

—Gracias, aunque me gustaría que mi padre no tuviese que luchar de nuevo.

—No deberías preocuparte. Al general Murtagh le protege la madre Dana. Además, ninguno de nuestros actuales enemigos se acerca siquiera a su altura.

La danza marcó un nuevo cambio al ritmo de la música. Cedric y Brianna separaron sus manos y se colocaron de nuevo uno frente al otro.

—Ya sé que mi padre es un excelente guerrero —dijo Brianna— pero, ¿qué tal es como instructor?

Cedric palideció. Brianna había dado por hecho que él había iniciado su instrucción, como le habría correspondido por linaje y edad. Sin embargo, lo cierto era que hasta la fecha se había negado, y tener que reconocerlo frente a Brianna le parecía ahora motivo de humillación.

—He pospuesto mi instrucción para el próximo año— mintió, y acto seguido equivocó un paso de baile y trastabilló con sus propios pies. Aquel dichoso asunto le había hecho perder la concentración.

Cedric estuvo a punto de caer, pero logró mantener el equilibrio balanceando aparatosamente los brazos. Con todo, su sentido del ridículo se activó de inmediato, y su tez adquirió un tono rojizo similar al de su cabello.

Un instante después la música cesó, y la muchedumbre que ocupaba el recinto se fue dispersando poco a poco. Dunham regresó junto a sus amigos, mientras que Lynette sujetó a Brianna del brazo y la arrastró hacia un extremo. Cedric también abandonó la pista de baile con la mirada apuntando al suelo tras haber fracasado con estrépito, pues lejos de impresionar a Brianna, había conseguido justo lo contrario.

—¿Has visto cómo me miraba? —exclamó Lynette llena de excitación—. Dunham no habló mucho, pero fue porque yo acaparé casi toda la conversación. ¿Crees que se habrá molestado?

—Estoy segura de que no —replicó Brianna—. Más bien le habrás quitado un peso de encima.

Lynette se dejó llevar por el entusiasmo y durante un segundo apretó más fuerte el brazo de su amiga.

—Ah —suspiró—. Ahora mismo deseo más que nunca que nuestras familias cierren el compromiso. —Entonces, advirtiendo que solo se centraba en sí misma, Lynette cambió rápidamente de tercio—: ¿Y qué hay de ti? ¡Estuviste bailando con el hijo del rey! ¿No te sientes afortunada? ¡Casi todas las muchachas de alta cuna sueñan con casarse con él!

Brianna agitó una mano para restarle importancia al asunto. Hijo de rey o no, Cedric jamás le había llamado la atención, como tampoco lo había hecho aquel día. La gran explanada se encontraba cada vez más atestada de visitantes venidos de todos los rincones del valle, por lo que Lynette tiró de Brianna en dirección al mercado mientras trataba de sonsacarle más información.

Quien apenas se había movido del sitio desde que rellenó su jarra de hidromiel era Serbal. El aprendiz de herrero había observado desde la distancia cómo Cedric abordaba a Brianna, derrochando el valor que a él le había faltado. Y aunque desconocía por completo cómo se había desarrollado el encuentro, tenía una cosa clara: Cedric se había atrevido a cortejarla y él, no.

Anghus y su familia también se habían desplazado a Hallein para asistir a las fiestas de Lugnasad. No era habitual que el matrimonio de granjeros acudiese a celebraciones excesivamente bulliciosas acompañados de su único hijo, debido a las barreras de tipo intelectual que este padecía. Por experiencia, sabían bien que los demás chicos no toleraban a Anghus, al que solían excluir de todos los actos que se realizaban en grupo.

No obstante, en los últimos tiempos Anghus había realizado grandes progresos en diferentes ámbitos, no solo en las tareas del campo. Había aprendido también a expresarse con mayor claridad y, en general, había ganado cierto grado de madurez, dentro de las limitaciones que le imponía su especial condición. Por todo ello, sus padres habían decidido acudir a la festividad, pues esperaban que Anghus hiciese valer la reciente confianza que había adquirido en sí mismo y que los muchachos que antaño le habían marginado mostrasen ahora otra actitud hacia él. En su afán por protegerle y evitar que hiriesen sus sentimientos, Anghus jamás había tenido la oportunidad de hacer amigos —más allá del leal *Ciclón*— que le librasen de su soledad, y esto le hacía sentirse tan atormentado como un guerrero sin su espada o un bardo privado de su preciada arpa.

Inmerso en la muchedumbre, y poco acostumbrado como estaba a verse rodeado de tanta gente, Anghus miraba hacia todos lados sin poder evitar sentirse ligeramente intimidado. Sin embargo, *Ciclón* también estaba a su lado, y su sola presencia le daba la confianza que le faltaba.

—Ven aquí, *Ciclón*. —Anghus se agachó y acarició el pelaje del animal, que oscilaba entre el negro y el marrón, con parches de color blanco. Sus orejas, largas y suaves, le caían a ambos lados de la cabeza como ramas de sauce.

—Vamos, Anghus. Ahora no te entretengas. —Nisien apremió a su hijo para que no se rezagase, mientras enfilaban el camino hacia la explanada principal.

Anghus reanudó la marcha sin dejar de observarlo todo con los ojos muy abiertos. En su vida diaria, la única mujer a la que Anghus solía ver era a su propia madre. No obstante, allí las había de todas las edades, y el muchacho comenzó a notar una extraña sensación con la que hacía un tiempo que se venía familiarizando, pero de la cual se sentía tremendamente avergonzado. Anghus advirtió que su miembro le palpitaba dentro del pantalón, como consecuencia de la fuerte atracción que le provocaba el sexo opuesto. Sin embargo, más allá de algunas fugaces imágenes de sus progenitores yaciendo en el lecho, lo cierto era que aquella faceta de la vida constituía todo un enigma para él. Sus padres jamás le habían hablado de aquel tema, ni entraba en sus planes hacerlo, de modo que el muchacho estaba cada vez más preocupado porque no sabía cómo debía interpretar sus impulsos sexuales, ni tampoco cómo mantenerlos bajo control.

En cuanto alcanzaron el área dedicada a los juegos y danzas, la música atrajo inmediatamente su atención, logrando al mismo tiempo distraerle de aquellos pensamientos lascivos que por unos instantes se habían adueñado de su mente. Anghus comenzó entonces a batir palmas al ritmo de la frenética melodía, mientras sus ojos centelleaban y su boca formaba una mueca de satisfacción.

—Ve a bailar —le animó su madre.

Anghus contempló con cierta envidia al montón de jóvenes de su edad que se entregaban con entusiasmo a la danza tradicional celta.

—Ojalá supiera —se excusó con su característica voz pastosa.

—Tú imítalos y hazlo lo mejor que puedas —apuntó Nisien—. Lo único que importa es que te diviertas.

Anghus titubeó, pero no tardó mucho en dejarse convencer. Sus ansias por participar de la fiesta eran más fuertes que su miedo al ridículo. El muchacho se internó en el recinto y se situó en un extremo del mismo, cerca de un músico que tocaba de manera infatigable un diminuto tambor. Anghus se sumó al baile, al principio con timidez, y poco después con mayor desenvoltura.

La pareja de granjeros siguió atentamente sus evoluciones, y no pasó mucho tiempo hasta que sus miradas se tiñeron de emoción. Aunque Anghus bailaba de forma espantosa, pues sus movimientos eran descoordinados y rara vez iban al compás de la música, aquello era lo de menos. La expresión de dicha de Anghus y su satisfacción por formar parte de algo constituían todo un éxito en sí mismo. Sus padres sabían mejor que nadie que su vida había sido una carrera de obstáculos, y que cada paso hacia adelante que daba se erigía como un hito en la buena dirección.

Anghus no se cansaba de bailar y, al cabo de un rato, sus padres le dijeron que no se moviese de allí, que mientras ellos iban a acercarse a la zona del mercado para hacerse con algunos enseres que necesitaban.

—Después volveremos a buscarte —le comunicó Nisien. Y tras advertir cierto temor en la mirada de Anghus, añadió—: No te preocupes, *Ciclón* no se separará de ti.

El perro aguardaba sentado en el exterior del recinto, jadeando con la lengua fuera. Anghus le hizo un gesto con la mano y *Ciclón* meneó la cola a modo de respuesta. La presencia del animal le tranquilizó, y sus padres se marcharon asegurándole que estarían muy pronto de vuelta.

Anghus se refugió de nuevo en la música y reanudó con su particular afán los pasos de la danza celta, aunque bailase sin una pareja, como dictaba la tradición. No dejaba de mirarse los pies, tratando de no equivocar los pasos. Pese a su torpeza, estaba seguro de que si continuaba practicando, lograría hacerlo mejor. Fue entonces, al levantar la mirada, cuando se dio cuenta de que un joven se había situado frente a él, acompañándole en el baile. Anghus se sintió exultante, y no pudo por menos que dedicarle una sonrisa cargada de gratitud…

… Hasta que comenzó a observar con más detenimiento el comportamiento de aquel muchacho.

Cedric bailaba imitando los pasos torpes y desacompasados de Anghus, incluso exagerándolos. Estiraba una pierna como si diese una patada, o elevaba en exceso una rodilla cuando se suponía que debía mantenerla recta. En realidad, se hacía bastante evidente para cualquiera que su verdadero objetivo era burlase de él.

Anghus no fue del todo consciente hasta que un corro de muchachos se formó en torno suyo y comenzó a carcajearse a mandíbula batiente. Al ser el hijo del rey, a Cedric no le faltaban aduladores dispuestos a reírle cada una de sus ocurrencias. Cedric se sentía frustrado tras su lamentable encuentro con Brianna, y no había encontrado mejor manera de olvidarlo que mofarse de aquel pobre idiota.

Anghus agachó la mirada y dejó de moverse. Un coro de carcajadas atronaba sus oídos.

—¿Por qué no me dejas en paz? —farfulló—. Yo a ti no te he hecho nada.

Cedric aprovechó entonces la intervención del retrasado para ridiculizarle aún más si cabía. Le bastó con remedarle, adoptando su característica voz gangosa.

Las risas arreciaron con más fuerza y, pese a su corpulencia, Anghus comenzó a sentirse cada vez más y más pequeño. Profundamente herido en su fuero interno, el hijo del granjero se dio la vuelta e inició la marcha para alejarse lo antes posible de allí. Pero Cedric aún se reservaba el golpe de gracia final. Estiró un pie y, sin apenas esfuerzo, le puso la zancadilla a Anghus, que perdió el equilibrio y cayó cuan largo era sobre la tierra de la explanada.

El golpe le había resultado tremendamente doloroso, pero verse de repente convertido en el centro de todas las miradas multiplicó aún más su humillación. Los músicos habían dejado de tocar y la muchedumbre había vuelto sus ojos hacia él. *Ciclón* corrió a su lado y le lamió la cara, como si fuese el único de los presentes capaz de mostrar cierta compasión, mientras que Cedric se moría de la risa, secundado por su camarilla de amigos. Anghus continuó tendido unos segundos más en el suelo, tan abochornado que ni siquiera se sentía con fuerzas para volver a ponerse en pie. Se había magullado manos y rodillas, y un puñado de tierra se le había metido en la boca. «Ojalá no hubiese acudido nunca a las fiestas de Lugnasad», pensó.

Entonces apareció un joven que, a diferencia del resto, se inclinó sobre él y le tendió afablemente la mano. Serbal había sido testigo de todo, y le había parecido muy injusto el modo en que Cedric y los suyos se habían ensañado con aquel pobre muchacho. El propio Serbal, a la edad de diez u once años, también se había burlado de él, pero ya no eran unos niños, aunque algunos se comportasen todavía como tales.

Anghus logró incorporarse con la ayuda de Serbal, al que apenas dedicó una huidiza mirada, y seguido del fiel *Ciclón*, se alejó de allí a toda prisa, deseando confundirse cuanto antes entre el gentío. La banda reanudó la música y rápidamente el lugar recuperó su ambiente festivo, cada cual volvió a lo suyo y el incidente pasó rápidamente al olvido.

No así para Brianna, que había observado la escena desde la distancia con gran consternación.

La aristocracia guerrera también celebraba por todo lo alto las fiestas de Lugnasad.

Por la mañana, los guerreros habían llevado a cabo carreras de caballos, y también se habían desafiado unos a otros en combates simulados, así como en juegos de habilidad. A mediodía, todos ellos se hallaban reunidos en la sala de asambleas, regalándose con un espléndido banquete.

Los guerreros se sentaban en el suelo sobre pieles extendidas, y se abalanzaban como lobos hambrientos sobre los diferentes manjares distribuidos en mesas bajas de forma circular. El menú estaba compuesto por cerdo condimentado con ajo y cebolla, estofado de conejo, pescado en salazón asado, queso de cabra y frutos silvestres. Y para regar sus gargantas disponían de dos bebidas a elegir: cerveza de cebada de producción local, o un exquisito vino importado de las naciones mediterráneas. Un ejército de sirvientes reponía las fuentes de alimentos cuando estos se agotaban, rellenaban de bebida los recipientes y recogían los huesos que los comensales arrojaban al suelo, en cualquier dirección.

El ambiente era tan festivo como bullicioso. El rey Calum presidía la mesa principal, acompañado por el general Murtagh, sentado a su derecha. La ubicación de los convidados en estos festines dependía de su rango y sus proezas en combate.

—¿Qué opinas acerca de lo que dicen los druidas sobre el despertar de los dioses germanos? —inquirió Calum. La poblada barba del rey se había teñido de rojo fuerte, completamente empapada de vino, el cual acentuaba su color natural.

El general le devolvió una centelleante mirada.

—¡No les tengo ningún miedo! —rugió enaltecido por la bebida—. Cuando llegue la hora, ya resolveremos nuestras diferencias en el campo de batalla. —Murtagh alzó su jarra con tanto ímpetu, que derramó casi la mitad de su contenido.

Los guerreros comían con las manos y bebían en cuernos o en jarras de madera. No se limpiaban la grasa de la boca y eructaban con descaro, a veces compitiendo entre ellos por ver quién lo hacía más fuerte. Tan solo el acaudalado Eoghan parecía haberse refinado, por cuanto era el único que echaba mano de un cuchillo para cortar la carne haciendo gala de una enorme pulcritud.

—Comparto tu entusiasmo —señaló Calum—. De cualquier modo, creo que deberíamos mirar al futuro con algo de cautela.

En ese momento apareció en escena el bardo, cuya presencia era obligada en aquel tipo de eventos. Armado con una modesta lira de tres cuerdas, el bardo deleitaba los oídos de la aristocracia guerrera recitando elogiosos poemas o narrando legendarias epopeyas protagonizadas por sus antepasados.

El festín se prolongaría hasta que las viandas se agotasen, o hasta que los estómagos no admitiesen ni un solo bocado más, lo que primero ocurriese.

Los reclutas que aspiraban a formar parte de la clase militar no tenían derecho a participar en el banquete celebrado en la sala de asambleas, pero al menos se les había concedido unos días de asueto con motivo de aquellas fiestas tan señaladas.

Derrien y Ewyn llevaban varias horas recorriendo el mercado, dándose primero un atracón de comida y emborrachándose después en el recinto ferial. Era agradable volver a sentir aquella sensación de libertad tras haberse pasado tanto tiempo sometidos a las estrictas normas que regían en el campamento.

Por la mañana, Derrien se había encontrado con Serbal, al que casi deja sin respiración tras propinarle un monumental abrazo. Derrien apreciaba mucho a su hermano menor, al que le debía todo lo bueno que le había pasado en el último año. Si Serbal no hubiese ocupado su lugar como aprendiz en la herrería, muy probablemente su padre no le habría permitido iniciarse como guerrero.

—Mira aquella de allí. ¿Has visto cómo sus pechos le rebosan por encima del vestido? —Ewyn señaló una mujer de carnes bien prietas.

—Compañero, creo que en este caso no podría estar más de acuerdo contigo —concedió Derrien.

Tras varios meses alejados de Hallein y separados de cualquier tipo de presencia femenina, los niveles de testosterona de los muchachos estaban a punto de estallar. Y, en esos momentos, tras haber complacido el buche con una sustanciosa comilona y la garganta con incontables litros de cerveza, lo que ahora les pedía el cuerpo era rematar la faena metiéndose bajo las faldas de un par de mozas de buen ver. Ni Derrien ni Ewyn estaban comprometidos, ni lo estarían hasta que se hubiesen ganado su torques de guerrero.

—¡Mira aquel par de bellezas que vienen hacia aquí! —exclamó Ewyn—. Difícilmente se nos presentará otra oportunidad igual.

Derrien miró hacia donde señalaba su amigo, y distinguió a dos jóvenes algo rellenitas que empleaban al andar un pronunciado movimiento de caderas. No eran precisamente unas bellezas como Ewyn las había descrito, pero tampoco lo contrario. Derrien se encogió de hombros y esbozó una socarrona sonrisa, como dando a entender que para calmar sus deseos, aquellas podían ser tan buenas candidatas como otras cualesquiera.

Abordaron a las chicas cuando se cruzaron con ellas. Y pese a que Derrien tenía mejor presencia, Ewyn asumió la voz cantante, porque su facilidad de palabra era muy superior. Entablaron conversación y pronto averiguaron que las muchachas eran hermanas, y que procedían de una aldea que se hallaba a bastante distancia de allí. Derrien y Ewyn intercambiaron una sonrisa cargada de complicidad, sabedores de que aquella circunstancia jugaba a su favor. Si hubiesen vivido en Hallein lo habrían tenido muy difícil, por aquello de las habladurías. Las hermanas, además, mostraban síntomas de estar ligeramente achispadas, lo que sin duda les facilitaba el camino.

Un rato de charla intrascendente bastó para convencerlas de que les acompañasen fuera del poblado, hasta la linde del bosque. Para los cuatro resultaba bastante evidente lo que implicaba aquel llamativo cambio de escenario, y ninguno de ellos puso la menor objeción.

A las hermanas tan solo les separaba un año de diferencia. La mayor se llamaba Fianna y la menor, Rowena.

No necesitaron adentrarse en el bosque para encontrar un lugar apartado. Durante el trayecto, fueron ellas las que se repartieron a los muchachos. Ni a Derrien ni a Ewyn les importó, pues ninguno de los dos tenía especial preferencia por ninguna de ellas.

Ewyn se lanzó primero y, tras apoyar a Rowena contra el tronco de un árbol, buscó ansiosamente su boca. Derrien tomó a Fianna de la mano y se distanció unos cuantos metros, dejando una hilera de olmos entre ambas parejas para tener así cierta intimidad.

Derrien besó a Fianna y pronto sus lenguas conformaron un sinuoso y húmedo lazo que se hacía y deshacía dentro de sus bocas. Fianna palpaba entregada los poderosos brazos de aquel joven, que parecía tan inmenso como una montaña y tan fornido como un buey. El propio Derrien sintió agitarse su respiración, y acto seguido deslizó sus manos por las nalgas de la muchacha, al tiempo que enterraba la cabeza entre sus voluminosos pechos. Los preámbulos se demoraron durante varios minutos, hasta que Derrien pretendió despojarla del vestido para culminar el encuentro… momento en que Fianna le puso una mano en el pecho y le separó suavemente de ella.

Al principio Derrien fingió no darse por enterado y trató de vencer aquella resistencia de última hora. Sin embargo, Fianna estaba decidida a no dejarle llegar más lejos y Derrien, frustrado, se apartó de ella obligado a respetar sus deseos. La joven agachó la mirada y comenzó a arreglarse el vestido sin darle la menor explicación.

—¿Qué ocurre? —inquirió Derrien.

—Hoy no —replicó la muchacha—. Seguramente la próxima vez que nos veamos.

Derrien comprendió entonces que las hermanas habían concebido su propio plan, muy alejado del intrascendente encuentro sexual que ellos tenían en mente. En realidad, ellas pretendían establecer una relación duradera, confiadas en que a la postre sus familias negociasen un compromiso. Para unas sencillas aldeanas como ellas supondría un gran premio contraer matrimonio con dos firmes candidatos a formar parte de la clase guerrera en la siguiente estación.

Escasos segundos más tarde, un inconfundible gemido femenino llegó hasta los oídos de Derrien, lo cual le llevó a pensar que quizás Ewyn había tenido más suerte que él, después de todo. Pero luego el gemido se transformó en un acuciante jadeo y el jadeo, en una exclamación que quedó silenciada de repente. Alarmada, Fianna no se lo pensó dos veces y, sorteando los árboles que tenía delante, recorrió el pequeño trecho que les separaba de la otra pareja.

Derrien salió corriendo tras ella.

Cuando llegaron, vieron a Rowena tendida en el suelo forcejeando por quitarse a Ewyn de encima. Este le había tapado la boca con una mano, mientras con la otra intentaba separarle las piernas. Derrien sacudió la cabeza en señal de desacuerdo. A diferencia de él, su amigo no parecía haber aceptado un no por respuesta.

—Ewyn, ¿qué haces?

Este se giró, dejando a la vista una mirada entre lasciva y siniestra. Rowena se retorcía bajo su cuerpo como una lombriz enganchada en el anzuelo de un pescador.

—¿A ti qué te parece? Si hemos llegado hasta aquí, esta furcia no va a dejarme ahora a medias.

Fianna se abalanzó sobre Ewyn y comenzó a propinarle golpes en la espalda y a gritarle que dejara a su hermana en paz. Derrien tuvo que sujetarla con firmeza para que no empeorase aún más la situación.

—Basta, Ewyn —espetó Derrien—. No puedes hacer lo que te plazca. ¿Acaso te has olvidado de lo que podría ocurrirte si la fuerzas?

Pero Ewyn, poseído por la lujuria y afectado por la desmedida ingesta de alcohol, no le prestó atención.

—¡He dicho que basta! Conoces las leyes de nuestro pueblo y sabes bien que al rey nunca le ha temblado el pulso a la hora de hacerlas cumplir. —Derrien asió a Ewyn por detrás y de un fuerte tirón le separó de la muchacha. Fianna ayudó a su hermana a ponerse en pie y ambas escaparon a toda prisa de allí.

—¡Suéltame, idiota! —escupió Ewyn. Pero Derrien no le hizo caso y le retuvo entre sus brazos, dando así tiempo a las chicas a poner cierta distancia de por medio.

Derrien dejó transcurrir un par de minutos antes de soltar a Ewyn, que echó mano de la daga que llevaba al cinto en cuanto se vio liberado, como si pretendiese engancharse en una pelea con su amigo. Derrien dio un paso atrás, consciente de la extraordinaria habilidad de Ewyn con el cuchillo, debido a que su padre había ejercido durante toda su vida el oficio de carnicero. El asunto, sin embargo, se quedó en un ridículo amago de reyerta, pues el joven bajó enseguida las manos y, sin mediar una sola palabra, estalló en sonoras carcajadas hasta que gruesas lágrimas asomaron a sus ojos.

—Eres un insensato, Ewyn —le reprochó Derrien, aunque él mismo ya se había comenzado a contagiar de aquella alocada risa—. Y si no te andas con cuidado, un día acabarás metido en serios problemas.

Meriadec se dirigía de regreso a la residencia de los druidas tras haberse pasado casi toda la mañana bendiciendo el ganado que numerosos granjeros habían trasladado hasta Hallein, con motivo de la popular feria que tenía lugar durante las fiestas de Lugnasad. Ya casi había llegado, cuando advirtió la presencia al final de la calle del miembro más peculiar de la orden: Nemausus, conocido afectuosamente como el druida ermitaño.

Algunos druidas vivían en la residencia comunitaria ubicada en el extremo norte de Hallein, cerca del taller de Teyrnon, mientras que otros, aquellos que se hallaban casados —tal cosa era perfectamente compatible con su oficio—, habitaban un hogar propio dentro del poblado. Nemausus, sin embargo, residía en una modesta cabaña situada en el corazón del bosque, en completa soledad.

El druida jefe acudió al encuentro de Nemausus, que se desplazaba con extrema lentitud debido a su longevidad. El druida ermitaño era bastante mayor que Meriadec, y aunque nadie sabía con exactitud su verdadera edad, se rumoreaba que ya sobrepasaba los cien años.

—No sabes cuánto me alegra ver que aún te dejas caer de vez en cuando por aquí —le saludó cariñosamente el druida jefe.

Nemausus casi nunca se alejaba ya de las inmediaciones de su destartalado chamizo, y tan solo acudía a Hallein cuando una de las grandes fiestas del calendario tenía lugar. No obstante, y en su condición de druida sanador, a veces se desplazaba hasta alguna que otra granja cercana para prestar sus servicios. El anciano sabía llevar a cabo operaciones de cirugía, incluyendo cesáreas y trepanaciones, y nadie conocía como él las propiedades medicinales de las plantas en tierras de los celtas nóricos.

—Mi trabajo me cuesta —replicó Nemausus con la voz cascada—. La edad no perdona, Meriadec. Y yo me encuentro ya más cerca del Otro Mundo que del que ahora pisan mis pies.

—No tengas prisa, Nemausus. —El druida jefe sacudió su mano derecha—. La madre Dana y el padre Lugh ya se ocuparán de tu alma cuando llegue el momento.

La pareja de druidas retomó el paso de nuevo. Nemausus caminaba con el cuerpo encorvado y se ayudaba de un largo cayado. Un matojo de pelo raleaba sobre su cabeza y del mentón le brotaba una barba similar a la que lucía su colega, aunque bastante más puntiaguda. Pese a sus abundantes achaques, los ojos del viejo druida todavía reflejaban la obstinada chispa de la vida.

—¿Qué llevas ahí? —inquirió Meriadec—. ¿Otra de tus adoradas mariposas?

Nemausus portaba en su mano izquierda una pequeña jaula de madera, cubierta por una fina redecilla. Y, en efecto, en su interior revoloteaba un llamativo ejemplar de este insecto.

—Es una mariposa púrpura del roble. —El druida ermitaño alzó la jaula para que Meriadec la viese bien—. Casi nunca se aleja de las copas de los árboles, excepto cuando baja a beber a los charcos.

Las mariposas constituían la gran pasión de Nemausus. Normalmente las contemplaba en el bosque, en su hábitat natural, salvo aquellas que, por su singularidad, prefería mantener en cautividad durante varios días, durante los cuales llevaba a cabo una detallada observación, hasta que finalmente las liberaba. Esa en particular se la había dado un pastor que la había cazado para él.

Meriadec contempló la diminuta mariposa y bosquejó una sonrisa. Todas las criaturas de la naturaleza, desde la más repulsiva hasta la más hermosa, formaban parte de la Divinidad.

Llegaron hasta la residencia de los druidas y Meriadec invitó a Nemausus a pasar al interior, donde podría tomarse un merecido descanso en la sala común. Antes de entrar, sin embargo, el druida ermitaño dejó la jaula en el exterior, sobre un banco que había junto a la puerta.

—Es bueno que mi pequeña amiga reciba la luz del sol —explicó—. No quiero que se me muera.

Y dicho esto, accedieron a la amplia residencia.

Brianna sostenía a Lynette mientras la conducía a través de las callejuelas de Hallein en dirección a su casa. La amiga de Brianna, afectada por una tremenda borrachera, perdía constantemente el equilibrio y apenas podía desplazarse por su propio pie. En realidad, tampoco es que Lynette hubiese bebido en exceso —no más de tres jarras de cervezas—, pero para ser de origen celta parecía poseer una inusual falta de tolerancia al alcohol.

—Estoy bien —farfulló—. ¿Por qué no dejas que me divierta un poco más? A lo mejor Dunham baila conmigo otra vez. —Y se rio de buena gana.

Lynette se hallaba en plena fase de euforia, todavía bastante alejada de las arcadas que vendrían después, y más aún de la resaca del día siguiente.

—No digas bobadas —replicó Brianna—. Estoy segura de que si estuvieses en pleno uso de tus facultades mentales, no querrías que Dunham te viese así.

—No exageres. Solo estoy un poquito mareada —repuso Lynette con el habla arrastrada propia de la embriaguez—. De hecho, tendría que haber sido Dunham quien me trajese de vuelta, y haber aprovechado así para intimar un poco más con él. —Sus últimas palabras denotaban un evidente deseo insatisfecho.

—Lo tuyo con Dunham va en serio, ¿verdad?

Lynette bufó algo incomprensible y, tras mirar en derredor, añadió:

—Por aquí no se va a mi casa…

Brianna tuvo que reconocer haberse equivocado de camino. Su sentido de la orientación no era el mejor, y Lynette, en su estado, tampoco servía de gran ayuda. Además, la propia Brianna también había bebido, aunque no se sentía tan perjudicada como su amiga.

—¡Mira! —exclamó Lynette al tiempo que se enderezaba—. ¿Qué es eso?

De repente, Lynette se zafó de los brazos de Brianna y, dando tumbos, cruzó al otro lado de la calle, hacia al objeto que había llamado su atención.

—¡Lynette! ¡Vuelve ahora mismo! —Brianna la siguió a toda prisa, tras advertir que su amiga se dirigía a la residencia de los druidas.

Lynette hizo caso omiso y, al llegar a la puerta de entrada, tomó entre sus manos una pequeña jaula que había allí. La muchacha la colocó a la altura de sus ojos y observó a través de la red que cubría el armazón. Una sublime mariposa aleteaba en su interior.

—¡Mira! ¡Es preciosa! —Las alas de la mariposa, en su anverso, eran de color negro con manchas azules, mientras que su reverso presentaba un acentuado tono gris.

—¡Suelta eso ahora mismo! —ordenó Brianna—. Debe de pertenecer a un druida y sabes de sobra que no lo podemos tocar.

Pero Lynette, sometida por completo a los caprichos del alcohol, parecía empeñada en cometer una imprudencia tras otra. La joven giró sobre sí misma e inició un paso aturullado, llevándose la dichosa jaula consigo.

—¡¿Se puede saber qué haces?! —estalló Brianna—. ¡Deja eso donde estaba antes de que nos metamos en un lío!

Lynette hizo oídos sordos a la advertencia de su amiga, que salió corriendo tras ella para evitar un mal mayor. La interceptó enseguida e intentó recuperar la mariposa, pero Lynette se resistía a soltarla abrazándola contra su pecho. Finalmente, tras un breve forcejeo, Brianna logró arrebatársela con un fuerte tirón que le hizo perder el equilibrio y aterrizar de culo en el suelo. Por suerte, la jaula no había sufrido ningún daño, hasta que Brianna se dio cuenta de que la red que la cubría ya no estaba en su sitio.

La mariposa se escurrió entre las delgadas varillas de madera y revoloteó hasta perderse en las alturas.

Cuando Brianna alzó la vista de nuevo, distinguió a Meriadec bajo el marco de la puerta, frunciendo el ceño con acritud. A su lado se encontraba el druida ermitaño, que la observaba con idéntico gesto de desaprobación. Brianna supo de inmediato que aquel estúpido lance no quedaría sin castigo.

5

Para la mayoría, las fiestas de Lugnasad se asociaban al descanso y a la diversión, pero no para Eoghan. En aquellas fechas el comercio se intensificaba, y el hermano del rey no descansaba hasta haber supervisado personalmente todas las transacciones que estaban bajo su control.

A lomos de su caballo, el hermano del rey se dirigía hacia el principal río de la región, seguido por una caravana de carros tirados por bueyes y ponis, un numeroso grupo de mozos de carga y un puñado de sirvientes. Recientemente, los griegos habían fundado la colonia comercial de Massalia, desde donde sus mercaderes remontaban el Ródano hacia el nacimiento del Danubio, a lo largo de cuyo curso comerciaban con una gran variedad de tribus celtas.

Eoghan transportaba cueros y pieles, miel, y sobre todo, la valiosísima sal que los mercaderes griegos se encargarían de distribuir a lo largo de su viaje de vuelta. A cambio, Eoghan esperaba recibir abundantes ánforas de vino, algo de oro, y también un cargamento de estaño, necesario para la preciada aleación del bronce.

La caravana llegó hasta el embarcadero del río, donde una nave griega había atracado el día anterior. El barco, aunque sencillo, poseía una notable capacidad de almacenaje. Se servía de una sola vela cuadrada como fuerza motora —los remos tan solo se utilizaban para maniobras de carácter puntual— y no precisaba de una tripulación numerosa, lo que favorecía la reducción de costes.

Un sirviente ayudó a Eoghan a descender del caballo y le entregó presuroso las muletas, sin las cuales no se habría podido valer. El hermano del rey apoyó todo su peso en la única pierna que tenía y avanzó hacia el muelle. Sin mayor demora, Eoghan subió a bordo del navío y mantuvo una breve charla con el capitán para cerrar los detalles del acuerdo. Tras ello, ambos rubricaron la operación y los hombres de Eoghan comenzaron a descargar la mercancía.

Pero además de los negocios, existía otro factor de naturaleza muy distinta que había llevado al celta a encontrarse con el capitán griego. Eoghan entrecerró los ojos y le cuchicheó algo al oído. El hombre sonrió de forma aviesa y asintió con la cabeza, en un claro gesto de complicidad. Después le condujo a través de la cubierta hasta llegar a una amplia bodega situada en el nivel inferior, en cuyo extremo se abría una puerta que daba a un pequeño compartimiento. Al otro lado, una niña de once o doce años languidecía sobre un lecho de paja mustia.

Aquel era el gran secreto de Eoghan, que jamás debía ver la luz.

Aunque era sobradamente conocido su insaciable apetito sexual —de hecho, era el único habitante de Hallein que tenía dos esposas—, convenía que ciertas preferencias que involucraban la participación de niñas pequeñas no se supiesen. Los druidas, por ejemplo, habrían puesto el grito en el cielo de haber tenido conocimiento de tales actos. Por ello, Eoghan había encontrado el modo de satisfacer sus retorcidos deseos sin levantar las sospechas de nadie. Los griegos comerciaban con esclavos y, si por casualidad llevaban a alguna niña entre la remesa, la ponían a disposición del poderoso mercader celta a cambio de un precio elevado pero asequible para él. Y aquel día podía decirse que Eoghan había tenido suerte.

El hermano del rey accedió al interior del húmedo habitáculo y cerró la puerta tras de sí. La niña se incorporó y, asustada, retrocedió un paso hasta toparse con la pared que tenía a su espalda. Eoghan la estudió con la mirada. Ataviada tan solo con una túnica raída, saltaba a la vista que la pequeña no era de origen de celta. Sus ojos grandes y oscuros y su piel de color canela le indicaban que quizás proviniese de algún pueblo de las estepas orientales, o incluso de alguna nación de la costa mediterránea. Eoghan dijo algo, solo por ver si la niña le entendía, pero esta respondió en un idioma extraño que no era ni griego ni celta.

Un destello de terror asomó en las retinas de la pequeña cuando Eoghan avanzó un paso y se bajó los calzones, mientras se sostenía precariamente sobre sus muletas. El corazón se le aceleró y su miembro viril comenzó a cobrar vida. Sin embargo, su excitación se vino abajo casi de inmediato cuando atisbó un trazo de aversión en la mirada de la niña tras haber quedado a la vista el muñón de su pierna derecha, a la altura del fémur.

Si había algo que Eoghan no soportaba era causar rechazo por carecer de una extremidad. Precisamente por esa razón nunca dejaba a la vista su pierna desnuda... salvo en ocasiones como aquella. En el fondo, y pese al tiempo transcurrido, todavía sentía vergüenza de sí mismo por haber acabado convertido en un tullido incapaz de pelear. Y ahora una miserable esclava se bastaba de una incómoda mirada para recordárselo de nuevo.

Eoghan apretó los dientes y se juró a sí mismo que le haría pagar muy cara su afrenta. Pero eso sería después. Primero la usaría para saciar su deseo sexual, como solo una niña de su edad era capaz de hacerlo.

La niña chilló, pataleó, y se resistió mientras pudo, pero pronto quedó patente que nada podía hacer frente a la fuerza de un hombre adulto. Para cuando Eoghan acabó con ella, la pequeña había quedado reducida a un ovillo arrinconado en el suelo, similar a un polluelo que se ha caído del nido. El dolor era insoportable, especialmente en la zona de los genitales, donde había sufrido severos desgarros.

Con todo, el celta aún ansiaba ajustar cuentas con ella, para que nunca olvidase que no se podía mirar a un lisiado de aquella manera, como si fuese una aberración de la naturaleza.

Eoghan esgrimió una daga que siempre llevaba consigo y se inclinó sobre la pequeña, a la que agarró del pelo para alzarle la cabeza y cruzarle sin previo aviso la cara en diagonal. Aplicó el tajo con la misma precisión que empleaba para cortar la carne que le servían en los banquetes. Ahora ella también sería objeto de aquella mirada de aversión cuando los demás contemplasen la enorme cicatriz que adornaría su rostro de por vida.

Eoghan abandonó la diminuta estancia e inició el camino de regreso a través de la bodega. Fue en ese momento cuando se topó de frente con Teyrnon, que le dedicó una implacable mirada desde el fondo de sus pobladas cejas. Su presencia en el barco no le extrañó, pues el herrero revisaba con frecuencia los cargamentos de estaño para comprobar la calidad del mismo. Aquel encuentro, sin embargo, resultó de lo más inoportuno, especialmente tras advertir que Teyrnon desviaba la mirada por encima de su hombro. Eoghan se giró y vio que la niña había salido del compartimiento, pese a tener prohibido hacerlo. La pequeña estaba desnuda y se sostenía con las manos un pedazo de piel que le colgaba de la mejilla, mientras un reguero de sangre se deslizaba cuello abajo. Sus grandes ojos negros desprendían un odio descarnado y visceral. Eoghan apuntó una sonrisa: prefería mil veces aquella mirada a otra que denotara repulsa.

El hermano del rey se volvió para enfrentarse acto seguido con la acusadora mirada de Teyrnon. No hacía falta ser muy listo para darse cuenta de que el herrero sabía perfectamente lo que allí había ocurrido. Aun así, Eoghan se dirigió con parsimonia hacia la cubierta del navío, sin inmutarse lo más mínimo. Ya tendría tiempo de resolver aquel asunto. El herrero era un hombre prudente, y no le cabía la menor duda de que sabría mantener la boca cerrada.

El que estalló de indignación, sin embargo, fue el mercader griego tan pronto como tuvo conocimiento del daño innecesario que Eoghan le había ocasionado a la niña.

—¡Le has marcado la cara! —le recriminó—. ¡Así me resultará mucho más difícil poderla vender!

Eoghan soportó en silencio los reproches del capitán, mientras atravesaba con total tranquilidad la pasarela de la embarcación. Si tenía que compensarle por el daño causado, no tendría problema alguno en hacerlo. Si había algo de lo que Eoghan estaba sobrado, era de riquezas.

6

Una vez finalizadas las fiestas de Lugnasad, la rutina habitual se instaló de nuevo entre los celtas nóricos.

Derrien, en particular, había regresado al campamento para completar la etapa final de su instrucción y, tras una última semana de intenso entrenamiento, se le había asignado la misión que coronaría aquel largo proceso. De su capacidad para llevarla a buen término dependería ahora su destino como guerrero.

Pero Derrien no se enfrentaría en solitario a aquella esperada prueba. Las misiones solían llevarse a cabo en parejas, y Ewyn había sido el compañero que le había tocado en suerte. Se alegraba por ello. Pese a la fama de conflictivo que se había ganado su amigo, ambos se tenían en gran estima, y normalmente una simple mirada les bastaba para entenderse.

Derrien comenzó a despiezar un conejo que acababa de cazar mientras Ewyn se ocupaba de encender una hoguera. La última luz del crepúsculo languidecía, dando paso al embrujo de la noche, que se abatió quedamente sobre ellos. Se hallaban en plena misión, ocultos en una espesa arboleda, muy alejados su lugar de origen. De hecho, se encontraban en territorio de los celtas latobicos, después de que hubiesen cruzado el límite fronterizo que separaba ambos pueblos. ¿El motivo? Les habían encomendado robar una pareja de caballos de alguna otra tribu celta.

—Esto no era lo que esperaba —protestó Ewyn, decepcionado porque él habría preferido enfrentarse a una prueba que implicase combatir.

—En el futuro no faltarán las guerras —replicó Derrien—. Así que yo no tengo prisa alguna en medirme con el enemigo.

No era una misión de fuerza, sino de sigilo, ya que resultaba clave no ser descubiertos. Pero también lo era de supervivencia, pues durante el tiempo que estuviesen, solamente dependerían de ellos mismos para subsistir.

Lo primero había sido seleccionar el objetivo. Para ello, habían observado a escondidas la situación de varias granjas de la zona, hasta que finalmente se habían decidido por una que se encontraba algo más alejada del resto. Además de que el entorno les favorecía, la familia que la ocupaba estaba formada por un escaso número de miembros, lo que reducía aún más las posibilidades de que les vieran. Actuarían de noche, aprovechando el sueño de sus víctimas y la protección que les ofrecería la oscuridad. Si todo salía como habían previsto, los granjeros no se darían cuenta del robo hasta la mañana siguiente. Y para entonces, ellos ya estarían muy lejos de allí.

—No sabes las ganas que tengo de acabar con esto —farfulló Ewyn.

—Ten un poco más de paciencia —repuso Derrien—. Si todo sale bien, esta misma noche pondremos rumbo a nuestras tierras.

Cenaron en silencio y, tras haberlo echado a suertes, Derrien inició un turno de guardia que se prolongaría hasta la hora prevista. Entretanto, Ewyn se permitió el lujo de echar una breve cabezada para abstraerse de su creciente nerviosismo. Mientras esperaba, Derrien se dedicó a afilar su espada a la luz de la lumbre. Afortunadamente, hasta el momento no habían tenido que usar las armas, pues se habían desplazado con la suficiente cautela como para eludir las patrullas de la tribu vecina sin ser detectados. Si los latobicos les hubiesen sorprendido en sus tierras, no habrían dudado un instante en caer sobre ellos.

Cuando la luna de cuarto menguante completó la mitad de su recorrido, Derrien zarandeó a Ewyn para despertarle de su sueño.

—Arriba. Ha llegado el momento.

No perdieron un solo segundo y, tras apagar las brasas del fuego, se pusieron en camino.

A aquellas horas de la madrugada soplaba una gélida brisa que supieron ignorar, acostumbrados como estaban a condiciones tan adversas. Durante la primera parte del trayecto avanzaron confiados, amparados en la frondosidad de la arboleda, hasta que se adentraron en unas extensas heredades de terreno cultivado, donde extremaron la precaución. La madre Dana parecía estar dispuesta a tenderles una mano: el cielo estaba cubierto de nubes bajas que ocultaban la luna de forma intermitente, de manera que se desplazaban aprovechando los interludios de oscuridad.

Al llegar a la granja, el silencio era total. La cerca estaba vacía. Los cerdos que criaba el propietario se hallaban recogidos dentro del cobertizo, y los caballos en el interior del establo. De la cabaña donde residía la familia no asomaba el menor resquicio de luz. Tal como habían esperado, todos debían de estar durmiendo.

El establo no era más que una frágil estructura de madera, carente de puerta. Entraron. Solo había dos caballos: una estilizada yegua de color blanco y un poderoso alazán de largas y lustrosas crines. Aunque ellos no necesitaban más, la sustracción de los mismos le supondría al granjero una considerable pérdida. Derrien sabía que no era justo, pero lo único que le importaba era completar con éxito su misión.

Los arneses estaban colgados en la pared, en sendos soportes de metal. Ewyn tomó uno, se lo encajó a la yegua sin dificultad y tiró de las riendas, conduciendo al dócil animal fuera del establo. Derrien, sin embargo, no lo tuvo tan fácil. Desde el primer momento el caballo dio claras muestras de hostilidad, volteando la cabeza a uno y otro lado cada vez que intentaba colocarle los arreos. Su estrategia fue armarse de paciencia y acariciar la cabeza del animal, para calmarlo poco a poco. La operación le llevó varios minutos, hasta que finalmente logró ponerle el arnés.

Ewyn esperaba en el exterior preparado para partir, situado junto a la tranquila yegua. La idea era salir de allí a pie, para minimizar en la medida de lo posible el ruido de los cascos contra el suelo. Sin embargo, de repente el alazán perdió los nervios cuando lo sacaron del establo y empezó a piafar embravecido. Derrien, asustado, retrocedió unos cuantos pasos, aunque tuvo la suficiente sangre fría como para no soltar la brida. Si el animal escapaba, la misión se vería seriamente comprometida, pues al día siguiente las patrullas de vigilancia estarían alertadas de la presencia de salteadores en la región.

La yegua se contagió del nerviosismo del caballo y, obligado a ocuparse de ella, Ewyn tuvo que renunciar a prestar ayuda a su amigo. Derrien echó sus fornidos brazos en torno al cuello del alazán para tratar de controlarlo, pero la fuerza del animal era mucho mayor. El caballo se irguió sobre sus patas traseras y comenzó a relinchar, creando un formidable escándalo semejante a un cielo tronando que anunciara tormenta. De sus ollares se elevaba un cálido vaho que se evaporaba al contacto con el aire nocturno.

Derrien y Ewyn intercambiaron una prolongada mirada que osciló entre la preocupación y el pánico. El plan se les había ido de las manos, y las posibilidades de escapar con bien disminuían a cada segundo que pasaba.

Finalmente, Derrien fue capaz de calmar al alazán, aunque para entonces ya era demasiado tarde.

El granjero salió de la cabaña y les sorprendió en mitad de la cerca que había frente al establo. Las nubes se habían abierto y la luna vertía sobre ellos un fulgor plateado que les dejaba claramente a la vista. El hombre sostenía un apero de labranza en su mano derecha, que esgrimía a modo de arma defensiva.

—¡Fuera de aquí! —bramó—. ¡Y dejad ahora mismo esos caballos! —El granjero dio un paso hacia ellos, impulsado por la indignación.

Un instante después, un niño de nueve o diez años salió de la cabaña y, como si tuviese muy claro lo que tenía que hacer, emprendió la carrera por un camino que se extendía hacia el este.

—¡Corre, hijo! ¡Y avisa al resto de los granjeros de que hay ladrones de ganado en la región!

A continuación fue una mujer la que apareció en la puerta, acunando a un bebé entre sus brazos. Sus ojos reflejaban un terror visceral.

Derrien cruzó una angustiosa mirada con su compañero y amigo.

—Deja la yegua y vámonos de aquí —indicó—. Esto no ha salido como esperábamos. —Y, como para dar consistencia a sus propias palabras, Derrien soltó el alazán y retrocedió lentamente. El granjero aprovechó para apoderarse de las riendas del caballo y hacer así una demostración de fuerza.

—¡Ni hablar! —replicó Ewyn—. Con lo lejos que hemos llegado, yo no pienso irme de aquí sin las monturas. —El joven celta desenvainó su espada y la blandió a escasa distancia del granjero—. El caballo ya no te pertenece —le advirtió—. Suéltalo ahora mismo y vuelve con tu mujer, si es que estimas en algo tu vida.

Pero el granjero, lejos de obedecer y dispuesto a defender lo suyo hasta las últimas consecuencias, enarboló en alto el azadón al que se aferraba para hacerle ver que no le tenía ningún miedo.

—Al menos no digas que no te lo advertí —espetó Ewyn, mientras llegaba hasta el granjero en dos grandes zancadas.

—¡Ewyn! ¡No! —gritó Derrien coincidiendo con el alarido de la mujer.

Ewyn, con todo, alzó su espada de bronce y asestó a su rival un tremendo mandoble que le cercenó parte del cuello y le dejó la cabeza colgando hacia un lado, a punto de troncharse como el tronco de un árbol al que le faltara un último hachazo para ser derribado por completo.

Todo sucedió tan rápido, que Derrien no pudo reaccionar a tiempo para evitar la muerte del granjero.

Ewyn se montó en la yegua y conminó a Derrien a hacer lo propio sobre el caballo, para escapar a toda prisa de allí. El hijo de Teyrnon, resignado, accedió a su petición, comprendiendo que no pudiendo deshacer el daño causado, tan solo les quedaba huir. Antes echó una última mirada por encima del hombro, atraído por el lastimoso llanto de la esposa del granjero, que no dejaba de apretar al bebé contra su pecho con todas sus fuerzas. Sus lágrimas resplandecían bajo la luz de la luna como perlas de agua salada.

La pareja de jóvenes guerreros se perdió en la boca de la noche, haciendo galopar furiosamente sus monturas.

7

Mientras tanto, en territorio de los celtas nóricos, aquella misma madrugada una figura encapuchada llegaba hasta Hallein y se detenía ante sus puertas.

Los centinelas habían seguido sus evoluciones desde que, rayando el alba, la divisaran remontando la cuesta desde el fondo del valle. El extraño lucía una túnica blanca y portaba un cofre de medianas dimensiones bajo el brazo. Era la primera vez que le veían y, conforme al procedimiento establecido, le pidieron que se identificara. El hombre remetió la mano bajo la pechera y extrajo un trisquel de oro que mostró a los centinelas. El colgante probaba que se trataba de un druida procedente de alguna otra tribu celta.

Resuelto el misterio de su identidad, los centinelas le franquearon el paso, al tiempo que uno de ellos partía en busca de

Meriadec para que recibiese al recién llegado. El druida jefe, intrigado, acudió enseguida a su encuentro acompañado por Eboros.

Tan pronto les vio aparecer, el visitante se echó la capucha hacia atrás y dejó a la vista un rostro amable, perteneciente a un hombre de mediana edad, de mejillas hundidas y grandes orejas rosáceas. Una barba castaña poco poblada le adornaba el mentón.

—Mi nombre es Ducarius —dijo— y procedo de la comunidad de los celtas helvecios. ¿Recibisteis el mensaje que os hice llegar con el comerciante?

Las facciones de Meriadec se iluminaron de súbito y por un instante aparentó mucha menos edad de la que realmente tenía. En efecto, durante las fiestas de Lugnasad un mercader les avisó de que el druida Ducarius estaba de camino. Dentro de la comunidad druídica, las visitas entre representantes de las diferentes tribus celtas se producían con cierta periodicidad, con el fin de intercambiar conocimientos, homogeneizar ritos y procurar mantener una línea de pensamiento común.

Meriadec le dio la bienvenida y le condujo de inmediato hasta la residencia de los druidas, para ofrecerle algo de comida y un lugar de acomodo. Mientras recorrían las calles de Hallein, Ducarius les resumió su interminable odisea que había tenido que realizar para llegar hasta allí. No en vano, la tribu helvecia era la que se encontraba más alejada de aquellas tierras, en una región enclavada en el límite oeste de la fragmentada confederación celta. Por fortuna, la hospitalidad celta constituía una seña de identidad muy extendida, y todas las poblaciones y granjas por las que el voluntarioso Ducarius había pasado le habían proporcionado tanto un techo como el sustento necesario para que pudiese proseguir su camino. Los druidas, además, podían moverse con libertad a lo largo y ancho del territorio celta, con independencia de cuál fuese su pueblo de origen y las disputas que hubiese abiertas entre las diferentes tribus.

Tras varias semanas de viaje, Ducarius pretendía pasar ahora una larga temporada conviviendo con los celtas nóricos, movido por un irrefrenable deseo de aprender. La reputación de Meriadec había traspasado fronteras, y su fama como druida jefe despertaba una gran admiración. Ducarius, por el contrario, no llevaba mucho tiempo en el cargo, por lo que le resultaría muy provechoso empaparse de la experiencia de su colega.

—Puedes quedarte el tiempo que quieras —manifestó—. Nuestro hogar es también el tuyo.

Cuando llegaron a las puertas de la residencia, el albor de la mañana se filtraba entre nubes de color púrpura, anunciando el nuevo amanecer. Meriadec se detuvo y, antes de acceder al interior, decidió llevar a cabo la tradicional oración de gratitud.

—Únete a nosotros, por favor —le pidió a Ducarius.

Este se sintió honrado por la invitación y, tras depositar el cofre que había traído consigo en el suelo, los tres druidas se cogieron de las manos y formaron un círculo perfecto. Después elevaron los brazos al cielo y entonaron la canción del sol. Estrechamente ligado al calor y la luz, el sol era frecuentemente invocado como fuente de fertilidad, curación y vida.

Meriadec comprobó que Ducarius interpretaba el cántico a la perfección y que, por tanto, en sus tierras se llevaba a cabo aquel rito de idéntica manera. Al finalizar el acto, Eboros hizo amago de recoger el cofre de Ducarius, pero este se le adelantó sin dejar que lo tocase siquiera. Meriadec no se dio cuenta, pero Eboros percibió por un instante cierta tensión en el semblante del druida extranjero.

—Hermosa oración. —La sonrisa de Ducarius retornó rápidamente a su rostro.

Ducarius afianzó el cofre bajo su brazo y siguió a Meriadec hasta el interior de la residencia. El druida helvecio aceptó una pieza de fruta y a continuación rogó que le permitiesen descansar, pues su última y prolongada jornada de viaje le había dejado realmente exhausto. Meriadec percibió su fatiga y, sin mayor dilación, le indicó el aposento que pasaría a ocupar a partir de aquel día.

La habitación, prácticamente vacía, reflejaba la habitual austeridad con que los druidas solían vivir. Por todo mobiliario había tan solo un pequeño banco, un camastro de lana relleno de paja tendido en el suelo, y un arcón de madera tallada donde guardar las pertenencias. Meriadec y Eboros dejaron solo a su invitado y le emplazaron para cuando hubiese reposado, momento en el cual podría conocer al resto de la comunidad druídica.

Ducarius cerró la puerta tras de sí, deseando echarse un rato. No obstante, antes tenía que ocuparse de un asunto que no podía postergar: debía esconder el cofre a toda prisa. Pero… ¿dónde? Desde luego, a la vista no podía dejarlo, por lo que debajo del banco no era una opción. Meterlo dentro del arcón era la posibilidad más obvia, pero no parecía un lugar lo suficientemente seguro... Entonces se fijó en el suelo. Era de tierra blanda, y ese detalle le convenció de que la mejor solución se hallaba bajo sus pies.

Ducarius desplazó el jergón de paja y, usando una piedra afilada, cavó un hoyo con extrema facilidad. Antes de depositar el cofre en él, lo abrió una vez más para contemplar su contenido. El alma de Ducarius se estremeció y su cuerpo sintió un escalofrío, como si todas las células de su ser hubiesen experimentado una súbita regeneración.

Finalmente, Ducarius lo cerró, lo enterró y colocó de nuevo el camastro en su sitio. Los druidas nóricos jamás debían saber lo que guardaba en su interior...

CAPÍTULO TERCERO

Los druidas tienen por lo más sagrado al muérdago y al árbol que lo soporta (el roble). El muérdago se recoge con la debida ceremonia religiosa. Vestidos con ropas blancas, los sacerdotes ascienden al árbol y cortan el muérdago con una hoz de oro y lo reciben otros con una capa blanca. Ellos creen que el muérdago, tomado como bebida, imparte fecundidad a los animales estériles y que es un antídoto para todos los venenos.

PLINIO, EL VIEJO
Historia natural

Finalmente, el desafortunado episodio de la mariposa le acabó pasando factura a Brianna, que tuvo que desplazarse hasta la cabaña que Nemausus habitaba en el corazón del bosque.

Conforme al sentido del honor de la sociedad celta, la falta a la palabra dada, el impago de una deuda o el daño provocado a un tercero suponía un desequilibrio cuya reparación obligaba al transgresor a ponerse al servicio de la persona afectada por un determinado periodo de tiempo. Y en el caso de Brianna, la joven debía compensar al druida ermitaño por el perjuicio que le había causado, sirviéndole durante toda una semana. El problema no había sido tanto dejar escapar a la mariposa como haber manipulado sin permiso un bien que era propiedad de un druida, a sabiendas de que tal cosa estaba terminantemente prohibida. En su defensa, Brianna podría haber alegado que ella tan solo había pretendido evitar que Lynette se apoderase de la jaula, pero lejos de cambiar nada, aquello solo habría servido para perjudicar también a su amiga.

Desde el exterior, la cabaña parecía tan frágil como el propio Nemausus. La madera estaba suelta y tanto el techo de paja como la pared de la fachada recibían el asfixiante abrazo de las hiedras y las enredaderas.

Brianna se plantó ante la puerta y llamó con los nudillos. Nemausus abrió al cabo de unos segundos y la observó con extrañeza, como preguntándose el motivo de su inesperada presencia allí. Brianna había sido advertida acerca de la senilidad del anciano, pero no se había preparado para el hecho de que ni siquiera diese muestras de haberla reconocido.

—Soy Brianna, la hija del general Murtagh. Estoy aquí para saldar mi deuda con usted.

Un brillo acudió de repente a los ojos del druida.

—¡Ah, claro! Por supuesto. Yo no te habría castigado, pero ya sabes lo escrupuloso que Meriadec es con la ley. —Nemausus la invitó a pasar con un gesto de la mano, mientras con la otra se acariciaba su barba picuda—. De cualquier manera, me vendrá muy bien tu ayuda.

Brianna accedió al interior y se sorprendió al comprobar el orden y la pulcritud con que todo estaba dispuesto. Junto al hogar reposaba una pila de leños; de un travesaño del techo colgaban ramilletes de tallos y hojas, y cerca de una mesa había un arcón compartimentado, repleto de cortezas, raíces y un sinfín de hierbas curativas. La luz del sol penetraba a través de una amplia ventana, en cuyo alféizar reposaba una jaula que en aquel momento se encontraba vacía. La única estancia olía a madera seca y resina de pino.

Brianna había dado por sentado que su labor consistiría en adecentar la casa del druida y en cocinar para él. Sin embargo, el hogar presentaba un aspecto inmaculado, y pronto averiguaría que el sustento del anciano consistía tan solo en un poco de agua y algunos frutos silvestres.

—Tú dormirás en ese rincón —indicó el anciano—. Después te prepararé un jergón relleno de hojas secas.

Brianna asintió con docilidad.

—¿Qué sabes acerca de las propiedades medicinales de las plantas? —inquirió a continuación.

—Bueno… —murmuró algo desconcertada por la pregunta—. Sé que inhalar el vapor de una infusión de agujas de pino es bueno para combatir el catarro.

—Eso es cierto —admitió Nemausus—. Muy elemental, pero cierto. Espero que durante el tiempo que pases conmigo aprendas muchísimo más.

Fue entonces cuando Brianna comprendió a qué se dedicaría realmente mientras durase su estancia allí.

Las salidas comenzaron aquel mismo día. Brianna se dio cuenta enseguida de que Nemausus se pasaba más tiempo fuera que en el interior de su cabaña. El druida ermitaño recorría pacientemente el bosque en busca de sus preciadas plantas, y aprovechaba los trayectos para transmitir a la muchacha parte de su sabiduría.

—Para empezar, deberías saber que el poder curativo de una planta puede encontrarse en cualquiera de sus partes, ya sea la raíz, el tallo, las hojas o la corteza. Y, por supuesto, que aunque dichas partes procedan de la misma planta, las propiedades de que cada una de ellas pueden ser completamente diferentes de unas a otras. Asimismo, la época del año en que realicemos la recogida resultará crucial para determinar su uso más adecuado. —Nemausus se desplazaba ayudado por su bastón, sin dar muestras de cansancio alguno—. El saúco, por ejemplo, servirá perfectamente para ilustrar lo que digo. Su flor, recogida en primavera y servida en infusión, actúa contra las fiebres infantiles y los dolores de cabeza. Su corteza, recogida en otoño y hervida, es diurética y anticatarral. Y sus bayas, recolectadas en verano, poseen cualidades purgativas.

Nemausus se detenía al pie de los árboles de los que hablaba, e intentaba que Brianna, gracias a sus explicaciones, los mirase a partir de aquel momento con otros ojos.

—La corteza de roble, secada y administrada en decocción, cicatriza las inflamaciones de garganta. Las hojas del abedul son diuréticas. Y la resina del abeto es muy eficaz contra los desequilibrios del intestino.

La muchacha se esforzaba por memorizar aquel cúmulo de enseñanzas y datos, al tiempo que cargaba con las muestras que Nemausus recolectaba por el camino. Brianna descubrió muy pronto que la impresión que la mayoría de los jóvenes tenía sobre el druida ermitaño —la de un viejo huraño y malhumorado— no se correspondía en absoluto con la realidad. Nemausus se mostraba cercano, afectuoso y extremadamente generoso a la hora de compartir sus valiosos conocimientos con ella. Bajo la capucha de su capa —que casi siempre llevaba puesta porque decía que la brisa le enfriaba la cabeza— brotaba a todas horas una dulce sonrisa que Brianna jamás había creído posible en un hombre que rondaba los cien años.

También solía ocurrir, durante el transcurso de sus salidas, que Nemausus se abstrajese de repente cuando avistaba algún tipo de mariposa en concreto. Entonces el anciano se olvidaba de todo lo demás y contemplaba el extraño ejemplar hasta que desaparecía de su vista.

—Observa, Brianna —le dijo una vez—. El macho revolotea alrededor de la hembra para cortejarla, ejecutando una elaborada danza de seducción. Después despliega sus alas y segrega una sustancia olorosa, que desemboca en la cópula de la pareja.

En otras ocasiones, Nemausus alertaba a Brianna de que debían abandonar inmediatamente una determinada zona del bosque.

—¿Qué ocurre, Nemausus?

—Tienes que aprender a observar el terreno que pisas e interpretar las señales que ofrece a tu alrededor. El zorro deposita sus excrementos siempre cerca de su madriguera, y este lugar está repleto de heces. Además, sus inconfundibles huellas también se dejan ver por aquí.

Por las tardes, de vuelta en la cabaña, Nemausus enseñaba a Brianna a conservar las muestras que habían recolectado durante el día.

—Las hojas, flores y tallos finos deben ponerse inmediatamente a secar extendidos sobre cañizos. Más tarde, confeccionaremos ramilletes que colgaremos del techo. Las cortezas tardan más en secarse, y en la mayoría de los casos las trituraremos antes de guardarlas en el arcón. —Nemausus se expresaba con una pasión que resultaba contagiosa—. Las raíces hay que lavarlas y rasparlas, y luego secarlas a fuego lento.

Por las noches, cuando Brianna se acostaba, Nemausus seguía trabajando al amparo de una lámpara de aceite, preparando elaboradas pócimas y elixires en su mesa de trabajo hasta altas horas de la madrugada. Aquellos arcanos conocimientos, sin embargo, eran patrimonio exclusivo de los druidas, y a Brianna le estaban vetados por completo.

La tercera noche, Nemausus interrumpió el sueño de Brianna. La joven precisó de varios segundos para volver a la realidad.

—Brianna, es importante. Te necesito para llevar a cabo una sencilla ceremonia.

—¿Qué ceremonia?

—La recogida del muérdago sagrado.

Esta preciada y rara planta, que crecía en las ramas de robles y encinas, era muy codiciada entre los druidas debido a las numerosas cualidades curativas que tradicionalmente se le atribuían.

Salieron al bosque bien abrigados, para protegerse del intenso frío. Era noche de luna llena, requisito indispensable para celebrar el ritual. Nemausus llevaba consigo una hoz de oro y un manto de color blanco, mientras que Brianna iba detrás de él algo nerviosa porque todavía no sabía qué papel le había reservado el druida, aunque no tardaría en averiguarlo.

Nemausus se detuvo ante un imponente roble y señaló hacia la copa.

—Tienes que trepar y cortar el muérdago usando esta hoz. Y después dejarlo caer sobre el manto que yo desplegaré en el suelo.

De entrada, aquella petición asustó a la muchacha. No obstante, se fijó en que el tronco del árbol poseía protuberancias de sobra como para facilitar su escalada.

—Vamos, puedes hacerlo. Tú eres joven y tremendamente ágil. A mí me sería imposible llevar a cabo semejante tarea —la animó.

Pese a su temor inicial, Brianna tenía plena confianza en el anciano y finalmente hizo lo que le pedía siguiendo sus instrucciones al pie de la letra. No tuvo lugar ningún percance digno de mención y, cuando Brianna descendió del árbol, se sintió orgullosa de haber recolectado el muérdago para Nemausus. El ritual se completaría durante la siguiente luna, cuando Eboros sacrificase un toro blanco en honor a la Divinidad.

Al cuarto día, ocurrió algo que vino a alterar la rutina a la que Brianna se había acostumbrado.

Un granjero acudió en busca de Nemausus para solicitar sus servicios en calidad de druida sanador, pues su hijo mostraba claros síntomas de encontrarse gravemente enfermo. El anciano no lo dudó y, tras encomendarle a Brianna que cargara con un amplio muestrario de hierbas y brebajes, se puso en marcha sin perder un segundo. Brianna pronto se dio cuenta de que Nemausus y el granjero, llamado Nisien, ya se conocían desde hacía muchísimo tiempo.

El trayecto vadeando el bosque, seguido por un largo tramo a través de la pradera, se les hizo más corto de lo que en realidad era a causa de la urgencia con que se desplazaron. La esposa de Nisien aguardaba en el umbral de la puerta, después de que el perro la hubiese alertado del regreso de su marido.

—Te agradezco mucho que hayas venido tan rápido, Nemausus. —Unas enormes ojeras ponían de manifiesto la preocupación de la mujer.

—Veamos cuanto antes al chico —se limitó a decir el druida.

Entraron en la vivienda y accedieron al aposento del joven paciente, que yacía sobre un camastro con las manos apretadas sobre el estómago, víctima de un intenso dolor. Brianna le reconoció enseguida. Se trataba del muchacho algo corto de luces que había sido objeto de una cruel burla en las fiestas de Lugnasad.

—¿Qué te ocurre, Anghus? —inquirió Nemausus. El chico, incapaz de articular palabra, se limitó a gemir como un ternero a punto de sufrir su propio sacrificio.

—Desde anoche sufre vómitos y diarrea —aclaró Nisien—. Y ese dolor de estómago cada vez va a peor.

Nemausus asió la mano de Anghus y le tomó el pulso.

—El corazón le late demasiado deprisa —murmuró para sí.

A continuación observó los ojos del muchacho y, tras comprobar que tenía las pupilas dilatadas, confirmó el diagnóstico que parecía más evidente.

—Sospecho que Anghus pudo haber ingerido ayer algún tipo de seta venenosa.

Nisien dejó caer los hombros hacia abajo, vencido por el desaliento.

—Le hemos advertido infinidad de veces que no lo debe hacer —aclaró—, pero cuando ve una seta de colores llamativos, es incapaz de resistir la tentación.

Nemausus asintió de forma comprensiva, y al punto seleccionó una de las pociones del muestrario que Brianna había traído con ella.

—Que se tome un sorbo de este brebaje tres veces al día —señaló—. Está elaborado con corteza de haya, entre otros ingredientes.

Al cabo de un rato, después de la primera toma, el malestar general de Anghus había remitido notablemente.

Entretanto, Brianna descubrió que entre el matrimonio de granjeros y Nemausus existía un importante vínculo de unión. Según le contaron, largo tiempo atrás, la pareja llegó a sentirse muy desgraciada porque no engendraba descendencia. Los años se sucedían sin que la diosa Dana les bendijese con el hijo que tanto ansiaban, y cuando ya comenzaban a desesperar, la providencial intervención del druida ermitaño logró revertir la situación. El muérdago podía curar la infertilidad, y Nemausus confeccionó un elixir gracias al cual la esposa de Nisien consiguió finalmente quedarse embarazada.

Así fue como Anghus vino al mundo y, aunque lo hiciese parcialmente limitado, sus padres no estaban dispuestos a abandonarlo en el bosque como mandaba la tradición. Nemausus quemó agujas de abeto para bendecir al recién nacido, y apoyó la valiente decisión de la pareja de granjeros.

Mientras Nemausus y Nisien departían y la mujer preparaba una dulce infusión, Brianna se ausentó momentáneamente de la estancia principal y se dirigió a la habitación del muchacho para hacerle compañía. Al fondo de la misma había una pequeña pieza que servía de despensa, así como de almacén para los aperos de labranza y los útiles para la molienda.

—¿Cómo estás? —Brianna se acomodó a su lado y le cogió la mano derecha.

Anghus se sintió algo azorado, por lo poco acostumbrado que estaba a tener a una chica tan cerca de él.

—Mejor, ya no me duele tanto —balbuceó.

Brianna tuvo que esforzarse para entenderle. Anghus se encontraba muy debilitado, y sus palabras a medio formar brotaban en un tenue siseo.

—Anghus, deberías escuchar a tus padres y evitar coger setas del bosque, por muy llamativas que te parezcan. ¿No sabes que algunas pueden ser muy peligrosas?

—Lo sé —admitió—. Es que a veces se me olvida. Yo no soy tan listo como los demás.

—Bueno, no te preocupes. Pero es importante que esto no lo vuelvas a olvidar.

En ese instante, el perro de la familia entró en la habitación agitando la cola. Brianna le llamó y le pasó la mano cariñosamente por el lomo.

—Es muy bonito —comentó Brianna—. ¿Es tuyo?

—Sí —repuso Anghus desplegando una sonrisa—. Se llama *Ciclón* y es mi mejor amigo. Él se ocupa de las cabras y yo me ocupo de él.

Ciclón emitió en ese instante un agudo ladrido como si les hubiese podido entender, y aquello provocó la risa de ambos. Brianna continuó charlando con el muchacho un rato más, hasta que Nemausus le indicó que había llegado la hora de volver.

Durante los días que se sucedieron, realizaron nuevas visitas para tratar las dolencias de otros pacientes, y en muy poco tiempo Brianna se descubrió a sí misma cautivada por aquel extraordinario universo de hierbas y plantas, capaces de ejercer tan beneficiosa influencia sobre la salud de la gente. La joven se sentía exultante a la par que fascinada ante aquel inesperado hallazgo. ¿Cómo podría haberse imaginado que lo que había comenzado como un inoportuno castigo, se iría a convertir en la experiencia más transformadora que hubiese tenido jamás?

2

El general Murtagh accedió al alojamiento personal del rey seguido de dos de sus mejores reclutas, Derrien y Ewyn. Ambos muchachos, sin embargo, no estaban allí por sus méritos, sino todo lo contrario. De hecho, se hallaban metidos en un serio apuro. El general saludó a Calum y se situó de forma ceremoniosa a un lado de la sala. Aquel asunto le correspondía dirimirlo directamente al rey.

El día anterior, Calum había recibido un mensaje procedente del rey de los celtas latobicos cargado de palabras de ira e indignación. Al parecer, en fechas muy recientes había tenido lugar un desagradable incidente que amenazaba con enturbiar las relaciones con la tribu vecina. Una cosa era la sustracción de ganado, hasta cierto punto admisible, y otra muy distinta arrebatarle la vida a un inocente granjero. Había ciertas líneas que no debían traspasarse.

Derrien y Ewyn se colocaron ante Calum, con la cabeza gacha y la mirada clavada en el suelo. Los reclutas habían retornado a lomos de los caballos robados, completando de ese modo con éxito la misión, si bien omitieron cualquier comentario acerca del incidente protagonizado por Ewyn, confiados que no se derivaría del mismo ninguna consecuencia. No obstante, resultaba evidente que al final les habían descubierto, y ahora el futuro de ambos como guerreros se encontraba pendiente de un hilo.

El rey miró alternativamente a uno y a otro con gran severidad.

—¿Acaso sois conscientes del daño que vuestra acción le ha causado a toda la tribu?

Derrien y Ewyn elevaron los ojos. El rey no estaba solo. Sentado a su derecha se encontraba Eoghan, el cual tenía apoyadas las manos sobre su voluminosa barriga, y a su izquierda se hallaba Meriadec, ataviado con una de sus túnicas blancas e impolutas.

Calum valoraba sobremanera tanto el consejo de su hermano como el del druida jefe.

—Solamente nos limitamos a cumplir la misión que se nos asignó —alegó Ewyn a la defensiva.

—¿Y eso implicaba asesinar a un pobre campesino? —intervino Meriadec agitando su bastón de fresno—. ¿Qué honor puede haber en semejante acto? ¿Qué necesidad?

—Deja al menos que se expliquen —intercedió Eoghan en favor de la pareja.

Murtagh, como responsable último de la formación de sus reclutas, observaba la escena con preocupación. Consideraba a ambos reclutas extremadamente valiosos y no quería perderlos, y menos aún a Derrien, de cuyo extraordinario potencial no tenía ninguna duda.

—¿Quién de los dos mató al granjero? —inquirió el rey.

Un tenso silencio que se hizo eterno se adueñó de los muchachos. Derrien esperaba que Ewyn confesase su autoría, pues él no se veía capaz de delatar a su amigo.

—Yo, señor —admitió Ewyn—, pero lo hice en defensa propia. El granjero nos sorprendió cuando sacábamos los caballos del establo y me atacó por la espalda con un hacha. Si no hubiese reaccionado a tiempo, ahora mismo no estaría aquí para contarlo.

Meriadec bufó de forma exagerada y negó con la cabeza. El breve relato de Ewyn, fríamente narrado y carente de cualquier tipo de detalle, no le ofrecía la menor credibilidad.

El rey apuntó a Derrien con su dedo índice.

—¿Fue así como ocurrió?

Murtagh observó con atención la reacción del hijo del herrero, que enseguida dio evidentes muestras de nerviosismo. Derrien no quería mentir, y la falsa historia que había contado Ewyn le había pillado desprevenido por completo.

—¿Y bien? —insistió Calum ante la tardanza de Derrien en dar una respuesta.

—Sí, señor —repuso al fin—. El incidente sucedió del modo en que Ewyn lo ha descrito.

Derrien, en realidad, no había mentido por salvarle el pellejo a su amigo, ni tampoco para salvarse a sí mismo, sino porque en cierta manera se sentía responsable de lo ocurrido. Si él hubiese sido capaz de controlar a aquel dichoso alazán, el granjero nunca se habría enterado de que estaban allí y hubieran llevado a cabo su misión sin contratiempos. Por tanto, tampoco le parecía justo que Ewyn cargase con toda la culpa.

—Ahí lo tienes —dijo Eoghan al druida jefe—. Una explicación perfectamente razonable que aclara por qué actuaron de esa manera.

—Pues yo creo que mienten —señaló este cruzando una desafiante mirada con Eoghan, que tenía por costumbre llevarle la contraria en la mayoría de los asuntos—. En mi opinión, ninguno de los dos merecería adquirir la condición de guerrero.

—¡Exageras! —protestó el poderoso mercader.

—En absoluto —replicó Meriadec—. Cometieron un grave error y deberían pagar por ello. Además, este incidente no ha podido llegar en peor momento. Lo último que nos conviene ahora mismo es un enfrentamiento con los latobicos, teniendo en cuenta los recientes augurios que nos advierten acerca del despertar de los dioses germanos.

Calum extendió los brazos con el fin de hacer callar a sus dos consejeros. Después de haberles escuchado, ya estaba preparado para dar a conocer su decisión.

Derrien cerró los ojos antes de escuchar el veredicto. Si el rey así lo disponía, podía decir adiós en aquel mismo instante a su ferviente deseo de convertirse en guerrero. En tal caso, regresaría nuevamente al campo de la metalurgia. Ewyn, por su parte, aguardaba la decisión tan rígido como el tronco de un árbol, incapaz de imaginarse un futuro que no implicase llevar en torno a su cuello el valioso torques de guerrero.

—Aunque tengo mis dudas acerca de vuestro relato, he resuelto que no os impondré ningún castigo —dictaminó Calum—. Me ocuparé de compensar debidamente a los latobicos por el daño causado; espero calmar con ello las ansias de venganza de nuestros vecinos. —El rey intercambió a continuación una fugaz mirada con Murtagh—. Culminaréis vuestra formación bajo el mando del general, y será él quien determine si merecéis o no formar parte de su ejército. Si de verdad los germanos se convierten en una seria amenaza tal como vaticinan los druidas, necesitaremos poblar nuestras filas de todos los efectivos posibles.

Derrien dejó escapar un profundo suspiro de alivio y le dedicó al rey algunas palabras de gratitud. Ewyn imitó a su compañero, esbozando una nerviosa sonrisa que reflejaba el difícil trance por el que acababa de pasar.

Murtagh condujo de inmediato a sus muchachos fuera del alojamiento personal del rey, al tiempo que Eoghan y Meriadec se enfrascaban en una nueva disputa.

—Dadas las circunstancias, ya podéis dar gracias a la Divinidad —les dijo el general en el exterior. Y cuando iniciaban el paso, Murtagh apoyó su mano en el hombro de Derrien y se inclinó sobre su oído—: Como guerrero posees inmejorables cualidades —repuso—. Pero desde luego, no sabes mentir...

3

Cedric no había dejado de torturarse a sí mismo después de su desastrosa aproximación a Brianna durante las fiestas de Lugnasad. El baile que había protagonizado con ella había servido para muy poco, excepto para darse cuenta de que la bella muchacha sería todavía más difícil de conquistar de lo que en un principio había creído. Cedric había meditado mucho sobre el asunto, y había llegado a la conclusión de que si quería darle la vuelta a la situación, debía actuar cuanto antes para evitar así que Brianna le encasillase para siempre como a un vulgar pretendiente más.

Pero cuando quiso volver a intentarlo, recibió un revés completamente inesperado. Hasta sus oídos había llegado la noticia de que Brianna no se encontraba en Hallein, sino al servicio del druida ermitaño para saldar una deuda que había contraído con él por un asunto de escasa importancia. Cedric maldijo su mala fortuna y decidió aguardar al momento de su regreso.

Aunque los días pasaban despacio, Cedric sabía aprovechar bien el tiempo y continuaba aprendiendo todo cuanto podía acerca del lucrativo negocio del comercio de la mano de su tío Eoghan. Incluso había visitado personalmente las minas de sal situadas en la cresta de la cordillera, y había comprobado de primera mano las duras condiciones de trabajo que imperaban allí. Extensas galerías de más de doscientos metros de longitud, dotadas de sistemas propios de ventilación y alumbrado, se extendían en sentido horizontal siguiendo el curso de las vetas saladas. Las preciadas placas eran extraídas de las paredes de los túneles y acarreadas al exterior mediante sacos que los mineros se ataban a la espalda. El trabajo era tan duro, que en su mayor parte recaía sobre esclavos extranjeros, sobre todo en prisioneros de guerra de origen germano, o incluso ilirio, un pueblo foráneo establecido en la cercana península balcánica con el que se habían enfrentado en el pasado más de una vez.

Pero el tiempo siguió impasible su curso, y al fin a Cedric se le presentó una nueva oportunidad. Brianna estaba de vuelta en el poblado y, envalentonado, el joven resolvió hablar con ella en la puerta de su propia casa. Previamente había recogido un ramillete de flores en el campo, con el fin de causarle una mejor impresión. Cedric no ignoraba que las mujeres apreciaban aquel tipo de gestos, que solían ablandarles el corazón.

Cuando la muchacha abrió la puerta, no esperaba encontrarse al hijo del rey sosteniendo un ramo de lirios en la mano y una temblorosa sonrisa en la boca. A Brianna nunca le había gustado aquel chico, y su opinión sobre él no había hecho más que empeorar después de haber presenciado la forma en que se había mofado de Anghus durante las últimas fiestas. Pese a todo, las normas de cortesía la obligaban a mostrarse gentil.

—¿Cómo estás, Brianna? —Cedric le tendió las flores, y ella recogió el ramo haciendo un leve gesto de cabeza—. Espero que servir al viejo Nemausus no fuese tan malo. Si yo me hubiese enterado, habría hablado con mi padre para evitarte el castigo de los druidas.

Brianna sabía que ni el propio rey lo hubiese podido impedir, pero se notaba que Cedric no quería desaprovechar la menor ocasión para hacer alarde del linaje al que pertenecía.

—Es cierto que al principio me sentí disgustada —admitió—. Pero en cuanto supe lo que tenía que hacer, los prejuicios con que había acudido allí se desvanecieron enseguida.

—¿De verdad? ¿Y qué interés puede tener ocuparse de la casa de un anciano?

—En realidad, no fue eso lo que Nemausus me pidió que hiciera —aclaró Brianna—. Me dediqué a recorrer el bosque en busca de las plantas que los druidas utilizan para elaborar sus bebedizos.

Cedric no dijo nada. Tampoco entendía qué interés podía revestir aquella tediosa tarea, pero fue lo suficientemente prudente como para no expresarlo en voz alta. Más allá de la conversación, su atención se había desviado hacia el busto de Brianna y las formas que se adivinaban bajo su vestido. Una vez más, Cedric se dijo a sí mismo que nadie más que él se merecía poseer a una mujer tan hermosa como aquella.

—También realizamos visitas a los campesinos y criadores de ganado de la zona que precisaban de los servicios de Nemausus como druida sanador —prosiguió explicando la chica—. Me impresionó mucho ver cómo trabajaba, y también la efectividad que sus métodos y tratamientos probaron tener. ¡Ojalá hubiese podido aprender más!

—Sí, bueno —repuso Cedric en tono displicente—, pero ya sabes que los asuntos de esa naturaleza competen únicamente a los druidas.

Brianna advirtió que a Cedric no le interesaba lo más mínimo la experiencia que había vivido junto a Nemausus, y comprendió que no tenía mayor sentido prolongar la conversación que ambos mantenían bajo el umbral de la puerta. Cedric, por su parte, ya se había cansado de tanta charla amable, y pensó que había llegado la hora de manifestar sus intenciones de forma mucho más abierta.

—Brianna, creo que ya te imaginas a lo que he venido —articuló, sin reflejar en sus palabras la confianza que una afirmación de aquel tipo requería—. ¿Me acompañarías a dar una vuelta para conocernos mejor? De esa manera podría aprovechar para expresarte mis sentimientos. Estoy seguro de que gracias a la magnífica relación que mantienen tu padre y el mío ambos acordarán los detalles de nuestro matrimonio en muy poco tiempo.

Brianna sintió la penetrante mirada de Cedric clavada en sus ojos y no pudo evitar ponerse algo nerviosa, pese a que ya contaba con bastante experiencia en lo que a lidiar con pretendientes se refería. Cuánto se alegraba de no haberle invitado a pasar al interior de su casa, donde le habría resultado mucho más difícil librarse de él.

—Lo siento, pero… ahora no es buen momento. Estoy cocinando y tengo que vigilar el fuego del caldero. —Brianna sabía que debía haber sido bastante más contundente en su respuesta, pero esperaba que Cedric fuese capaz de leer entre líneas y no la obligara a pronunciarse con una franqueza todavía mayor.

La contestación de Brianna había sonado a excusa, y Cedric se había dado perfecta cuenta. El muchacho se pasó una mano por el pelo y disimuló como pudo su contrariedad. De cualquier manera, Brianna no se había referido al fondo de su propuesta, lo cual aún le dejaba la puerta abierta. Cedric esgrimió una sonrisa forzada de aceptación. De nada le valdría insistir, así que prefirió despedirse con palabras amables y llenas de cortesía.

—Hasta otro día entonces, Brianna.

La joven cerró la puerta y desapareció de su vista. Pero lejos de sentirse abatido, Cedric se convenció a sí mismo de que Brianna le estaba poniendo a prueba, y de que si persistía en su actitud, al final acabaría por sucumbir. Nadie dijo que conquistar a la chica más hermosa de Hallein fuese a resultar una tarea fácil, ni siquiera para el hijo del rey.

Brianna, por su parte, respiró con cierto alivio al otro lado de la puerta, incapaz de imaginarse que aquella no sería la única proposición que recibiría de un pretendiente aquel mismo día.

Al caer la tarde, Serbal recorría las calles de Hallein camino de su hogar, después de haberse pasado casi todo el día trabajando junto a su padre. Tenía las manos tiznadas, y también la cara, pues la fragua escupía cierta suciedad que a uno se le adhería a la piel como la tintura al paño. Serbal estaba agotado, pero al menos sabía que cuando llegara a casa su madre le tendría preparada la tina para darse un baño, y una cena abundante con la que saciar su apetito. ¡Y pensar que su padre había decidido quedarse en la forja para terminar un último encargo!

Fue entonces cuando advirtió la presencia de Brianna, que avanzaba en su misma dirección. Serbal no la había vuelto a ver desde las fiestas de Lugnasad, cuando a la hora de la verdad le faltó valor para acercarse a hablar con ella. Con todo, no podía quitársela de la cabeza, y todavía soñaba con la remota posibilidad de poder conquistarla algún día.

A Brianna la acompañaba Lynette. Ambas muchachas regresaban de la orilla de un riachuelo cercano portando entre las manos un cesto de ropa lavada. Durante el camino de ida habían estado hablando acerca de la joven asesinada en una granja de las afueras, cuya muerte las había mantenido durante un tiempo en alerta, hasta que el asunto había caído poco a poco en el olvido. La conversación que las ocupaba en el camino de vuelta, sin embargo, versaba sobre un tema muy distinto.

—¿Y no temes que te descubran? —inquirió Brianna.

—Fuimos muy cautos... —respondió Lynette, que le había confesado a su amiga un encuentro secreto que había mantenido con Dunham hacía poco. Al parecer, el hijo del curtidor había probado ser un habilidoso amante, capaz de satisfacer la desbordante fogosidad de la joven muchacha.

Serbal, viendo que se acercaban, se dijo a sí mismo que no podía dejar escapar aquella oportunidad. Si nunca había abordado a Brianna hasta ahora había sido por temor a que le rechazara. Pero no solo por eso. Tenía muchas dudas acerca de cuál sería la manera más apropiada de actuar, pues tampoco es que se hubiese prodigado en exceso en sus relaciones con el sexo opuesto. Esta vez, sin embargo, contaba con una genuina excusa para entablar una conversación con ella de manera natural: a Serbal le constaba que Brianna había estado al servicio del druida ermitaño durante una semana, y le intrigaba mucho saber cuál había sido el resultado de aquella experiencia.

Serbal respiró hondo y no se lo pensó dos veces. Esperó a que las muchachas pasaran por su lado para plantarse frente a ellas y saludarlas de forma casual.

En Hallein, de un modo u otro, más o menos todo el mundo se conocía. Y Brianna, que inevitablemente ya se había puesto a la defensiva, contempló con desconfianza al chico que tenía ante sí. Sabía que era el hijo menor del herrero, aunque no recordaba su nombre.

—Hola, Serbal —intervino Lynette esbozando una media sonrisa.

Serbal suspiró aliviado. Al menos la amiga de Brianna sí se acordaba de él.

—Brianna, yo... te he visto pasar y me he preguntado si... como consecuencia del tiempo que conviviste con Nemausus, tuviste oportunidad de verle trabajar como druida sanador... —Serbal esperaba que el temblor que sentía por dentro no se reflejara en su voz—. Dicen que ningún otro druida iguala sus extraordinarios conocimientos en la rama de la sanación.

Una sonrisa acudió al rostro de Brianna, y la actitud recelosa con que inicialmente había recibido a Serbal se desvaneció por completo. Algo en el fondo azul de sus ojos le decía que el interés que había mostrado resultaba sincero.

—¡Sí! —exclamó—. ¡La sabiduría de Nemausus parece ilimitada! —Y a continuación le resumió el papel que había jugado como ayudante del druida ermitaño en la recolección, clasificación y conservación de las plantas curativas.

Los tres jóvenes retomaron el paso, aunque había quedado muy claro que Serbal solo tenía ojos para Brianna y hacía como si Lynette ni siquiera estuviese allí.

—¿Y le acompañabas también cuando se desplazaba para ver a un paciente? —preguntó Serbal—. Según los granjeros de la zona, Nemausus aún realiza visitas.

—Nunca me separaba de él —replicó—. Y no solo eso. Una noche de luna llena trepé hasta la copa de un roble y le ayudé a recoger el muérdago sagrado.

Serbal abrió los ojos como platos y su boca se ensanchó hasta formar una circunferencia casi perfecta. Brianna no pudo evitar estallar en carcajadas.

—Perdona que me ría —se excusó—. Es que me sorprende mucho ese interés tuyo por las artes druídicas. Yo pensé que tu trabajo se ceñía más bien al campo de los metales.

Serbal se encogió de hombros.

—Así es, pero no por voluntad propia. Es un oficio muy especializado que se transmite de padres a hijos, y en mi caso ha recaído sobre mí la responsabilidad de prepararme para hacerme cargo del taller y tomar el relevo de mi padre.

Brianna conocía muy bien el peso de la tradición. Ella misma, como hija de uno de los miembros más importantes de la aristocracia guerrera, estaba destinada a convertirse en la esposa de algún candidato que estuviese a la altura de su condición.

—Entonces, si de ti dependiera, ¿preferirías iniciarte como druida? —terció Lynette, que hasta el momento se había limitado a escuchar.

—Es lo que más habría deseado —confesó Serbal.

—¿Y no hay nada que puedas hacer? —insistió la muchacha.

—Podría intentar convencer a mi padre, pero no tengo la menor opción. Teyrnon ya realizó una excepción con mi hermano mayor, que muy pronto se convertirá en un renombrado guerrero.

Brianna se detuvo un instante y le dedicó a Serbal una mirada cargada de solemnidad.

—Pues si yo fuese hombre en lugar de mujer, haría todo lo posible por elegir mi propio destino.

A la categórica afirmación de Brianna le siguió un largo silencio, que se prolongó hasta que llegaron a la altura de la vivienda de Lynette. La joven se despidió con un gesto de la mano y dejó a la pareja proseguir su camino en solitario, todavía sorprendida por la inmediata sintonía que se había producido entre su amiga y el hijo del herrero.

—Y dime, Brianna —inquirió Serbal bajando la voz—. ¿Viste alguna vez a Nemausus realizar algún tipo de conjuro mágico o encantamiento de poder? —Algunos rumores señalaban que los más prominentes druidas eran capaces de controlar el clima o incluso adoptar temporalmente la forma de algún animal, si bien no todo el mundo daba crédito a aquel tipo de habladurías.

Brianna negó con la cabeza.

—Pero de noche —precisó—, Nemausus se dedicaba a preparar misteriosos elixires acerca de los cuales nunca me explicaba nada.

Poco después, Brianna se detenía ante su propia casa y se despedía de Serbal haciendo gala de su habitual simpatía. El muchacho la observó desaparecer tras la puerta, controlando a duras penas el temblor de sus rodillas. ¡Qué lástima que el trayecto hubiese sido tan corto! Serbal reanudó la marcha luciendo una inmensa sonrisa, mientras su cabello rubio se removía agitado por una racha de viento.

El paso más difícil de todos ya estaba dado.

A escasa distancia de allí, oculto tras un carro cargado de heno, Cedric apretó los labios y lanzó una maldición entre dientes. Como parte de su habitual comportamiento obsesivo, Cedric había seguido aquella tarde a Brianna hasta el riachuelo donde solía lavar la ropa, y después durante todo el camino de vuelta. La sorpresa había llegado a raíz de la aparición de Serbal, que no solo había tenido el valor de abordarla, sino que además parecía haber salido bastante airoso del intento.

El hijo del rey estaba furioso. ¿Acaso la conquista de Brianna no se le presentaba lo bastante difícil por sí sola, como para además tener que lidiar con un posible rival? Cedric no se desanimó; al contrario, reforzó su compromiso de hacer todo cuanto fuese preciso para conseguir su objetivo, lo cual implicaba a partir de aquel momento seguir muy de cerca los movimientos de Serbal.

4

Calum no podía evitar sentirse ligeramente inquieto.

Algunos días atrás, un emisario les había hecho llegar un mensaje procedente de Reginherat, el rey de la tribu germana de la cual les separaba la cordillera norte. Reginherat deseaba parlamentar, y avisaba de que encabezaría una delegación que se desplazaría hasta Hallein para protagonizar un encuentro cara a cara con el líder de los celtas nóricos. Calum no se imaginaba qué podía tener en mente el rey germano, especialmente cuando había transcurrido tan poco tiempo desde que les hubiesen infligido su enésima derrota. Debía de tratarse de un asunto lo suficientemente importante como para haber decidido acudir en persona, en lugar de haber enviado a algún embajador. ¿Quizás pretendía firmar un acuerdo de paz entre ambos pueblos, algo casi inédito hasta la fecha?

Calum aguardaba en la sala de asambleas, especialmente engalanada para la ocasión. Un elenco de sus mejores sirvientes había dispuesto la mesa para la reunión, y uno de ellos se había apostado junto a la puerta, presto para atender los requerimientos del rey. La delegación germana, que se desplazaba a caballo, había penetrado en territorio celta el día anterior. Las patrullas ya estaban sobre aviso, de manera que se limitaron a escoltar en silencio a Reginherat y los suyos a lo largo del camino que discurría hasta el poblado.

Eoghan entró en la sala y tomó asiento junto a Calum. Su hermano, curtido en infinidad de tratos y componendas derivadas de su actividad comercial, era un experto negociador y, por tanto, le vendría muy bien tenerlo a su lado.

—Los germanos están a punto de llegar —informó Eoghan—
. Murtagh les recibirá en la puerta y les conducirá ante nuestra
presencia tras haberles desarmado.

—¿Qué opinas de todo esto? —inquirió Calum.

—No lo sé —replicó—. Admito que yo me siento tan
desconcertado como tú.

Poco tiempo después, Reginherat accedía a la sala de
asambleas precedido por Murtagh, que con un gesto de la mano le
indicaba el lugar que debía ocupar a la mesa. Para sorpresa de
Calum, el rey germano no se había hecho acompañar por ninguno de
los generales que integraban su delegación, sino por el *godi*, el
máximo representante espiritual de la tribu teutona.

El atuendo de Reginherat no era especialmente fastuoso. Un
sayo ajustado que marcaba sus membrudas extremidades y algunas
pieles de fieras que pretendían dar cuenta de su autoridad. Una barba
desgreñada, muy similar a la del propio Calum aunque rubia en lugar
de pelirroja, remataba un rostro sobrio curtido en mil batallas. A ojos
de Eoghan, el rey germano era poco más que un bárbaro al mando de
un pueblo que prefería dedicarse al saqueo antes que entregarse a la
noble actividad de comerciar.

El *godi*, por su parte, lucía una túnica oscura sin capucha que
dejaba a la vista una cabeza rapada sin el menor rastro de pelo, y su
mirada, agazapada tras un par de ojos saltones de color negro, era tan
gélida como las aguas del gran lago en invierno.

Los dos representantes germanos ocuparon sus asientos en la
mesa rectangular, frente a la cual se hallaban sentados Calum,
Eoghan, así como el propio general Murtagh. El sirviente se apresuró
a ofrecer vino en generosos cuernos de toro, que solo el *godi* optó
por rechazar. Reginherat apuró su copa de un solo trago y pidió que
le sirviesen más. No eran muchas las ocasiones en que tenía la
oportunidad de paladear un vino tan exquisito, importado de las
lejanas naciones del sur.

Después vinieron los saludos protocolarios: un puñado de
palabras secas, miradas recelosas y labios rectos que no mostraron el
menor atisbo de una sonrisa. Ninguno de los mandatarios se molestó
en fingir aquello que no sentían. El odio recíproco llevaba ya mucho
tiempo instalado entre ambos pueblos.

Hasta el momento, Reginherat se había expresado en un celta
muy básico, pero a la hora de explicar el motivo de su inusual visita,

pasó a emplear su propio idioma. El *godi* actuaría de intérprete y moderador de la reunión. Como hombre instruido, el sacerdote germano manejaba con fluidez la lengua celta, de la misma manera que Eoghan dominaba con bastante solvencia el griego.

—El motivo de mi visita no es otro que las minas de sal —reveló Reginherat por boca del *godi*—. Los yacimientos se encuentran en un punto de la cordillera que desde tiempos inmemoriales ha pertenecido a nuestro pueblo. Exigimos, por tanto, su inmediata devolución.

Calum no pudo disimular su sorpresa y enarcó las cejas, conformando un lienzo de arrugas sobre su frente. Ni se sabía cuánto tiempo llevaban los germanos luchando por arrebatarles el control de las minas, ¿y ahora se plantaban allí y las reclamaban sin más? Su respuesta fue tan contundente como expeditiva.

—Para empezar, el área donde radican las minas siempre nos ha pertenecido. ¿Cómo se explica si no que los celtas nóricos hayamos explotado la sal de forma ininterrumpida desde que se excavaran las primeras vetas? Y todo ello pese a que no han sido pocas las veces en que habéis tratado de arrebatarnos por la fuerza lo que por derecho era nuestro.

—Que las cosas hayan sido siempre de una manera no las convierte en verdad inamovible —rebatió Reginherat—. De cualquier modo, todo eso está a punto de cambiar. Si no nos entregáis las minas de sal, os declararemos una guerra abierta y aniquilaremos sin compasión hasta el último de los vuestros. Deberíais estar agradecidos por nuestro gesto, pues en el fondo deseamos evitaros un baño de sangre.

Calum pasó de la sorpresa a la perplejidad. ¿Acaso Reginherat había perdido el juicio por completo, o era tan solo que el vino se le había subido a la cabeza? Con todo, era tal la determinación con la que hablaba el rey germano, que un escalofrío le recorrió el espinazo.

A continuación, Murtagh pidió la palabra y, sin dejarse intimidar, clavó su mirada en Reginherat, con quien tantas veces se había visto las caras en el campo de batalla.

—Desde que soy general, y salvo por algunas escaramuzas aisladas, los celtas nóricos no hemos sufrido ni una sola derrota a manos de los hombres que se encuentran bajo tu mando. ¿Cómo te atreves entonces a escupir semejantes exigencias, y a amenazarnos en nuestra propia casa? ¿No deberíais acaso estar todavía llorando a los muertos que os cobramos en la última batalla?

El rey germano perdió por primera vez la compostura. Su rostro se transformó en una máscara de ira, roja como el metal candente, y uno de sus puños se estrelló contra la superficie de la mesa. Rápidamente, el *godi* intervino y aplacó la furia de su soberano, posando una de sus manos sobre el antebrazo de Reginherat. La expresión del sacerdote germano no se había alterado un ápice. El *godi* entrecerró los ojos y dedicó a los interlocutores que tenía enfrente una aviesa mirada.

Todos en la sala enmudecieron durante un largo minuto.

—Os damos de plazo hasta Samain para que consideréis nuestra… propuesta —anunció el rey germano tras haber recuperado la calma—. Y si estimáis en algo la vida de vuestros hombres, os recomiendo que no nos pongáis a prueba.

El tono desafiante de Reginherat estaba fuera de toda duda. Mientras tanto, el *godi* se frotaba las manos y se pasaba la lengua por los labios, como si paladease aquel momento.

—Bien, creo que ya hemos escuchado suficiente —sentenció Calum, al tiempo que se ponía en pie, dando por concluido el encuentro.

Reginherat y el *godi* también se levantaron, y abandonaron la sala sin volver la vista atrás. Ellos ya habían cumplido con lo que habían ido a hacer allí.

—Esto no me gusta —admitió Calum cuando se hubieron quedado a solas—. Confieso que estoy preocupado.

—No seas necio, hermano —señaló Eoghan mesándose su barba perfectamente recortada—. Sus palabras no van a asustarnos. ¡Jamás renunciaremos a las minas!

—Eso por descontado —convino Calum—. Sin embargo, tengo la impresión de que no fanfarroneaban.

El general Murtagh asintió con la cabeza.

—Nos han venido a advertir —terció—. Pero en realidad están deseando que midamos nuestras fuerzas en el campo de batalla. Lo he visto en sus ojos. Por alguna razón, esta vez están absolutamente convencidos de su superioridad. Tan solo querían ver nuestras caras de cerca, para que nosotros recordemos las suyas la próxima vez que nos volvamos a enfrentar.

Afectados por la tensión del reciente episodio, ninguno supo de entrada muy bien lo que pensar.

—Hablaré con Meriadec —zanjó Calum—. Los druidas ya nos habían alertado acerca del despertar de los dioses germanos. Y parece que no se equivocaban. El hecho de que a Reginherat le acompañase su *godi* no es casualidad. De alguna manera, ambos hechos deben estar relacionados.

5

—¡Anghus! —Nisien acopló una mano en torno a la boca para amplificar el sonido de su voz, al tiempo que alzaba el brazo para llamar la atención de su hijo.

El sol bañaba los cultivos con su cálido esplendor, y Anghus se revolcaba en el prado junto a *Ciclón*, con el que mantenía una lucha amistosa por hacerse con el control de una vieja tela. El animal retenía el paño entre los dientes, y Anghus tiraba del otro extremo, en una pelea fingida en la que parecía dirimirse cuál de los dos podía llegar a ser más cabezota. Finalmente, *Ciclón* soltó la tela y Anghus cayó hacia atrás cuan largo era, mientras el perro saltaba sobre él y le colmaba a lametones. El muchacho trataba al perro como si fuese una persona, y desde luego le quería como tal. Anghus le hablaba sin parar y, de algún modo, *Ciclón* actuaba como si le entendiera y le daba la réplica con un ladrido o adoptando una determinada pose, o incluso una forma de mirar.

Seguidamente, Anghus interrumpió el juego y acudió raudo a la llamada de su padre. El joven muchacho ya se había recuperado por completo del envenenamiento que casi le cuesta la vida, y había jurado hasta la saciedad que nunca más volvería a ingerir una seta sin permiso. No obstante, el restablecimiento de su salud había traído consigo un efecto no del todo deseado. Anghus había vuelto a experimentar de nuevo aquellas punzadas de deseo que le perturbaban el pensamiento y le estremecían la entrepierna. Aquella inquietante sensación, además, se acentuaba cuando su mente evocaba la imagen de Brianna, especialmente el momento en que había sentido su contacto al cogerle de la mano. Anghus detestaba sentir aquel extraño y desconcertante impulso que escapaba a su control. Y, sobre todo, le incomodaba que aquella pulsante sensación se mezclase con el recuerdo de Brianna, después de que esta se hubiese portado tan bien con él.

—Hijo, como ya te vine anticipando durante los últimos días —expuso el granjero cuando Anghus hubo llegado a su altura—, hoy te encargarás tú de pastorear a las cabras.

Nisien consideraba que su hijo ya estaba preparado para asumir una responsabilidad semejante, incluso a pesar del triste episodio de que había sido víctima en las fiestas de Lugnasad por culpa del cual el desarrollo de su frágil personalidad había sufrido un ligero retroceso. Desde entonces, Anghus no había querido volver a relacionarse con extraños, y había evitado acompañar a sus padres cuando estos habían acudido a Hallein o a alguna aldea de la periferia. Con todo, Anghus se animaba cada vez más a realizar los trabajos que la explotación de la granja demandaba, incluyendo aquellos que a priori entrañaban una dificultad mayor. Una semana atrás, Nisien se vio en la necesidad de sacrificar un par de viejas cabras que ya no le eran de utilidad, ocasión que Anghus no desaprovechó para participar por vez primera en la matanza, teniendo en cuenta que en el pasado se había limitado siempre a observar a su padre en silencio. Nisien quedó gratamente sorprendido por la rotundidad con que su hijo asía el afilado cuchillo y degollaba al animal, sin que la abundante sangre que salió despedida de su cuello le supusiese un problema. Desde luego, si Anghus continuaba por ese camino, terminaría por convertirse en un granjero que muy poco tendría que envidiarle al resto.

—Abre lentamente la verja del cercado —le indicó Nisien.

Anghus obedeció. Las facciones de su rostro denotaban que estaba profundamente concentrado. Nisien creía de todo corazón que, pese a sus limitaciones, su hijo estaba capacitado para realizar aquella tarea. Esta consistía en guiar al rebaño de cabras hasta los pastizales situados en la cima del cerro procurando que ninguna se perdiera por los múltiples ramales que configuraban el altozano. Anghus se conocía el camino como la palma de su mano y, a fin de cuentas, la mayor parte del trabajo recaería en realidad sobre el perro pastor. El hecho de contar con la presencia de su inestimable amigo había resultado clave para que Anghus aceptase la propuesta de su padre.

Las cabras salieron de la cerca y Anghus comenzó a reunir al rebaño con la ayuda de *Ciclón*.

—Lo harás bien —le animó Nisien.

Anghus asintió, aunque por algún motivo no parecía convencido del todo.

—¿Qué ocurre?

—Padre, pese a que lo he estado intentando, todavía no soy capaz de silbar como es debido.

Durante la última semana, Nisien había intentado enseñarle a silbar con los dedos en la boca, para que el sonido de su llamada alcanzase una distancia mayor. Anghus, sin embargo, se había mostrado poco hábil a la hora de reproducir el característico sonido.

Nisien colocó sus dedos pulgar e índice debajo de la lengua y efectuó una rápida demostración. Pero cuando Anghus le trató de imitar, fue incapaz de obtener un resultado siquiera mínimamente parecido.

—No te preocupes —repuso—. Ya aprenderás. Mientras tanto, grita y da palmadas para llamar la atención de las cabras.

Anghus asintió y comenzó a guiar al rebaño por el camino que conducía al pie del cerro. *Ciclón* correteaba alrededor de las cabras y las mantenía bien agrupadas, evitando que las más despistadas emprendiesen una aventura por su cuenta y riesgo.

Nisien fue incapaz de despegar la mirada de su hijo, hasta que su silueta se desvaneció en el horizonte. Esperaba no haberse equivocado en su decisión.

Nisien y su esposa no pudieron evitar sentir una cierta desazón durante todo el día, hasta que al atardecer divisaron a su hijo regresar por el camino. La sonrisa de Anghus llenaba toda su cara, y eran tantas las cosas que tenía que contarles, que él mismo se interrumpía al inicio de cada historia. Además de ser una excelente compañía, *Ciclón* se había convertido en un gran aliado. No faltaba ni una sola cabra y todas se encontraban sanas y salvas. Anghus había demostrado que podía encargarse de aquella tarea, contribuyendo de forma activa a sostener la precaria economía familiar.

A Nisien poco le importaban ya los reproches que jamás dejaría de oír a su espalda por no haber dejado morir a la criatura con la que la madre Dana les había bendecido. Gracias a haber tenido el coraje de contravenir las viejas costumbres, Nisien podía decir que se sentía tan orgulloso de Anghus, como cualquier otro padre podría estarlo de su propio hijo.

6

Meriadec accedió al alojamiento personal del rey luciendo un semblante circunspecto bastante acorde con las noticias que tenía que transmitir.

Algunos días atrás, Calum había puesto en conocimiento del druida jefe los detalles del encuentro mantenido con la delegación germana y la amenaza de guerra realizada por Reginherat. El rey precisaba de su consejo y solicitaba la colaboración de toda la comunidad druídica, especialmente reconocida por sus extraordinarias dotes de adivinación.

Atendiendo su petición, Meriadec había puesto rápidamente en marcha un plan de acción junto al resto de sus colegas. Para empezar, un amplio grupo de druidas se había desplazado al corazón del bosque, donde habían escenificado en un lugar sagrado un arcano ritual de adivinación. Además, Eboros había llevado a cabo el sacrificio de varias bestias, cuyas entrañas le habían desvelado el futuro inmediato de su pueblo. El propio Meriadec había leído ciertos augurios en el cielo y en el vuelo de las aves. Incluso Ducarius, el druida helvecio, se había valido de la interpretación de los sueños como técnica adivinatoria, muy común en su tierra de origen, para realizar así su propia aportación.

Calum invitó a Meriadec a tomar asiento y se preparó para escuchar el veredicto del druida jefe. Eoghan, que también se hallaba presente, daba buena cuenta de unas suculentas tortas de avena rehogadas con miel.

—Todos los augurios, sin excepción, son negativos —afirmó Meriadec con rotundidad—. Deberíamos evitar a toda costa el enfrentamiento con los germanos. Si lo hacemos, la victoria caerá del lado de nuestros enemigos.

—¡Eso es absurdo! —protestó Eoghan, al que de repente se le habían quitado las ganas de comer.

—No lo es. —Meriadec se mantuvo tranquilo. Su larga barba cenicienta resplandecía iluminada por un haz de luz que penetraba por la ventana—. Desde que sus dioses les enviaran la Piedra del Cielo, los germanos han crecido en poder.

—¿Y eso qué significa? ¿Acaso los dioses germanos han insuflado a los guerreros de Reginherat más fuerza de lo normal? ¿O se supone que a partir de ahora gozarán de una protección especial que nunca habían tenido? —Eoghan dejó caer las manos sobre su abultada panza—. ¿No puedes ser algo más concreto? ¿Eso es todo cuanto tu magia puede alcanzar?

—A nosotros también nos gustaría poder precisar más, pero nuestros métodos no pueden llegar tan lejos —admitió el druida jefe—. De cualquier manera, los auspicios son unánimes. Si participamos en esa guerra, la perderemos. Y ni siquiera la protección que habitualmente nos procura la Divinidad será suficiente esta vez para contrarrestar las fuerzas de nuestros enemigos.

Las palabras de Meriadec cayeron como una losa sobre Calum, cuyos cercos bajo los ojos se advertían más acentuados que nunca debido a su preocupación de los últimos días.

—¿Qué sugieres entonces? —insistió Eoghan—. ¿Acaso sugieres que les entreguemos las minas sin oponer la menor resistencia?

El hermano del rey era sin duda quien más tenía que perder pues, si bien era cierto que las minas de sal proporcionaban de forma indirecta importantes riquezas al pueblo de los celtas nóricos en su conjunto, Eoghan era el que obtenía un mayor beneficio con su mercadeo.

—No es eso lo que digo —replicó Meriadec—. Pero sí recomiendo dialogar con Reginherat para evitar el enfrentamiento. Deberíamos llegar a un acuerdo con los germanos para explotar las minas de forma conjunta y repartir los beneficios.

—¡¿Pactar con esos bárbaros y permitir que se aprovechen de nuestro esfuerzo?! —exclamó Eoghan.

—Ese es mi consejo —sentenció Meriadec.

Un espeso silencio, semejante a una mancha de aceite hirviendo, se abatió sobre la sala empapando hasta las sombras de los rincones más apartados.

—Gracias, Meriadec. Ahora necesito tiempo para tomar una decisión.

El druida jefe abandonó la sala. En cuanto ambos hermanos se quedaron solos, Eoghan aprovechó para hacer valer su postura.

—Lo que propone Meriadec no tiene sentido. Sabes tan bien como yo que, aunque intentemos dialogar, los germanos no aceptarán nada distinto a la oferta que ya nos hicieron. Ya viste la arrogancia que exhibieron y la rotundidad que emplearon al hablar. No nos vamos a dejar avasallar por una amenaza carente del menor sostén. ¿Desde cuándo los guerreros celtas le tenemos miedo al enemigo? —Eoghan se seguía considerando un guerrero, pese a que no había vuelto a luchar desde que hubiese perdido la pierna—. Murtagh es un héroe y nos conducirá hasta la victoria, tanto si los germanos cuentan con la ayuda de su dioses como si no. Demostraremos que los druidas se equivocan y que los presagios que vaticinan nuestra derrota no tienen ninguna razón de ser.

Calum se contagió enseguida del apasionado discurso de su hermano y elevó la mirada orgulloso. No podía evitarlo. Por sus venas corría genuina sangre de guerrero.

—Está bien —convino—. Si los germanos quieren guerra, entonces la tendrán…

7

El gran espacio abierto que había en mitad del poblado comenzó a llenarse de asistentes y curiosos. Aquel día, el cielo de Hallein se había sembrado de nubes aceradas que reptaban desde el lago y orbitaban a escasa altura.

Una vez al año, los druidas llevaban a cabo un proceso de selección para dar entrada a los nuevos iniciados que en el futuro pasarían a formar parte de la orden. Aquel acto constituía, en verdad, únicamente un primer paso: cualquier joven entre catorce y dieciséis años podía presentarse como candidato, a expensas de las pruebas a las que posteriormente se sometería. La realidad dictaba que la mayoría de ellos se quedaría en el camino y que, de entre la totalidad de aspirantes a convertirse en druida, tan solo unos pocos serían elegidos.

Muchos de los candidatos provenían de familias pertenecientes a la aristocracia guerrera, cuyo tercer o cuarto hijo era ofrecido para que se incorporase a la cada vez más poderosa casta de los druidas. No obstante, también concurrían aspirantes procedentes de clases menos favorecidas, en algunos casos incluso animados por un druida consagrado que hubiese observado en un joven indiscutibles signos o habilidades naturales que le dotasen de cierta idoneidad.

Tradicionalmente, la comunidad druídica solía reunirse casi al completo con motivo de aquel evento y, de hecho, la mayoría de ellos ya ocupaba el centro de la explanada. Junto a Eboros se encontraban los druidas Dughall y Medugenus. El primero, conocido por su carácter arisco, estaba dotado de extraordinarios poderes para la adivinación, mientras que el segundo, mucho más amable, se había convertido en un soberbio sanador tras haber sido formado directamente por el incomparable Nemausus. Meriadec, en calidad de druida jefe, actuaría como maestro de ceremonias, ante la atenta mirada de Ducarius como invitado especial.

El acto daría comienzo poco antes de que descendiese sobre el poblado la penumbra crepuscular.

Serbal, que había acudido al multitudinario acto, se abrió paso entre el gentío para presenciarlo desde las primeras filas. Aunque el aprendiz de herrero no podía ofrecerse como candidato —de lo contrario, ya lo habría hecho el año pasado o el anterior—, siempre gustaba de observar a quienes lo hacían, como si de algún modo pudiese ver cumplido su propio deseo a través de ellos. Serbal le había pedido permiso a su padre para ausentarse del trabajo aquella tarde; incluso se había arreglado para la ocasión. Primero se había aseado con jabón, y acto seguido se había enfundado un calzón holgado y una capa de lana que sujetaba con su broche predilecto.

Por otro lado, Brianna también había acudido al evento en compañía de su inseparable amiga Lynette. La hija del general Murtagh había decidido asistir con la esperanza de reencontrarse con Nemausus, tras darse cuenta de lo mucho que su experiencia junto al druida ermitaño la había transformado, despertando en ella un formidable interés por todo lo relacionado con el campo de la sanación. Brianna, cuya vida como mujer había sido escrita de antemano, nunca antes había sentido una vocación tan grande como la que en aquel instante vibraba en lo más hondo de su ser.

—¿Ves a Nemausus por alguna parte? —Brianna había comprobado que, pese al gran número de druidas presentes en el acto, el solitario anciano no parecía encontrarse entre ellos.

—Me temo que no —contestó Lynette—. Sin embargo, acabo de ver a otra persona a la que estoy segura de que no te importaría saludar...

Cedric también había acudido al evento y, apostado entre la multitud, se erguía sobre sus talones barriendo la explanada de tierra con la mirada, en busca del verdadero motivo que le había llevado hasta allí. Naturalmente, su asistencia nada tenía que ver con el llamamiento de los druidas, sino con simular un casual encuentro con Brianna, con el fin de recuperar el terreno perdido tras su último y desafortunado acercamiento. El hijo del rey se había convencido de que todo se reducía a seguir insistiendo, hasta que finalmente Brianna cediese a su pretensión.

De repente, Cedric la localizó entre el gentío, dirigiéndose precisamente hacia él. Su boca se curvó de forma ostentosa dibujando una pretenciosa sonrisa, y se atusó el cabello utilizando las dos manos. Si las demás muchachas de Hallein no se resistían a sus encantos, Brianna no iba a ser menos. Era una mera cuestión de tiempo que su proceso de conquista concluyese felizmente para él...

Pero, para su sorpresa, Brianna pasó de largo a escasos metros suyos, sin dedicarle siquiera una mirada o un insignificante saludo. La muchacha, de hecho, se había comportado como si él no estuviese allí. Cedric la observó alejarse en silencio, al tiempo que se borraba de su cara su arrogante sonrisa.

El golpe más fuerte, sin embargo, aún estaba por venir.

Brianna se detuvo poco después junto al joven al que verdaderamente había pretendido acercarse desde un principio. Cedric estiró el cuello y se fijó con atención. ¡Era Serbal! Aquello no podía tratarse de una casualidad, porque ya era la segunda vez que el dichoso hijo del herrero se interponía en su camino.

Furioso, el hijo del rey apretó los puños, decidido a no quitarle los ojos de encima a la pareja.

Serbal sintió que alguien posaba la mano en su hombro y se dio la vuelta para ver quién era. Su expresión debió ser de tal sorpresa, que Brianna tuvo que hacer un esfuerzo para no echarse a reír. La reacción de Serbal no era para menos: la chica a la que amaba en secreto se había acercado para hablar con él.

—Hola, Brianna —acertó a decir tratando de parecer sereno—. Me alegra verte.

—A mí también —replicó la muchacha—. Te hacía trabajando en el taller. Aunque, por otra parte, no me sorprende nada que estés aquí.

—Vengo cada año desde que tengo uso de razón. Me gusta presenciar el acto y escuchar a Meriadec —explicó—. Durante mucho tiempo crecí pensando que cuando tuviese edad suficiente, yo mismo me presentaría como candidato. —Serbal se encogió de hombros con cierta resignación—. El deber, sin embargo, me ha llevado por un camino muy distinto.

Brianna, pensativa, le observó unos segundos sin responder. Había algo en el tono de voz de Serbal que la reconfortaba. Tal vez fuese la sinceridad con la que hablaba, o puede que la modestia con la que solía referirse a sí mismo, tan diferente del talante vanidoso del que hacían gala los demás jóvenes que la abordaban, dándose más importancia de la que realmente tenían.

—Pues es una lástima —dijo al fin—. Lo que la comunidad druídica necesita es gente como tú, con vocación.

Ahora fue Serbal quien se distrajo, tras perderse un instante en la constelación de pecas que rodeaba la nariz de Brianna, y en las finas trenzas en las que se había recogido el pelo y que dejaban a la vista su largo cuello.

—¿Y tú? —inquirió Serbal—. ¿Has acudido por algún motivo especial?

—Lo cierto es que sí —contestó—. Esperaba ver a Nemausus.

—No ha venido —le confirmó el muchacho—. Hasta hace un par de años nunca faltaba a la cita, pero supongo que desde que alcanzó una determinada edad, ha tenido que reducir el número de sus desplazamientos.

Brianna observó que la fíbula con que Serbal sujetaba su capa se había deslizado hacia abajo, y automáticamente la asió entre los dedos para recolocarla donde correspondía. Lo había hecho tantas veces con su padre, que ya tenía mecanizado aquel gesto. La muchacha se inclinó sobre Serbal, haciendo que la distancia entre uno y otro se redujese a escasos centímetros. Un segundo después, su aliento embriagador aturdía los sentidos de Serbal, cuyo corazón amenazaba con salírsele del pecho. Instintivamente, Serbal posó su mano derecha sobre la muñeca de Brianna, mientras esta se esmeraba en colocarle el broche en su sitio, pero la apartó enseguida, en cuanto sintió el contacto con su piel, temeroso de haber dado un paso en falso o haberse mostrado demasiado atrevido. Brianna, sin embargo, ni siquiera pareció haberse percatado del gesto, aunque sí que reparó en la exquisitez que atesoraba el broche de aquel chico.

—Es precioso —elogió.

La montura de la fíbula de bronce, que adoptaba la forma de un estilizado martillo, tenía engastadas pequeñas bolitas de coral, un material exótico que denotaba su procedencia de alguna nación remota.

—Es un regalo de mi padre —explicó Serbal—. Una valiosa pieza de importación. La silueta del martillo es el símbolo de nuestro oficio; por eso me la obsequió. Teyrnon se siente muy orgulloso de que yo siga sus pasos.

En ese momento la muchedumbre comenzó a guardar silencio, atendiendo a la petición de Meriadec.

—El acto va a dar inicio —señaló Brianna en un susurro—. Me voy. He dejado sola a Lynette y he de volver con ella.

Y dicho esto, la muchacha se dio la vuelta y se perdió entre el gentío, como un cervatillo que se adentrase en una espesa arboleda. Serbal sacudió pesadamente la cabeza, sin poder creerse todavía que aquel encuentro hubiese tenido lugar.

Meriadec alzó su bastón de fresno y dio un paso adelante, midiendo con la mirada la concentración de almas que tenía frente a él. A su espalda se apiñaba un amplio número de druidas, a la manera de un pequeño ejército, si bien ataviado con túnicas y capuchas en vez de cascos y espadas. La muchedumbre aguardaba sus palabras con gran expectación.

El druida jefe no les hizo esperar por más tiempo e inició su alocución. Todos los años pronunciaba un discurso parecido, aunque siempre añadía algo distinto, normalmente relacionado con los problemas más acuciantes de la tribu en ese momento, como el hostigamiento del que fuesen objeto por parte de un vecino hostil o la escasez provocada por una mala cosecha. En esta ocasión, Meriadec hizo hincapié en el papel crucial que los druidas jugaban en la belicosa sociedad celta. Ellos, afirmó, se encargaban de que entre el hombre, la naturaleza y la propia Divinidad reinase la armonía esencial para la vida en la Tierra. Los druidas constituían el único nexo de unión con aquellas criaturas del bosque que no se dejaban ver: los espíritus sagrados que habitaban los lugares de culto situados en el corazón de manantiales y arboledas.

Serbal admiraba el modo en que Meriadec lograba captar la atención del público. Sus palabras rezumaban autoridad y eran a un tiempo capaces de transmitir la calidez que precisaba la persona que había enfrente. El druida jefe encarnaba todo cuanto a él le hubiera gustado ser… si hubiese tenido la oportunidad de intentarlo.

Por último, Meriadec reconoció el valor de aquellos que decidían consagrar su vida a la actividad druídica. Algunos de los jóvenes candidatos que se presentasen aquel día estarían llamados a sustituir a los druidas que, como él, ya se estaban haciendo viejos.

Aunque al principio siempre costaba un poco romper el hielo, enseguida los primeros muchachos comenzaron a abrirse camino entre la multitud, dirigiéndose con paso vacilante al lugar que los druidas ocupaban en el centro de la explanada.

La concurrencia, en señal de reconocimiento, solía acompañar el recorrido de cada candidato con un efusivo aplauso. No obstante, saltaba a la vista que aquellos que provenían de familias pertenecientes a la aristocracia guerrera lo hacían a disgusto. Ellos hubiesen preferido seguir la estela de su padre y hermanos, y empuñar una espada para combatir al enemigo en vez de un bastón de fresno. ¡Qué paradoja! Serbal habría dado cualquier cosa por disponer de aquella oportunidad que él nunca tendría. A algunos los conocía bien y a otros no tanto, pero en cualquier caso estaba seguro de que no superarían las pruebas. Si no sentían de corazón lo que hacían, de muy poco les valía presentarse. Pero también los había que se aproximaban con un singular brillo en la mirada, verdaderamente sobrecogidos por la solemnidad del momento. Y los más conmovidos eran precisamente aquellos que procedían de las clases menos poderosas: hijos de granjeros, pastores y artesanos que, dotados de una especial sensibilidad, se postulaban como los más firmes candidatos a formar parte de la comunidad druídica algún día.

Pasado un rato, todos los candidatos de aquel año —aproximadamente una veintena— parecían haber salido ya. Sin embargo, para sorpresa de la multitud, un aspirante más decidió dar el paso y recorrer la distancia que separaba el corro de asistentes del grupo formado por los druidas.

Un murmullo de incomprensión, semejante a la corriente de un caudaloso río, se extendió entonces a lo largo de la explanada. El candidato no era un hombre, sino una mujer: Brianna.

La muchacha se desplazaba con gravedad, las manos recogidas a la altura del regazo y la mirada elevada y valiente. La gente estiraba la cabeza para ser testigo de aquel sorprendente acontecimiento, al tiempo que señalaban a Brianna con descaro.

Meriadec clavó sus ojos en la muchacha, a la que conocía perfectamente por tratarse de la hija de quien era. Su confusa reacción inicial se transformó al instante en contrariedad: de acuerdo a la tradición, no podía haber mujeres druidas. La máxima no ofrecía lugar a dudas, por lo que su presencia allí no solo carecía de sentido, sino que constituía a todas luces un evidente desafío.

El druida jefe dio un paso al frente y colocó el bastón de fresno por delante de su cuerpo, firmemente determinado a impedir que Brianna se postulase como un aspirante más, pero entonces sintió la mano de uno de sus colegas posarse sobre su hombro.

—Aguarda, Meriadec —le susurró al oído Ducarius, el druida helvecio—. Antes de que te pronuncies públicamente acerca de la cuestión, deberías saber que en fechas muy recientes la orden admitió el ingreso de algunas mujeres en mi tierra de origen.

—¿Me estás diciendo que en vuestra comunidad hay mujeres druidas?

—Todavía no. Por ahora son tan solo iniciadas, pero es cuestión de tiempo que se ordenen como es debido cuando finalicen su periodo de preparación.

Meriadec frunció el ceño, pero no dudó un ápice de la información que Ducarius le acababa de proporcionar. La tribu de los celtas helvecios era la que más fama de avanzada gozaba a la hora de revisar las viejas costumbres y adaptarse a los nuevos tiempos. Meriadec reflexionó unos instantes sin llegar a ninguna conclusión, por lo que se volvió y llamó a Eboros. Los sensatos consejos del druida sacrificador eran siempre bienvenidos.

Mientras todo esto acontecía, la audiencia congregada en torno a la explanada, así como la propia Brianna, aguardaban el veredicto del druida jefe sumidos en un silencio sepulcral.

Tras ser informado acerca del dilema, Eboros enseguida expresó su parecer:

—Hace poco visité a Nemausus en su destartalada cabaña y me habló maravillas acerca de la hija del general Murtagh. Desde luego, la muchacha posee cualidades innatas que haríamos mal en ignorar. —Eboros hablaba en voz baja, únicamente para Meriadec—. En mi opinión, deberíamos dejarla presentarse como aspirante, y que luego ella demuestre si está capacitada o no para superar las pruebas.

El razonamiento de Eboros, como de costumbre, probó una vez más ser tan juicioso como acertado. Pese a todo, y aunque Brianna ni siquiera llegase a convertirse en iniciada, Meriadec temía abrir la puerta a que otras mujeres quisieran ser druidas en el futuro. Aquel asunto merecía, desde luego, una reflexión mucho más profunda; sin embargo, la situación exigía una respuesta inmediata.

Finalmente, Meriadec retiró su bastón de fresno y se hizo a un lado para dejar vía libre a la muchacha. Brianna avanzó unos pasos y se situó junto al resto de los candidatos, que se miraban entre sí con cierta incredulidad. Algunos druidas, incluso, no ocultaron su malestar ante la sorprendente decisión del druida jefe.

La increíble escena protagonizada por Brianna desafiando la tradición establecida impactó a Serbal de tal manera, que fue para él semejante a una suerte de inspiración. El muchacho aún conservaba muy fresca en su memoria las palabras que Brianna le había dedicado en su encuentro anterior: «Pues si yo fuese hombre en lugar de mujer, haría todo lo posible por elegir mi propio destino». Y ella misma había sido del todo consecuente con su propia afirmación, pese a las incontables trabas que la sociedad imponía a las personas de su sexo.

Serbal tomó aire y se armó de valor. Cerró los ojos un instante y, desafiando su destino, resolvió dejarse llevar como hasta entonces no lo había hecho en toda su vida. Poco después se vio atravesando la explanada central, como un candidato más dispuesto a emprender la carrera druídica. Los aplausos resonaban a su alrededor como si vinieran de muy lejos. Sabía que su padre no lo aprobaría, pero ya lidiaría con él cuando la noticia llegase a sus oídos. Serbal estaba dispuesto a afrontar las consecuencias de su arrebato, pero antes quería darse a sí mismo aquella satisfacción.

Meriadec siguió con la mirada al hijo del herrero. Le extrañaba que Teyrnon le hubiese dado permiso para realizar las pruebas de iniciación. Sin embargo, aquel no era el momento indicado para hacer preguntas. Ya se ocuparía de llevar a cabo las correspondientes pesquisas cuando hubiese finalizado el acto.

Serbal se unió al grupo de aspirantes y se situó junto a Brianna. La muchacha ladeó ligeramente la cabeza y arqueó los labios con extrema sutileza, en una imperceptible sonrisa dirigida solo a él. Sin pretenderlo, aquella insólita decisión les había convertido en eventuales compañeros.

Cedric había observado toda la escena desde el lugar que ocupaba entre el público, sin poder evitar que la rabia se apoderase de él. Acostumbrado como estaba a salirse con la suya, no le gustaba nada el nuevo curso que habían tomado los acontecimientos, pues resultaba evidente que Serbal era una amenaza mucho mayor de lo que en un principio había creído.

El hijo del rey comenzó a sudar de forma profusa, al tiempo que llegaba a una evidente conclusión: en la actualidad, Serbal se había convertido en su más temible rival en la particular cruzada para conseguir que Brianna acabase siendo suya. Y si bien Serbal no pertenecía a la clase más alta de la sociedad celta —la aristocracia guerrera—, tampoco podía ignorar que el oficio de mayor prestigio entre los plebeyos no era otro que el de herrero, y que la reputación de Teyrnon entre los suyos era indiscutible. Es decir, que el gran general Murtagh bien que podía considerar a Serbal como un digno consorte para su hija.

Cedric sabía que tenía que contraatacar si no quería verse relegado a una posición de desventaja. Así que, sin pensárselo dos veces, inició el paseíllo que le identificaba ante los presentes como un aspirante más. La muchedumbre reaccionó a su inesperada candidatura con un recelo similar al que escasos minutos atrás se tuvo que enfrentar Brianna. Pero él, ignorando la ola de murmullos, se colocó junto al resto de los candidatos, decidido a jugar sus cartas para conquistar el corazón de Brianna. Lo que pensaran los demás no le importaba nada en absoluto.

Un clamor contenido recorría la explanada. El propio Meriadec, que jamás había detectado en el hijo del rey el menor interés por la actividad druídica, tampoco se lo esperaba pero, por más extraño que le resultara, lo cierto era que Cedric se había adelantado hasta allí haciendo gala de su altivez acostumbrada. ¿Qué pensaría Calum cuando se enterase de la última extravagancia de su hijo?

8

Ya era noche cerrada cuando Lynette recorría las calles de Hallein envuelta en un fino mantón de lana que apenas lograba protegerla del frío. Después del osado acto protagonizado por Brianna que había dejado sin palabras a todos los presentes, —¡ni siquiera a ella le había contado lo que se proponía hacer!—, Lynette se había desplazado a las inmediaciones del poblado, donde había mantenido un encuentro furtivo con el joven Dunham. Dado que sus familias todavía no habían cerrado el trato destinado a casarlos, la impaciente pareja había comenzado mientras tanto a verse a escondidas.

A aquella hora tan tardía, las calles ya se encontraban prácticamente desiertas. Lynette se guiaba por la luz de las estrellas y por el resplandor de los hogares que calentaban el interior de las viviendas y se veían a través de las ventanas. Lynette enfiló a continuación un estrecho callejón que, aunque pobremente iluminado y de escaso tránsito, le resultaba muy conveniente para acortar camino.

Un viento helador le golpeó el rostro en cuanto se adentró en el callejón, y como para combatir el frío Lynette rememoró las recientes caricias que Dunham le había regalado. A veces un simple truco de la mente podía hacer maravillas. Un instante después, sin embargo, Lynette sintió algo más que una gélida corriente de aire: unos pasos apagados y una respiración acompasada casi inaudible para sus oídos. ¿Acaso alguien la seguía?

Lynette volvió la cabeza, pero no atisbó más que sombras adheridas a los muros laterales. Un escalofrío le recorrió la espina dorsal. La joven apretó el paso deseando dejar atrás lo antes posible aquella angosta y aterradora callejuela. Aun así, la sensación de inquietud no conseguía abandonarla. Fue entonces cuando tuvo la terrible convicción de que alguien la acechaba a su espalda, y una fracción de segundo después, Lynette recordó a aquella pobre muchacha a la que habían degollado y de cuyo asesino no se tenía todavía la menor pista. «Pero dentro de los muros de Hallein no puede pasarme nada», se dijo a sí misma para tranquilizarse.

No obstante, Lynette volvió a girarse por si acaso… y dejó escapar un suspiro de alivio. El rostro que tenía frente a ella pertenecía a alguien conocido, y no a un sanguinario asesino, como su mente le había hecho imaginar. La muchacha se llevó la mano al pecho y jadeó varias veces seguidas, tratando calmar los latidos de su corazón.

—¡Qué susto me has dado! —repuso.

Y ya no tuvo tiempo de decir nada más. De repente, la persona que la había abordado alargó una poderosa mano y la sujetó del cuello con firmeza. Lynette trató de zafarse de ella, pero ni siquiera podía gritar. Su agresor la arrastró entonces a la oscuridad y, después de mostrarle un afilado puñal que la disuadió de oponer resistencia, comenzó a subirle frenéticamente el vestido.

Los ojos de la muchacha se llenaron de lágrimas y sus retinas reflejaron el pavor del que se sabe al borde de la muerte, pues en la desquiciada mirada de aquel monstruo podía adivinar que con violarla no saciaría del todo su instinto criminal…

CAPÍTULO CUARTO

Los druidas predicen el futuro observando el viento y los cantos de las aves, y por medio del sacrificio de animales sagrados.

Unían a su estudio de la naturaleza aquel de la filosofía moral, asegurando que el alma humana es indestructible, así como el universo.

DIODORO SÍCULO
Bibliotheca historica

Calum y Meriadec paseaban por el entramado de calles que conformaban el poblado de Hallein seguidos muy de cerca por una pareja de centinelas. La claridad de la mañana se deslizaba desde los tejados hasta el suelo de tierra, sembrando los portales de charcos de luz natural. Sus semblantes, semejantes a una piel de conejo estriada y sin curtir, constituían el más fiel reflejo de su honda preocupación.

El asesinato de Lynette había causado entre los celtas nóricos una terrible conmoción. Todo parecía indicar que el autor del reciente crimen también lo había sido de aquel otro que le había costado la vida a la hija del granjero, aproximadamente dos meses atrás. Lo cual ponía de manifiesto que no se había tratado de un acto puntual, sino de la obra de una mente perturbada dispuesta a seguir matando a la menor oportunidad, como siempre había creído el druida jefe.

—He dado la orden de aumentar la vigilancia por las noches —anunció el rey—. A partir de hoy habrá más patrullas de lo habitual.

—¿Solo en Hallein? —inquirió Meriadec.

—No, también en las inmediaciones.

Las características de uno y otro crimen guardaban una extraordinaria similitud. En ambos casos las víctimas eran chicas jóvenes, violadas primero y degolladas después. Pero sobre todo, el asesino había vuelto a proceder como si celebrase un ritual de sacrificio, aunque esta vez había llevado las cosas incluso más lejos que la anterior. El cuerpo había sido hallado nuevamente desnudo y sin ningún tipo de magulladura, las manos cruzadas sobre su pecho virginal. Pero en esta ocasión, además del corte limpio y preciso efectuado en la garganta, el asesino había abierto pulcramente el vientre de la muchacha como si hubiese pretendido llevar a cabo una práctica de adivinación.

El criminal pronto comenzó a ser conocido entre los habitantes de Hallein por el sobrenombre de «el Verdugo».

—Detesto que el criminal imite los procedimientos de la comunidad druídica.

—No obstante, demuestra tener cierta pericia —replicó Calum—. ¿Estás seguro de que el hombre que buscamos no pertenece a la orden?

—¡De ninguna manera! —protestó Meriadec, que habría puesto la mano en el fuego por todos y cada uno de sus colegas. No obstante, no le quedaba más remedio que reconocer que el asesino manejaba el cuchillo con la habilidad de un experimentado druida sacrificador.

No había testigos, ni habían encontrado la menor pista en el escenario del crimen. Los vecinos tampoco habían escuchado gritos, lo cual les había llevado a pensar que o bien la víctima había sido cogida totalmente por sorpresa, o que posiblemente conociese a su asesino. Lo que resultaba indiscutible era que se trataba de algún habitante de Hallein o sus alrededores, puesto que había demostrado ser capaz de desplazarse por el poblado sin llamar la atención. Y aquello era algo que martirizaba enormemente a Calum, pues la sombra de la sospecha podía recaer sobre cualquiera.

—Sabe lo que se hace —reflexionó Meriadec en voz alta—. Y no volverá a actuar hasta que las aguas hayan vuelto a su cauce. Presiento que, aunque existe dentro de él una poderosa fuerza que le lleva a cometer tales crímenes, esta todavía no es más fuerte que él.

—¿Crees entonces que volverá a matar?

—Estoy seguro. Es solo cuestión de tiempo.

Calum se sentía tan preocupado como furioso, debido a las inesperadas dificultades que estaba encontrando para atrapar al dichoso asesino. Como máxima autoridad de la tribu, era suya la responsabilidad de hacer cumplir la ley. De lo contrario, se exponía a que ciertas voces cuestionasen públicamente su liderazgo.

A Meriadec, por su parte, aquel desagradable asunto le producía una especial inquietud por motivos muy diferentes. El druida jefe era el guardián de la moral, y su deber consistía en procurar que su pueblo se rigiese por una ética del bien, basada en la bondad, el amor a la Divinidad y el respeto por la naturaleza y los espíritus sagrados que habitaban en ella. Sin embargo, la presencia de aquel elemento discordante —el misterioso y sádico homicida— resquebrajaba la delicada armonía que Meriadec pretendía salvaguardar, la cual conformaba la realidad como si fuese un tejido invisible que entrelazaba espíritu y materia, y que ante la aparición de una sola hebra fuera de lugar podía acabar desbaratando aquella situación de precario equilibrio. Los crímenes sembraban de temor los corazones de la gente, despertaban oscuros deseos de venganza y generaban desconfianza entre la población.

Meriadec, por tanto, quería detener al asesino para restablecer el equilibrio de la moral y devolver la armonía que debía impregnar el alma de su pueblo.

—¿Había alguna conexión entre las dos víctimas? —inquirió el druida jefe.

—No —repuso Calum—. Ni siquiera se conocían. Desde mi punto de vista, lo que mueve al asesino es un deseo sexual incontrolable. Si acaba degollando a sus víctimas es solo para evitar que le delaten.

—No creo que la respuesta sea tan simple. ¿Por qué las mata como si llevase a cabo una especie de ritual? ¿Qué le hace ser tan metódico y frío? Todavía hay demasiados interrogantes que escapan a nuestra comprensión. Y hasta que hallemos las respuestas, iremos siempre un paso por detrás del asesino.

Meriadec se despidió de Calum con un gesto de cabeza y se encaminó hacia la residencia de los druidas. Al rey, sin embargo, no le dio tiempo a dar un solo paso, pues enseguida fue abordado por el gran general Murtagh, cuyo semblante reflejaba cierta zozobra.

—Acabo de recibir la visita de Nadelec, el hombre que tenemos destacado entre los latobicos.

Debido a la desconfianza que imperaba entre las distintas tribus celtas, no era inusual que sus mandatarios infiltrasen hombres de su confianza en las poblaciones vecinas, para recabar información acerca de sus pretensiones y, muy especialmente, de sus intenciones bélicas. Estos hombres solían pasar fácilmente desapercibidos, pues se integraban con total naturalidad en la nueva tribu, dedicándose al oficio que hubiesen ejercido durante toda su vida.

—¿Qué te ha contado?

—Ha oído rumores fundados acerca de una alianza entre varias tribus celtas —repuso Murtagh—. Con toda seguridad, los tulingos formarían parte del pacto promovido por los latobicos.

—¿Con qué fin?

—No lo sabemos, pero resulta evidente que el hecho de habernos dejado fuera nos convierte en enemigos potenciales.

Calum apretó los puños y masculló una maldición.

—¿Es que no tenemos ya suficientes problemas? —se quejó con amargura.

—Debemos ser prudentes. De momento nada indica que piensen lanzar un ataque. Es probable que la alianza posea una intencionalidad puramente defensiva. En todo caso, Nadelec ha prometido avisarnos de cualquier cosa que averigüe al respecto.

2

Las pruebas de selección estaban a punto de tener lugar, justo una semana después de que los aspirantes hubiesen manifestado públicamente su deseo de iniciarse en la orden.

Los candidatos se habían reunido en un claro del bosque, en torno a un roble centenario al que se le atribuía la condición de sagrado, mientras Meriadec y Eboros lo preparaban todo para llevar a cabo la prueba. El druida helvecio también se hallaba presente, pues Ducarius casi nunca se separaba del druida jefe y colaboraba en la mayor parte de los actos celebrados por los celtas nóricos.

El roble sagrado arrojaba una grata sombra bajo la que se cobijaban la totalidad de los asistentes, arrellanados sobre una fina y húmeda capa de hierba y rodeados de hojas muertas y un laberíntico entramado de bulbos y raíces. El trinar de los pájaros, suave y atiplado, resonaba en la fronda y contribuía a relajar el ambiente, algo tenso debido a los nervios de los candidatos.

Serbal estaba sentado junto al resto de los aspirantes, observando el roble sagrado con auténtica veneración. El árbol constituía uno de los ejes centrales de las creencias de los druidas, ya que les permitía establecer una comunicación con los tres niveles de la Divinidad: el subterráneo, por sus raíces; el de la superficie, por su tronco; y el de las alturas, a través de su copa. Los árboles, además, contenían un particular simbolismo. Aquellos que eran de hoja caduca, por su estacionalidad y carácter cíclico, configuraban una alegoría de la vida, la muerte y el renacimiento, mientras que los de hoja perenne representaban la inmortalidad del alma. Los druidas celebraban algunas de sus ceremonias secretas ante el roble sagrado —preferiblemente de noche—, y ciertos actos importantes, como la proclamación del rey, también se realizaban poniendo como testigo al venerado árbol.

Serbal no lo había tenido nada fácil para encontrarse aquella mañana allí. Su padre había montado en cólera después de que le confesase, con voz temblorosa, haberse postulado para iniciarse como druida. Serbal soportó la bronca como pudo e intentó dejar claro que no había sido algo premeditado, sino que lo había hecho siguiendo un súbito impulso. No obstante, por vez primera fue totalmente franco con él, y le reveló que formar parte de la orden era lo que siempre había deseado desde que era solo un niño. A Teyrnon tampoco le sorprendió escuchar aquella afirmación, pues Serbal siempre había mostrado un inusitado interés por asistir a las ceremonias de los druidas, así como a los actos en que los bardos recitaban sus poemas épicos y legendarios, a través de los cuales mantenían viva la historia del clan. Su fascinación por el universo mágico y espiritual que rodeaba la orden druídica saltaba a la vista, pero Teyrnon había dado siempre por sentado que, tratándose de su hijo, al final acabaría aceptando trabajar en la forja.

—Siempre te has quejado de que no tengo los brazos lo bastante fuertes como para manejarme en el oficio con soltura— había argumentado Serbal.

—Cierto, has heredado la frágil constitución de tu madre, pero con el trabajo constante, tu musculatura se desarrollará. El tiempo me acabará dando la razón.

En otras circunstancias, quizás Teyrnon le hubiese dado libertad para elegir. Sin embargo, después de haber aceptado que Derrien se iniciase como guerrero, no podía dejar que su otro hijo emprendiese un camino distinto al que por tradición estaba llamado a seguir. ¿Quién le sucedería entonces al frente del taller? ¿Acaso tendría que tomar como aprendiz a algún tercero ajeno a la familia?

Con todo, Serbal no dio su brazo a torcer, y tras explicarle a su padre que de la veintena aproximada de candidatos no superaban la prueba de acceso más allá de dos o tres, logró arrancarle una autorización con carácter provisional.

—Al menos, déjame intentarlo —le había pedido con el corazón en la mano.

—¿Y qué ocurrirá si lo consigues?

—Entonces hablaremos de nuevo —repuso Serbal—. En cualquier caso, te prometo que la última palabra sobre mi destino será solamente tuya.

Los nervios de Serbal no solo se debían a la prueba en sí, sino también a que Brianna se había situado justo a su derecha, y su mera presencia le hacía perder a ratos la concentración. Antes de partir, habían intercambiado saludos y unas pocas palabras, pero durante el camino les había sido imposible mantener una conversación. Los druidas no habían dejado de cantar durante todo el recorrido, y el conjunto de muchachos les habían imitado sumándose al canto.

Brianna, por su parte, tenía sentimientos encontrados. La ilusión que le hacía estar allí, pugnando por convertirse en la primera druidesa de los celtas nóricos, contrastaba con la tristeza que sentía por la muerte de Lynette. Su amiga se había ido al Otro Mundo de forma repentina y cruel, y su pérdida le había dejado un enorme vacío. Todavía no se había hecho a la idea de su partida, y cada día que pasaba, más cuenta se daba de lo mucho que la iba a echar de menos. Por otra parte, la reacción de su padre había sido más fría de lo esperado. De entrada, la idea le había disgustado porque contravenía abiertamente la tradición, y lo último que deseaba era que su hija abanderase un cambio de tal magnitud. Pero, a pesar de ello, Murtagh no se opuso a sus deseos, convencido de que Brianna no sería seleccionada, ya que tendría que competir con muchachos de gran intelecto y mejor preparación.

Al inicio de la mañana, cuando todos se reunieron en las puertas de Hallein y tomaron el camino del bosque, Brianna se había sentido bastante intimidada por verse rodeada única y exclusivamente de chicos varones, la mayoría de los cuales la miraban con cierto escepticismo e incluso desdén. Sin embargo, Eboros se había acercado a ella y, dedicándole una alentadora sonrisa, le confesó que pocos días atrás había visitado a Nemausus, el cual lamentaba no poder asistir a la pruebas de selección, pues su salud pasaba por un momento delicado. De haberle sido posible, el druida ermitaño habría acudido encantado para mostrarle su apoyo.

Pero si había alguien allí que parecía estar fuera de lugar, más incluso que Brianna, era Cedric. Desde un principio, el hijo del rey se había mostrado distante y se había mantenido ligeramente apartado del resto de los candidatos, yendo un paso por detrás. Poco o nada interesado en el druidismo, su verdadera motivación radicaba en permanecer cerca de Brianna, con el fin de neutralizar la seria amenaza en que se había convertido Serbal. Desde luego, Calum se había puesto furioso al conocer los inauditos planes del único hijo que le quedaba con vida. ¿Druida? ¿Era eso lo que quería ser ahora? ¿Qué había sido entonces de su obstinado afán por convertirse en mercader? ¿Acaso estaba dispuesto a probar cualquier cosa con tal de evitar iniciarse como guerrero, que era lo que por sangre le correspondía? La acalorada discusión no les condujo a ningún sitio, ya que Cedric rehusó darle explicaciones. No obstante, a su tío Eoghan sí le habló con total sinceridad, y le dejó muy claro que su pasión por la actividad comercial no había disminuido en absoluto.

Sin más preámbulos, los druidas ocuparon sus posiciones de espaldas al roble sagrado. Meriadec, puesto en pie, alzó su bastón de fresno y apuntó con él al conjunto de candidatos.

—A partir de este momento dan comienzo las pruebas de selección —anunció—. No podréis hablar entre vosotros y os limitareis a seguir las instrucciones que tanto yo como Eboros os vayamos dando.

El grupo de muchachos acató la orden y los murmullos cesaron de inmediato. A Serbal se le secó la garganta de golpe e intentó tragar saliva. Brianna parecía tan concentrada, que ni siquiera se permitía un simple parpadeo. De todos los presentes, tan solo Cedric se mantenía inusualmente tranquilo.

Meriadec se desprendió entonces del trisquel que le colgaba del cuello y lo exhibió entre los candidatos. La joya de oro, con forma de tres espirales inscritas en un círculo, brillaba como un sol en miniatura.

—Como todos sabéis, el trisquel es el símbolo supremo de los druidas y solo nosotros —se señaló a sí mismo, a Eboros y a Ducarius— estamos facultados para portarlo. Para vosotros, sin embargo, representa el camino que tendréis que recorrer para alcanzar el conocimiento completo y ganaros vuestro acceso a la comunidad. —Meriadec efectuó una pausa teatral antes de reanudar su discurso—. Tal vez hayáis escuchado decir que las aspas simbolizan cada uno de los estadios de la vida: infancia, madurez y senectud. Pero ese es tan solo uno de los numerosos significados que se le atribuyen al trisquel. A un nivel más profundo, la primera espiral encarna nuestra atadura al mundo físico regido por los sentidos, así como las limitaciones de nuestro cuerpo. La segunda constituye el universo de las ideas, la conciencia y el pensamiento. Y la tercera, la senda del alma para comunicarse con dioses y espíritus.

»Asimismo, el trisquel alude al pasado, el presente y el futuro, y su circunferencia, a la totalidad del tiempo, en constante renovación. Pero también representa la trinidad de mente, alma y cuerpo en perfecto equilibrio; el principio y el fin, la evolución y el crecimiento, el aprendizaje perpetuo y la eterna transformación.

Dicho esto, Meriadec dirigió su mirada hacia el roble sagrado e inició una detallada explicación acerca de la simbología que el árbol encerraba para los druidas, la cual le llevó cerca de diez minutos. Cuando finalizó, se sumió en un calculado silencio y se desplazó lentamente hasta un extremo del claro ante el desconcierto de los jóvenes aspirantes, que le siguieron atentamente con la mirada.

Eboros retomó entonces el testigo del druida jefe, formulando una plegaria al roble sagrado, a la que pronto se le unieron todos los presentes. Poco después, Ducarius señaló a uno de los candidatos y le indicó que acudiese junto a Meriadec, quien se había situado a una prudencial distancia de ellos. El muchacho así lo hizo y, tras departir unos minutos con él, regresó de nuevo al lugar que ocupaba. Uno por uno, todos fueron desfilando de la misma manera ante Meriadec, sin que nadie supiese lo que el druida se traía entre manos…

… Hasta que por fin le llegó el turno a Serbal.

—Quiero que me hables con el mayor detalle posible acerca de la simbología del trisquel, así como la del árbol, que hace un instante acabo de explicar.

Serbal comprendió entonces en qué consistía la primera prueba.

Los druidas, a pesar de conocer el alfabeto griego, tenían prohibido poner sus arcanos conocimientos por escrito —la palabra era considerada divina, y no debía ser profanada transcribiéndola en un soporte físico—, de modo que únicamente podían transmitirse de maestro a pupilo por vía oral. Los druidas debían memorizar, por tanto, un inmenso caudal de información y, para ello, la retentiva resultaba fundamental. A veces, incluso, se usaba la versificación, pues el ritmo y la rima hacían las enseñanzas más fáciles de recordar. Meriadec, por consiguiente, estaba evaluando aquella importante cualidad en cada uno de ellos.

—Respira hondo, muchacho —dijo Meriadec, tras observar que Serbal sudaba de forma profusa.

Serbal aspiró una bocanada de aire y trató de recuperar la calma. Aunque la memoria no era uno de sus puntos fuertes, había puesto tanto interés en la explicación del druida, que si los nervios no le traicionaban, sería capaz de repetir su discurso con bastante exactitud. Por fin, Serbal logró serenarse, hasta lograr reproducir fielmente las palabras del druida jefe. Al regresar junto a los demás, un enorme alivio inundó todo su cuerpo.

Brianna se sintió afortunada en cuanto comprendió la finalidad de aquella prueba. De niña, Melvina había tenido por costumbre narrarle un amplio abanico de fábulas y leyendas antes de dormir, que después ella se repetía a sí misma numerosas veces a lo largo del día siguiente. Así pues, gracias a su madre, Brianna había desarrollado una natural habilidad para memorizar largas parrafadas sin apenas esfuerzo.

La joven regresó al grupo satisfecha y se unió a la oración dirigida por Eboros.

El último en comparecer ante Meriadec no fue otro que Cedric, el cual, como era de esperar, lo hizo tremendamente mal y enseguida supo que había tirado por tierra cualquier posibilidad de ser elegido. Aquello no le importaba, siempre que Serbal y Brianna corriesen su misma suerte, o únicamente fuese seleccionado uno de los dos. Solo si lo fuesen ambos se enfrentaría a un verdadero problema, pues el larguísimo proceso de aprendizaje posibilitaría que uno y otro se viesen a diario, excluyéndole por completo de la ecuación.

Cuando el hijo del rey ocupó de nuevo su sitio, advirtió que Serbal cruzaba una eufórica sonrisa con Brianna para celebrar la buena marcha de la prueba, lo que ponía de manifiesto la creciente complicidad que había nacido entre los dos. El cariz que tomaba aquella relación cada vez le gustaba menos.

Meriadec regresó al pie del roble sagrado habiéndose llevado una primera impresión del conjunto de candidatos que había comparecido ante él. El druida jefe interrumpió la oración y le susurró una instrucción a Eboros, que acto seguido se fue a cumplir algún tipo de encargo relacionado con el proceso de selección.

Meriadec volvió a tomar la palabra tras la enigmática marcha del druida sacrificador:

—Continuemos —proclamó—. Es poco sabido que los druidas nos valemos en ocasiones de acertijos para transmitir nuestras enseñanzas. Y, sin embargo, es absolutamente cierto. ¿No es así, Ducarius?

—En las lejanas tierras de las que yo procedo es de lo más común —corroboró el druida helvecio.

A los muchachos les caía bien el druida extranjero, al que prácticamente ya conocía casi toda la población. Era relativamente joven, poseía un peculiar acento que les resultaba divertido y, para muchos de ellos, se había convertido en todo un ejemplo a seguir.

—Durante la segunda parte del proceso de selección pondré a prueba vuestro ingenio, lo cual me servirá para detectar las mentes más brillantes que tenemos hoy aquí —explicó Meriadec—. Plantearé varias adivinanzas y, aquel que crea conocer la respuesta, deberá levantar la mano. ¿Está claro?

Ninguno puso la menor objeción.

—Bien, pues aquí va la primera: ¿qué es más rápido que el viento?

Durante un largo minuto nadie se atrevió a intervenir. Unos porque estaban en blanco, y otros por temor a equivocarse. Finalmente, un perspicaz muchacho llamado Bowdyn alzó el brazo con cautela.

—El halcón, capaz de alcanzar una velocidad vertiginosa cuando se lanza en picado sobre su presa.

—Aunque lo que dices es muy cierto, esa no es la respuesta correcta —aclaró Meriadec.

Se produjo otro breve silencio, al que le siguió una impetuosa réplica de Cedric.

—La espada de Murtagh —terció, con la evidente intención de ganarse el favor de Brianna.

Los muchachos con origen en familias pertenecientes a la aristocracia guerrera le rieron la ocurrencia.

—En efecto, algunos de nuestros guerreros son extraordinariamente rápidos, al igual que un día también lo fue tu propio padre —admitió Meriadec—. No obstante, tampoco es esa la respuesta que busco.

Serbal, muy alejado de resolver el acertijo, creyó que aquel tipo de desafío no estaba hecho para él. Un tercero se decidió entonces a probar suerte.

—Los rayos que los dioses envían durante las tormentas.

Meriadec alabó la tentativa, pero negó con la cabeza.

—Vamos, no os desaniméis —terció Ducarius—. ¿Qué es más rápido que el viento? —repitió.

Brianna, por su parte, se dio cuenta de que todo lo que habían dicho sus compañeros hasta el momento iba orientado hacia el mundo de lo físico, es decir, hacia todo aquello que podía percibirse a través de los sentidos. Pero… ¿y si abordaba la adivinanza desde otra perspectiva? De súbito, una inesperada idea brotó de su interior.

—El pensamiento —contestó.

Meriadec se quedó estupefacto. El acertijo no era nada fácil y la chica lo había resuelto con bastante prontitud. La felicitó por ello y, acto seguido, planteó un nuevo desafío.

—¿Qué es más blanco que la nieve?

—Las nubes que están en el cielo —se apresuró a contestar uno de los candidatos tras levantar la mano.

—No —sentenció Meriadec—. Seguid intentándolo.

Serbal se sentía cada vez más nervioso, porque sabía que si no acertaba ninguno de los acertijos, sus posibilidades de ser elegido disminuirían sensiblemente. No obstante, tenía muy claro que solo si adoptaba el enfoque de Brianna podría dar con la respuesta que buscaba Meriadec.

Bowdyn, que también había llegado a la misma conclusión, fue el siguiente en arriesgarse a contestar.

—La mirada de un niño —apuntó.

—No, pero has estado muy cerca.

Pese a no haber acertado, aquello le sirvió a Serbal para dar con la clave, tras orientar su línea de pensamiento en aquella misma dirección.

—La verdad —señaló el hijo del herrero, conocedor del enorme valor que aquella virtud gozaba entre los druidas.

Meriadec alabó su agudeza, cada vez más sorprendido ante la buena actuación de Serbal durante el transcurso de las pruebas, aunque no se le escapaba que si le seleccionaba, tendría serios problemas con Teyrnon.

—Tercer y último acertijo —anunció—. ¿Qué es más negro que un cuervo?

Varias manos se alzaron a la vez.

—La noche — se apresuró a decir un aspirante.

—No.

Bowdyn fue el siguiente en intentarlo.

—La muerte.

—Exacto.

El druida jefe agradeció la participación de los candidatos y les indicó que se pusiesen en pie.

—Para finalizar, os someteré a una prueba de gran dureza —revelŏ—. Acompañadme, por favor.

Meriadec y Ducarius dejaron atrás el claro donde se alzaba el roble sagrado y se internaron en la espesura seguidos por los muchachos, cada vez más intrigados conforme avanzaban en silencio. Tomaron un estrecho sendero flanqueado por fresnos y avellanos, hasta llegar escasos minutos después a un calvero alfombrado por una capa de maleza verde y presidido por un altar de piedra en el que los druidas solían celebrar sus sacrificios.

Eboros les estaba esperando allí, ante un pasillo de siete metros de longitud formado por brasas ardiendo a una temperatura superior a los setecientos grados.

—Descalzaos —ordenó Meriadec—. Ante vosotros se extiende el camino de fuego, el cual servirá para poner a prueba vuestra fe en la Divinidad. Os advierto que solo aquellos que crean de verdad serán capaces de superar el reto sin sufrir graves quemaduras.

A la mayoría de los aspirantes, cuya media de edad rondaba los catorce años, les invadió una oleada de pánico ante la idea de tener que cruzar aquella alfombra de ascuas encendidas.

Cedric renunció de inmediato, decisión que fue imitada por todos los candidatos que a aquellas alturas sabían que ya no serían elegidos. La propia Brianna estuvo tentada de hacerlo, aterrorizada ante la idea de tener que enfrentarse a las brasas candentes, convencida además de que por su condición de mujer —menos resistente que el hombre por naturaleza— se encontraba en clara desventaja a la hora de afrontar aquella prueba.

Un chico que quería pasar lo antes posible por aquel difícil trago fue el primero en intentarlo, bajo la atenta mirada de los druidas. El muchacho, envalentonado, cruzó el pasillo de fuego con una sola idea en mente: alcanzar a toda prisa el extremo opuesto. Tras la carrera, el candidato se arrojó al suelo y comenzó a masajearse las plantas de los pies, aullando como un animal herido. Un puñado de grotescas quemaduras y ampollas le brotaron en el acto.

Entretanto, Serbal había procurado mantener la cabeza fría, analizando aquel particular escenario desde una perspectiva que nadie más tenía. Los años de trabajo en el taller de su padre no solo le habían enseñado a conocer sobradamente las propiedades de los metales, sino también las características del fuego. El horno en el que se fundían los minerales alcanzaba elevadísimas temperaturas, y su funcionamiento apenas guardaba secretos para él. Serbal, por tanto, sabía muy bien que no todos los materiales transmitían el calor con el mismo grado de intensidad. La capacidad calorífica del carbón, por ejemplo, era muy inferior a la del cobre. Y aquellas ascuas ni siquiera eran de carbón, sino de madera, cuya idoneidad para propagar altas temperaturas resultaba incluso menor.

Serbal observó que Brianna luchaba por contener las lágrimas, segura de encontrarse ante un reto imposible. El joven se inclinó sobre ella y le cuchicheó algo al oído:

—No tengas miedo. Si caminas con decisión, no te quemarás. Evita correr porque lo único que conseguirás será aumentar la presión que ejerzas sobre las brasas y que tus pies se hundan más en ellas; y tampoco se te ocurra aminorar la marcha, y menos aún detenerte en mitad del recorrido. —Serbal advirtió que, como consecuencia de los nervios que la atenazaban, Brianna transpiraba profusamente por cada poro de su cuerpo—. Si haces lo que te digo, no te sucederá nada. Además, el sudor será tu aliado, pues actuará como un protector natural para las plantas de tus pies.

El resto de los candidatos se sometió a la prueba con resultados muy dispares. Algunos salieron mejor parados que otros, como Bowdyn, cuyo paso sobre las brasas se saldó con tan solo algunas ampollas superficiales. Serbal fue el único que escapó del lance completamente intacto, ganándose la inmediata admiración de Meriadec.

Solo faltaba Brianna por transitar por el camino de fuego.

La muchacha cerró los ojos, tratando de retener en la cabeza los consejos de Serbal. Después se sujetó con las manos los bajos del vestido y atravesó la alfombra de ascuas de manera firme pero delicada, como si bailara sobre un charco de agua dulce. Sufrió algunas quemaduras de poca importancia, pero demostró estar a la altura de cualquiera de sus compañeros.

Los tres druidas que habían dirigido las pruebas —Meriadec, Eboros y Ducarius—, se hicieron a un lado y formaron un corrillo para llevar a cabo la deliberación. El acuerdo fue unánime y alcanzarlo les llevó menos tiempo del esperado. Aquel año fueron tres los elegidos para iniciar la carrera druídica: Bowdyn, Brianna y Serbal.

Un reguero de lágrimas acudió a los ojos de la muchacha, que se echó a los brazos de Serbal en agradecimiento por la valiosa ayuda que le había prestado. El propio Serbal, todavía sobrepasado por los acontecimientos, aún no podía creerse que casi pudiese acariciar sus dos sueños más anhelados.

Cedric, mientras tanto, observaba la escena en silencio tratando de contener la rabia que le carcomía por dentro, consciente de que todo se había vuelto contra él. Por primera vez se dio cuenta de que quizás Brianna no acabase siendo suya, como hasta entonces siempre había creído.

3

Transcurrieron algunas semanas más, en las cuales la estación otoñal continuó abriéndose paso en la región de los celtas nóricos.

El hecho más destacado tuvo lugar cuando un mensajero les trajo noticias de la tribu germana del norte. Reginherat reiteraba su exigencia relativa a la entrega de las minas de sal, y les daba de plazo hasta la festividad de Samain. De lo contrario, la guerra entre ambas naciones sería inevitable.

A Calum no le gustaba tener que enfrentarse a Reginherat con todos los augurios en contra, pero desde luego no se dejaría intimidar por el ultimátum del rey teutón. Eoghan, por su parte, se reafirmó en la idea de que debían aprovechar aquella batalla para darles una lección inolvidable a sus enemigos. Calum también escuchó decir a su hermano que todo aquel asunto de la Piedra del Cielo y el despertar de los dioses germanos no afectaría en absoluto al desarrollo de la contienda. Las guerras las hacían los hombres, rara vez los dioses se inmiscuían de forma directa en aquel tipo de vicisitudes de carácter terrenal.

El propio general Murtagh era quien más convencido estaba de su superioridad, pues no solo conocía sobradamente las capacidades de su milicia, sino también las de la facción enemiga. El ejército se había visto reforzado con la nueva hornada de reclutas, cuya participación contribuiría aún más a inclinar la balanza a su favor. Tanto Derrien como Ewyn, por méritos propios, se encontraban entre los elegidos. Ambos recibieron con orgullo su torques de guerrero en una sobria ceremonia presidida por Meriadec, con el rey como testigo y el roble sagrado como telón de fondo. Los dos muchachos, aunque ansiosos por entrar en combate, no podían evitar sentir cierto nerviosismo. Si no se producía ningún cambio, todo apuntaba a que su bautismo de fuego tendría lugar en la inminente guerra contra los germanos.

Serbal, por su parte, ya había comenzado su periodo de instrucción destinado a convertirle en un ilustre druida. En realidad, el ilusionado joven no habría logrado convencer a su padre de no haber sido por la intervención de Meriadec. El druida jefe había visitado a Teyrnon y había mantenido una seria charla con él, acerca de las extraordinarias cualidades que poseía su hijo para la práctica del druidismo. Asimismo, varios auspicios habían puesto de manifiesto que Serbal estaba destinado a jugar un papel determinante en el destino de su pueblo. El muchacho mostraba un potencial pocas veces conocido, que harían mal en ignorar. Las persuasivas palabras de Meriadec sirvieron para que Teyrnon diese su brazo a torcer, muy a pesar suyo. Por todo ello, al afamado herrero no le quedó más remedio que tomar como aprendiz a un sobrino por parte de su mujer, pese a lo mucho que le contrariaba tener que confiarle los secretos de su oficio a alguien por cuyas venas no corría la sangre de sus ancestros.

Cuando Serbal recibió la noticia, su felicidad se vio parcialmente empañada debido al repentino sentimiento de culpa que le invadió. Después de que su padre se hubiese volcado en cuerpo y alma por transmitirle su pasión por la metalurgia, él se lo pagaba dándole la espalda. Y, si bien Teyrnon había evitado exteriorizar su desengaño, a Serbal no se le escapaba que en su interior debía de sentirse profundamente herido.

Brianna también había iniciado su periodo de formación, con la motivadora perspectiva de convertirse en la primera mujer druida de los celtas nóricos. Y, aunque a su padre seguía sin gustarle la idea, había transigido porque tras la muerte de Melvina —a la que también había que sumarle la de Lynette—, Brianna necesitaba recuperar la sonrisa y darle un nuevo impulso a su vida que la alejase de la tristeza. Además, el gran general tenía problemas más acuciantes de los que preocuparse que los derivados de su vida doméstica.

También cabía destacar el rápido lazo afectivo que se había creado entre Brianna y Serbal, en virtud del cual ambos se daban apoyo mutuo cuando les surgía alguna dificultad relacionada con su formación. Brianna sobresalía en la rama druídica de la sanación, mientras que Serbal conectaba mejor con la esfera más espiritual y mágica del oficio. De un modo u otro, lo cierto era que cada vez pasaban más tiempo juntos y, para evitar malentendidos, Serbal había aprendido a no dejar traslucir los verdaderos sentimientos que albergaba hacia ella. En cualquier caso, tampoco ignoraba que si dejaba pasar demasiado tiempo sin confesarle lo que sentía, corría el riesgo de que para cuando lo hiciese, ya fuese demasiado tarde para él.

Cedric, entretanto, se sentía cada vez más desquiciado. Su perturbadora obsesión por Brianna, lejos de remitir, se acentuaba a pasos agigantados conforme más evidente se hacía su fracaso por intentar convertirla en su esposa. Sus celos hacia Serbal se habían multiplicado, y en no pocas ocasiones se dedicaba a espiar a la incipiente pareja cuando esta se adentraba en el bosque para recibir las enseñanzas de los druidas. Cedric no estaba dispuesto a renunciar a Brianna, ni tampoco a permitir que fuese de ningún otro. Sea como fuere, estaba decidido a salirse con la suya.

Por su parte, no muy lejos de allí, el bueno de Anghus ya se había acostumbrado a pastorear las cabras a diario con la inestimable ayuda de *Ciclón*. Y aunque había demostrado saber hacer su trabajo, no podía evitar sentirse algo frustrado ya que, pese a lo mucho que lo había intentado, le había resultado del todo imposible silbar como era debido. Sí que había logrado averiguar, en cambio, que todo aquel oscuro asunto tocante a la sexualidad estaba por lo visto relacionado con el amor, el matrimonio y el misterio de traer hijos al mundo, pero su madre le ofrecía explicaciones demasiado superficiales acerca de aquella amalgama de conceptos que tanto intrigaban a Anghus y que no terminaba de comprender.

Las fechas se sucedieron y, una tarde como otra cualquiera, la casualidad quiso que Eboros se convirtiese en testigo de un extraño episodio que difícilmente olvidaría.

El druida sacrificador se encaminaba hacia la residencia comunal tras una jornada de trabajo agotador. La atmósfera estaba cargada de humedad y la brisa vespertina le enfriaba las manos y el rostro. Las fiestas de Samain estaban a punto de tener lugar, y las tareas de los druidas se multiplicaban durante las semanas previas a los ceremoniales. Aquella festividad, celebrada entre finales de octubre y principios de noviembre, no solo constituía la fecha más señalada del calendario, sino que además marcaba el inicio del año celta.

El origen de Samain se correspondía con el final de la estación de pastoreo, cuando se llevaba a cabo la matanza de rebaños y manadas, excepto aquellos animales que se reservaban para la cría. Asimismo, Samain anticipaba la llegada del invierno, y sus fastos se realizaban en memoria de los seres queridos que habían fallecido el año anterior. Durante aquellos días, los druidas efectuaban trabajos de mantenimiento en los espacios funerarios, ofrendaban obsequios en honor a los difuntos, y practicaban numerosos rituales adivinatorios, aprovechando uno de los momentos más propicios para realizar vaticinios. Además, la población celta encendía grandes hogueras nocturnas, hacía sonar los tambores hasta bien entrada la madrugada y celebraba banquetes conmemorativos de carácter fúnebre.

Se decía que, durante el tiempo de Samain, la fina malla que separaba el mundo real del sobrenatural se descosía por completo y que, por tanto, se hacía posible la comunicación entre ambos universos, de manera que los seres humanos y los espíritus de los muertos podían invadir unos el espacio de los otros, alterándose de ese modo el equilibrio natural. Las historias de encuentros entre miembros de ambas esferas se extendían a lo largo y ancho de toda la geografía celta, desde tiempos muy remotos.

Eboros arrastró los pies y accedió a la residencia de los druidas, deseoso de echarse en su lecho durante al menos una hora. Pese a que el tiempo mágico de Samain era su favorito del año, el excesivo número de quehaceres solía dejarle exhausto. Eboros se encaminó hacia su cuarto, pero al pasar junto al aposento de Ducarius, advirtió que la puerta estaba entreabierta, e instintivamente atisbó en su interior. El druida helvecio sostenía entre sus manos aquel enigmático cofre que había traído consigo desde sus tierras, capaz de provocarle —Eboros no lo había olvidado— una tensa reacción cuando se ofreció a cargar con él. Eboros fue incapaz de apartar la vista y observó en silencio la escena a través del resquicio de la puerta. Ducarius se había sentado en el suelo y, con gran boato, abría la tapa del cofre y usaba ambas manos para sacar lo que ocultaba en su interior. Desafortunadamente, el druida helvecio le daba la espalda, por lo que a Eboros le resultaba imposible distinguir lo que era.

El druida sacrificador continuó contemplando el extraño cuadro que se desplegaba ante sus ojos, cada vez más intrigado conforme pasaban los segundos. Ducarius, inclinado sobre el objeto, balanceaba el tronco arriba y abajo una vez tras otra, como si llevase a cabo un acto de adoración. Su cuerpo se estremecía a intervalos, como afectado por el aliento de una tormenta eléctrica, mientras un suave bisbiseo, semejante a una lastimera letanía, brotaba de sus labios como una canción.

De repente, Ducarius giró la cabeza como si hubiese intuido que le observaban, y las miradas de ambos druidas colisionaron en el aire como las cornamentas de una pareja de ciervos. El rostro de Ducarius, demudado, se congeló en un rictus de horror, mientras devolvía velozmente al cofre el objeto que había sacado, mientras que Eboros, sintiendo una gran vergüenza al verse sorprendido espiando a un colega, se alejó inmediatamente de la puerta y reanudó el paso en dirección a su cuarto. No obstante, varios interrogantes acudieron en tropel a la mente del druida sacrificador. ¿Qué podía ser aquello que Ducarius guardaba con tanto celo? ¿Y por qué lo mantenía en secreto? ¿Acaso se trataba de algo prohibido o pernicioso?

Eboros necesitaba respuestas, y se juró a sí mismo que antes o después se ocuparía de desvelar aquel misterio.

4

Tan solo faltaba un día para la jornada grande de Samain, la cual coincidía siempre con la primera noche de luna llena.

El grupo de iniciados, compuesto por los seleccionados de aquel año y también los del anterior, seguía a Meriadec a través del bosque atendiendo a sus enseñanzas. El camino por el que les guiaba el druida jefe era el más largo que habían recorrido hasta ahora. Las hojas desprendidas de los árboles revestían el suelo de láminas otoñales, conformando una espesa alfombra que se deshacía al contacto con los pies. A ambos lados de la vereda se alzaban las menguadas copas de castaños, olmos y arces, que cubrían la falda de la montaña, sembrada en su parte baja por un desmadejado manto de helechos y matorrales. El inconfundible murmullo del discurrir de las aguas indicaba la presencia de un río cercano. Serbal y Brianna miraban en todas direcciones, contemplando la beldad de la floresta con los ojos del saber. Los aromas del monte y el follaje embotaban sus sentidos, y se fusionaban con el tono sepia que impregnaba la paleta de colores durante aquella época del año.

De repente, Meriadec detuvo su avance y, sin previo aviso, se tendió en el suelo con los ojos cerrados y los brazos en cruz. Los alumnos intercambiaron miradas de desconcierto, sorprendidos de que su longevo maestro se comportase como un niño de corta edad.

—Vamos, haced vosotros también lo mismo —indicó—. Quiero que percibáis el bosque a través de los sentidos. Tumbaos y sentid el pulso de la tierra retumbar en vuestros oídos. ¿Sois capaces de oír el ritmo de las corrientes subterráneas deslizarse bajo la roca?

Los iniciados le imitaron y se tendieron alrededor del druida, buscando captar aquel misterioso latido.

—El bosque ha sido siempre el verdadero hogar de los celtas desde que los primeros clanes hiciesen su aparición. —Meriadec parecía estar en trance, tras haberse fundido con la naturaleza que le engullía a su alrededor—. Nos proporcionó refugio contra las inclemencias del tiempo, y nos abasteció de todo cuanto necesitábamos para aplacar el hambre y la sed. —Su voz adquirió un tono aleccionador—. De modo que no olvidéis transmitir este conocimiento de generación en generación —sentenció.

Meriadec se puso de nuevo en pie como si hubiese despertado de un sueño muy profundo y reanudó el camino sin tiempo que perder.

Después de una interminable caminata, llegaron por fin hasta el lugar señalado, situado en una loma de difícil acceso. Los iniciados contemplaron entonces, preñados de admiración, la estructura megalítica que se alzaba ante ellos, consistente en dos gigantescas piedras hincadas en el suelo en posición vertical y una enorme losa situada sobre las mismas a modo de cubierta. La ubicación del dolmen no era casual, pues tenía en cuenta las corrientes magnéticas de la Tierra, como tampoco lo era su entrada, orientada hacia el sur para que los rayos del sol penetrasen en la cámara durante los solsticios de verano e invierno.

—Esta construcción no es obra nuestra, sino de los Antiguos —explicó Meriadec—, lo cual quiere decir que se erigió en un pasado muy remoto.

El druida jefe se descalzó y accedió al interior del dolmen. Los inmensos bloques de piedra liberaban una fuerte carga telúrica capaz de estimular las habilidades sobrenaturales de los druidas hasta límites insospechados. Los iniciados le imitaron y se sentaron alrededor de Meriadec, preparados para recibir lo que se antojaba como una lección magistral. Serbal estaba encantado, pues la clase de aquel día versaría en torno a la magia ritual, que sin duda constituía su tema preferido.

Meriadec se pasó la mano derecha por su larga barba y clavó su afilada mirada en todos y cada uno de sus pupilos.

—Nuestra magia se basa en la interrelación de los cuatro elementos básicos que conforman la esencia de la naturaleza: tierra, aire, fuego y agua. —El sereno discurso del druida captó inmediatamente la atención de su reducido grupo de oyentes—. La labor de los druidas consiste en tomar la energía yacente en el otro plano de la existencia y mezclarla con palabras sagradas y prácticas arcanas, con el fin de lograr que las ideas adopten una apariencia de realidad. Para ello, nos valdremos de los depósitos de energía presentes en la naturaleza, que combinaremos con los que todos atesoramos en nuestro propio interior. Solo así llegaremos a dominar los secretos de la magia celta.

Para regocijo de los iniciados, las enseñanzas de Meriadec se prolongaron durante toda la tarde, al amparo del formidable escenario que les ofrecía la estructura megalítica.

Aquella extraordinaria visita llevó a Serbal a evocar con nostalgia la temeraria aventura que llegó a protagonizar cuando solo tenía diez años. Su obsesión por el druidismo era tan fuerte, que una noche decidió escaparse de su casa para presenciar un ritual secreto, muy poderoso, que la orden solía celebrar en plena naturaleza, a salvo de miradas ajenas a la comunidad. ¡Se decía que los druidas podían hacer que los árboles cobrasen vida y se desplazasen por su propio pie! Espiar a los druidas se consideraba una falta grave, castigada con gran severidad. Sin embargo, el afán dc Serbal por verles desarrollar su magia prevaleció sobre su miedo a que le sorprendiesen infringiendo la ley.

Su plan era simple a la par que efectivo. Primero aguardó a que sus padres y su hermano se quedasen dormidos, y después abandonó el lecho y salió al exterior. Cuando lo hizo, Serbal se topó de frente con una noche fría y cerrada que no invitaba precisamente a realizar ningún tipo de exploración. Pese a todo, no renunció a su objetivo y, eludiendo al centinela que dormitaba en su atalaya, dejó atrás la empalizada que rodeaba Hallein para adentrarse en la espesura. A partir de aquel punto, su osada hazaña se tornó mucho más complicada de lo que había previsto en un principio. Si hubiese sido de día, habría sabido orientarse con relativa facilidad, pero cercado por la oscuridad, le resultaba imposible hallar el camino. El cercano aullido de un lobo sirvió para empeorar aún más la situación. No obstante, lo que finalmente le llevó a desistir de su empeño fueron las espectrales voces que resonaron en sus oídos, que si bien podían tener su origen en el bramido del viento, Serbal las atribuyó a los espíritus del bosque, cuya paz podía haber perturbado como consecuencia de su injustificada presencia allí.

Serbal pasó tanto miedo, que jamás se le ocurrió intentar hacer en el futuro nada parecido.

Al poco de finalizar la charla, Meriadec alzó su bastón de fresno y señaló a Brianna con él, como dando a entender que había algo muy importante que le tenía que decir. La joven sintió un escalofrío. La grave expresión adoptada por el druida jefe no auguraba nada bueno.

—Brianna, en primer lugar quiero que sepas que tu presencia entre nosotros ya no me resulta extraña, pues has demostrado poseer el mismo grado de compromiso que tus compañeros del sexo opuesto. Sin embargo, no es menos cierto que un amplio sector de la comunidad druídica no acepta tu inclusión como iniciada, y me presiona cada vez más para que no te permita seguir. —La noticia cogió a Brianna tan desprevenida, que casi se le para el corazón—. Por esta razón, pronto nos reuniremos todos los miembros de la orden para intercambiar puntos de vista y tomar una decisión definitiva acerca de tu continuidad. Puedes estar segura de que me postularé a tu favor. No obstante, te advierto que si me encuentro con un excesivo número de voces en contra, no me quedará más remedio que ceder.

Los ojos de Brianna se colmaron de lágrimas, convencida de que Meriadec se escudaba en la reunión anunciada para no asumir la responsabilidad de haberla aceptado en un principio.

—Por tanto —añadió—, tu formación queda en suspenso hasta que dicha reunión se haya celebrado.

La joven quería defenderse, pero el nudo que se le había formado en la garganta apenas la dejaba hablar. Serbal salió entonces en su auxilio, contrariado por la inesperada actitud adoptada por Meriadec.

—Pero ya la aceptaron como iniciada —argumentó—. Sería injusto para ella que ahora se echasen atrás.

—Confío en hacer valer mi criterio —ofreció el druida por toda respuesta.

—Pero, ¿y si a pesar de todo fracasa? —insistió Serbal elevando la voz—. ¡Brianna se ha ganado su derecho a estar aquí, al igual que todos nosotros!

—Ya es suficiente, Serbal.

—¡Pero no es justo!

—¡Basta he dicho! —sentenció Meriadec—. No quiero volver a oírte decir ni una sola palabra más.

Serbal apretó los puños y obedeció a regañadientes. Bowdyn y el resto de sus compañeros le miraban sin dar crédito, pues ninguno de ellos habría podido imaginarse a Serbal contradiciendo y encarándose al druida jefe. Al propio Serbal le sorprendió su encendida reacción, pero enseguida comprendió que cuando se trataba de Brianna, el corazón se imponía sobre la mente. La muchacha, mientras tanto, se había sumido en un amargo llanto para el que no encontraba consuelo. De repente, ya no quedaba ni rastro del buen ambiente que había reinado durante toda la tarde.

Había llegado la hora de regresar.

A las afueras de Hallein, Cedric aguardaba el retorno del grupo de iniciados del que él había intentado en vano formar parte. De sus observaciones en la sombra había podido deducir que la confianza entre Brianna y Serbal aumentaba cada día, aunque por fortuna no le constaba que la relación entre ambos hubiese llegado más lejos, lo cual le producía cierto alivio. Con todo, sabía muy bien que si dejaba transcurrir más tiempo sin intervenir, sus escasas opciones de ganarse el corazón de Brianna se esfumarían por completo. De hecho, estaba tan desesperado, que había incluso considerado la posibilidad de instruirse como guerrero para de ese modo impresionar a la joven y, de paso, satisfacer también a su padre, con quien mantenía un enfrentamiento cada vez más fuerte.

De repente, Cedric escuchó voces aproximarse y se ocultó rápidamente entre la arboleda.

Meriadec y sus pupilos regresaban de su especial visita al dolmen de piedra, entorno incomparable donde en ciertas ocasiones la comunidad druídica llevaba a cabo complejos rituales de poder. Los muchachos estaban cansados por lo que, cuando alcanzaron una intersección cercana al poblado, Meriadec dejó que cada cual emprendiese su propio camino —la mayoría de los iniciados residían en Hallein, pero unos pocos lo hacían en las aldeas de la periferia—.

Serbal vio la oportunidad perfecta y le pidió a Brianna que aguardase un momento porque deseaba hablar con ella. Los demás se fueron marchando cada uno por su lado, hasta que solo quedaron ellos dos.

—Te agradezco mucho que hayas dado la cara por mí —murmuró Brianna, bastante más recompuesta tras su disgusto inicial—. Arriesgaste mucho enfrentándote a Meriadec.

—No es nada. Solo hice lo que consideré justo. Después de que te hubiesen permitido iniciar el camino para convertirte en druidesa, ahora no deberían apartarte de él.

La afinidad entre Serbal y Brianna era cada vez mayor, pero el hijo de Teyrnon sabía que si aspiraba a conquistarla, tendría que llegar más lejos. Le gustase o no, había llegado la hora de expresarle sus sentimientos. El muchacho fijó su mirada en Brianna, sin poder evitar que sus manos le temblasen sin control. Estaba tan nervioso, que podía incluso sentir su propia sangre correr. Si hubiese tenido que improvisar, no habría sabido qué decir sin quedar como un idiota pero, afortunadamente, había ideado un plan.

—Brianna, me gustaría darte algo. —Serbal introdujo la mano bajo su sayo y extrajo una daga adornada con grabados celtas, fraguada en bronce fundido—. Cógela. Es para ti. —La joven tomó el arma algo extrañada, acostumbrada a recibir dádivas de naturaleza muy distinta—. La he forjado yo mismo. Es pequeña, para que puedas llevarla cómodamente a todas partes contigo, pero muy afilada. Mientras no prendan al «Verdugo», ninguna chica podrá considerarse a salvo, ni siquiera la hija del general Murtagh.

Un escalofrío de emoción recorrió la espalda de Brianna, que pese a estar acostumbrada a recibir obsequios de todo tipo, en aquel caso valoraba muy especialmente el hecho de que Serbal hubiese fabricado la daga con sus propias manos. Debía de importarle mucho para haber tenido aquel especial detalle con ella.

—Gracias —murmuró—. Es realmente preciosa.

Serbal supo en ese instante que de las palabras tocaba pasar a la acción. Se inclinó muy despacio sobre Brianna y juntó sus labios con ella. El contacto fue suave y delicado. La muchacha se quedó tan sorprendida que ni siquiera se movió, pues hasta entonces Serbal no había ofrecido señales claras de que albergase tales sentimientos por ella.

El joven despegó los labios de Brianna, convencido de que el tiempo se había detenido a su alrededor. Los sonidos del bosque se habían evaporado, la paleta de colores se había atenuado, y hasta los insectos parecían haber emprendido la huida de aquel segmento de vegetación. Las miradas de ambos jóvenes se encontraron y sobraron las palabras. Serbal acarició la melena de la muchacha y le arrancó un nuevo beso, mucho más húmedo que el anterior. Brianna, hechizada por la magia del momento, deslizó la mano por la nuca de Serbal y entrelazó los dedos en su cabello ensortijado. Ahora, el tiempo parecía haberse detenido para los dos.

Cedric, desde la espesura, presenciaba la escena con horror.

Su frustración era tal, que a punto estuvo de salir de su escondite para interrumpir a la pareja, en pleno arrebato. Sin embargo, al final se contuvo y prefirió alejarse sin ser visto. Durante el camino de vuelta no pudo quitarse de la cabeza la maldita imagen de Serbal y Brianna besándose. Aquello no podía estar pasando. La muchacha más bella de la tribu, que a su vez era la hija del gran general, debía de pertenecer al hijo del rey de los celtas nóricos. ¡No podía ser de otra manera! ¡Era de ley!

Definitivamente, Serbal se había convertido en un obstáculo demasiado serio como para pasarlo más tiempo por alto. Había llegado la hora de actuar...

5

La noche de Samain, Murtagh reposaba frente al fuego del hogar, sumido en una profunda tristeza inevitable durante aquella época del año. Aquel día en particular se reservaba para honrar a los muertos y mantener viva su memoria, y al general se le agolpaban los recuerdos de su esposa, para la que solo tenía palabras de ternura y gratitud. Si en ese instante alguien hubiese podido verle en semejante estado de abatimiento, habría puesto en duda encontrarse frente al héroe de todo un pueblo, como actualmente se le consideraba.

Brianna terminó de apilar los platos de la cena para, acto seguido, acercarse a su padre y abrazarse a uno de sus poderosos brazos.

—¿Estás bien? —inquirió.

—Echo de menos a tu madre.

—Yo también. Hay días en los que aún me levanto sin haberme hecho a la idea de que realmente se haya ido del todo.

Murtagh no lo dudaba. Sin embargo, aquel día, pese a su especial significación, había notado en su hija una actitud ligeramente incongruente con aquel sentimiento. Un singular brillo en su mirada, así como una sonrisa nerviosa que se le escapaba de forma incontrolable, denotaban que Brianna había contraído un mal para el que no existía remedio conocido: el amor de juventud.

Y el gran general no se equivocaba.

Aquel mismo día la pareja había vuelto a verse a escondidas, entregándose a una nueva ronda de besos y caricias, seguida de una profunda charla que marcaba el punto de partida de su incipiente relación. Brianna, que hasta la fecha no había sabido qué buscaba en un hombre, sentía que por fin lo había encontrado en Serbal. Más allá de su gentileza y generosidad, a la muchacha le había cautivado su gran determinación, capaz de desafiar el orden establecido para perseguir su propio sueño. La pasión que ambos compartían por el druidismo, además, había supuesto la guinda del pastel. Tras su segundo encuentro, los dos habían estado de acuerdo en mantener en secreto su relación un poco más, hasta que llegase el momento oportuno de comunicárselo a sus respectivas familias.

Brianna contempló absorta la sensual danza del fuego asida al brazo de su padre, como cuando era una niña.

—¿Puedo hacerte una pregunta? Cuando conociste a mamá… ¿Cuándo supiste que te habías enamorado?

Murtagh rememoró aquellos lejanos días sin poder evitar que una melancólica sonrisa acudiese a sus labios.

—Cuando es la persona adecuada —explicó—, lo sabes desde el instante en que intercambiáis vuestro primer beso, y luego te ves reflejado en sus ojos como jamás imaginaste que alguien pudiese verte así. En mi caso, me bastó un solo día para estar seguro de que tu madre sería la mujer de mi vida.

La elocuente respuesta de Murtagh convenció a Brianna aún más de que por fin había encontrado en Serbal al hombre al que llevaba tanto tiempo esperando.

El general tomó un leño y lo arrojó al fuego del hogar. Aunque podría haberle preguntado a Brianna acerca del misterioso muchacho que parecía tenerla embelesada, decidió que aquella no era la noche apropiada para hacerlo, los que ya no estaban con ellos eran los que se merecían toda su atención. De cualquier manera, conociendo a su hija como la conocía, no le cabía la menor duda de que habría sabido elegir.

6

Serbal ascendía por un empinado sendero que daba la vuelta al cerro trazando una gigantesca espiral semejante a una escalera de caracol.

Era el día siguiente a la fiesta grande de Samain, y la ardua caminata se debía a un encargo de los druidas que debía llevar a cabo como parte de su adiestramiento. Meriadec le había encomendado a cada uno de los iniciados que localizase una determinada planta y recogiese una muestra. A él le había correspondido una especie de ortiga que solamente crecía en lo alto del cerro y que, pese a resultar particularmente dañina al contacto con la piel, poseía extraordinarias virtudes terapéuticas. A Serbal no se le escapaba que su encargo era el que más dificultad entrañaba, no solo por el lugar tan alejado donde crecía la planta, sino también porque su presencia era más bien escasa en aquella época del año.

No obstante, el muchacho no expresó queja de ningún tipo, convencido de que el druida jefe le exigía más que al resto por lo mucho que esperaba de él.

En cualquier caso, Serbal se sentía en aquellos momentos especialmente eufórico tras haber logrado la tremenda gesta de besar a Brianna y que esta le hubiese correspondido. La relación, aunque en sus inicios, no podía haber comenzado con mejor pie.

Serbal recorría un camino pedregoso, cercado a un lado por una barrera de matorrales que lindaba con la arboleda y al otro, por la pendiente que conformaba la ladera de la montaña. Su soledad era absoluta, a excepción de las alimañas que se ocultaban en el sotobosque y las escasas aves que describían círculos en el cielo. Tan pronto alcanzó el área más propicia para hallar la clase de ortigas que Meriadec le había encargado, Serbal redujo la marcha. Una fuerte brisa le revolvía el cabello y le agitaba la ropa. Entonces, tras un largo rato de exploración infructuosa, por fin descubrió un espécimen de la dichosa planta.

Serbal se acercó a la cornisa donde brotaban las ortigas con mucha precaución, pues aunque el declive de la montaña no era excesivamente inclinado, en aquel punto ofrecía cinco o seis metros de caída hasta el siguiente repecho. La ladera de la colina presentaba una orografía en forma de grada, que descendía escalonadamente hasta la vaguada del valle. El joven se inclinó sobre la planta y comenzó a excavar con las manos para desenterrar la raíz.

Serbal, sin embargo, no estaba tan solo como había creído. Cedric, haciendo gala de su sigilo habitual, le había seguido a cierta distancia en pos de una oportunidad, la cual, gracias a su infinita paciencia, por fin le había llegado.

Al hijo del rey no le gustaba tener que ensuciarse las manos, pero aquel asunto no podía fiarlo a terceros, así que tendría que ocuparse personalmente del problema. Las piernas le temblaban y el corazón parecía que le iba a estallar pero, aun así, no pensaba echarse atrás por nada del mundo.

Cedric abandonó la protección que le ofrecía la cortina de maleza y se adentró en la cornisa de tierra sin hacer el menor ruido. Serbal, agachado sobre las ortigas, le daba la espalda y no le vio acercarse, como tampoco oyó sus pasos debido a las corrientes de aire que se formaban en aquella parte del altozano. Cedric alcanzó enseguida la posición que ocupaba Serbal y, sin pensárselo dos veces, le empujó con todas sus fuerzas. El hijo de Teyrnon perdió la estabilidad y se precipitó hacia el abismo emitiendo un alarido.

Cedric le observó rodar por la pendiente como un tronco desbocado hasta que la siguiente lengua de tierra frenó su caída, unos metros más abajo. Un segundo después, el silencio retornaba a aquel remoto páramo, tan pronto el eco del grito de Serbal se hubo diluido en la cuenca del valle.

Cedric tomó aire y, sin tiempo que perder, comenzó a descender por la misma ladera por la que Serbal acababa de despeñarse, aferrándose a las rocas y raíces que sobresalían de la tierra para no caerse. Cuando llegó al lugar donde había aterrizado el cuerpo de su adversario y comprobó que seguía con vida, respiró aliviado. Cedric no pretendía matarle. El plan que había concebido era bastante más retorcido de lo que parecía a simple vista.

Antes de que Serbal recuperase la consciencia, Cedric registró sus ropajes hasta dar con lo que andaba buscando, se guardó el diminuto objeto que había sustraído y abordó la escalada para volver al sendero principal. El ascenso, aunque más fatigoso, no le resultó tan laborioso como la bajada. Sin embargo, una vez que estuvo en lo alto del cerro, una variable imprevista arruinó de repente la buena marcha de su plan. Cedric, perplejo, observó que tenía compañía. Una cabra pastaba al borde del camino y, detrás, un muchacho mantenía sus ojos clavados en él…

Cedric maldijo su mala suerte. Un pastor le había sorprendido en el momento más inoportuno. ¿Habría sido testigo solamente del último tramo de la escena, o también de la parte en que había empujado a Serbal? No había modo de saberlo. Sea como fuere, debía solventar a toda prisa el inesperado contratiempo que se le acababa de presentar.

El pastor era más grueso que él, lo cual hizo que Cedric se sintiese de entrada ligeramente intimidado. No obstante, le bastó acercarse unos pocos pasos para reconocer en aquel muchacho al retrasado del que se había burlado en las fiestas de Lugnasad. Aquel detalle le daba un giro completo a la situación.

Cedric sopesó las distintas alternativas que tenía ante sí. Por una parte, podía echar mano del puñal que llevaba encima y hundirlo en las entrañas de aquel pobre idiota, si bien un asesinato levantaría un revuelo innecesario que a todas luces le convenía evitar. También podía recurrir al soborno, estrategia que seguramente habría funcionado con una persona normal, pero no con aquel simplón incapaz de apreciar el valor del oro o de las piedras preciosas. Semejante panorama tan solo le dejaba una opción: debía asustarle de tal manera, que jamás se atreviese a decir una sola palabra de lo que había visto allí.

Entretanto, Anghus observaba al hijo del rey con los ojos desorbitados, después de haber presenciado cómo aquel desalmado arrojaba por la ladera al único joven que había sido amable con él durante las fiestas. ¡Por la madre Dana! Lo había visto todo, pero ¿qué se suponía que debía hacer? Por muy lento de mente que fuese, Anghus era muy consciente del tremendo lío en el que se había metido.

Cedric blandió su puñal ante el hijo del granjero, que instintivamente dio un paso atrás. De pronto, un perro de pequeño tamaño emergió entre los arbustos y comenzó a ladrar en tono agresivo para defender a su dueño.

—¡No, *Ciclón*! ¡Para! —exclamó Anghus. El perro obedeció y se situó entre las piernas de su amo, sustituyendo su agudo ladrido por un gruñido intermitente.

—¡Escúchame, estúpido! —rugió Cedric—. Tú no me has visto hoy aquí. ¿Entiendes? Sea lo que sea lo que has visto, tienes que mantener tu bocaza cerrada.

Anghus, visiblemente nervioso, asintió repetidas veces con la cabeza, mientras gruesas gotas de sudor resbalaban por su frente.

—Ten en cuenta que si me delatas, nadie creerá a un bobo como tú —prosiguió—. Y si aun así lo haces, te juro que rajaré a tu madre y la abriré en canal, como si arase un campo de trigo, y a tu padre le degollaré mientras duerme, y nunca más verá un nuevo amanecer. Pero tu pesadilla no acabará ahí. Por último iré a por ti. Primero te cortaré la lengua y luego te sacaré los ojos, pero te dejaré vivir para que sufras de por vida.

Cedric, complacido, observó que Anghus rompía a llorar como un niño, al tiempo que una cálida mancha de orín se extendía por su entrepierna.

—Atiéndeme bien —espetó acercando el puñal al rostro del muchacho con gesto amenazador—. Ya sé que eres un retrasado, pero a pesar de eso espero que hayas comprendido lo que quiero de ti.

Anghus lo había entendido a la perfección. No obstante, era tal el pánico que sentía, que en lugar de palabras solo lograba emitir una retahíla de incontrolables sollozos. Cedric creía haberle metido suficientemente el miedo en el cuerpo, aunque no lo podría jurar. Aquel sujeto era tan impredecible, que lo mismo pasados unos días su memoria relativizaba aquel encuentro y le daba por hablar más de la cuenta. Tenía, por tanto, que hacer algo que no pudiese olvidar, que le dejase bien claro la realidad de su amenaza…

Fue entonces cuando se le ocurrió el golpe de efecto definitivo. Cedric se agachó a toda velocidad y sujetó con una mano la cabeza de *Ciclón*.

—¡No! —gritó Anghus.

Pero ya era demasiado tarde. Cedric había hundido el puñal en el lomo del animal, a la altura de la cruz. La cuchillada fue tan profunda que la punta de la hoja asomó por el extremo opuesto. El perro apenas alcanzó a exhalar un lastimero quejido antes de que le sobreviniera la muerte.

Cedric asió a *Ciclón* y lo alzó cual si fuera un trofeo, mientras un torrente de sangre manaba de la herida y teñía su pelaje de color carmesí.

—Esto es lo que haré con tu familia si no guardas silencio —dijo agitando al animal en el aire, y después lo dejó caer al suelo. Anghus había palidecido. Respiraba de forma entrecortada, incapaz de apartar la mirada del cuerpo sin vida del que hasta hacía un momento había sido su mejor amigo—. Y ahora, vete de aquí —ordenó Cedric, decidido a zanjar de una vez para siempre aquel asunto.

Pero Anghus estaba tan conmocionado, que ni siquiera le alcanzó a oír.

—¡Que te vayas de una vez, bobo estúpido! —insistió, y acompañó sus palabras de un fuerte empujón.

Por fin, el joven pastor reaccionó, pero antes de atender su petición, recogió el cadáver de *Ciclón* con suma delicadeza y lo abrazó contra su pecho. Luego se giró y se adentró en la arboleda, ignorando las cabras que se hallaban desperdigadas por todo el cerro.

Cedric le siguió con la mirada hasta perderlo de vista, momento en el que se asomó al borde de la pendiente. Quería asegurarse de que Serbal no hubiese recobrado el sentido, pues de haberlo hecho, podría haberle escuchado y reconocido por la voz. Por suerte, continuaba igual que le dejó.

Finalmente, se incorporó al sendero que circunvalaba la montaña y emprendió el camino de regreso.

Ahora le tocaba poner en marcha la segunda parte de su plan…

7

Tan pronto abrió los ojos, a Serbal le invadió una sensación de aturdimiento como pocas veces había conocido. Desorientado, miró a su alrededor y comprobó que estaba en uno de los repechos de la montaña, a una considerable altura. Un tremendo dolor le recorría todo el cuerpo, como si le hubiese arrollado un carro o pisoteado un caballo. Serbal sacudió la cabeza y, al fin, a su mente acudió el recuerdo de lo ocurrido: alguien le había empujado cuando recogía las ortigas al borde del sendero, pero… ¿quién podía haberle hecho algo así?

Desde donde se encontraba, podía ver ante él un estrecho valle situado entre dos cerros. Soplaba una refrescante brisa, agradable al contacto con la piel. El sol había alcanzado el punto más alto de su recorrido diario, de lo cual se desprendía que no podía llevar demasiado tiempo allí.

Serbal se apoyó trabajosamente sobre los codos para incorporarse y llevó a cabo una apresurada revisión de su estado. Aunque tenía magulladuras por todas partes, lo más alarmante era el tajo en su muslo derecho, por donde un constante flujo de sangre se le escapaba a borbotones. Seguramente se había rajado la pierna con una piedra afilada mientras rodaba ladera abajo. Serbal reaccionó a toda prisa y, despojándose de su sayo, se lo ató en torno a la herida esperando contener la hemorragia. Luego trató de incorporarse, pero sintió un terrible latigazo al apoyar el pie y se dejó caer con todo su peso. Al parecer, también se había roto un tobillo.

Serbal se tendió de nuevo en el suelo, más consciente que nunca de la gravedad de su situación. La exigua franja de terreno donde había caído no conducía a ninguna parte. Podía intentar ascender por la empinada cuesta para alcanzar el sendero, el cual se hallaba varios metros por encima de su cabeza, pero incapacitado para caminar, aquella tarea se le antojaba imposible. Y bajar por la pendiente de la ladera implicaba recorrer un trecho mucho más largo y peligroso que de ningún modo podía afrontar en su actual condición. Tampoco parecía probable que alguien le encontrase por casualidad y le rescatase, pues aquel paraje resultaba tan inaccesible como poco transitado.

De repente, Serbal experimentó una fuerte fatiga, los párpados comenzaron a pesarle terriblemente, y perdió el conocimiento.

Cuando Serbal volvió de nuevo en sí, calculó que había debido de transcurrir un buen puñado de horas, a juzgar por la posición del sol. Se sentía débil, dolorido, la fractura del tobillo le palpitaba con furor, y la prenda que había usado para vendar la herida del muslo estaba completamente empapada. Además, su extrema debilidad indicaba que había perdido demasiada sangre en el proceso.

Una densa niebla descendía por el valle y se extendía sobre las copas de los árboles que asomaban al pie del cerro, como una ola que devorase una playa. Serbal se dio perfecta cuenta de que su vida pendía de un hilo extremadamente fino. Si no moría desangrado, sucumbiría como consecuencia de las gélidas temperaturas que sobrevendrían por la noche. A semejante altura, el frío resultaría insoportable durante aquella época del año.

Serbal reunió las escasas fuerzas que le quedaban y trató de ponerse en pie, pero le resultó del todo imposible mantener la verticalidad. Llevado por la desesperación, empezó a gritar, aun a sabiendas de que nadie podría oírlo. Al cabo de un rato se quedó sin voz y prorrumpió en un desconsolado llanto tras pensar en todo lo que dejaba atrás: su familia, su incipiente relación con Brianna y su prometedor futuro en la orden de los druidas. Definitivamente, Serbal aún no estaba preparado para iniciar su viaje al Otro Mundo.

Poco después volvía a desvanecerse una vez más.

Abrió los ojos por tercera vez desde que sufriese la caída, y advirtió que su último desmayo no había durado tanto como el anterior. El banco de niebla había avanzado y reptaba por la falda de la montaña, amenazando con engullirle también a él. Se arrastró hacia atrás como una oruga, hasta lograr recostar la espalda contra la pared de la montaña. El dolor había retornado con furia a la zona del tobillo, si bien la sed comenzaba a suponer un problema todavía mayor. Fue entonces cuando distinguió una silueta moverse en el interior de la neblina.

Para su sorpresa, alguien había llegado hasta allí.

Serbal aguzó la vista y distinguió entre los jirones de bruma la figura de un anciano de barba puntiaguda que se dirigía hacia él con lentitud. Un manojo de coloridas mariposas revoloteaban alrededor de su cabeza, siguiéndole por donde él iba. ¡Era Nemausus!

El druida ermitaño se inclinó con dificultad sobre el muchacho y, tras ofrecerle una cálida sonrisa, comenzó a examinarle las heridas.

—Gracias a la madre Dana y al padre Lugh que me ha encontrado —murmuró Serbal conteniendo las lágrimas—. Estaba convencido de que iba a morir aquí.

Tras una exhaustiva exploración, Nemausus adoptó una seria expresión y se dio rápidamente la vuelta, fundiéndose con la niebla tras solo dos pasos. Serbal le observó partir esperanzado, aunque algo desconcertado por su extraña actitud. Desde su milagrosa aparición, el druida no había pronunciado ni una sola palabra.

Al cabo de unos minutos que a Serbal le parecieron horas, Nemausus regresó provisto de algunos útiles y remedios naturales que había recogido en las inmediaciones y que emplearía en su curación. En primer lugar, el anciano aplicó un emplasto de hierbas sobre la herida del muslo, concebido para cortarle la hemorragia de raíz e impedir que Serbal muriese desangrado. A continuación, Nemausus centró toda su atención en el tobillo fracturado. Usó una rama a modo de férula, y se valió de unas lianas impregnadas con resina para dejarla bien atada alrededor de la base del pie. Se aseguró de que el amarre estuviese lo bastante prieto como para sostener el entablillado, pero lo suficientemente suelto como para que no le afectase a la circulación.

Serbal le dejó hacer en silencio, hasta que el druida sanador hubo finalizado.

—Tiene que avisar a alguien para que me ayuden a subir —rogó—. Como pase la noche aquí, me helaré sin remedio.

Nemausus le escuchó con gesto serio y, tras retroceder dos o tres pasos, volvió a ser devorado por la bruma dejando tan solo algunas mariposas tras de sí.

El ocaso trajo consigo la retirada del banco de niebla, y la noche hizo acto de presencia sepultando la montaña bajo un sudario de oscuridad. Enseguida se notó el descenso de las temperaturas, y Serbal se abrazó a sus piernas para combatir el frío. Poco después comenzó a tiritar y a sufrir continuos espasmos, mostrando la sintomatología típica de un principio de hipotermia. Justo entonces, cuando Serbal ya pensaba que el druida ermitaño le había abandonado, o que algo malo le había tenido que ocurrir, este reapareció.

—¡Nemausus! ¿Fuiste al poblado a buscar ayuda? ¿Por qué no ha venido nadie a rescatarme todavía?

El anciano volvió a hacer caso omiso de sus palabras, y en vez de contestar, le ofreció agua y algo de comida que había traído consigo. También le tendió una piel de oveja para que se cobijase del frío durante la noche.

—¿Qué? ¡Una sola manta no bastará! —protestó Serbal.

Un instante después, una cabra que había seguido al druida surgía de la negrura y se recostaba mansamente junto al atónito muchacho. Serbal se tumbó junto al animal para que su calor corporal le ayudase a mantenerse a salvo, y a continuación se arrebujó en la manta tratando de buscar la mejor postura. Luego recordó que Nemausus estaba haciendo todo lo posible por ayudarlo, y que era de justicia agradecerle el esfuerzo. Sin embargo, cuando alzó la vista de nuevo, comprobó que el druida había vuelto a perderse en la oscuridad.

A la mañana siguiente, cuando despertó, el animal se había marchado y la bruma había vuelto a abrazar la montaña como una llama prendida al extremo de una antorcha. Serbal continuaba sin poder moverse y se pasó todo el día reponiendo fuerzas, comiendo y durmiendo de manera intermitente. Cada vez que despertaba, Nemausus emergía de la niebla y le proporcionaba agua y frutos silvestres, y revisaba constantemente el estado de sus heridas. Serbal no entendía cómo un hombre tan anciano era capaz de subir y bajar por aquel tramo tan empinado que conectaba con la cornisa superior, pero no se molestó en preguntárselo. ¿Por qué gastar saliva si sabía que el druida no articularía una sola palabra?

Serbal comenzó a obsesionarse con la persistente bruma, tan poco frecuente durante aquella época del año. La niebla era tan espesa como una humareda y tan húmeda como la atmósfera que se respiraba en la necrópolis que había junto al río. La noche se llenó de luna y, puntual a su cita, acudió la misma cabra que ya le había hecho compañía la jornada anterior.

Al tercer día tuvieron lugar dos cambios importantes: la niebla se había desvanecido, y el pie que Serbal se había lastimado parecía lo suficientemente restablecido como para soportar buena parte de su peso. Le llevó casi una hora y un titánico esfuerzo ascender por la ladera, pero al final logró alcanzar la cornisa de la que había caído.

Casi sin aliento, Serbal tomó el sendero que rodeaba el cerro y agradeció a la Divinidad haber podido salir con vida de allí.

8

Meriadec había acudido al taller de Teyrnon resignado a soportar la reprobadora mirada del herrero. Aquel hombre había hecho un gran sacrificio confiándole a su hijo, y en menos de un mes él lo había perdido. Serbal llevaba dos días desaparecido después de haberse embarcado en la tarea de encontrar unas determinadas plantas. Desde entonces nadie le había visto, ni se había vuelto a saber de él. Teyrnon temía que su hijo hubiese sido atacado por algún animal salvaje, o incluso por un guerrero enemigo que anduviese de paso por aquellas tierras.

—Está vivo —afirmó Meriadec—. De eso puedes estar seguro. Todos los druidas que han puesto a prueba sus dotes adivinatorias, incluido Dughall, comparten idéntico parecer.

—¿Entonces por qué no aparece?

Meriadec sacudió la cabeza, incapaz de ofrecer una respuesta. En la fragua hacía tanto calor, que al druida le costaba pensar con lucidez.

—Teyrnon, quiero que sepas que se ha organizado una patrulla de búsqueda. No obstante, desearía hacerte una pregunta para no descartar ninguna opción. ¿Sabías si Serbal tenía algún motivo que le hubiese llevado a marcharse voluntariamente?

—Si lo tenía, yo lo desconozco por completo.

En ese momento, Eboros entró en el taller respirando con cierta dificultad tras haber venido a la carrera.

—Meriadec... traigo noticias... —El rostro del druida sacrificador parecía transfigurado y su voz sonaba medio rota.

—¿Qué ocurre?

—El roble sagrado ha sido objeto de una terrible profanación —reveló—. He corrido a buscarte en cuanto nos hemos enterado. Ducarius se ha quedado junto al árbol intercediendo por su maltrecho espíritu.

El druida jefe precisó de varios segundos para asimilar las palabras de Eboros, y acto seguido se marchó de allí a toda prisa, prácticamente sin despedirse de Teyrnon.

Entretanto, la noticia se había propagado por el poblado como una enfermedad contagiosa, provocando que un cuantioso número de ciudadanos, sobre todo druidas e iniciados, se congregasen a las puertas de Hallein. La indignación se palpaba en el ambiente, aunque todavía ninguno de los presentes conociese de primera mano lo ocurrido. Cedric se unió a la muchedumbre fingiéndose escandalizado, pese al escaso interés que siempre había mostrado hacia el culto transmitido por los druidas.

Sin tiempo que perder, Meriadec encabezó la marcha para comprobar con sus propios ojos el alcance de lo anticipado por Eboros. La turba de exaltados se adentró en el bosque siguiendo los pasos del druida jefe, murmurando palabras de desconcierto. Ni siquiera los más ancianos recordaban un episodio como aquel. Brianna formaba parte del grupo, aunque su preocupación continuaba girando más en torno al incierto paradero de Serbal, que al reciente hecho del que todos hablaban.

En cuanto llegaron al claro del bosque presidido por el roble sagrado, las voces se acallaron y un turbador silencio se adueñó de la multitud. Ducarius aguardaba junto al árbol, entonando con los brazos en alto una amarga plegaria. El espectáculo que tenían ante sí era tan desolador, que nadie se atrevió a dar un solo paso.

Cedric advirtió que Brianna estaba profundamente consternada, y aprovechó la ocasión para ofrecerle consuelo.

—Es horrible —comentó mientras posaba una mano sobre su hombro—. No imagino quién podría haber hecho algo tan cruel.

Pero la chica no respondió al gesto, simplemente siguió observando impotente.

Por fin, el druida jefe se repuso del impacto y se acercó lentamente al roble mancillado. Alguien, valiéndose de un instrumento afilado, se había ensañado con el roble sagrado infligiéndole un severo castigo: el tronco presentaba gran cantidad de cortes trazados en diagonal, de los cuales manaba la sangre del árbol en forma de resina; retales de corteza habían sido arrancados de cuajo, como si hubiesen pretendido arrancarle la piel; y algunas de sus extremidades también habían sido amputadas, dado que las ramas de la parte baja habían sido taladas de forma indiscriminada.

Meriadec dio varias vueltas en torno al árbol, contemplando horrorizado la obra de su profanador. Naturalmente, el roble sagrado se repondría de sus heridas, en el fondo poco más que rasguños superficiales para un ejemplar de semejante magnitud. No obstante, un ataque de aquella naturaleza al símbolo por excelencia de los druidas equivalía a una ofensa hacia la propia Divinidad. A Meriadec le preocupaba sobre todo el momento en que se había producido, porque aquello añadía un elemento discordante más al tejido invisible que conformaba la realidad, cuya estabilidad se resquebrajaba poco a poco. A la agresión padecida por el roble sagrado había que sumarle la amenaza de los dioses germanos expresada en la Piedra del Cielo y corroborada por los augurios, así como la siniestra presencia de un criminal sin escrúpulos —el llamado «Verdugo»—, dedicado a acabar con la vida de las muchachas más jóvenes de la región.

Aquella mañana temprano el cielo lucía encapotado, en consonancia con el lúgubre espectáculo dispuesto en el claro del bosque. Meriadec, cada vez más alterado, trató de buscar en Eboros las respuestas que precisaba.

—¿Se sabe algo de quién ha podido hacer esto? ¿Tenemos alguna pista? ¿Testigos?

El druida sacrificador extendió los brazos con las palmas abiertas y negó con la cabeza.

—Los daños no son recientes. Posiblemente hirieron al roble sagrado hace un día o dos, aunque hasta hoy no lo hemos descubierto.

Ducarius se unió entonces a la conversación.

—He encontrado algo mientras Eboros acudía en tu busca. — El druida helvecio les mostró un diminuto objeto que reposaba en la palma de su mano: una fíbula—. Estaba entre la hierba que crece al pie del árbol —agregó.

Meriadec sintió que el corazón le daba un vuelco. El broche adoptaba en su montura la silueta de un martillo, el tradicional emblema del herrero. La insignia, sin ningún género de duda, pertenecía a Serbal, que la había exhibido infinidad de veces en su pecho. Meriadec ignoraba qué podía haber llevado al hijo de Teyrnon a cometer un acto tan atroz, pero al menos eso explicaba su misteriosa desaparición. Un rápido intercambio de miradas con Eboros le bastó para comprender que ambos habían llegado a la misma conclusión.

Cedric se sentía exultante: su plan se desarrollaba de la forma prevista. Después de haber arrojado a Serbal por la ladera y haberle robado su fíbula, acudió al claro aquella misma noche, donde se había encargado de dejar el árbol en su actual estado. La culminación de su obra consistió en depositar el broche junto al roble, para de ese modo incriminar a Serbal.

Como máximo responsable espiritual de la tribu, Meriadec se sintió enormemente culpable por que se hubiese producido un suceso de semejante naturaleza bajo su mando. El druida jefe titubeaba y negaba con la cabeza, sin dejar de golpear el suelo con la base de su bastón. Por primera vez en su vida, Eboros vio a su maestro demasiado alterado como para pensar con claridad, por lo que decidió relevarle de su responsabilidad y asumir el control de la situación hasta que se hubiese tranquilizado. Así pues, el druida sacrificador reunió a todos los presentes en torno al roble sagrado e inició un cántico dedicado al espíritu del árbol, destinado a promover su sanación. La melodía se extendió más allá de la espesura y, muy pronto, el trinar de los pájaros se unió al improvisado coro de voces celtas. El salmo se prolongó durante más de una hora, y hubiera continuado de no ser porque un habitante del poblado irrumpió en el claro del bosque portando noticias de importancia capital.

—Serbal ha reaparecido —anunció—. Dicen que está en una granja fronteriza con los celtas latobicos.

Meriadec reaccionó al instante e hizo un aparte con Eboros, para darle una serie de instrucciones muy precisas.

—Vuelve inmediatamente a Hallein y habla con Calum. Explícale lo que hemos averiguado y dile que envíe una patrulla para que prenda a Serbal. Si da tiempo, le juzgaremos esta misma tarde y dictaremos sentencia.

—¿Qué le ocurrirá al chico?

—Si es declarado culpable, la condena prevista solo contempla dos opciones: la muerte o el exilio.

CAPÍTULO QUINTO

Es su costumbre cuando están formados en batalla salir de sus líneas para desafiar al más valeroso de sus oponentes a un combate individual, blandiendo sus armas para atemorizar a sus adversarios. Y cuando algún hombre acepta el reto de luchar, prorrumpen en cánticos alabando las hazañas de sus antepasados y se jactan de sus propios logros minimizando a su oponente.

DIODORO SÍCULO
Bibliotheca historica

Buena parte del poblado se desplazó al interior del bosque para presenciar el juicio que estaba a punto de celebrarse, a falta de que llegase el acusado.

Los habitantes de Hallein habían abandonado temporalmente sus quehaceres para no perderse detalle de un acontecimiento de tal relevancia social. Todos ellos, según llegaban al claro, reaccionaban con espanto ante la visión del daño sufrido por el roble sagrado.

Poco a poco el lugar se iba llenando de asistentes y curiosos, que los druidas se ocupaban de distribuir a lo largo de la zona perimetral. Solamente Meriadec y sus ayudantes estaban autorizados a permanecer bajo la sombra del venerado árbol.

Teyrnon irrumpió en el claro con el rostro desencajado, tras haber oído que a su hijo le habían acusado de cometer el execrable sacrilegio del que todo el mundo hablaba. La noticia de que había sido hallado con vida, pues, se había visto empañada por aquella denigrante imputación.

El herrero, valiéndose de sus fuertes brazos, se abrió paso entre el gentío hasta llegar a Meriadec, para encararse con él.

—Es imposible que Serbal haya podido hacer tal cosa —espetó—. Y tú lo sabes muy bien.

—Jamás lo habría esperado de él —reconoció el druida jefe—, pero las pruebas hablan por sí solas.

—Espero que al menos tenga un juicio justo. Es todo lo que te pido.

—Serbal tendrá derecho a defenderse, te lo garantizo, y solo en función de los hechos probados determinaremos su inocencia o culpabilidad.

Resignado, Teyrnon se dio media vuelta. Todos los celtas, sin distinción, se hallaban sometidos a la justicia divina administrada por los druidas. Tan solo confiaba en que Serbal no estuviese implicado en el terrible crimen que se le atribuía.

La audiencia aguardaba la llegada del acusado, especulando todo tipo de razones por las cuales Serbal habría podido hacer algo así. La espera le estaba resultando a Brianna tan tensa, que no se daba cuenta de que hacía entrechocar los dedos de sus manos, como si ejecutase una danza en miniatura. Por su parte, Cedric actuaba con la astucia de un zorro y la perfidia de una serpiente venenosa, pues desde que se había dado a conocer la noticia, no se había separado de ella.

—Cálmate, Brianna —la consoló una vez más—. Estoy seguro de que Serbal ha sido acusado injustamente. Ya verás como todo se aclara.

Por fin, bien entrada la tarde, arribó una pareja de guerreros a caballo que traían consigo a Serbal hecho prisionero. Los jinetes descendieron de sus monturas y ayudaron a descabalgar al muchacho, que enseguida se convirtió en el centro de todas las miradas. Serbal avanzó cojeando ostensiblemente, mientras todos se fijaban en el aparatoso vendaje que lucía en su muslo derecho. Sus rasguños en manos y cara tampoco pasaron desapercibidos, provocando de forma instintiva la compasión de la multitud.

Serbal ignoraba lo que estaba pasando, puesto que los guerreros no habían sabido darle ninguna explicación. De entrada, le pareció que la marea de gente allí congregada pretendía celebrar algún tipo de ritual. Le sorprendió ver a su padre en primera fila, pero sus facciones, parcialmente ocultas bajo su espesa barba, no le revelaron nada. Teyrnon elevó la mano y le saludó desde la distancia, en vez de correr a darle un abrazo, como hubiese sido lo normal. Algo no marchaba bien.

Los centinelas le condujeron ante la presencia de Meriadec, que le recibió con idéntica frialdad.

—¿Qué ocurre? —logró articular Serbal, cada vez más confuso por el singular desarrollo de los acontecimientos.

Meriadec le ignoró, y alzó su bastón de fresno para llamar la atención de la audiencia.

—En este momento declaro abierto el juicio contra Serbal, el cual servirá para dirimir su culpabilidad o su inocencia ante los ojos de nuestro pueblo. Eboros y Ducarius formarán parte del tribunal, que yo mismo presidiré.

—¿Juicio? —La mente de Serbal trabajaba a toda prisa, intentando poner en orden sus ideas—. Pero, ¿por qué? ¿De qué se me acusa?

—Tenemos razones de peso para pensar que este acto de sacrilegio ha sido obra tuya —desveló, al tiempo que señalaba el roble sagrado situado a su espalda.

Serbal se llevó una sorpresa monumental, tras contemplar el tronco desfigurado del árbol, en el que ni siquiera había reparado hasta ahora.

—¡Yo no he sido! —exclamó visiblemente horrorizado—. ¡Lo juro por la madre Dana!

Meriadec dejó que Serbal protestara y a renglón seguido tomó la palabra para exponer la relación de los hechos que le inculpaban.

—Desapareciste hace tres días, coincidiendo con el momento en que el roble sagrado fue sometido a este despreciable ultraje. Y hoy eres localizado en la frontera de la tribu vecina de los latobicos, a punto de abandonar el territorio de nuestro pueblo. Eso sin contar con tu extraña ausencia durante todo este tiempo. ¿Cómo explicas esta serie de coincidencias?

Serbal tragó saliva e inició su relato sin vacilar.

—Todo empezó el día en que me encargasteis buscar aquellas ortigas, las que solo crecen en las zonas más altas del cerro en esta época del año. En esas me encontraba, cuando alguien me dio un fuerte empujón estando justo al borde del precipicio.

—¿Te empujaron? ¿Quién?

—No lo sé. Ojalá le hubiese visto, pero no fue así.

Desde el lugar que ocupaba entre el público, Cedric dejó escapar un suspiro de alivio, al tiempo que las comisuras de sus labios se curvaban ligeramente hacia arriba.

—Continúa —ordenó Meriadec. Si Serbal mentía, no tardaría mucho en hallar en su testimonio alguna contradicción.

—Rodé por la ladera y fui a caer en el siguiente repecho de la montaña. Me rajé el muslo y también me hice daño en un tobillo. —En apariencia, las heridas de Serbal respaldaban su versión de los hechos—. No me podía mover. Así pasé los dos días siguientes. Al tercero, mi tobillo había mejorado lo suficiente como para ascender por la escarpada pared. Después recorrí a duras penas un trecho del camino de vuelta, hasta que un granjero se topó conmigo; me vio tan debilitado, que me llevó en carro hasta su granja para ocuparse de mí. Después aparecieron los centinelas de Calum con órdenes de traerme de vuelta. Eso es todo lo que sé. Yo ni siquiera estuve cerca del roble sagrado. ¡Jamás me habría atrevido a hacer algo así!

Meriadec había escuchado atentamente su relato, sin dejar entrever en ningún momento la ira que le quemaba por dentro. Había llegado la hora de enfrentarle a las pruebas.

—¿Reconoces este objeto? —inquirió mostrándole su fíbula de bronce.

Serbal enarcó las cejas en un gesto de incredulidad.

—Es el broche que me regaló mi padre —admitió—. Pensé que lo había perdido durante la caída —añadió algo confuso.

—Pues lo hallamos aquí mismo, justo al pie del árbol al que, según dices, nunca te acercaste. ¿Cómo es posible?

Serbal, aunque desconcertado, ya sabía al menos por qué sospechaban de él. Por desgracia, no podía explicar cómo había llegado su broche hasta allí.

—Me han tendido una trampa —replicó al fin, a pesar de lo poco convincentes que sonaban aquellas palabras en su boca.

—Imagino que la misma persona que dices que te empujó, ¿verdad? —repuso Meriadec con cierta sorna—. Una persona de la que no puedes decirnos su identidad, ni tampoco qué motivos tendría para hacer algo así…

Serbal hundió los hombros, dejando ver de ese modo que no podía ofrecer las respuestas que le pedían. Cedric, mientras tanto, se regocijaba como un ave de carroña ante el grandioso espectáculo que él mismo había orquestado. Brianna, a su lado, observaba la angustiosa escena con un nudo en la garganta. Aunque estaba segura de que Serbal no había tenido nada que ver, cada vez estaba más preocupada por el cariz que estaban tomando los acontecimientos.

De repente, Teyrnon dio un paso al frente e interrumpió el desarrollo del juicio, quebrantando las normas más básicas del protocolo.

—¡¿Eso es todo lo que tienes contra mi hijo?! —exclamó—. ¿Un maldito broche que cualquiera podía haber dejado ahí? —El herrero estaba indignado—. ¿No te olvidas de lo más importante, Meriadec? ¿Por qué iba Serbal a profanar el roble sagrado? Sabes mejor que nadie que su vocación es sincera. ¡Tú mismo me dijiste que todos los augurios le vaticinaban un extraordinario futuro como druida, e incluso que estaba llamado a jugar un papel fundamental en el devenir de nuestro pueblo!

El druida jefe encajó aquel golpe con entereza. Ciertamente, al principio él tampoco le había encontrado ningún sentido a que

Serbal hubiese perpetrado un crimen tan cruel. Aquel misterio estaba rodeado de sombras demasiado esquivas. No obstante, una larga reflexión le había permitido abordar el asunto desde una nueva perspectiva, que a todo el mundo le había pasado inadvertida menos a él.

—Serbal, ¿no es cierto que el día previo a los hechos te disgustaste enormemente al saber que la comunidad druídica reconsideraría la admisión de Brianna como iniciada?

Aquel cambio de tercio cogió al muchacho totalmente desprevenido.

—No lo niego, yo…

—Te parecía algo muy injusto, ¿verdad?

—Sí, pero…

—Entiendo —le interrumpió—. Deja que te pregunte algo más… ¿Qué sientes por Brianna? ¿Me equivocaría si dijese que estás enamorado de ella?

Aquella pregunta tan directa le cayó a Serbal con la misma contundencia que si le hubiesen arrojado una pesada piedra encima. Meriadec no tenía forma de saber lo que él sentía por Brianna, porque aparte de a ella misma, no se lo había dicho a nadie más… a no ser que lo hubiese deducido, haciendo valer su gran capacidad de observación. El propio Serbal, sin querer, manifestaba ciertos signos cuando estaba cerca de su amada que podían haberle delatado: las miradas furtivas, el color de sus mejillas, o el ritmo de su respiración. Acorralado, Serbal trató varias veces seguidas de hilar una respuesta, pero sus titubeos y su posterior silencio constituyeron la mejor prueba de que Meriadec no había errado en su suposición.

El druida jefe, envalentonado, continuó desmenuzando su hipótesis, alzando el tono de voz para que todos le oyeran bien.

—Puedo imaginarme lo que ocurrió. El hecho de que los druidas se plantearan la admisión de Brianna a aquellas alturas te indignó. No aceptabas que nadie pudiese herir los sentimientos de la mujer que amabas y, en un arrebato de ira, decidiste vengarte de toda la comunidad druídica descargando tu frustración contra el roble sagrado. —Meriadec le señaló acusadoramente con el dedo—. Luego, al darte cuenta de lo que habías hecho, fue cuando te asustaste y decidiste huir.

Serbal negaba con la cabeza, mientras dejaba escapar una débil protesta que moría en sus labios al poco de emerger.

—Y hasta cierto punto puedo entenderlo —culminó Meriadec—. Los corazones jóvenes se comportan de forma impetuosa y a veces hasta irracional cuando caen bajo el hechizo del amor. Tú mismo, en un momento de ofuscación, fuiste incapaz de controlar tus propios actos, hasta el punto de hacer algo que en circunstancias normales ni siquiera se te pasaría por la cabeza. Ahora, sin embargo, más te valdría decir la verdad y afrontar las consecuencias.

La expresión de los presentes había cambiado por entero. Meriadec les había convencido de que el amor que Serbal sentía por Brianna, del que en teoría ni siquiera ella sería consciente, había constituido el móvil del execrable crimen. Tras la argumentación del druida jefe, ya casi nadie dudaba de la culpabilidad de Serbal. Incluso la propia Brianna, más afligida que nunca, llegó a cuestionarse por un instante si realmente Serbal habría llevado a cabo semejante dislate por ella. No obstante, enseguida desechó tal pensamiento. Paradójicamente, y aunque lo habría hecho sin dudarlo, tampoco podía salir en defensa de Serbal. La gente debía seguir pensando que entre los dos no había absolutamente nada —más allá del amor platónico alegado por Meriadec—, pues de lo contrario, su intervención no haría sino reforzar el móvil invocado por el druida.

—¡Todo lo que ha dicho es mentira! —estalló al fin Serbal, incapaz de soportar por más tiempo que le acusaran en falso—. Yo no me moví en ningún momento de la montaña. ¡No podía haberlo hecho aunque hubiese querido! ¡¿Es que no ve las lesiones que sufrí?! —Y, de repente, el profundo azul de sus ojos refulgió como si se hubiese prendido una llama en su interior. Serbal acababa de caer en la cuenta de que había omitido el que probablemente fuese el punto fundamental de su historia. La clave que serviría para aclarar lo ocurrido—. ¡Hay alguien que puede corroborar lo que digo! ¡Nemausus! ¡Él fue quien me curó y se ocupó de mantenerme con vida los días que permanecí allí!

Eboros fue a decir algo, pero Meriadec se lo impidió.

—¿Nemausus? ¿Estás seguro?

—Así es. Preguntadle y sabréis que digo la verdad. Él me salvó la vida. Me traía agua y comida varias veces al día, también mantas, y revisaba continuamente mi estado de salud.

El druida jefe frunció severamente el ceño.

—¿Pretendes hacernos creer que un anciano de semejante edad era capaz de ascender y descender a su antojo por un tramo de pendiente casi vertical, como tú mismo nos has descrito?

—Yo tampoco me lo explico —admitió Serbal con cierto grado de turbación en su voz—. Pero así es como pasó.

Meriadec, sin embargo, no ocultaba su escepticismo.

—Si de verdad Nemausus te encontró… ¿por qué no alertó a nadie? ¿No te parece que hubiese sido lo más lógico?

—Le pedí que lo hiciera —repuso Serbal—. Yo tampoco lo comprendo, pero lo cierto es que se comportaba de forma muy extraña, quizás debido a su senilidad.

Meriadec no necesitaba escuchar nada más. Por dentro bullía de indignación y, sin consultarlo siquiera con sus colegas, se volvió hacia la concurrencia que asistía al juicio para ofrecer su veredicto. Eboros, sin embargo, se interpuso delante de él antes de que empezase a hablar.

—¿Ni siquiera vas a escuchar lo que los demás miembros del tribunal tengamos que decir?

—¿Acaso no está claro?

—Sé lo que parece, pero estás muy alterado, Meriadec. Es evidente que el asunto te ha dolido especialmente por tratarse de Serbal. Por eso no estaría de más que deliberásemos antes de emitir un fallo —argumentó Eboros—. Ducarius, por ejemplo, podría ofrecernos la perspectiva de alguien más neutral.

Meriadec negó con la cabeza, categórico, y a continuación se dirigió a la multitud:

—Todos habéis sido testigos. La historia que Serbal nos ha contado es falsa de principio a fin. ¿O alguien duda todavía de que miente descaradamente como último recurso para eludir la responsabilidad de sus actos?

—¡Estoy diciendo la verdad! ¡Nemausus os lo confirmará! ¡No podéis sentenciarme sin haberle preguntado primero!

En ese momento, Eboros se aproximó a Serbal y posó cálidamente una mano sobre su hombro.

—Nemausus no pudo haberte ayudado —objetó—. Hace dos días, cuando decías que se estaba ocupando de ti, fui a verle a su cabaña… Por desgracia, lo que allí descubrí fue su cuerpo sin vida —desveló—. Y por los signos externos que presentaba, debía de llevar muerto más de una semana…

Serbal fue declarado culpable y castigado con el exilio.

Los celtas no tenían cárceles, y los sujetos responsables de los crímenes más graves eran condenados a muerte o expulsados de la tribu. El destierro en sí mismo constituía una suerte de pena capital, pues una vez que al individuo se le despojaba de su honor, ningún habitante de la nación le daría cobijo a partir de entonces. Ni siquiera las tribus celtas vecinas le ofrecerían su hospitalidad, ya que la voz se corría a gran velocidad y ninguna comunidad aceptaría jamás relacionarse con un desterrado. Solo si el condenado era capaz alcanzar tierras celtas excepcionalmente lejanas, quizás tuviese una oportunidad de volver a comenzar de cero. No obstante, sin medio alguno para emprender un viaje de tal magnitud, lo habitual era que acabasen ocultándose en el bosque como malditos, con escasas posibilidades de sobrevivir.

Dos días después del improvisado juicio, Serbal fue trasladado a las puertas de Hallein, donde tendría lugar el acto con el que se escenificaría su expulsión de la tribu. En torno a las puertas del poblado se había congregado una impresionante multitud. Representantes de todas y cada una de las aldeas de la región se habían desplazado hasta allí para conocer la identidad del penado y expresar abiertamente su repulsa.

Dos centinelas sujetaban al muchacho cada uno por un brazo. Serbal mantenía la cabeza gacha, incapaz de soportar el alud de furibundas miradas que se cernían sobre él. Durante el tiempo que estuvo retenido, conservó hasta el último momento la esperanza de que todo se aclarara. Sin embargo, sus ilusiones se esfumaron en cuanto fue conducido ante el gentío, cuando no había tenido tiempo aún de digerir lo ocurrido. En menos de un mes había pasado de iniciar la carrera druídica, a convertirse en un proscrito odiado por todos. ¡Y todo en base a una falsa acusación!

Eboros observó al druida jefe desde el lugar que ocupaba junto al resto de sus colegas. La condena no había bastado para calmar la indignación que había incendiado el ánimo de Meriadec después de contemplar el daño del que el roble sagrado había sido víctima. Al druida sacrificador le preocupaba la precipitación con que Meriadec había dictado sentencia, sin ni siquiera haberlo consultado con él o con Ducarius, que también formaban parte del tribunal. Pese a que las pruebas le señalaban como el autor de los hechos, Eboros no había detectado en los ojos del muchacho el menor rastro de culpabilidad.

Mediante un gesto, Meriadec concedió permiso a la familia del condenado para despedirse de él. Hasta aquel momento le habían mantenido aislado, sin posibilidad de poder recibir visitas. La madre de Serbal, que no había conciliado el sueño desde que se enterase de la noticia, enterró el rostro en el pecho de su hijo y se sumió en un incontrolable llanto. Teyrnon, por su parte, le rodeó con sus poderosos brazos, aunque no derramó una sola lágrima, pese al dolor que le desgarraba las entrañas. El obstinado herrero presumía de no llorar jamás.

—Escúchame, hijo —le susurró al oído—. Lo he arreglado todo para que tengas una segunda oportunidad. Alguien te aguarda en el camino. Limítate a seguirle y haz lo que te diga.

Serbal miró confundido a su padre cuando se separó de él, pues no añadió más, y advirtió entonces que su hermano también se encontraba allí. A Derrien le habían dejado acudir, pese a que la batalla contra los germanos tendría lugar de un momento a otro.

—Yo no hice nada —sollozó Serbal.

Derrien le abrazó tan fuerte que le dejó sin respiración. El joven guerrero estaba plenamente convencido de la inocencia de su hermano.

—Lo sé —repuso—. Por eso estoy seguro de que la madre Dana no te dejará de lado.

Una vez que se hubieron despedido, Meriadec retomó las riendas del acto y, tras recordar en voz alta el crimen cometido por Serbal, le exhortó a recorrer el último tramo que le faltaba para atravesar las puertas de Hallein. Serbal había presenciado otros destierros en el pasado, y sabía que el trance más duro se produciría a continuación.

—Ya no hay honor en tu persona —declaró el druida jefe—, de manera que a partir de este momento puedes considerar perdido el favor de la tribu.

Serbal, paralizado por el miedo, no echaba a caminar, y los centinelas tuvieron que empujarle para que diese el primer paso. Trastabilló y casi cayó al suelo, pero se irguió de nuevo y comenzó a desplazarse con extrema lentitud, mientras la muchedumbre comenzaba a proferirle los primeros insultos.

Nisien, al igual que otros muchos granjeros y criadores de ganado de todo el valle, había acudido al acto en compañía de su único hijo.

—Esto es lo que les ocurre a los que incumplen las leyes celtas, Anghus —señaló.

Según le había explicado su padre, aquel muchacho había cometido un grave sacrilegio al atentar contra el roble sagrado, y después había contado una patraña para intentar eludir su justo castigo. Anghus le observó fijamente al pasar, y su corazón casi le da un vuelco al reconocerle. ¡Aquel era el chico al que Cedric había empujado ladera abajo!

—Padre, yo conozco al condenado, y no creo que sea tan malo como dicen. ¿Por qué no le creyeron?

Nisien le resumió a continuación el relato que muchos habían escuchado durante el juicio y que rápidamente se había transmitido de boca en boca por la región: el ataque del que decía haber sido víctima, la aparatosa caída por la ladera, y su lucha por la supervivencia durante los días que pasó allí. Un gran embuste de principio a fin, según determinó Meriadec basándose en las pruebas presentadas en el juicio.

Anghus palideció. Pese a su corta inteligencia, se había dado cuenta de que aquel muchacho había dicho la verdad. Él mismo podía corroborar buena parte de su historia, dado que la había presenciado con sus propios ojos. El corazón de Anghus comenzó a latir de forma atropellada. En su mano estaba el poder salvarle de la deshonra si hacía público el episodio del que había sido testigo.

—¿Qué te ocurre, hijo? —inquirió el granjero al advertir su repentino cambio de expresión—. No debes sentir pena por una persona así. Tiene el castigo que se merece.

Mientras esto acontecía, Serbal proseguía con su tortuoso recorrido hacia el exterior. Los ánimos se habían ido caldeando y el tumulto había pasado de los insultos a los escupitajos, así como al lanzamiento de todo tipo de alimentos en descomposición. Los proyectiles le impactaban por todo el cuerpo, causándole más humillación que dolor. Serbal levantó un instante la mirada y distinguió a una desconsolada Brianna llorando entre el gentío. Avergonzado, agachó la cabeza de nuevo y continuó caminando deseando completar el trayecto lo antes posible. Brianna había intentado hablar con él mientras estuvo retenido, pero aquello estaba prohibido; ni siquiera la dejaron acercarse. Aunque su relación con Serbal hubiese durado un suspiro, a Brianna le había dado tiempo a enamorarse e incluso a imaginarse su vida con él. ¿Cómo le podía estar pasando aquello, tras haber conocido por fin al hombre que tanto tiempo había esperado?

Anghus se debatía entre revelar lo que había visto y mantener la boca cerrada. Cedric había logrado infundirle tanto temor, que por las noches le asaltaban las pesadillas más espantosas, mientras que por el día le invadía una angustia como nunca antes había sentido. En aquel instante, sin embargo, pesó más la compasión que le inspiraba aquel muchacho injustamente acusado, que el terror enquistado en el fondo de su mente.

—Padre —dijo Anghus—, hay algo que me gustaría contarle. Ocurrió el día en que murió *Ciclón* y se perdieron algunas cabras.

Anghus había enterrado al perro en el bosque, y después le había contado a su padre que un lobo lo había matado y que parte del rebaño había huido como consecuencia del inesperado ataque. Nisien no había tenido motivos para dudar de su palabra, pues su hijo todavía temblaba de los pies a la cabeza.

—¿De qué se trata, Anghus?

De repente, un joven se plantó ante el campesino y le entregó unos huevos podridos que estaba repartiendo entre la multitud.

—Para que se los arroje al proscrito —explicó.

Anghus observó a su padre aceptar el ofrecimiento, mientras sentía la perversa mirada de aquel joven gravitar sobre él. La imagen de *Ciclón* ensartado en un cuchillo se materializó de nuevo en su retina, y un indescriptible pánico circuló por sus venas como ríos de lava incandescente. De no haber contraído sus esfínteres, a buen seguro se habría orinado encima.

—Gracias —repuso Nisien amablemente. El joven de cabello pelirrojo y grandes ojos de búho se perdió entre el gentío—. ¿Le has visto? ¡Ese muchacho era nada menos que el hijo del rey! Vamos, coge un huevo y tíraselo al condenado ahora que todavía lo tenemos a nuestro alcance.

Pero Anghus había adquirido la rigidez de un menhir.

—¿Qué te ocurre, hijo? No tienes que hacerlo si no quieres. —Nisien le zarandeó con delicadeza, pensando que quizás no había

168

sido tan buena idea haberle traído con él—. Vamos, cálmate. ¿Qué era eso que me tenías que decir?

Aunque Nisien insistió un par de veces más, Anghus no volvió a referirse a aquel asunto en todo el día.

Serbal, entretanto, completaba ya la última parte de su recorrido envuelto en un mar de imprecaciones, a cual más humillante. Tenía el cuerpo cubierto de salivazos y de todo tipo de inmundicias que le habían arrojado al pasar. Su madre no había sido capaz de soportar el cruel espectáculo y Derrien se la había tenido que llevar de allí.

Cuando cruzó las puertas de Hallein, Serbal pudo al fin dejar atrás a la masa enfervorecida. Para cuando franqueó la salida, ya había perdido su último rastro de dignidad.

Serbal tomó el camino del bosque desplazándose abatido. No llevaba un rumbo fijo, más bien se limitaba a avanzar como un ave que hubiese perdido su sentido de la orientación. Sin embargo, no tardó en percatarse de que le seguía una figura menuda, que se le acercaba por la espalda. Serbal se giró para descubrir a Brianna envuelta en una amplia toga provista de una capucha bajo la que ocultaba el rostro.

—¡Brianna! ¿Qué estás haciendo aquí? ¿No te das cuenta del peligro al que te expones si te sorprendiesen hablando con un proscrito?

La joven ignoró la advertencia de Serbal. Se echó la capucha hacia atrás, dejando a la vista su cabello dorado recogido en un moño, y echando mano de un paño que había traído consigo, se dedicó a limpiar al muchacho las inmundicias que le cubrían todo su cuerpo. Serbal se dejó hacer en silencio, mientras observaba las lágrimas de Brianna deslizarse por sus mejillas.

Cuando hubo terminado, ambos se fundieron en un interminable beso, rematado por un sentido abrazo del que nunca se habrían separado, conscientes como eran de que jamás se volverían a ver.

—Yo no profané el roble sagrado —susurró Serbal antes de partir, absolutamente embargado por la emoción.

—Lo sé —replicó Brianna sollozando.

Serbal soltó las manos de su amada, sintiéndose en ese instante como un tronco a la deriva.

—Solo una cosa más —susurró—. Aunque equivocado, Meriadec ha tomado la decisión que creía correcta. No le guardes rencor. De manera que si te vuelven a conceder la oportunidad, jamás renuncies a tu sueño de convertirte en druidesa.

Y dicho esto, Serbal reanudó su incierto camino sin volver la vista atrás.

En Hallein, poco después de que se dispersase la multitud, Teyrnon localizó a Eoghan e intercambió en voz baja algunas palabras con él.

—¿Lo tienes todo preparado? —preguntó el herrero.

—El plan se desarrollará tal y como habíamos previsto —replicó el hermano del rey—. Uno de mis sirvientes conducirá a tu hijo hasta el embarcadero del río, donde le espera un navío al que podrá subirse a bordo.

Después de que Teyrnon le hubiese sorprendido en el barco protagonizando aquel obsceno encuentro con la niña esclava, Eoghan había mantenido una seria charla con él para evitar que el episodio trascendiese. El herrero le aseguró que callaría, que él no tenía por costumbre inmiscuirse en asuntos ajenos… Y así había sido hasta la condena de Serbal, momento en que Teyrnon decidió que era hora de pedir algo a cambio de su silencio.

—Te lo agradezco —murmuró Teyrnon.

—No hay de qué. Ahora ya estamos en paz.

Eoghan había llegado a un acuerdo con un mercader que cubría la ruta del Ródano para que admitiese a Serbal en su barco y le llevase hasta la colonia griega de Massalia, situada al sur de la Galia. Aquella joven ciudad portuaria dedicada al comercio podía constituir la única oportunidad del muchacho de comenzar una nueva vida sin el estigma del destierro celta…

3

La anunciada guerra contra los teutones se materializó escasas fechas después del exilio de Serbal.

Murtagh, que apenas había podido conciliar el sueño la noche previa al enfrentamiento, recibió además una inesperada visita en su tienda poco antes del amanecer. Se trataba del sagaz Nadelec, su infiltrado en la tribu latobica.

—Debe de ser importante para haberte desplazado hasta aquí —señaló Murtagh.

—Lo es. Traigo novedades sobre la inquietante unión entre tulingos y latobicos. Otra tribu celta se ha sumado al pacto…

—¿Quiénes?

—Los helvecios.

Murtagh arrugó el ceño en un evidente gesto de incredulidad. No era para menos. Los celtas helvecios, tanto por su lejana localización como por su conocida propensión al aislamiento, rara vez se aliaban con ninguna otra tribu celta.

—¿Estás seguro?

—Del todo.

El gran general asintió levemente con la cabeza.

—Está bien —concluyó—. Gracias, Nadelec. Puedes marcharte. Ya nos ocuparemos de ese problema cuando llegue el momento. Hoy nuestra principal preocupación son los germanos.

Los dos ejércitos se habían citado en el valle conocido como de los Espíritus, cuyo nombre se debía a los innumerables caídos en combate que habían perdido su vida allí. La extensa llanura, que carecía de vegetación de altura y, por tanto, no ofrecía lugar donde esconderse, era el escenario de los enfrentamientos entre germanos y celtas desde tiempos inmemoriales.

El general Murtagh había movilizado a todas sus tropas, las cuales ya se habían colocado en formación para la batalla. Situados en vanguardia se hallaba medio centenar de jinetes, cuyos caballos estaban equipados con bridones y arneses. Detrás de ellos, un millar de guerreros se disponían en tres filas de profundidad, provistos de un escudo de madera tachonado de bronce y una espada, aunque también los había que usaban lanzas o hachas en su lugar. El casco se consideraba un lujo reservado tan solo para los combatientes de mayor rango.

El rey Calum, a lomos de su montura, evaluaba junto a Murtagh la facción enemiga apostada en la distancia.

—No tenemos nada que temer —señaló el general—. Somos incluso ligeramente superiores en número. Y también más fuertes y mejor organizados. Ya lo hemos demostrado con anterioridad.

Y es que los germanos combatían con pasión y coraje, pero también lo hacían con excesiva simpleza. Básicamente, su único recurso bélico se reducía al ataque en masa, precedido por el lanzamiento de ciertos proyectiles y armas arrojadizas poco antes del choque frontal. Murtagh, sin embargo, había desarrollado ciertas tácticas, sencillas pero de gran efectividad. La caballería, por ejemplo, no siempre convenía utilizarla como frente de combate, sino que a veces daba mejor resultado su incorporación por los flancos, desde donde infligía un daño mucho mayor.

—Les daremos una lección que les costará años olvidar —afirmó Calum—. Acabaremos incluso con los que se batan en retirada. Hoy no habrá piedad.

—Lo único que me preocupa ahora mismo son las advertencias de los druidas acerca del despertar de los dioses germanos y su intervención en la batalla —comentó Murtagh—. Si Reginherat se muestra tan confiado, significa que debe de haber algo de verdad en ello.

—¿Acaso ves algo fuera de lo normal? Si yo estuviese en tu lugar, aprovecharía la oportunidad para aumentar mi colección de cabezas. Con algo de suerte, puede que regreses a casa con el cráneo de un rey.

Incrustados en la segunda fila de infantería, Derrien y Ewyn aguardaban el comienzo de la batalla.

Aunque no tenía miedo, Derrien sí que era objeto de un creciente nerviosismo. Consciente de su excepcional fuerza y constitución, y teniendo en cuenta que no había perdido una sola pelea durante toda su instrucción, el joven confiaba en sobrevivir a su primera batalla. Lo que realmente le angustiaba era la idea de arrebatar otra vida. Hasta ahora no había tenido que llegar tan lejos y, pese a su innegable vocación, no podía evitar sentir cierta inquietud.

A Ewyn, por el contrario, aquello no le suponía el menor problema, como ya dejó claro el día que acabó con la vida del granjero latobico. En cambio, no podía soportar la tensión previa a la batalla. Tenía el pulso acelerado y la garganta reseca, y todo lo que deseaba era entrar cuanto antes en acción.

—Pase lo que pase, debemos intentar no separarnos el uno del otro. —La presencia de Derrien a su lado incrementaba la confianza de Ewyn en su propia habilidad.

—Lo intentaré —repuso el hijo de Teyrnon—, pero cuando se inicie el combate, el caos será total.

Instantes después, de sus filas se alzó un sonido acompasado que rápidamente se convirtió en un ruido atronador. Los guerreros más veteranos comenzaron a golpear sus armas entre sí, en un calculado intento por amedrentar al enemigo que tenían enfrente. Al rumor metálico de las espadas pronto se le unió el conjunto de sus voces rugientes. El aire del amanecer se llenó de insultos y alaridos. Derrien y Ewyn no tardaron en imitarles, advirtiendo enseguida que la verdadera finalidad de aquel rito no era otra que liberar los nervios que preceden a la contienda.

De repente, dos jinetes del bando contrario se aproximaron al trote hasta el centro de la explanada.

—Es Reginherat —repuso Murtagh—. Creo que desea parlamentar. Y le acompaña ese siniestro sacerdote suyo que parece su sombra.

Calum espoleó su caballo y acudió al encuentro con su homólogo germano escoltado por el general. Ambos reyes inclinaron ligeramente la cabeza en señal de saludo. El *godi*, sin embargo, no reprimió un gesto de repulsa y, tras murmurar una suerte de conjuro, arrojó un puñado de vísceras a los pies del caballo de Calum.

—Vuestra magia no nos inquieta —replicó el rey de los celtas nóricos.

El *godi* exhibió entonces una media sonrisa, del tipo que le hace pensar a uno que sabe algo que los demás ignoran.

—Muy pronto temeréis el poder que hemos recibido de nuestros dioses —anunció.

Murtagh ya estaba más que harto de amenazas.

—¿Qué queréis?

Reginherat tomó entonces la palabra.

—Aún podéis evitar la matanza de vuestro ejército. Solo tenéis que entregarnos las minas de sal.

—Eso no va a pasar —contestó Calum—. Pero si os retiráis ahora mismo, os dejaremos marchar en paz.

—Tú lo has querido. —El rey germano hizo dar media vuelta a su caballo e inició el regreso hacia sus filas. No obstante, a los pocos segundos refrenó su montura y ladeó la cabeza para lanzar un inesperado desafío—. ¿Duelo de paladines? —sugirió.

Calum cruzó una fugaz mirada con Murtagh, sorprendido ante aquella singular propuesta. Aquella vieja costumbre de honor consistía en la elección de un representante por cada bando, los cuales se medían en combate a muerte bajo la atenta mirada de los dos ejércitos. Y como resultado, la victoria del ganador se extendía al bando completo. Aunque el duelo de paladines había servido para evitar un sinfín de muertes superfluas en el pasado, en los últimos tiempos aquella fórmula había caído en desuso.

—¿Qué opinas? —comentó Murtagh en voz baja—. Desde luego, si no contasen con un guerrero de cuyas posibilidades estuviesen muy seguros, jamás nos lo plantearían.

—No conozco a nadie más fuerte ni más capacitado que tú —replicó Calum . Personalmente estoy convencido de que no tienes rival. No obstante, dejaré que seas tú quien decida cómo resolver esta guerra.

El general Murtagh no vaciló un segundo en postularse él mismo para el duelo de paladines, a pesar de la gran responsabilidad que suponía. Desde su punto de vista, aquella constituía una inmejorable oportunidad para zanjar definitivamente el conflicto sin que ninguno de los suyos tuviese que derramar ni una sola gota de sangre.

Una vez tomada la decisión, Calum se dirigió nuevamente al rey germano:

—Que así sea —aceptó—. Mi elegido para el combate será el propio Murtagh.

El *godi* y Reginherat asintieron satisfechos y retornaron al grueso de su ejército. Calum hizo lo propio, mientras el general aguardaba la llegada de su rival en mitad de la llanura.

A los pocos minutos, un guerrero emergió de las filas germanas y se dirigió al lugar previsto para el encuentro. Murtagh le calibró con la mirada. Los teutones habían elegido como campeón un muchacho alto y robusto, bastante más joven de lo que cabría esperar para protagonizar un duelo tan decisivo como aquel. A su edad, era difícil que hubiese podido desarrollar un sobresaliente manejo de la espada, el cual solo se adquiría con la experiencia.

—Mi nombre es Lothair —pronunció con voz confiada.

Murtagh apreció la información. Si le iba a quitar la vida, agradecía conocer su identidad. En las guerras, el honor también jugaba un papel fundamental.

—Y el mío es Murtagh. Aunque para desgracia de los tuyos, seguramente ya habrás oído hablar de mí.

Ambos contendientes alzaron sus espadas y se retaron en silencio. Había llegado la hora de la verdad.

La noticia de que los reyes habían decidido solventar la contienda mediante una lucha individual se propagó a toda prisa entre las tropas. Los ejércitos rompieron la disciplina de filas y cada uno de ellos comenzó a jalear a su propio candidato.

—Después de todo, hoy tampoco lucharemos —se lamentó Ewyn.

—Quizás sea lo mejor —repuso Derrien—. Puede que así lo haya querido la Divinidad.

Tras estudiarse durante medio minuto, y viendo que su contrincante no tomaba la iniciativa, Murtagh lanzó el primer ataque. Las espadas chocaron en el aire, provocando el característico sonido metálico que anticipaba una pelea a muerte. El primer intercambio de golpes no les sirvió más que para medirse las fuerzas, pero a este le siguieron unos cuantos más. Murtagh apreció enseguida que la pericia de Lothair no era tan buena como debiera, y que su corpulencia no le bastaba para compensar su falta de técnica con la espada. Aunque era cierto que se defendía con solvencia, contrarrestando o esquivando todos sus golpes sin importar el ángulo del que vinieran, en el terreno ofensivo mostraba grandes carencias, y ya desde los primeros compases advirtió que Lothair no hacía el menor intento por atacarle, pese a haber tenido varias oportunidades de hacerlo.

Así pues, Murtagh manejaba el combate a su antojo y tan solo esperaba un error de su rival para poder ponerle fin. Sin embargo, Lothair exhibía una confianza tal, que le permitía seguir en pie, resistiendo un envite tras otro. Un fuego llameante centelleaba en sus ojos, como si le brotase de muy dentro y alimentase su valor. Fue entonces cuando, tras un fuerte mandoble, Murtagh sintió que su espada vibraba con excesiva brusquedad, al tiempo que un extraño sonido emanaba de la hoja. ¡Su arma estaba a punto de quebrarse!

Murtagh retrocedió un paso, incapaz de comprender cómo la más dura y resistente aleación de bronce fabricada por Teyrnon se tronchaba entre sus manos como si fuese de madera. Lothair aprovechó el desconcierto de su enemigo para contraatacar como no lo había hecho hasta ahora. Murtagh logró reaccionar a tiempo, pero su espada no soportó más allá de dos sacudidas. Al tercer embate se partió por la base, como una vulgar rama que se hubiese tronchado como consecuencia de un golpe de viento. El general celta no daba crédito. ¡¿De qué diablos estaba hecha el arma del germano?!

El bando de los celtas nóricos enmudeció. El gran general Murtagh, protagonista hasta la fecha de incontables hazañas bélicas, estaba a punto de sufrir una derrota de consecuencias fatales para todos ellos. Calum lamentó entonces haber aceptado el duelo de paladines propuesto por Reginherat, cuyo *godi* parecía haber previsto el desafortunado incidente que dejaba a Murtagh a los pies de su enemigo.

En el extremo opuesto de la llanura, los guerreros teutones se desgañitaban animando a su candidato, cuya victoria ya casi podían paladear. El *godi* esbozó de nuevo una diabólica sonrisa que armonizaba a la perfección con sus penetrantes ojos negros, desprovistos de toda humanidad.

Ni unos ni otros se perdían detalle de la lucha que acontecía en el centro de la explanada.

Murtagh arrojó su espada mutilada al suelo porque ya no le era de utilidad, y echó mano del escudo para defenderse de los golpes que Lothair le asestaba cada vez con más contundencia. Aun sabiendo que tenía la batalla perdida, opondría resistencia hasta el mismísimo final. Murtagh aceptaba la muerte como parte de la vida, pero sentía que su partida hacia el Otro Mundo no podía llegar en peor momento, pues no solo implicaría dejar huérfana a Brianna, sino también a todo su pueblo, del que tantas veces se había erigido en su salvador.

El general celta seguía retrocediendo, encajando las embestidas de su rival, cuando atisbó una remota posibilidad de poder igualar las fuerzas: Lothair se había confiado, descuidando ligeramente su defensa. Murtagh no perdía nada por intentarlo y, tras detener con su escudo el enésimo mandoble del germano, extendió la mano que tenía libre y le asió por la muñeca, con idea de hacerle soltar la espada. Forcejearon solo durante un instante, pues Lothair reaccionó con premura y empleó su escudo para endosarle a Murtagh un brutal golpe en la cara.

El general cayó de espaldas, quedando a merced de su rival.

Lothair no quiso desaprovechar la oportunidad y descargó el arma sobre su enemigo, decidido a sentenciar de una vez por todas aquel duelo a muerte, pero Murtagh reaccionó en el último momento: tras rodar sobre sí mismo, logró esquivar la estocada final. Al tratar de ponerse en pie, sin embargo, ya no tuvo tanta suerte. Lothair le asestó un tajo que le abrió el estómago de medio a medio, causándole un irreparable destrozo en las entrañas. Murtagh cayó de rodillas y fijó su mirada en el cielo, sintiendo la llamada de la muerte atraerle lentamente. El teutón le volvió a atacar, y la punta de su arma salió por su espalda. Los últimos pensamientos de Murtagh fueron para su tribu, sus seres más queridos y la tierra que le había visto crecer.

El joven Lothair extrajo su espada del cuerpo sin vida de Murtagh y la elevó al cielo en señal de victoria. De la hoja aún chorreaba la sangre del general celta, espesa y pegajosa como la resina de abedul. Los vítores y aclamaciones de los germanos eran audibles desde el valle hasta la cordillera.

Calum, completamente abatido, sentía aquella derrota como si la hubiese sufrido él mismo. Por primera vez en la historia, los celtas nóricos perderían el control de sus preciadas minas de sal.

Abatido, el rey celta se disponía a desplazarse hasta el centro de la explanada para parlamentar de nuevo con Reginherat, cuando los acontecimientos dieron un giro inesperado: el ejército contrario, formando un sólido bloque, se había lanzado a la carrera con órdenes de atacar. Calum estaba desconcertado. ¿Por qué Reginherat había dado semejante consigna habiendo salido vencedores del duelo a muerte? Ya no había necesidad de una confrontación en el campo de batalla. ¿Qué pretendían demostrar?

Sea como fuere, Calum vio en aquel asalto una oportunidad que ya creía perdida. Reginherat iba a pagar muy cara su osadía. Sus hombres responderían al ataque y vengarían la muerte del general.

—¡Preparaos para luchar! —gritó mientras reordenaba a su ejército—. ¡Y no dejéis a nadie con vida! Hoy no haremos prisioneros. ¡¡Por Murtagh!!

Los celtas vociferaron al unísono y se abalanzaron sobre sus enemigos. La tierra retumbó cuando se produjo el choque entre ambas tropas.

Celtas y germanos cayeron los unos sobre los otros entre exclamaciones y gruñidos. El aire se llenó del silbido de las lanzas, cuyos impactos causaron las primeras bajas de aquella lucha encarnizada, antes incluso de que tuviesen lugar los primeros enfrentamientos cuerpo a cuerpo.

A Derrien le bastaron tres golpes para acabar con su primer rival. En mitad de la refriega, enseguida se dio cuenta de que los dilemas morales no tenían cabida. La guerra se reducía a morir o matar, sin tiempo para el remordimiento o la duda. Ewyn, mientras tanto, se había enzarzado en un igualado combate cuerpo a cuerpo, que solo logró resolver tras aprovechar un desafortunado tropiezo de su enemigo.

Las hordas germanas parecían luchar como poseídas por una exaltación especial, por lo que no tardaron en inclinar el curso de la batalla de su lado. No obstante, los celtas nóricos se sobrepusieron a la conmoción inicial y tan pronto se emplearon con su intrepidez habitual, consiguieron darle la vuelta a la situación. Nada extraño teniendo en cuenta que los últimos combates se habían saldado de la misma manera…

… Hasta que entró en juego un factor con el que nadie había contado, pese al inmediato precedente que todos acababan de presenciar.

Calum, que se había retirado a posiciones de retaguardia desde donde transmitir las órdenes oportunas según el devenir de la contienda, parpadeó varias veces seguidas, recelando de lo que sus ojos se empeñaban en mostrarle. En su larga carrera militar jamás había sido testigo de un hecho ni remotamente parecido: las espadas de sus hombres se partían en pedazos cuando acumulaban un prolongado intercambio de golpes con las de sus adversarios, poseedoras de una dureza muchísimo mayor. Lo que le había ocurrido a Murtagh, por tanto, no había sido causalidad, ni tampoco respondía a un caso aislado. Todos sus guerreros acababan siendo víctimas tarde o temprano del mismo problema que había condenado al gran general. Calum comprendió entonces que Reginherat lo tenía todo calculado. Lo que el rey germano había pretendido desde un principio era humillarles, valiéndose de la incontestable superioridad de sus armas. Y el plan les estaba funcionando a la perfección, pues los germanos habían logrado en muy poco tiempo corregir el rumbo de la batalla.

Inmersos en el fragor del combate, muy pocos guerreros celtas reparaban en el insólito hecho que estaba teniendo lugar hasta que ya era demasiado tarde. Ewyn, sin embargo, logró darse cuenta a tiempo, y enseguida sustituyó su maltrecha espada por la de un enemigo al que acababa de abatir. Derrien, por su parte, precisaba de tan pocos golpes para deshacerse de un rival, que su espada todavía no acusaba un gran desgaste. El coloso celta semejaba un torbellino que arrasaba con cualquiera que osara plantarse frente a él.

Pero el coraje de un puñado de guerreros celtas no bastaba para contener a un pujante ejército germano, que ya les superaba claramente en número y fuerzas. Los cadáveres comenzaban a amontonarse en la explanada y la contienda ya cobraba tintes de convertirse en la peor matanza que los celtas nóricos hubiesen conocido.

Calum no tuvo más remedio que ordenar la retirada de sus tropas, para no continuar asistiendo a su progresiva aniquilación. No se trataba de una cuestión de cobardía, sino de pura supervivencia. Se hicieron sonar los cuernos y el potente aullido de los instrumentos de viento puso sobre aviso a los guerreros celtas que todavía quedaban sobre el terreno. Ewyn no lo dudó un segundo. Tras alejarse unos pasos del guerrero que tenía enfrente, echó a correr con las escasas fuerzas que aún le sostenían en pie, y muchos otros compañeros de filas le imitaron sin volver la vista atrás.

Por órdenes de Reginherat, los germanos ni siquiera se molestaron en perseguir a los que se batían en retirada. La victoria había sido lo suficientemente contundente como para que los celtas hubiesen captado el mensaje que les pretendía hacer llegar.

Sin embargo, para cuando Derrien escuchó el bramar de los cuernos, ya era demasiado tarde para él. Rodeado de varios enemigos y con la hoja de su espada a punto de sucumbir, se dio cuenta de que no tenía escapatoria. El joven miró a su alrededor y, al comprobar que los germanos estaban haciendo prisioneros, arrojó su arma al suelo y levantó los brazos en señal de rendición.

El regreso de las tropas celtas que habían sobrevivido a la batalla coincidió con la caída de una suave llovizna que remojaba sus corazones.

El rey Calum atravesó las puertas del poblado a lomos de su caballo, seguido tan solo por la mitad de los hombres que habían partido con él. Los habitantes de Hallein buscaban con ansiedad a los suyos entre los recién llegados, temerosos de que no se contaran entre los supervivientes. En aquella ocasión no hubo espacio para las habituales celebraciones y banquetes. En vez de eso, un lacerante dolor comenzó a extenderse por las calles como si un torrente de agua hubiese inundado la ciudad.

Se barruntaban tiempos sombríos, algo que ni los más ancianos del lugar podían recordar.

Eoghan acudió a recibir a su hermano arrastrando penosamente sus muletas de madera. Su rostro se había transformado en una máscara de horror e incredulidad.

—¡Por la madre Dana y el padre Lugh! —exclamó—. ¿Qué es lo que ha ocurrido? ¿Cómo hemos podido sufrir una derrota tan severa?

—Sus espadas… —murmuró Calum—. Las malditas espadas de los germanos eran tan duras que las nuestras se quebraban tras soportar un prolongado intercambio de golpes.

—Pero… eso es imposible —protestó el mercader—. Nadie trabaja el metal como Teyrnon. ¡Y menos aún esos miserables bárbaros!

Calum se encogió de hombros en un claro gesto de incomprensión.

—Los druidas tenían razón —repuso—. Tendríamos que haber evitado la guerra al precio que fuera. Verdaderamente, los dioses germanos han intercedido en favor de su pueblo.

Eoghan guardó silencio durante unos largos segundos, incapaz de rebatir aquella afirmación.

—¿Y qué ocurrirá con las minas de sal? —dijo al fin.

—He ordenado que las abandonen de inmediato. Más vale que no quede nadie allí para cuando los germanos se apoderen de ellas.

A continuación apareció Meriadec, que se cubría con la capucha para resguardarse de la lluvia. El druida jefe se solidarizó con Calum y evitó efectuarle el menor reproche. De nada le habría servido hurgar en la herida.

—Acompañadme. —Calum solicitó la atención de sus dos consejeros—. Debo hablar con la única persona capaz de arrojar algo de luz sobre el asunto.

El trío se adentró en el poblado sin intercambiar una sola palabra con nadie durante el trayecto. La lluvia arreció, como si el cielo llorase por los muertos de la batalla, descargando un océano de lágrimas sucias sobre los vivos. En pocos minutos, las calles se convirtieron en un barrizal.

Hallaron a Teyrnon en su taller, aunque el horno estaba apagado y la forja silenciosa, y no se oía el repicar del martillo sobre el yunque. El herrero ya tenía constancia de que Derrien no se encontraba entre los guerreros retornados, y se había ocultado allí para recomponerse de aquel revés. Su pecho se agitaba arriba y abajo, pero de sus ojos no brotaba lágrima alguna, fiel a su creencia de que un verdadero hombre nunca debía llorar. La llegada de los visitantes le sorprendió meditando sobre cómo iba a decírselo a su esposa, pues sabía que la noticia la sumiría en una profunda depresión.

El rey posó sus manos sobre los hombros del herrero, que requirió de un gran esfuerzo para sobreponerse a la tristeza que le oprimía el corazón.

—Teyrnon…

—Mañana quiero ir al Valle de los Espíritus para recuperar el cuerpo de mi hijo —le interrumpió—. Quiero que Derrien tenga el funeral que se merece.

—De eso precisamente quería hablarte —explicó Calum—. El campo de batalla está sembrado de cadáveres, pero el de tu hijo no es uno de ellos.

—¿Cómo?

—Así es. Los germanos perpetraron una masacre, pero cuando ya la tenían ganada se dedicaron a hacer prisioneros.

—¿Derrien, prisionero?

—Yo mismo vi cómo se lo llevaban con mis propios ojos.

Teyrnon parecía confundido.

—¿Y qué harán con él?

—No te voy a mentir —contestó Calum—. Lo más probable es que le sacrifiquen en honor a sus dioses, o puede que le conviertan en esclavo. Después de todo, van a necesitar mano de obra para explotar las minas de sal.

Teyrnon clavó la vista en el suelo, preguntándose qué había hecho para merecer un destino tan cruel. En un brevísimo espacio de tiempo, uno de sus hijos había sido desterrado, y el otro había sido apresado por sus enemigos más acérrimos. De hecho, ambos podían estar muertos a aquellas alturas sin que él lo supiera.

Calum le concedió unos minutos para que se hiciese a la idea antes de sacar el tema que le había llevado hasta allí.

—¿Te han contado ya el motivo de nuestra incontestable derrota? —inquirió.

Teyrnon se revolvió incómodo ante las palabras de su rey, herido en su orgullo.

—Conozco lo sucedido —replicó—, pero te aseguro que la calidad de mis espadas era idéntica a la de siempre.

—Cálmate —intervino Meriadec en tono apaciguador—. No te estamos juzgando.

—He traído esta espada germana conmigo —anunció Calum, que sostenía entre sus manos el ejemplar del que Ewyn se había apoderado durante la batalla—. Quiero que la examines.

Teyrnon la tomó entre sus manos con suma delicadeza. La hoja era plateada, aunque aquello no significaba nada. Él mismo podía otorgarle al bronce un tono más dorado o más argenta, en función de la proporción de estaño que usara en la aleación. La palpó y deslizó sus dedos por el metal, sin ocultar la admiración que le produjo el acabado de aquella espada.

—No es de bronce… —murmuró—. De eso no hay duda.

—Pero… no puede ser —terció Eoghan, tan sorprendido como el herrero.

Teyrnon le ignoró y, entregado por entero a aquella tarea, sometió la espada a distintas pruebas de resistencia, dureza y elasticidad, aplicando sobre ella algunas de las herramientas que tenía en el taller.

—Es de hierro —concluyó al fin, aunque aquella revelación planteaba aún más dudas de las que pretendía resolver. La metalurgia de la época estaba muy lejos de desentrañar los secretos de aquel mineral, y Teyrnon estaba convencido de que nadie poseía los conocimientos necesarios para alcanzar su dominio. Él mismo había dedicado buena parte de su vida a experimentar con el hierro, arrojando como resultado un balance extremadamente pobre. Las piezas obtenidas eran demasiado blandas, o bien quebradizas e inconsistentes; en definitiva, de escasa o nula utilidad.

—¿Estás seguro de eso? —cuestionó Calum.

—Lo sé. Yo tampoco me lo explico. La tradición de los germanos en el trabajo de los metales jamás ha sido tan rica como la nuestra.

Meriadec alzó entonces su bastón de fresno para reclamar la palabra.

—¿Por qué os parece tan extraño? ¿Acaso no os advertí acerca del despertar de los dioses germanos? Desde que les fuese enviada la Piedra del Cielo, no hemos dejado de especular acerca su significado. Pues bien, ahora ya sabemos en qué consiste dicho poder.

5

Casi toda la población de Hallein había acudido al funeral del gran general Murtagh, bajo un cielo calcinado y cuarteado en pedazos por la tinta grisácea que precedía al amanecer. La necrópolis, situada en la zona baja de la vega, se había levantado en la otra orilla del río, pues para los celtas la corriente de agua que separaba ambos márgenes simbolizaba la división entre el mundo de los vivos y de los muertos.

El cuerpo sin vida de Murtagh reposaba sobre una enorme pira a la que Eboros se ocupaba de darle los últimos retoques. El druida sacrificador aseguró los leños que conformaban la base de la misma, y después prendió algunas astillas para hacer brotar las primeras llamas. Coincidiendo con el alba, Meriadec anunció formalmente el inicio del ritual. El fuego purificador proyectaba sobre el contorno del druida jefe un suave resplandor cobrizo que realzaba su relampagueante silueta. Meriadec, con voz potente, lanzó al aire una serie de plegarias, al tiempo que una espesa y ensortijada humareda comenzaba a elevarse acunada por la brisa.

Ducarius atendía al acto con sumo interés. En tierras helvecias no se tenía por costumbre cremar a los difuntos, y deseaba conocer con precisión los detalles de la ceremonia.

El rey encabezaba la presencia en primera fila de la aristocracia guerrera. Calum era consciente de lo mucho que la pérdida de Murtagh afectaría a la moral de su pueblo. La ausencia de su gran general, que hasta la fecha les había protegido de cualquier amenaza externa, les haría sentirse indefensos y les había desprovisto de esa referencia heroica tan necesaria en tiempos convulsos. No obstante, todos sabían que no se le podía achacar a Murtagh la derrota que había sufrido en el duelo de paladines. La calidad de su espada había demostrado ser muy inferior a la de su adversario, circunstancia que se había reproducido a gran escala después, durante el combate que había enfrentado a ambos ejércitos. Sin embargo, aquel suceso sí que había perjudicado a Teyrnon, cuya reputación como herrero había quedado ligeramente en entredicho.

Brianna lloraba de forma desconsolada, mientras recibía las condolencias de unos y otros entre convulsiones y sollozos. La sostenía su rígida tía Ardena, que estaba emparentada con ella por vía paterna y que había asumido la responsabilidad de velar por ella tras el trágico suceso. La joven apenas había comido nada desde que recibiese la noticia, y había llorado tanto que no entendía cómo aún le quedaban lágrimas que verter. A lo largo del último año, Brianna había perdido a su madre por culpa de unas fiebres, a su mejor amiga —a la que consideraba como a una hermana— a manos de un meticuloso y escurridizo asesino al que apodaban «el Verdugo», y ahora también a su padre, caído en el campo de batalla.

Brianna, incapaz de contemplar cómo el cuerpo de su progenitor se consumía entre las llamas, mantenía la cabeza gacha y la mirada apuntando al suelo. El cadáver crepitaba y un desagradable olor a carne quemada viciaba el ambiente. Los druidas se distribuyeron alrededor de la pira y, tras conformar una circunferencia perfecta, entonaron la canción del sol mientras el astro se elevaba majestuosamente sobre la línea del horizonte.

Cuando el fuego se extinguió, y tras dejar que se enfriaran los restos, Eboros se ocupó de recoger las cenizas y los fragmentos de hueso, que metió en una urna. La comitiva se desplazó entonces hacia el lugar donde se llevaría a cabo el enterramiento. La fosa consistía en una cámara funeraria de madera que se había dispuesto previamente bajo el suelo, y en cuyo interior no solo se depositaría la urna, sino también todo el ajuar del difunto.

Eoghan tampoco había faltado a la cita, aunque sus pensamientos discurrían por derroteros muy distintos. Al mercader le preocupaba terriblemente la pérdida de las minas de sal, pues su gestión le reportaba cada año una enorme cantidad de riquezas. ¿Cómo mantendría a partir de ahora su elevado nivel de vida? ¿Tendría que reducir su nómina de sirvientes y prescindir de sus habituales lujos? Todo ello sin contar su particular afición por las niñas pequeñas, que los comerciantes griegos ponían a su disposición a precios cada vez más prohibitivos. De una forma u otra, Eoghan tendría que reinventarse y lanzarse a comerciar con nuevos recursos que le proporcionasen beneficios similares, aunque aquello le supusiese un esfuerzo mayor.

Con gran solemnidad, Meriadec colocó la urna con las cenizas de Murtagh en la cámara subterránea, junto a una gran variedad de objetos que el difunto precisaría en la otra vida: adornos personales, armas de guerra, los arreos de su caballo, así como un inmenso caldero y un amplio surtido de cuernos para la bebida. Solo los representantes de alto estatus tenían derecho a ser enterrados con semejante grado de pompa y ostentación. Finalmente, cubrieron la tumba de tierra hasta crear un voluminoso túmulo, cuya ubicación quedaría señalada mediante una estela de piedra.

A lo largo de toda la ceremonia, Cedric había permanecido a escasos metros de Brianna, aparentando formar parte de su círculo más cercano. En dos o tres ocasiones, incluso, no dudó en rodearla con el brazo para ofrecerle su consuelo.

Su actitud respondía, naturalmente, al nuevo plan que había improvisado varios días atrás.

En cuanto se hubo deshecho de Serbal, Cedric volvió a acercarse a Brianna con la suficiente sutileza como para no despertar su recelo. Sin embargo, la repentina muerte de Murtagh dio un completo giro a la situación. Brianna se sumió de inmediato en un pozo de dolor, que Cedric vio como una oportunidad única para conseguir lo que quería. El muchacho se pegó a Brianna desde el primer momento, dando a entender entre sus familiares, por su forma de comportarse, aunque sin afirmarlo jamás de forma explícita, que entre ambos existía una relación de tipo sentimental. Cedric no se separaba de ella, la consolaba a todas horas, al mismo tiempo que fingía sentir un gran dolor por la muerte de Murtagh.

Brianna se sentía tan afligida que apenas se percataba de lo que sucedía a su alrededor, por lo que no receló en ningún momento de las atenciones de Cedric. Ardena, por su parte, estaba tan encantada con la idea de que el hijo del rey cortejase a su sobrina, que incluso ella se encargó de alimentar aquella suposición. Desde su punto de vista, aquella unión no solo beneficiaría a Brianna, sino también a ella misma, si finalmente llegaba a emparentarse con la familia del máximo mandatario de la tribu.

El plan de Cedric era tosco pero sencillo: por un lado, tenía que aprovecharse de la debilidad de su amada, mientras fuese vulnerable, para intentar abrirse un hueco en su corazón, y por otro, debía ganarse a su familia, con el fin de asegurarse su apoyo cuando llegase el momento de la verdad.

El éxito de su misión dependía ahora de su constancia, de su audacia, y de cómo manejase el tiempo, sabiendo que a partir de entonces este correría a su favor.

6

Derrien fue hecho prisionero junto a una veintena de guerreros más.

Los germanos les maniataron y les amarraron entre sí, obligándoles a desplazarse en fila de a uno. Durante el trayecto, además de estar sometidos a una estrecha vigilancia, les conminaron a mantener la cabeza gacha y la boca cerrada. Sus guardianes les insultaban y se burlaban de ellos, pero Derrien no se inmutó, consciente de que aquello formaba parte del precio de la derrota. La incertidumbre era mucho peor. ¿Qué futuro le esperaba, si es que tenía alguno? Esta duda le perturbó durante sus primeras horas de cautiverio, hasta que fue testigo de cómo le quitaban la vida a uno de sus compañeros solo porque no podía seguir el ritmo de los demás. A partir de ese momento comprendió que no tenía sentido preocuparse por su destino, y se limitó a aceptar con resignación lo que los germanos decidiesen hacer con él.

A escasa distancia del poblado germano, Reginherat y el *godi* mantuvieron una conversación en voz baja, mientras hacían esperar a los detenidos. A la mayoría de ellos les destinarían de por vida a las minas de sal, salvo unos cuantos, que serían sacrificados en una solemne ceremonia en honor a sus deidades. De haber podido elegir, casi todos habrían preferido la muerte por encima de la esclavitud. Los celtas no tenían miedo a morir; ahora bien, perder la libertad les aterrorizaba tanto como a un lobo perder sus colmillos.

Los guerreros germanos dispusieron a los prisioneros frente al *godi*, para que este escogiera al puñado de ellos que utilizaría para su ritual. Derrien y sus compañeros pensaron que los más fuertes serían enviados a las minas, mientras que los menos dotados servirían como candidatos para el sacrificio religioso. Sin embargo, sucedió justo al revés: el *godi* se reservó los mejores hombres para honrar a sus dioses como era debido.

Por descontado, Derrien figuraba entre los elegidos.

Así pues, media docena de prisioneros fueron separados del resto y conducidos a una cabaña situada en el poblado principal. Allí permanecerían hasta que se celebrase el ritual, que no tendría lugar hasta la siguiente noche de luna llena.

La espera se convirtió en el peor de los suplicios, pues sabiendo el destino que les aguardaba, el tiempo parecía transcurrir más lento de lo normal. Les alimentaban con lo imprescindible para mantenerlos con vida y, salvo pensar, no podían hacer absolutamente nada; ni siquiera les permitían hablar entre ellos. De haber tenido la oportunidad de escapar, Derrien lo habría intentado, pero estaban atados de pies y manos, y había siempre con ellos un guardián encargado de su vigilancia. Todo cuanto podían hacer era esperar. No existía la menor opción.

Derrien repasó una y otra vez en su cabeza el desarrollo de la batalla. En los primeros compases, los celtas se habían impuesto con autoridad, pero antes o después todos acabaron padeciendo el mismo problema del que había sido víctima el gran general Murtagh: sus espadas no resistían las embestidas de sus enemigos. Derrien habría dado cualquier cosa por examinar una de aquellas armas, capaces incluso de neutralizar las soberbias hojas que salían del taller de su padre. ¿Cómo podía explicarse semejante superioridad?

Durante un tiempo, Derrien se estuvo preguntando qué habría sido de su mejor amigo. ¿Habría caído Ewyn en la batalla o se habría salvado? Felizmente, uno de sus compañeros con el que pudo intercambiar unas palabras aprovechando un relevo, le aseguró que

Ewyn estaba entre los que se había batido en retirada. La noticia le supuso un gran alivio, y una inmensa sonrisa alumbró su rostro durante el resto del día.

Por fin, tras varios días de insoportable cautiverio, los germanos arrastraron a los prisioneros fuera de la cabaña y les condujeron hasta el bosque más cercano. Todos ellos sentían las piernas tan entumecidas, que durante los primeros metros apenas si eran capaces de sostenerse en pie. Extrañamente, les guiaron a través de una vereda muy poco transitada, repleta de obstáculos en forma de rocas y arbustos, que ascendía por una cordillera empinada cuya cima se perdía entre grisáceos nubarrones. Derrien se preguntó por qué los germanos habían elegido para sus rituales un lugar tan inhóspito como inaccesible. Aunque, bien pensado, ¿qué sabía él acerca de las creencias de sus enemigos?

Recorrer aquel intrincado camino les llevó toda la tarde. Sin embargo, cuando llegaron a su destino, Derrien vio de repente que todo cobraba sentido. En la cumbre de aquella montaña se ocultaba el secreto mejor guardado de Reginherat: un gigantesco bloque de metal incrustado en la tierra, en torno al cual se desarrollaba una intensa actividad.

Bajo la tenue luz del crepúsculo, un grupo de sacerdotes situados frente a una cara del meteorito adoraba con infinita devoción aquel extraordinario objeto caído del cielo. El lado opuesto estaba tomado por un ejército de artesanos y especialistas, dedicados a extraer lascas y fragmentos de hierro que posteriormente fundían en los hornos que habían construido a tal efecto. Derrien no perdía ojo de lo que allí sucedía, mientras le empujaban para que no se detuviera, igual que al resto de sus amigos. Enseguida constató que la técnica que empleaban era extremadamente sencilla, idéntica al tratamiento del oro, uno de los pocos metales conocidos que podía hallarse nativo en la naturaleza, y que no necesitaba, por tanto, ser sometido a complejas reacciones químicas encaminadas a separar sus compuestos. Y la clave residía en que, a diferencia del hierro terrestre, que debía someterse a un riguroso proceso de reducción para separar los óxidos del mineral —procedimiento cuya correcta ejecución aún se desconocía—, el hierro meteórico ya se encontraba en su estado más puro.

Conforme anochecía, la frenética actividad metalúrgica que allí tenía lugar fue disminuyendo poco a poco para dejar paso a los preparativos de la ceremonia. Los herreros germanos silenciaron sus forjas y reemprendieron el camino de vuelta al poblado, mientras que los sacerdotes encendían varios fuegos en la zona y se ocupaban de bendecir los instrumentos que emplearían durante el acto. Un relámpago iluminó un retazo del firmamento, anunciando la presencia de una tormenta en los cielos aledaños.

El rey teutón había acudido a aquel remoto enclave situado en lo alto de la montaña, acompañado por la mayor parte de la aristocracia militar. Todos lucían sus mejores galas y portaban con orgullo las poderosas espadas confeccionadas con el material del que estaban hechas las estrellas. Reginherat venía de darse un baño de masas, y su satisfacción era total. Bajo su liderazgo se inauguraba una nueva era de bienestar y prosperidad para el pueblo germano. Pronto comenzarían a explotar las minas de sal, y toda la tribu se vería beneficiada con lo que su comercio les reportaría.

Los sacerdotes formaron un coro y el cántico que brotó de sus gargantas sirvió de preámbulo para la ceremonia. Sus voces poseían un timbre eminentemente gutural, y el salmo que entonaron en nada se parecía a las armoniosas melodías cantadas por los druidas. Al finalizar, el *godi* dio un paso al frente e inició un apasionado discurso, gesticulando con frecuencia y fijando la mayor parte del tiempo su mirada en el cielo nocturno. El rugido de los truenos lejanos ensalzaba su prédica. En una ocasión se acercó al meteorito y lo acarició con suma delicadeza, como un avaro anciano lo haría con un tesoro de incalculable valor. Derrien no entendía una sola palabra de lo que decía, pero se daba perfecta cuenta de que aquel hombre tenía un don para hipnotizar a la multitud.

Finalmente, la tormenta les alcanzó y una fuerte lluvia descargó sobre ellos. El aguacero apagó los fuegos ceremoniales y empapó a todos de pies a cabeza; sin embargo, a nadie le pareció importar. De hecho, los germanos lo tomaron como una señal de que sus dioses asistían al sagrado rito.

Al cabo de un rato, el *godi* dio el sermón por concluido y abordó la siguiente fase de la ceremonia. Tomando un afilado cuchillo entre sus manos, se desplazó lentamente hasta el lugar donde mantenían a los prisioneros retenidos y señaló a Derrien. El celta más corpulento abriría la ronda de sacrificios. El sumo sacerdote estaba seguro de que los dioses se complacerían con aquella elección.

Siguiendo sus instrucciones, un par de guerreros condujeron a Derrien hasta una piedra plana, similar a la que Eboros utilizaba para efectuar sus sacrificios de animales. Acto seguido le tendieron en ella y le desataron las manos y los pies. En aquel momento, Derrien podría haber intentado oponer resistencia pero... ¿qué habría ganado con eso, salvo retrasar lo que parecía inevitable? El joven ya se había resignado. Después de todo, aquella era una hermosa noche para morir. El fulgor de la luna llena alumbraba su alma, y el agua de lluvia le mojaba el rostro y tamborileaba sobre su piel con los dedos de una amante predilecta.

El *godi* aferró el cuchillo con las dos manos y lo alzó en el aire trazando un amplio arco, bajo la atenta mirada de Reginherat y el resto de los presentes...

Y entonces, sucedió.

Un potente rayo atraído por el hierro del meteoro cayó sobre aquel paraje perdido en las alturas.

El impacto fue tan brutal, que derribó al suelo a todos los allí reunidos. Dos guerreros murieron en el acto al ser alcanzados de lleno por aquel poderoso fenómeno de la naturaleza, mientras que a muchos otros les hirió de forma indirecta, al recibir la corriente eléctrica que se propagó a través del suelo. Sacerdotes y centinelas sufrieron graves quemaduras, así como severos traumatismos tras salir despedidos a consecuencia de la explosión. A unos cuantos les estallaron los tímpanos, como si les hubiesen hurgado con una aguja en el interior de la cabeza.

Derrien salió casi indemne del suceso. La piedra de sacrificios sobre la que se hallaba tendido le había librado de recibir una descarga, pues le había mantenido aislado del suelo. Le pitaban los oídos, pero aparte de eso, se encontraba aparentemente bien. Se incorporó sobre los codos y miró a su alrededor: todo el mundo se sentía aturdido, afectado en mayor o menor grado por la devastadora detonación...

En ese instante se dio cuenta de que disponía de una ocasión única para escapar con vida de allí.

Abandonar a sus compañeros era la decisión más difícil a la que tuvo que enfrentarse, pero sabía que si se entretenía desatándoles y ayudándoles a incorporarse, no lograría su objetivo.

Derrien se abrió paso a zancadas entre los germanos abatidos, todavía demasiado desorientados como para percatarse de lo que estaba pasando. Y cuando alguno de ellos trataba de interponerse en su camino, se lo quitaba de en medio como si espantara moscas a manotazos.

Enseguida alcanzó la linde con la arboleda y se lanzó colina abajo, apartándose del sendero trazado para huir campo a través. La oscuridad le otorgaría la cobertura que necesitaba y la lluvia borraría las huellas que dejase tras de sí. Si conseguía cruzar la frontera germana antes del amanecer, Derrien estaba convencido nada le impediría llegar sano y salvo a Hallein.

7

Después de un viaje de varias semanas que le resultó más largo de lo esperado, Serbal llegó al puerto de Massalia.

Todo comenzó el día en que fue expulsado del poblado, entre insultos y escupitajos, tras haber perdido el favor de la tribu. Poco después de su encuentro con Brianna, un hombre le abordó en el mismo sendero y, sin perder un solo segundo, le condujo hasta el embarcadero del río donde una nave extranjera le estaba esperando. El individuo, que se identificó como un sirviente de Eoghan, se limitó a decirle que su padre lo había organizado todo para que aquel barco le llevase hasta una lejana colonia griega, donde podría empezar una nueva vida.

Serbal hubiese deseado hacerle más preguntas, pero el sirviente se marchó a toda prisa, temeroso de que le viesen departiendo con el proscrito.

El barco mercante era de bandera griega, aunque afortunadamente su capitán chapurreaba algo de celta obligado por su necesidad de hacer negocios.

—Puedes subir al navío —le dijo—, pero el pasaje te lo tendrás que ganar a diario. —Entonces le presentó a un muchacho más joven que él, que se encargaría de enseñarle las diferentes tareas que habría de realizar mientras durase su travesía.

El mozuelo, llamado Christophoros, le dio la bienvenida y enseguida se ocupó de mostrarle la nave de proa a popa y de babor a estribor. Christophoros era una especie de chico para todo: limpiaba

191

la cubierta del barco, ayudaba a cargar y descargar la mercancía cuando atracaban en algún embarcadero y realizaba recados. El muchacho hacía gala de un permanente carácter risueño, gracias al cual se había granjeado la simpatía de toda la tripulación.

Serbal lo pasó mal desde el principio. Para empezar, jamás había navegado, y nada más zarpar, fue víctima de náuseas y mareos. El malestar se prolongó durante una semana, hasta que su organismo se acostumbró al vaivén del navío. Por otra parte, el idioma se convirtió en un grave problema, pues levantaba una barrera invisible que le aislaba del resto. Para ponerle remedio, Serbal procuró no despegarse de Christophoros con el fin de aprender griego a marchas forzadas. Le gustase o no, tampoco le quedaba otra opción.

Serbal trabajaba duro y, a cambio, todos los días se hacía acreedor de una ración de comida y de un austero lecho en el rincón más oscuro de la bodega. Al cabo de un tiempo, el entorno dejó de parecerle tan hostil. Serbal aprendió a arriar velas, soltar cabos y maniobrar con los remos. Sus progresos se los debía principalmente a Christophoros, que además de buen compañero era un maestro paciente. En los tiempos muertos, Serbal se inclinaba sobre la baranda del barco y se dejaba acariciar por la brisa del río. A una y otra orilla, inmensas praderas y bosques tupidos se desplazaban con extrema lentitud, a una distancia insalvable pese a su aparente cercanía. Algunas veces, el joven celta se preguntaba quién y por qué había pretendido causarle tanto mal. Sin duda, la persona que le había empujado ladera abajo, después se había encargado de depositar su fíbula al pie del árbol sagrado, para atribuirle la autoría del sacrílego crimen. Sin embargo, ningún nombre le venía a la cabeza. Serbal no tenía enemigos, ni tampoco mantenía con nadie la menor rivalidad.

El viaje transcurría despacio porque se detenían en numerosos embarcaderos para comerciar con los pueblos vecinos. Aun así, a Serbal no se le permitía cruzar la pasarela, para que nadie hiciese preguntas indiscretas acerca de la presencia de un celta en el barco griego.

Hasta que un día como otro cualquiera llegaron a su destino.

De reciente fundación, la colonia griega de Massalia había establecido numerosas rutas marítimas, fluviales y terrestres, a través de las cuales discurría un continuo intercambio de productos procedentes de la península ibérica, la Galia y el Mediterráneo oriental. Su consolidación fue tal, que en muy poco tiempo pasaron a disputarles el dominio del comercio en la zona a cartagineses y etruscos. La ciudad se convirtió también en un importante centro cultural, hasta el punto de que algunos romanos enviaban allí a sus hijos para recibir su educación.

La sola visión del puerto ya le causó a Serbal una gran impresión. Un enjambre de navíos estaban atracados en el muelle, en el que se llevaba a cabo una efervescente labor de carga y descarga de todo tipo de bienes y productos. Numeroso almacenes se arracimaban en torno al puerto, como el musgo adherido a la superficie de una roca.

—Yo he cumplido con mi compromiso —le dijo el capitán en cuanto echaron amarras—. A partir de ahora deberás seguir tu propio camino.

Serbal abandonó la nave, pero lejos de sentirse aliviado cuando pisó tierra firme de nuevo, lo que le invadió fue un miedo atroz. ¿Cómo le acogerían en aquella población extranjera? ¿Qué haría para sobrevivir? Serbal se giró y distinguió a Christophoros agitando la mano en señal de despedida. Una profunda sensación de soledad le sacudió el corazón.

Sin tiempo para lamentarse, Serbal decidió dejar atrás el puerto y adentrarse en la urbe. Las calles, estrechas y sinuosas, no parecían responder a un trazado definido. Las casas, hechas de madera y adobe, se apelotonaban unas contra otras, como luchando por el escaso espacio que había en la zona centro de la ciudad. Por el contrario, los templos estaban construidos en piedra y se erguían sobre elevadas columnas rematadas por sobrios capiteles. Aquellas excelsas estructuras provocaron en Serbal una honda impresión. Pese a ello, le fue imposible entender cómo los griegos podían recluir a sus dioses en el interior de un edificio.

El joven prosiguió su exploración de la próspera Massalia hasta dar con el mercado. Los suculentos manjares que allí se exhibían despertaron su apetito. En ese instante, Serbal fue más consciente que nunca de que ni siquiera podía llevarse a la boca una sencilla hogaza de pan. Aunque los celtas practicaban el trueque, Christophoros le había explicado que en las colonias griegas se había introducido una nueva forma de pago, consistente en pequeñas piezas de metal a las cuales se les asignaba un determinado valor. Aquellas monedas, como así se las denominaba, podían intercambiarse por cualquier tipo de producto o servicio. Sus bolsillos, sin embargo, se encontraban tan vacíos como un pozo sin fondo.

Serbal posó entonces la mirada en una muchacha de rasgos exóticos que le llamó poderosamente la atención. La joven, de piel aceitunada y ojos almendrados, difería bastante de la apariencia típica de la mujer griega, y venía a confirmar la fama de cosmopolita que la colonia se había ganado. Vestía un quitón de mangas cortas ajustado al talle, con varias joyas cosidas a los pliegues. La muchacha se detuvo ante un puesto de quesos y, tras señalar el de mejor aspecto, sacó una pequeña bolsa de tela en la que guardaba su dinero. Serbal siguió atentamente la transacción, y tuvo ocasión de atisbar por vez primera las monedas griegas a las que Christophoros se había referido.

Todo transcurrió con normalidad, hasta que un transeúnte golpeó accidentalmente el codo de la muchacha en el momento en que se disponía a pagar, provocando que unas cuantas monedas de la bolsa se le cayesen al suelo. Una de ellas salió rodando y fue a detenerse a los pies de Serbal, que la pisó casi en un acto reflejo con intención de hacerla desaparecer. Si se hacía con aquella pieza de metal, podría obtener algo de comida y quizás también alojamiento.

La muchacha recogió las monedas una a una, salvo la que Serbal ocultaba bajo el talón, y después se perdió entre el gentío caminando plácidamente. Solo entonces Serbal se agachó y recogió el dracma del suelo. Acuñado en plata, mostraba en su anverso el dios patrono de la ciudad y en el reverso, la cabeza de un león. La moneda ofrecía un acabado bastante pulcro, si bien presentaba varias imperfecciones que su padre jamás habría tolerado si el trabajo se lo hubiesen encargado a él.

Lamentablemente, la satisfacción de Serbal se volvió rápidamente en su contra. ¿Qué estaba haciendo? Aunque no lo hubiese planificado, lo que acababa de hacer tenía un nombre muy claro: robar. Y ni siquiera su precaria situación justificaba tal acto. ¿Tan pronto se había olvidado de los principios que debían regir su moral de acuerdo con la doctrina de los druidas?

Invadido por un fuerte sentimiento de culpa, Serbal alzó la cabeza tratando de localizar a la muchacha entre la multitud. Ya no la veía por ningún sitio, pero lejos de desanimarse por ello, decidió recorrerse por completo la plaza del mercado. Cuando ya iba a darse por vencido, vislumbró su silueta metiéndose por una angosta callejuela.

Serbal fue detrás de ella, a pesar de que el laberíntico entramado de calles en el que se había metido dificultaba su labor. Cada vez que se acercaba, la muchacha doblaba una esquina y durante algunos segundos la perdía de vista. La siguió como pudo, hasta llegar a un callejón en el cual se convirtió en testigo de un suceso completamente inesperado: un individuo salido de ninguna parte se abalanzó sobre la muchacha, pugnando por arrebatarle la bolsa del dinero.

Serbal miró a su alrededor, pero allí no había nadie más que él. Evidentemente, el bandido sabía elegir muy bien los lugares donde asaltar a sus víctimas. Como la muchacha oponía más resistencia de la esperada, el tipo no dudó en emplear la violencia y la pegó con el antebrazo, pero la joven no cedió un ápice y aferraba la bolsa como si le fuese la vida en ello.

Serbal calibró la situación. El asaltante era agresivo y bastante más corpulento que él, por lo que el sentido común dictaba mantenerse al margen del suceso. Sin embargo, el fogoso espíritu celta pesó más que su buen juicio a la hora de tomar una decisión, y tomando carrerilla, Serbal se arrojó sobre el bandido, yendo los dos a parar al suelo.

El individuo se quitó de encima a Serbal con relativa facilidad y contraatacó descargando una lluvia de puñetazos sobre su rostro. La muchacha, mientras tanto, aprovechó la ocasión para gritar pidiendo auxilio. Serbal se protegía la cara a duras penas, y menos aún podía devolver los golpes. Su exceso de ímpetu ya comenzaba a costarle caro, cuando la refriega cesó de repente: los alaridos de la chica habían llamado la atención de los viandantes, obligando al asaltante a emprender la fuga de forma precipitada.

Serbal se apoyó sobre los codos, notando el férrico sabor de su propia sangre en la boca. El ojo comenzaba a hinchársele y tenía un labio partido en dos.

—¿Estás bien? —El griego de la muchacha, que lucía un feo moretón en la mejilla, sonaba tan poco ducho como el suyo.

—Sí —murmuró Serbal.

—Te agradezco mucho tu ayuda —añadió la chica—. Me llamo Fadilah. Si me acompañas, me ocuparé de curarte las heridas. Es lo menos que puedo hacer por ti.

Serbal se dejó guiar por Fadilah mientras le contaba resumidamente su historia. Aún tenía que mejorar bastante el idioma, pero el griego que había aprendido de Christophoros le bastaba por ahora para hacerse entender. Poco después se internaron en el barrio de los artesanos, hasta detenerse ante un amplio establecimiento que Serbal reconoció enseguida. El inconfundible olor del mineral candente, unido al característico sonido metálico de un constante martilleo, le reveló que se encontraba ante un taller similar al de Teyrnon.

—Es de mi padre —aclaró Fadilah—. Espera un momento afuera, por favor.

La joven despareció en el interior del establecimiento, para regresar al cabo de unos minutos con un paño y un cuenco lleno de agua.

—Deja que te limpie las heridas.

Serbal dio un respingo al sentir el contacto del lino sobre su piel, pero soportó con entereza los cuidados de la muchacha.

—¿Tu padre es herrero? —le preguntó.

—El mejor de toda Massalia —replicó—. Y eso que todavía no lleva mucho tiempo aquí.

Fadilah acabó de limpiarle las magulladuras y le entregó el paño a Serbal para que lo mantuviera apretado contra su labio inferior.

—Acompáñame adentro —señaló—. Mi padre desea conocerte.

El golpe de calor que recibió al pasar no le cogió desprevenido. Serbal no podía estar más acostumbrado a un ambiente como aquel. Sí le sorprendió, en cambio, la intensa actividad que allí se desarrollaba. El establecimiento era tremendamente amplio. Había tres hornos a pleno rendimiento y otras tantas fraguas, operadas por no menos de cinco artesanos. A diferencia de la forja de su padre, aquel parecía ser un taller de producción en masa, dedicado también a la orfebrería, y a juzgar por lo que veía, no les faltaban encargos.

Serbal cruzó el recinto con sumo interés, y salió a un patio trasero donde se almacenaba el carbón, la leña, así como generosas provisiones de mineral: además de cobre, plomo y estaño, había una reserva de abundante hierro. Aquello le resultó muy extraño, hasta que se fijó en varias armas e instrumentos apoyados en la pared hechos a partir de aquel complejo material. Serbal examinó una daga de hierro y, tras realizar una serie de comprobaciones básicas, concluyó que rozaba la perfección. ¿Cómo podía ser aquello posible si todos los intentos de su padre de trabajar el hierro habían acabado en fracaso?

—Sí, es de hierro —aseveró una voz ronca y poderosa situada detrás de él.

Serbal se dio la vuelta y se topó con un hombre de planta recia y rasgos similares a los de Fadilah. Desde hacía un tiempo, en tierras de Asia Menor se había desarrollado un procedimiento para extraer hierro de sus minerales, conocimiento que ya había comenzado a extenderse por el área del Egeo. El padre de Fadilah, de origen palestino, atesoraba dicho conocimiento, y había decidido instalarse en la floreciente Massalia para hacer fortuna a costa de aquel revolucionario descubrimiento.

—El hierro es mucho más duro y resistente que el bronce —afirmó— y muy pronto, la gran mayoría de las armas y herramientas se fabricarán con este mineral.

El pensamiento de Serbal voló inevitablemente hacia Teyrnon: él habría dado lo que fuera por pisar aquel taller y aprender las innovadoras técnicas metalúrgicas que allí se ejercían.

—Esto es para ti —dijo el palestino tendiéndole una pequeña bolsa de tela—. En agradecimiento por haber salvado a mi hija.

La bolsa contenía un buen puñado de monedas. Seguramente las suficientes como para no tener que preocuparse por su situación económica durante una buena temporada. Pese a todo, aquello no dejaba de ser una solución temporal.

—Gracias, señor —repuso—, pero no quiero el dinero.

—¿Estás seguro? Mi hija me ha advertido acerca de la precariedad de tu situación.

—Y no se equivoca. Por eso mismo, sí que le pediría a cambio un puesto de trabajo en su taller. —En sus circunstancias, Serbal sabía que aquella podía constituir la manera más práctica de asegurarse un futuro a medio y largo plazo.

El palestino le escrutó con curiosidad. Se sentía en deuda con Serbal, pero no se encontraba en disposición de admitir a un nuevo aprendiz.

—Me gustaría —se excusó—. Por desgracia ni siquiera tengo tiempo para enseñar apropiadamente a los artesanos que ya tengo a mi cargo.

Serbal no pensaba darse tan fácilmente por vencido.

—En realidad, yo ya cuento con bastante experiencia en el oficio.

El palestino le lanzó una mirada recelosa, convencido de que aquella audaz afirmación respondía más bien a un desesperado intento por conseguir lo que quería.

—Muchacho, este oficio está al alcance de muy pocos elegidos y, sinceramente, dudo mucho que tú seas uno de ellos.

Serbal miró a su alrededor, tratando de encontrar desesperadamente la forma de probar que no mentía. Recorrió la estancia con ojo clínico, hasta fijarse en que uno de los operarios tenía serias dificultades para moldear un objeto decorativo fabricado con alambre de bronce. El palestino, intrigado, le dio a continuación permiso para examinar la pieza. Serbal se valió de las herramientas que estimó oportuno para realizar una minuciosa inspección, tras la cual no tardó en confirmar sus sospechas.

—Para realizar una pieza de este tipo debería emplearse un bronce más maleable —explicó—, cosa que podría haberse conseguido añadiendo algo de plomo a la aleación.

El herrero palestino supo de inmediato que aquel muchacho estaba en lo cierto. En efecto, su aprendiz había cometido un error. Sin duda, Serbal sabía mucho más de lo que un principio había creído.

—¿A qué escuela perteneces? —inquirió.

—Yo soy celta, señor —repuso—. Mi padre fue quien me enseñó todo lo que sé.

El palestino asintió con creciente interés. Los celtas gozaban de una excelente reputación como metalúrgicos. Ningún otro pueblo trabajaba el bronce como ellos.

—Bienvenido —sentenció—. Desde ahora mismo puedes considerarte un integrante más de mi taller.

Serbal esbozó una sonrisa, al tiempo que dejaba escapar un suspiro de alivio. Después de todo, parecía que en Massalia también había cabida para un celta como él.

FIN DE LA PRIMERA PARTE

INTERLUDIO

Lamento mucho esta interrupción, pero ya te advertí que a mi edad no resulta nada fácil narrar una historia tan extensa. Necesito beber un poco de agua y descansar brevemente la voz. Tan solo me llevará unos minutos, así que te ruego tengas paciencia con este humilde bardo.

Si has llegado hasta aquí, estoy convencido de que querrás saber cómo prosigue la historia después de que los celtas nóricos perdieran la hegemonía guerrera sobre sus vecinos del norte. Puedes estar seguro de que la situación se complicará, pero eso es todo cuanto te puedo decir por ahora. No me pidas que me adelante a los hechos, porque la narración ha de seguir su propio tempo, y un buen bardo jamás ignoraría esta regla de oro.

También iré desgranando el devenir de nuestros protagonistas, ninguno de los cuales atraviesa precisamente por su mejor momento.

A Serbal le dejamos intentando ganarse la vida en la lejana Massalia, y a su hermano Derrien, huyendo de los germanos a la máxima velocidad que sus piernas le permitían.

A Calum y a Meriadec les preocupaba enormemente el futuro de su pueblo. El primero, porque sabía que había perdido la capacidad de hacer frente a los ataques externos, y el segundo, porque ya no veía cómo proteger a la tribu de su progresivo declive espiritual.

Cedric, por su parte, continuaba tejiendo su particular red de mentiras para ganarse el favor de Brianna y satisfacer así su obsesión. Entretanto, la propia Brianna intentaba sobreponerse a la pérdida de su padre, mientras se preguntaba si la dejarían proseguir su formación como druidesa.

Tampoco me olvido del bueno de Anghus quien, pese a su simpleza, en el fondo pretendía lo más difícil de todo: comprender la vida y, si le dejaban, vivirla en plenitud.

Aparte, sé que estás ansioso por que desvele ciertos interrogantes que sobrevuelan nuestra historia, si bien dos de ellos destacan por encima de los demás: ¿quién se esconde tras la identidad del asesino al que llaman el «Verdugo»? y ¿qué oculta

Ducarius en el interior del cofre que trajo consigo de tierras helvecias?

No te apures. Al final todo quedará resuelto. Te doy mi palabra. Pero para saberlo, tendrás que seguir escuchando y poner en ello toda tu atención…

SEGUNDA PARTE

Acerado y temple

CAPÍTULO SEXTO

Los druidas atienden al culto divino, ofrecen los sacrificios públicos y privados, e interpretan los misterios de la religión. A su escuela concurre gran número de jóvenes a instruirse, siendo grande el respeto que les tienen. Ellos son los que sentencian casi todos los pleitos del común y de los particulares; si algún delito se comete, si sucede alguna muerte, si hay discusión sobre herencia, o sobre linderos, ellos son los que deciden; ellos determinan los premios y los castigos, y cualquiera persona, ora sea privada, ora sea pública, que no se rinde a su sentencia, es excomulgada, que para ellos es la pena más grave.

JULIO CÉSAR
La guerra de las Galias

Eoghan se dirigía a caballo hacia el río.

Le acompañaba uno de sus más fieles sirvientes, pues para poder subir y bajar de su montura necesitaba la ayuda de otra persona. Un navío griego había fondeado en el embarcadero, si bien no era por negocios que se había desplazado hasta allí. Su visita obedecía a un asunto de naturaleza muy distinta, que el mercader se cuidaba mucho de mantener en secreto.

Habían pasado seis meses desde que los germanos hubiesen barrido a los celtas nóricos del campo de batalla. Desde entonces, Calum se había obsesionado con la idea de tomarse la revancha, para lo cual antes de nada debía ocuparse de rehacer su maltrecho ejército. Sin embargo, solo aquella tarea ya le llevaría más tiempo del deseado, pues primero debía repoblar sus filas con nuevos reclutas, los cuales precisarían además de su correspondiente adiestramiento. Calum también había intentado establecer alianzas con las tribus celtas fronterizas con el fin de recuperar mediante una acción conjunta las minas de sal. No obstante, la respuesta de sus homólogos fue negativa, desplante que tampoco le cogió por sorpresa, por cuanto Calum, gracias a las informaciones que en su día recibió de Nadelec —el hombre que mantenía infiltrado entre los latobicos—, estaba al corriente del pacto firmado entre algunas tribus celtas del que ellos habían sido de todo punto excluidos. Con todo, Calum desconocía por completo que los helvecios se hubiesen unido a dicha coalición, pues Murtagh —el único que conocía aquel dato— pereció en el campo de batalla poco después de averiguarlo y, para colmo, el propio Nadelec también perdía la vida al cabo de una semana tras caerse fortuitamente del caballo.

Al margen de las alianzas secretas, resultaba evidente que el miedo a Reginherat y los suyos se había extendido de tal manera entre los celtas, que nadie osaba plantarles cara. Todos conocían a aquellas alturas la superioridad de las armas germanas, fabricadas a partir del hierro sagrado de la Piedra del Cielo. En efecto, Derrien les había confirmado lo que ya todos sospechaban. El joven guerrero, que había logrado escapar de los germanos justo antes de que le sacrificaran, había visto con sus propios ojos el meteorito compuesto por hierro en estado puro, el cual podía ser fácilmente tratado, a diferencia de lo que ocurría con el que se extraía de la corteza terrestre.

Eoghan llegó al muelle y subió a bordo de la nave con ayuda de sus muletas. El capitán griego le saludó con un gesto de complicidad, debido a la confianza que le daba el llevar muchos años haciendo negocios juntos.

—¿Tienes algo para mí? —inquirió el celta.

—Acompáñame y juzga por ti mismo.

En la bodega del barco había un puñado de esclavos que el comerciante griego vendería a los ilirios. A una señal suya, un miembro de su tripulación asió a la única niña que allí había y la plantó frente a ellos.

—¿Qué te parece?

Eoghan torció el gesto, no demasiado satisfecho con lo que veía. Aquella niña tendría trece o catorce años, y él las prefería bastante menores.

—¿No tienes nada mejor? —El griego se encogió de hombros—. Está bien —aceptó Eoghan—, pero no pienses que me vas a cobrar la tarifa de siempre.

La chiquilla, mientras tanto, miraba con pavor a aquel hombre panzudo y tullido de una pierna que la devoraba con los ojos.

—Estoy dispuesto a considerarlo —repuso el mercader heleno. Y dicho esto, le condujo al compartimiento situado en el extremo opuesto de la bodega, donde su socio comercial acostumbraba a consumar sus encuentros.

En realidad, Eoghan podía permitirse perfectamente pagar aquel costoso servicio; si regateaba, lo hacía tan solo por orgullo. Su situación económica continuaba siendo envidiable, pese a la profunda crisis en que se había sumido el resto de la población. Desde que las minas hubiesen pasado a manos de sus enemigos, la región de los celtas nóricos se había empobrecido a gran velocidad. Antes podían contar con tanta sal como quisieran, y con los excedentes obtenían además grandes beneficios. Por el contrario, ahora la tenían que importar, para lo cual debían entregar a cambio parte de sus cosechas, del ganado o de los bienes que los artesanos producían. El nuevo escenario era desolador. Eoghan, sin embargo, había sabido reaccionar a tiempo y, gracias a su larga experiencia y a su buen olfato para los negocios, había apostado por el codiciado ámbar procedente del Báltico, el cual, transformado en joyas y alhajas, gozaba de una salida extraordinaria entre las naciones del Mediterráneo. Las riquezas del hermano del rey, por tanto, apenas habían disminuido.

La niña accedió al compartimiento y, antes de hacerlo el propio Eoghan, el griego le sujetó un instante por el brazo.

—Espero que no se te ocurra volver a estropearme la mercancía —le dijo, pues el recuerdo de la pequeña esclava a la que le había rajado la cara aún no se le había olvidado.

Eoghan asintió, pese a que en su fuero interno no las tenía todas consigo. Estaba de mal humor y quizás se le fuese la mano a poco que la niña le provocase lo más mínimo. El motivo de su enfado no era otro que una reciente discusión que había mantenido con Calum, quien le acusaba de haber acogido a Cedric bajo su ala y formarle como mercader en lugar de empujarle a convertirse en guerrero, como realmente le correspondía por su posición. Y aunque el tema de la disputa no era nuevo, aquel día Calum le había amenazado por vez primera con incumplir una promesa que le había hecho en el pasado, cuando Eoghan perdió su pierna derecha: por aquel entonces, Calum le aseguró con toda solemnidad que él le sucedería al frente de la tribu. El monarca era elegido entre los integrantes de la aristocracia guerrera, y solía tenerse muy en cuenta la voluntad de su predecesor.

En su momento, la perspectiva de convertirse algún día en el rey de los celtas nóricos le había servido para sobreponerse a la terrible noticia de saberse lisiado de por vida, y ahora creía que su hermano no tenía derecho a cambiar de opinión.

Eoghan entró en la habitación y cerró la puerta tras de sí. La joven esclava temblaba como una hoja en otoño.

—Todo irá bien si haces lo que yo te diga —murmuró con una sonrisa lobuna antes de acercarse a la muchachita y comenzar a desvestirla…

2

Cedric asió la espada con las dos manos porque su peso le parecía insoportable.

—¡Así no! —le recriminó Ewyn—. Tienes que acostumbrarte a coger el arma con una sola mano. Piensa que la otra la necesitarás para sostener el escudo.

—¡Me cuesta mucho trabajo! —protestó.

—Pues tendrás que esforzarte más.

A pesar de que los celtas precisaban de nuevos reclutas para su ejército, Cedric se había negado en redondo a ingresar en el campamento de iniciados. No obstante, el conflicto con su padre se había enconado tanto, que al menos había accedido a recibir adiestramiento en el patio trasero de su vivienda, a nivel particular. Calum había escogido para aquella tarea a un guerrero joven, pero que ya había probado su valía en la trágica batalla que había tenido lugar en el Valle de los Espíritus. Además, Ewyn era de sobra conocido por su carácter expeditivo, por lo que no se dejaría en absoluto amedrentar lo más mínimo por el hijo del rey.

—Vamos, levanta la espada por encima de tu cabeza —insistió Ewyn, que lucía alrededor del cuello el valioso torques de oro que indicaba su posición—. Este es el golpe que deberás aprender a dominar con mayor soltura.

Las espadas celtas eran tremendamente largas, con la hoja muy afilada por los lados, pero casi roma en la punta, por lo que el verdadero daño se infligía mediante los tajos laterales. La mejor forma de herir al rival, por tanto, era utilizando el golpe desde arriba, aprovechando el empuje del brazo, el peso de la propia espada y la fuerza de la gravedad.

Cedric volvió a ensayar el movimiento y, sin darse cuenta, sujetó de nuevo la espada con las dos manos. El cansancio y su escasa concentración le llevaban a cometer un error tras otro.

—¡¿Qué te acabo de decir?! —bramó Ewyn, al que no le dolían prendas reprender duramente a su alumno cuando lo estimaba necesario. Calum le había dado permiso para mostrarse todo lo severo que hiciese falta.

Cedric maldijo entre dientes. De buena gana habría abandonado la instrucción en ese mismo momento, convencido de que el arte de la guerra no estaba hecho para él. Sin embargo, su tío Eoghan le había pedido que hiciese aquel sacrificio, pues de lo contrario su padre le pondría todas las trabas del mundo para que pudiese proseguir su formación como mercader.

—Tampoco me tiene por qué salir el golpe a la perfección —arguyó a la defensiva—. Además, por mi estatus, yo iré a lomos de un caballo, de modo que gozaré de cierta ventaja.

Ante aquella justificación, a Ewyn no le quedó más remedio que reírse a carcajadas.

—¿Eso crees? ¿No ves que para asestar un espadazo desde la altura que supone ir a lomos de un caballo, hay que tener una fuerza de resistencia incluso mayor? De otro modo, te verías arrastrado por la inercia y podrías acabar descabalgando accidentalmente.

Cedric prefirió no replicar, sobre todo porque ni siquiera podía considerarse un experto jinete.

—Tendrás que practicar hasta que sientas la espada como una extensión de tu propio brazo y te olvides por completo del peso que supone. —Ewyn se había dado perfecta cuenta de que el hijo del rey no tenía ni la menor idea de las nociones más básicas del combate. De hecho, si este tuviese que batallar con lo verde que estaba, apostaría a que moriría a manos del primer enemigo con el que se topase. Sin duda, tenía por delante un arduo trabajo si quería llegar a hacer de Cedric un digno guerrero celta. No obstante, aquello no le suponía ningún problema, dado que Calum le pagaba extraordinariamente bien. Aquella noche ya planeaba emborracharse con Derrien, y quizás también buscar los favores de alguna moza del poblado.

La mayor alegría que Ewyn se había llevado en los últimos tiempos había sido el inesperado regreso de su amigo, al que muchos ya habían dado por muerto después de que fuera hecho prisionero por la facción rival. Derrien había pasado por un infierno, pero en el último momento había logrado librarse de sus captores y escapar con vida de tierras germanas. Ambos recordaban a menudo la batalla que había tenido lugar, y se enorgullecían del meritorio papel que jugaron en la misma mientras sus espadas de bronce resistieron el envite, pese a la severa derrota que sufrieron. En la actualidad, Derrien se pasaba la mayor parte de su tiempo en el taller, pues su padre se había obsesionado con la idea de fabricar armas de hierro que igualasen a las de sus enemigos. Desgraciadamente, Teyrnon se encontraba muy lejos de alcanzar lo que quería.

Cedric respiraba de forma entrecortada, chorreones de sudor se deslizaban por su frente.

—Uno de tus mayores problemas es que andas muy escaso de fuerzas —señaló Ewyn.

—¿De veras? ¿Y qué quieres que haga?

—Yo me ocuparé de que a partir de ahora levantes también cargas pesadas, para que luego la espada te parezca más liviana de lo que en realidad es.

Cedric gruñó. Por aquella tarde ya había tenido suficiente adiestramiento, y cada vez le ponía menos empeño a cada uno de sus movimientos con la espada. Sus pensamientos volaron hasta Brianna, a la que tras varios meses de cortejo ya casi podía considerar como suya.

3

Eboros vagaba por el bosque sumido en sus pensamientos mientras inspeccionaba detenidamente el estado de la floresta.

Cada cierto tiempo, los druidas llevaban a cabo labores de mantenimiento de sus preciados bosques, para procurar que estos se desarrollasen de la manera más óptima posible. Por ejemplo, era habitual limpiar los espacios naturales de las ramas caídas por efecto de las nevadas o por el propio desarrollo de la naturaleza, para hacer así los caminos transitables y prevenir los incendios. Además, la leña recogida se aprovechaba como combustible para los hogares.

El druida sacrificador se sentía tremendamente inquieto. Dos chicas más se habían sumado a la lista de víctimas del conocido como «Verdugo», lo que hacía un total de cuatro desde que el primer crimen hubiese tenido lugar, hacía casi un año. El asesino continuaba mostrándose muy cauteloso, y siempre dejaba pasar unos meses entre un crimen y otro, evitando así actuar cuando la población se encontraba en estado de alerta. No cabía duda de que los homicidios eran obra de un mismo sujeto, pues el *modus operandi* se reproducía en todos los casos casi al pie de la letra: primero violaba a las muchachas, después las degollaba y, por último, les abría el estómago dejando a la vista sus entrañas, del mismo modo en que los druidas sacrificaban a los animales que ofrendaban a la Divinidad. Por tal motivo, se habían oído rumores que señalaban a Eboros como sospechoso, acusación que este rechazaba de forma rotunda y con gran indignación.

A propósito de aquel asunto, una inquietante teoría se abría paso con bastante fuerza en la mente de Eboros. ¿Y si el asesino mataba de aquella particular manera para perjudicar a la institución? La influencia de la orden en el estamento político era cada vez mayor, y quizás no todo el mundo comulgase con aquella idea. Puede que en última instancia el asesino pretendiese deteriorar la imagen de los druidas con el fin de impedir que consolidasen su poder en la jerarquizada sociedad celta.

En todo caso, y teniendo en cuenta que los últimos crímenes también habían tenido lugar dentro del perímetro del poblado, estaba muy claro que el asesino tenía que ser alguien de Hallein o sus alrededores, acostumbrado a pasar desapercibido y capacitado asimismo para enmascarar la maldad que anidaba en su interior. Por desgracia, ante la ausencia de sospechosos, el dichoso «Verdugo» podía ser cualquiera… ¿pero quién?

El único indicio en apariencia relacionado con los macabros crímenes lo proporcionó un mercader. Este había oído decir que un individuo de una lejana tribu celta había sido desterrado por haber perpetrado un asesinato de características muy similares a los producidos en Hallein. El hombre no pudo aportar el menor detalle porque apenas sabía nada de la historia, que había llegado a sus oídos por boca de terceros. Sin embargo, el asesino no podía ser el individuo referido, ya que si un forastero hubiese llegado al poblado y se hubiese afincado allí, todos sabrían quién era, y ninguna cara nueva se había establecido en Hallein en los últimos tiempos.

Pese a todo, al druida aquella pista le pareció demasiado intrigante como para descartarla por completo. ¿Se enfrentarían a un imitador, o sencillamente aquel caso no tenía nada que ver con ellos?

A continuación, Eboros tomó nota mental de un área del bosque que requería de la intervención de sus compañeros. Otra de las tareas típicas consistía en podar los árboles más jóvenes y en clarear ciertas zonas, para favorecer algunas especies sobre otras. La clave residía en hacer prevalecer los arbustos frutales y el pasto, de los cuales se podía obtener alimento tanto para el hombre como para el ganado. En algunos casos, los beneficios de aquellas acciones se reflejaban a corto plazo, pero en otros muchos se planificaban para que diesen su fruto a varios años vista.

Eboros asistía atónito a la desintegración de la armonía espiritual que durante tanto tiempo había imperado entre los celtas nóricos, y que ahora se estaba desmoronando poco a poco y sacudía cada vez con más fuerza el tejido que configuraba la frágil realidad. Al desequilibrio provocado por el «Verdugo» había que añadir el poder mostrado por los dioses germanos y su decisiva intervención en el plano de lo real. Y no solo eso. Había un asunto más acerca del cual Eboros sentía un especial desasosiego: la profanación del roble sagrado y el consiguiente destierro de Serbal. Seguía convencido de que Meriadec había resuelto aquella cuestión de forma demasiado precipitada. No había duda de que todas las pruebas apuntaban hacia el muchacho como autor del crimen. Sin embargo, Eboros también habría jurado que Serbal no mentía cuando afirmó que él había sido la principal víctima de aquel suceso.

Sea como fuere, cada vez que Eboros había intentado abordar el tema, Meriadec había eludido la cuestión bajando la mirada o torciendo irritadamente el gesto. Resultaba evidente que el druida jefe guardaba un amargo recuerdo de aquel suceso, debido a la gran decepción que Serbal le había causado, sobre todo después del brillante futuro que todos le habían augurado y la fe que el propio Meriadec tenía depositada en él.

Unos pasos más adelante, Eboros detuvo su recorrido al llegar a un bosquecillo tan denso, que su fronda apenas dejaba traspasar los rayos del sol. El intrincado amasijo de hojas y ramas, pertenecientes a árboles de distintas especies, creaba un espacio sombrío, casi siniestro, que no había sido tocado por la mano del hombre desde tiempos inmemoriales, pues aquel espacio en concreto estaba reservado exclusivamente para los espíritus del bosque y los dioses del panteón celta.

Eboros dio media vuelta y decidió regresar.

Al entrar en la residencia de los druidas, Eboros comprobó que no había nadie más allí. Todos sus colegas andaban fuera, realizando las labores con que a diario consagraban sus vidas al servicio de la tribu. Había tanto que hacer, y el momento por el que atravesaban los celtas nóricos era tan delicado, que incluso Ducarius había decidido prolongar su estancia más tiempo del que había previsto inicialmente. El druida helvecio, cuya generosidad había superado con creces lo que se esperaba de él, les ayudaba en numerosas tareas, desde el mantenimiento de los bosques hasta la bendición del ganado y las cosechas, pasando por la celebración de ciertos rituales de alcance menor. Su ayuda resultaba inestimable en aquellos tiempos de penurias, en los cuales la población demandaba más que nunca la intercesión de la clase druídica.

Eboros había llegado incluso a olvidarse del misterioso cofre que Ducarius había traído consigo, cuyo incierto contenido le había mantenido intrigado durante meses. A fin de cuentas, lo más probable era que allí no guardase otra cosa que algunos efectos personales de los que no habría querido desprenderse, y que debían recordarle a su tierra de origen. Al menos eso era lo que había decidido creer, aunque no le quedaba más remedio que admitir que en el fondo todavía le asaltaban ciertas dudas. ¿Y si su secreto no era tan inofensivo después de todo? ¿Y qué le impedía comprobarlo ahora que tenía la oportunidad? ¿Tanto le asustaba lo que pudiese encontrar? A Eboros le sabía mal recelar de Ducarius, pero el comportamiento del druida en relación al cofre siempre le había parecido algo extraño...

Respiró hondo, dispuesto a resolver el misterio de una vez por todas.

Eboros accedió al aposento de Ducarius con el corazón palpitándole en el pecho. Si le sorprendían, no tenía ninguna excusa que justificase su presencia allí. En todo caso, el registro sería rápido, pues la austeridad de la habitación no daba para más. Una primera ojeada le bastó para constatar que el cofre no estaba a la vista, por lo que el único lugar donde podía haberlo guardado era el arcón. Lo abrió, y frunció el ceño: allí tampoco estaba. Así que miró debajo del banco de madera, y detrás del camastro de paja... Nada. Definitivamente, Ducarius debía de haberlo escondido en algún otro sitio, fuera de aquellas dependencias... Pero ¿por qué tomarse tantas molestias? ¿Habría hecho tal cosa si el contenido fuera algo trivial?

Eboros abandonó la habitación absolutamente frustrado. Lejos de haber despejado la incógnita acerca de qué era lo que Ducarius ocultaba en aquel cofre, lo único que había conseguido era que sus sospechas volviesen a resurgir.

Cedric paseaba junto a Brianna por la orilla de un riachuelo próximo a Hallein. El aire vibraba sacudido por el zumbido de los insectos y el calor realzaba los olores de la tierra.

El hijo del rey no cabía en sí de satisfacción. La perseverancia de los últimos meses había dado sus frutos. Tras la muerte de Murtagh, Cedric no se había separado de Brianna, ofreciéndole su consuelo y un hombro donde llorar. A ojos de los demás, cualquiera habría asegurado que era su pareja. La acompañaba siempre que salía, e impedía que otros pretendientes se acercasen a ella. En resumidas cuentas, había sabido sacarle el máximo provecho a la situación.

Brianna nunca se había sentido tan vulnerable como en aquellos momentos, y admitía que Cedric había sabido ganarse su afecto y también su agradecimiento, pero en modo alguno su corazón. Y, aun así, Brianna se había convertido en su actual prometida. En realidad, todo había sido obra de su tía Ardena, que después de haber pactado el matrimonio a sus espaldas la había puesto entre la espada y la pared para que aceptase el compromiso.

Meriadec había cumplido con su palabra, y había convencido al resto de los druidas para que admitiesen a mujeres entre sus filas, argumentando que eso no solo fortalecería la institución, sino que resultaría enriquecedor. A nadie se le escapaba que las mujeres poseían una sensibilidad especial, un sexto sentido que podía resultar muy útil en actividades relacionadas con la magia o la adivinación. Como consecuencia de dicha decisión, Brianna fue readmitida, noticia que recibió con una inmensa alegría, pues eso significaba que podría seguir formándose como sanadora.

Sin embargo, su tía Ardena se había negado en redondo a dejarla que se convirtiese druidesa, a no ser que aceptase el matrimonio pactado por ella, al que hasta entonces se había procurado resistir. Finalmente, Brianna dio su brazo a torcer, porque no le quedaba otra opción. A Cedric ni siquiera le importaron los verdaderos motivos que llevaron a su amada a aceptar su petición. Todo cuanto le importaba era hacer suya a Brianna, y que su boda llegase a oídos de toda la población.

—He comenzado a recibir adiestramiento como guerrero —le comentó Cedric orgulloso aquella mañana.

—Pensé que te dedicarías al comercio como tu tío —repuso Brianna.

—Y así será. Pero como nuestro pueblo anda escaso de efectivos, he querido estar preparado en caso de necesidad. —Cedric no tenía el menor escrúpulo en mentir cada vez que le venía en gana.

Brianna asintió poco convencida, pero no añadió nada más.

No hacía mucho que ambas familias habían pactado su casamiento. No obstante, el acuerdo se había producido con posterioridad a las fiestas de Beltaine, por lo que la ceremonia no podría llevarse a cabo hasta el año siguiente.

Beltaine se celebraba a comienzos de mayo —el mes del roble—, y marcaba el inicio de la mitad luminosa del año. Por un lado se asociaba al fuego: se encendían hogueras desde promontorios elevados para que fuesen visibles desde lejos, y se conducía el ganado entre dos fogatas para garantizar su protección. Y por otro estaba ligado a la fertilidad: en esas fechas se desposaban todas aquellas parejas que se hubiesen prometido a lo largo del año. En el centro de la plaza se ubicaba el tronco de un árbol, alrededor del cual los contrayentes bailaban la danza matrimonial, se intercambiaban regalos simbólicos, y escuchaban las palabras litúrgicas del druida jefe.

—Esto es para ti. —Cedric le entregó a Brianna un soberbio colgante de ámbar, de extraordinario valor.

La muchacha, lejos de sentirse impresionada, aceptó el regalo con una leve sonrisa mientras se lo colocaba en el cuello. Ella sabía que a Cedric le costaba muy poco conseguir aquellas joyas, pues las obtenía a través de su tío Eoghan. A la daga que un día recibió de manos de Serbal, en cambio, le otorgaba un valor muchísimo mayor, ya que al menos se trataba de un objeto que había fabricado con sus propias manos. Pese al tiempo transcurrido, Brianna no se había olvidado de Serbal, cuyo amor fue cortado de raíz después de que hubiese sido expulsado atropelladamente de la tribu. Cuanto más pensaba en lo ocurrido, más segura estaba de que Serbal no había estado detrás del ataque al roble sagrado, sabedora de lo mucho que el druidismo significaba para él.

—¿Te gusta? —preguntó Cedric.

—Claro que sí —repuso Brianna—. Es precioso.

Cedric tomó a Brianna de la mano y la arrastró bajo la copa de un castaño, en cuyas ramas se abrían paso un sinfín de brotes verdes. Los ojos del joven refulgían de deseo. Cedric unió sus labios a los de Brianna para dar forma a un intenso y prolongado beso. La muchacha sintió la lengua de Cedric abrirse paso en el interior de su boca, como una babosa que se deslizara dentro de la concha de un caracol. Los besos de Cedric no se parecían en nada a los que había compartido con Serbal. El hijo de Teyrnon besaba de forma dulce pero apasionada, con la dosis justa de mesura y convicción. Cedric, por el contrario, desprendía pura lujuria y actuaba con rudeza, buscando sobre todo su propia satisfacción.

El hijo del rey estrujó los senos de su prometida mientras sentía una poderosa erección formarse bajo sus calzones. Brianna se dejó tocar con docilidad, aunque estaba muy lejos de sentir la excitación que parecía embargar a su pareja. No obstante, cuando la ansiosa mano de Cedric alcanzó su entrepierna, le apartó de un empujón.

Cedric decidió ignorarla y volvió enseguida a la carga, con idéntico resultado.

—Basta —espetó—. Ya te lo he dicho otras veces. —Brianna había dejado muy claro que no consumarían el acto hasta después de la boda. Solo entonces atendería los deberes que como esposa se suponía que estaba obligada a cumplir.

Cedric puso los ojos en blanco, pero decidió acatar su voluntad sin montar una escena. Faltaba menos de un año para que pudiera hacer con Brianna lo que quisiera, no merecía la pena echarlo todo a perder por no saber soportar la espera. Como ya había demostrado en el pasado, la paciencia era su mejor virtud.

—Lo siento. Pero es que a veces me cuesta trabajo contenerme cuando estoy a tu lado.

—Está bien —murmuró Brianna—. Y ahora, volvamos al poblado. Tengo cosas que hacer.

5

Anghus enfiló el tramo final que conducía hasta su granja, guiando el modesto rebaño de cabras con bastante soltura. El fatídico episodio que le había costado la vida a *Ciclón* había quedado atrás, y el joven muchacho había vuelto a recuperar la confianza en sí mismo de antaño. Un nuevo perro le ayudaba en las tareas de pastoreo, aunque en modo alguno igualaba en sagacidad y talento a su mascota anterior.

Aquel día, Anghus había regresado antes de lo habitual, preocupado como estaba debido a que su madre llevaba unos días aquejada por una indisposición que la impedía moverse de la cama. Nisien salió a recibir a su hijo y fue abriendo las puertas del corral. Pasaban por una mala racha. Las últimas cosechas no habían sido todo lo buenas que esperaban, sin contar con que ahora parte de ellas se destinaban a las arcas de Hallein para pagar por la sal que antes obtenían de forma gratuita. En contrapartida, parecía que Anghus había madurado de forma significativa y, dentro de sus limitaciones, cada vez asumía más labores dentro de la granja, como el arado del terreno, la siembra o el cuidado de las cabras.

Con todo, Nisien comenzaba a preocuparse por el futuro a medio plazo. ¿Qué sería de su hijo cuando él y su esposa envejeciesen? ¿Y si alguno de ellos se marchaba al Otro Mundo antes de lo esperado? Pese a sus progresos, Anghus no podría hacerse cargo por sí solo de la granja. La solución pasaba por encontrarle una compañera, a ser posible organizada y con buena cabeza, de manera que entre ambos fuesen capaces de continuar con la explotación. La cuestión era... ¿habría alguna candidata dispuesta a casarse con un chico como Anghus, que en el fondo no era más que un niño en el cuerpo de un adulto?

—¿Cómo está madre?

—Mejor —repuso Nisien con una sonrisa—. Medugenus estuvo aquí y le administró un bebedizo. Ahora está descansando. Y, por cierto —añadió antes de entrar a la vivienda—, tienes visita...

Anghus frunció el ceño.

—¿Quién es?

—Uno de los aprendices que venían con el druida —reveló con aire misterioso—. Se ha quedado un rato más solo para poder hablar contigo.

Quien aguardaba en la estancia principal, sentada sobre un rígido taburete de tres patas, no era otra que Brianna. Al muchacho se le iluminó el rostro en cuanto vio a la hermosa joven, a la que enseguida se apresuró a saludar. A su lado, ella parecía realmente delgada. Ella no se había olvidado del que fue su primer paciente, al que atendió junto a Nemausus en su primera experiencia como sanadora. Y puesto que el destino la había conducido de nuevo al mismo lugar, no había querido desaprovechar la oportunidad de verle de nuevo.

—Tienes buen aspecto —dijo Brianna.

Anghus asintió y se sentó a la mesa, para dar buena cuenta de un pedazo de queso que Nisien había ofrecido a su invitada y que ella había rechazado. Su perro olisqueó aquel manjar con escaso interés, tras lo cual se echó cómodamente a su lado. Nisien les dejó solos porque debía dedicarle algo de tiempo al huerto, mientras la madre de Anghus dormía en la habitación contigua.

—Este no es el mismo perro que tenías antes, ¿verdad?

—*Ciclón* se murió —aclaró vagamente Anghus.

—Vaya. Lo siento mucho. ¿Y cómo se llama tu nuevo amigo?

—*Pardo*, por el color de su pelaje —repuso—. Es obediente la mayor parte de las veces, pero de vez en cuando se despista como yo.

—Pues tu padre dice que cada vez te ve más centrado.

Anghus se encogió de hombros, aunque no podía negar que los trabajos de la granja se le daban cada vez mejor.

—¿Y tú? —inquirió curioso—. ¿Es verdad que vas a convertirte en druidesa?

—Aún me quedan por delante muchos años de formación —admitió—. Pero cuando lo sea, más te vale no llamarme porque te has vuelto a envenenar con una seta —añadió imitando las maneras de un viejo cascarrabias.

El comentario le arrancó una carcajada al muchacho, que expelió sin querer un puñado de migas de pan que masticaba con la boca abierta. Anghus se preguntó por qué el resto de los chicos de su edad, en lugar de rechazarlo, no le trataban con la misma amabilidad que Brianna. ¿Sería así con todo el mundo, o solo con él? Un pensamiento le llevó a otro y, por asociación, Anghus recordó entonces una reciente conversación que sus padres habían mantenido cuando pensaban que él no estaba escuchando, en la cual mencionaban la necesidad de buscarle una esposa. Desde su punto de vista, indiscutiblemente simple pero no exento de cierta lógica, creyó que quizás debía intervenir para orientar los hechos en aquella dirección.

—¿Te quieres casar conmigo? —soltó sin pensarlo.

Durante unos segundos, Brianna no supo cómo reaccionar ante aquella inesperada pregunta. En cualquier caso, debía actuar con cautela para no herir los sentimientos del muchacho.

—Me halaga mucho tu proposición —respondió—. Pero no podemos casarnos.

—¿Por qué no?

—Ya estoy prometida.

—No lo sabía —repuso Anghus visiblemente decepcionado—. ¿Con quién?

—Con Cedric, el hijo del rey.

Anghus palideció de repente, como si hubiese ingerido un alimento en mal estado. ¿Cómo podía ser aquello posible? ¡Cedric era malvado! ¡Él lo sabía mejor que nadie, había visto cómo empujaba a Serbal ladera abajo, y luego acuchillaba fríamente a *Ciclón*!

—Lo siento —terció Brianna, convencida de que el disgusto de Anghus se debía a su negativa—. De todos modos, estoy segura de que encontrarás una buena esposa.

De pronto, Anghus pensó en confesarle a Brianna lo que sabía, advertirla del tipo de persona con la que se iba a casar, pero un segundo después se dio cuenta de que lo único que conseguiría con ello sería ponerla a ella también en peligro.

—Vayamos a dar un paseo —propuso Brianna, preocupada por la repentina lividez del chico.

Salieron de la cabaña y se adentraron en la pradera con *Pardo* pisándoles los talones.

—He oído decir que te has convertido en un excelente pastor, ¿verdad? —terció Brianna cambiando de tema.

—Me gustan las cabras —repuso Anghus—. Y por eso creo que me hacen caso. Les hablo, y también llamo a cada una por su nombre, porque a todas las conozco bien. —El muchacho hizo una pausa y torció ligeramente el gesto—. Pero por más que lo intento, soy incapaz de silbar como hace mi padre para que vengan.

Brianna se introdujo dos dedos en la boca y emitió un agudo silbido que se propagó por la llanura. Anghus la miró entre sorprendido y fascinado.

—Deja que te enseñe. Si yo puedo hacerlo, tú no vas a ser menos. Yo aprendí cuando era niña y todavía no se me ha olvidado.

Se detuvieron y Brianna se situó frente a él.

—Humedécete los labios y llévalos hacia atrás, como si fueses un anciano que ya no tiene dentadura. Después coloca los dedos pulgar e índice debajo de la punta de la lengua, y la encoges un poco. —Brianna realizaba una demostración conforme hablaba, y Anghus la imitaba como podía—. Ahora aprieta los labios alrededor de los dedos y, sin dejar ningún espacio, sopla con todas tus fuerzas.

Anghus no tardó en frustrarse tras intentarlo varias veces seguidas, sin obtener otra cosa que un tenue siseo.

—Es inútil. Jamás me saldrá bien.

—No te desanimes —señaló Brianna—. Es cuestión de práctica. A nadie le sale bien a la primera.

Reanudaron el paseo. Un verdor radiante cubría la pradera como una alfombra de terciopelo, extendiéndose hasta el cerro más cercano. La naturalidad de Brianna, su cordialidad, tenían en Anghus un efecto tranquilizador. El muchacho se sentía tan cómodo con ella, que quiso aprovechar la ocasión para preguntarle sobre ciertos temas sobre los cuales sus padres solían contestarle con evasivas.

—¿Cómo es estar enamorado? —inquirió.

Brianna titubeó, cogida totalmente desprevenida ante aquella difícil cuestión.

—No estoy segura —replicó al fin.

—¿No lo sabes? Pero si me has dicho que ibas a casarte…

—Así es. Sin embargo, un matrimonio no es siempre el resultado del amor, Anghus. En ocasiones, hay otros factores que también entran en juego.

Anghus procesó la información. Su madre no le había hablado de nada de eso. Por otra parte, se alegraba de que Brianna no amara a Cedric… o al menos, eso era lo que había deducido de aquella respuesta.

—Entonces… ¿nunca has estado enamorada?

Brianna estuvo a punto de eludir la pregunta con cualquier pretexto. Sin embargo, enseguida se dio cuenta de que, además de que no sería justo para Anghus, a ella misma le vendría bien compartir ciertos sentimientos que hasta el momento no había podido contar a nadie.

—Hubo un muchacho… —se sinceró—, por el que llegué a sentir ese amor del que hablas.

Anghus advirtió un singular brillo en la mirada de Brianna que antes no había estado allí. Si aquello era un signo de lo que significaba enamorase, el sentimiento aún seguía presente.

—¿Y qué pasó? ¿No deberías haberte comprometido?

—Es probable que así hubiese ocurrido, pero entonces le acusaron de haber hecho algo muy malo y le expulsaron de la tribu.

Anghus ató cabos con relativa presteza.

—¡Sé de quién hablas! Era Serbal, ¿verdad?

Brianna asintió con la cabeza a la vez que esbozaba una melancólica sonrisa. Hablar en voz alta de Serbal le hizo darse cuenta de cuánto le echaba de menos. Anghus, por su parte, se sintió enormemente frustrado por no haber tenido el suficiente valor como para evitar su destierro cuando tuvo la oportunidad.

—Yo no entiendo de casi nada, salvo de mis cabras— admitió Anghus encogiéndose de hombros—. ¿Pero sabes lo que creo? Creo que si no amas a Cedric, entonces no deberías casarte con él.

Brianna abrió la boca para explicarle los motivos que la habían llevado a tomar una decisión tan aparentemente contradictoria, para hacerle ver que la vida no era tan sencilla como él la percibía a través de sus ojos… Solo que al final no dijo una sola palabra, porque en el fondo sabía que Anghus estaba en lo cierto.

6

La noche se deslizó quedamente sobre el poblado, impregnando el horizonte con su vasto manto de oscuridad.

Los druidas que vivían en comunidad se hallaban todos en su residencia. Algunos ya se habían retirado a sus aposentos, otros aún departían en la sala común, al calor de un modesto fuego que crepitaba en la chimenea. Medugenus y Dughall discutían a raíz de la pesimista actitud del primero, mientras Meriadec asignaba al resto de los presentes ciertas tareas que debían llevar a cabo en los próximos días. A Ducarius le encargó desplazarse hasta unos campos lejanos, cuyas cosechas requerían ser bendecidas.

—No estoy seguro de conocer esas tierras —repuso el druida helvecio.

—Tienes que rodear el cerro y seguir el curso de un caudaloso arroyo muy espumoso, hasta llegar al primer meandro. A partir de ahí…

Eboros irrumpió entonces en la sala con noticias para Meriadec.

—Un granjero quiere verte —anunció—. Está esperando afuera.

—¿A estas horas?

—Dice que es importante.

El druida jefe sacudió la cabeza.

—Está bien. Hazle pasar.

Escasos segundos después, Nisien aparecía en el umbral de la puerta. Medugenus le reconoció de inmediato, pues aquella misma tarde había tratado personalmente a su esposa.

—¿Qué ha ocurrido? ¿Acaso su estado ha empeorado? —inquirió.

—No, nada de eso. Al contrario, mi mujer ya casi se recuperado por completo.

El druida se tranquilizó, aunque aquello no explicaba qué hacía allí aquel hombre a una hora tan tardía.

—¿Querías verme? —terció Meriadec.

—Así es. Se trata de mi hijo —explicó el granjero, al tiempo que se apartaba y le hacía una señal a Anghus, que aguardaba su espalda.

—Adelante, muchacho —le invitó—. No te quedes ahí.

Anghus avanzó con la cabeza gacha, tiritando como un pato recién salido del agua. Meriadec le conocía muy bien, pues era bastante extraño que a los mentalmente disminuidos —en mayor o menor grado— se les dejase vivir. Con Anghus, sin embargo, había habido una excepción: la pareja de granjeros decidió ignorar la vieja costumbre celta y la tribu accedió, gracias a que contaba con el apoyo explícito de Nemausus.

—Mi hijo desea hacer algún tipo de revelación —terció Nisien—. Ni siquiera yo sé de qué se trata. No me lo ha querido decir, y tampoco ha consentido esperar hasta mañana. Anghus nunca se había mostrado tan insistente, por lo que he creído que podría ser un asunto de verdadera gravedad.

—De acuerdo —aceptó Meriadec, deseando acabar con aquello lo antes posible—. Y bien, muchacho. ¿Qué es eso tan trascendente que me quieres transmitir?

Anghus alzó la cabeza y paseó su inquieta mirada de un extremo a otro de la estancia. El puñado de druidas que allí había tenía sus ojos clavados en él, y Meriadec se dio cuenta enseguida de que bajo aquellas circunstancias difícilmente hablaría.

—Dejadnos a solas, por favor —pidió—. Tú no, Eboros. Quiero que también escuches lo que Anghus tenga que decir.

Ducarius y el resto de los compañeros atendieron el ruego del druida jefe, y se fueron retirando ordenadamente a sus alcobas. El muchacho pareció tranquilizarse un tanto. Meriadec esgrimió una sonrisa y le invitó a que comenzase a hablar.

Antes de pronunciar una sola palabra, Anghus intentó poner orden en sus pensamientos. Pese a que nunca le había gustado pensar, no había hecho otra cosa en toda la tarde a raíz de su reveladora conversación con Brianna. La idea de que la muchacha se casara con Cedric le horrorizaba de tal manera, que no se la podía quitar de la cabeza. Si ella supiese lo perverso que Cedric realmente era, jamás le aceptaría como esposo. Sin embargo, el pánico que le había inculcado hacía que no se atreviera a delatarlo. Anghus estaba seguro de que Cedric cumpliría con su amenaza y se vengaría. De modo que su única salida era contar lo que había visto, pero sin mencionar al hijo del rey. Ciertamente, existía la posibilidad de que los druidas no le creyesen —algo que entraba dentro de lo razonable debido a su condición—, pero esperaba de todo corazón que su historia ayudara a reparar la injusticia que se había cometido con Serbal, y que pudiera regresar de nuevo a Hallein. En su ingenuidad, Anghus creía que si Serbal retornaba, Brianna se echaría inmediatamente en los brazos del hijo del herrero en detrimento de Cedric.

—Vamos, hijo —le apremió Nisien—. Habla de una vez.

Anghus tragó saliva y trató de recordar el modo en que había decidido abordar el asunto para despertar el interés de los druidas. Los nervios, lejos de haber desaparecido, se le habían condensado en la zona del estómago, como si llevase varios días sin comer.

—Yo sé algo relacionado con lo que le ocurrió al roble sagrado que nadie más sabe...

—¿El roble sagrado? —terció Eboros—. ¿Te refieres al sacrilegio del que fue víctima hace unos meses?

Anghus asintió repetidas veces.

—Muchacho, ese tema ya se resolvió satisfactoriamente —aseveró Meriadec—. El responsable fue uno de mis aprendices, un muchacho llamado Serbal.

—No, él no pudo ser —afirmó con rotundidad—. Eso es justo lo que he venido a contar.

—¿Pero estás seguro de lo que dices, hijo? —Nisien se mostraba tan sorprendido como los druidas.

Meriadec posó una de sus manos en el hombro del muchacho, en actitud comprensiva.

—Anghus, es obvio que te confundes. Encontramos pruebas irrefutables que determinaban la culpabilidad de Serbal. Además, su propio comportamiento le delató, cuando se dio cuenta de lo que había hecho, huyó, y después mintió para intentar salvarse cuando le atrapamos en la frontera.

—No hizo nada de eso —se reafirmó Anghus—. Serbal dijo la verdad. Yo lo vi con mis propios ojos.

Eboros comenzó a sentirse algo inquieto. ¿Y si, después de todo, el testimonio de aquel muchacho refrendaba la versión que siempre había mantenido el hijo del herrero?

—Tendrás que ser más explícito —pidió—. ¿Qué fue lo que viste?

—Yo había llevado esa mañana a las cabras a pastar al altozano, como hago todos los días. Soy un buen pastor, ¿verdad, padre? —Nisien asintió con la cabeza y le hizo un gesto para que continuara—. Pues bien, normalmente no me cruzo con nadie, pero aquella vez fue distinto… y vi desde detrás de unos arbustos cómo alguien empujaba a Serbal y este caía por la ladera.

—¿Quién le empujó, Anghus? —inquirió Eboros.

—No lo sé. No… no pude verle la cara… Lo siento…

—¿Estás seguro?

Anghus agitó la cabeza con vehemencia para que los druidas no le insistieran, temiendo confesar el nombre de Cedric si le presionaban demasiado.

—¿Y qué hiciste a continuación?

—Me entró miedo y me marché corriendo de allí.

Meriadec alzó las cejas, recelando del testimonio del chico.

—Si esto que dices es cierto —dijo—, ¿por qué lo cuentas ahora, después de tanto tiempo?

Aquella era una cuestión para la que Anghus no había previsto respuesta. El corazón comenzó a latirle más aprisa de lo acostumbrado, y una capa de sudor frío se le extendió por la espalda. Al final se tapó el rostro con las manos e inició una suerte de lloriqueo, incapaz de soportar la presión.

—Esto no es fácil para él —intercedió Nisien—. Está muy nervioso, e intuyo que se sienta culpable por haber tardado tanto en hablar. De cualquier manera, mi hijo no es tan lerdo como mucha gente cree y, desde luego, tampoco se inventaría algo así…

Meriadec templó al granjero con un gesto de la mano y centró de nuevo su atención en muchacho.

—Cálmate, Anghus. Has hecho bien en contarnos esto. Y ahora, dime: ¿hay algo más que quieras añadir?

Anghus negó. Lo único que quería era marcharse lo antes posible de allí, para no desvelar por error lo que había decidido mantener en secreto.

—Nos vamos, pues —señaló Nisien, que a la vista del mal trago por el que estaba pasando su hijo, tampoco deseaba alargar más tiempo aquella conversación.

Eboros les acompañó a la salida e inmediatamente después regresó junto a Meriadec. Un destello de duda se reflejaba en los ojos del druida sacrificador.

—Meriadec, sé que nunca has querido hablar de esto, pero siempre he pensado que el asunto del roble sagrado lo liquidaste excesivamente rápido.

—¿Qué?, ¿es que te has tomado en serio las palabras de ese muchacho? No seas ingenuo. Los dos sabemos que tiene cierto retraso mental.

—Precisamente por eso le creo. El pobre no tiene capacidad para inventarse una historia así. Además, su padre me acaba de confirmar que Anghus pastorea sus cabras en el lugar donde Serbal dijo haber sido atacado —argumentó Eboros con convicción—. Meriadec, por favor, examina los hechos a la luz de este nuevo testimonio. El relato del chico corroboraría la versión de Serbal, cuyas heridas, si lo recuerdas, eran perfectamente compatibles con las de cualquiera que se hubiese despeñado.

—Estás llevando las cosas demasiado lejos —objetó—. ¿Te has olvidado ya del broche que hallamos en el lugar de los hechos?

—Si alguien le empujó, es lógico pensar que esa misma persona se lo quitó y lo dejó allí para incriminarlo. ¿No fue acaso esa la explicación que sugirió el propio Serbal?

—¿Y cómo explicas lo de que Nemausus se ocupara de él cuando agonizaba en una estribación de la montaña? —Meriadec se resistía a admitir aquella versión de los hechos, pues eso implicaría reconocer que había cometido un terrible error—. ¡Sabes tan bien como yo que para entonces Nemausus llevaba muerto más de una semana!

Tenía razón, Eboros siempre se había sentido especialmente intrigado por aquel fragmento de la historia. Si Serbal hubiese mentido, ¿por qué nombrar a Nemausus, quien jamás habría refrendado su declaración de haber estado vivo? Aquello no tenía sentido. La única explicación posible pasaba por que Serbal, sencillamente, hubiese dicho la verdad…

—¡Hemos estado ciegos! —exclamó de repente dando un respingo.

—¿De qué hablas? —inquirió Meriadec.

—¿Recuerdas en qué época del año ocurrió todo aquello? Piénsalo bien, por favor.

El druida jefe hizo memoria, sin tener idea de a lo que se podía referir.

—Por la madre Dana y el padre Lugh… —murmuró cuando cayó en la cuenta—. Estábamos en pleno Samain…

—Exacto.

7

Meriadec no concilió el sueño en toda la noche.

Había tenido tiempo de sobra para pensar, y no le había quedado más remedio que admitir que Eboros tenía razón. Durante el tiempo de Samain, el portal que comunicaba el mundo de los vivos con el de los muertos quedaba temporalmente abierto, por lo que los espíritus podían penetrar en la esfera de lo terrenal y establecer contacto a su antojo con los seres de carne y hueso. Aquello era algo que los celtas habían sabido desde siempre, las historias al respecto se habían transmitido de generación en generación. Entonces, ¿por qué debía extrañarle que el difunto Nemausus se hubiese aparecido para ejercer su labor, incluso después de muerto?

El testimonio de Anghus le había abierto los ojos y, aunque todavía quedasen importantes incógnitas por resolver —especialmente saber quién había ultrajado el roble sagrado y por qué—, lo que no le ofrecía duda alguna era la inocencia de Serbal.

Aquella misma mañana, sin perder un solo instante, Meriadec y Eboros fueron a ver a Teyrnon para hacerle partícipe de lo que habían descubierto. El taller estaba patas arriba, repleto de despojos de ganga y escoria amontonados por el suelo, y el aire, preñado de hollín y suciedad, dificultaba la respiración. Teyrnon no presentaba un aspecto mucho mejor. Llevaba varios meses encerrado entre aquellas cuatro paredes, empeñado en fundir el hierro de la manera apropiada para poder así forjar armas con la dureza y resistencia necesarias como para hacer frente al enemigo. Por desgracia para todos, aún estaba muy lejos de conseguirlo.

Teyrnon recibía la ayuda de Belig, su sobrino por parte de su mujer, al que había tomado como aprendiz después de confirmarse que finalmente ninguno de sus dos hijos seguiría sus pasos. De constitución maciza, Belig era un chico que se desvivía por el trabajo, consciente de la gran oportunidad que tenía de poder formarse en uno de los oficios más respetados entre la población. Aquella mañana, además, el propio Derrien también se hallaba presente, pues siempre que podía se acercaba al taller de su padre para echarle una mano, sabedor de que en aquel momento necesitaba más que nunca de su apoyo.

El herrero les recibió con indiferencia, producto del rencor que aún sentía hacia el druida jefe a raíz del veredicto emitido en el juicio contra Serbal.

—Teyrnon, te ruego que dejes por un instante lo que estás haciendo y escuches con atención lo que te vengo a decir.

—Ahora no es buen momento —replicó el herrero con aspereza al tiempo que atizaba el fuego.

—Vengo a hablarte de Serbal…

Teyrnon se detuvo de golpe y clavó su mirada en el druida jefe. Derrien rodeó la fragua y se acercó hasta situarse junto a su padre.

Meriadec les resumió lo que había averiguado gracias al testimonio de Anghus y la conclusión a la que había llegado: Serbal estaba exento de toda culpa. Un espeso silencio se adueñó de la estancia, habitualmente ruidosa.

—¡Sabía que mi hermano era inocente! —exclamó Derrien.

Teyrnon, por su parte, sintió un caudal de rabia nacer en su interior.

—¡¿Y se puede saber por qué ese muchacho no testificó cuando los hechos tuvieron lugar?! —bramó—. Si hubiese hablado entonces, Serbal jamás habría sido castigado con el destierro.

—Ese chico es diferente —aclaró Eboros—. Es algo lento de mente, y resulta complicado imaginar lo que pudo haberle pasado por la cabeza. Probablemente se asustó y no quiso verse involucrado en un suceso tan grave. Deberíamos agradecerle que se haya decidido a contarlo, a pesar de que haya transcurrido tanto tiempo.

Para Teyrnon eso ya no suponía ningún consuelo, pero se dio cuenta de que culpar a Anghus tampoco servía de nada.

—De un modo u otro —repuso—, vosotros castigasteis a mi hijo por un crimen que no cometió.

—Nos equivocamos —admitió Meriadec—. Y aunque sé que es poco probable que Serbal haya sobrevivido al invierno, mandaré a buscarle en los bosques donde suelen ocultarse los proscritos.

—Si todavía está vivo, le encontraremos— añadió Eboros.

Teyrnon negó con la cabeza.

—Serbal no está en ningún bosque celta —reveló—. Tomó un barco con rumbo a Massalia tan pronto fue expulsado de Hallein. Yo mismo me ocupé de arreglarlo todo para tratar de brindarle una segunda oportunidad.

Meriadec le miró con dureza. El ardid tramado por Teyrnon contravenía totalmente el espíritu de las leyes celtas. Sin embargo, se abstuvo de hacerle el menor reproche. A fin de cuentas, de no haber actuado de aquella manera, puede que todo estuviese perdido.

—Padre —intervino Derrien—, ¿por qué no me lo dijiste?

—Lo siento, pero nadie debía saberlo.

La confesión del herrero suscitó nuevos interrogantes.

—¿Has tenido alguna noticia de Serbal desde entonces? —inquirió Eboros.

—Más allá de que llegó sano y salvo a la colonia griega, no he sabido más nada de él.

—Yo iré a Massalia en su busca y no descansaré hasta dar con su paradero —afirmó Derrien con una mezcla de entusiasmo y determinación.

Pese a las buenas intenciones de su hijo, Teyrnon no las tenía todas consigo. Lo último que querría sería perderle también a él.

—Es un viaje arriesgado —argumentó—. Y seis meses es mucho tiempo. Quién sabe si todavía seguirá allí.

Meriadec, por su parte, recordó los auspicios que habían puesto de manifiesto el papel clave que Serbal estaba llamado a jugar en el destino de su pueblo y que durante los últimos meses había creído equivocados. ¿Y si, después de todo, los augurios habían estado siempre en lo cierto? Meriadec se dio cuenta enseguida de que debía hacer todo lo posible por traer de vuelta a Serbal.

—Derrien, hablaré con Calum para que te provea de lo que necesites para el viaje. Asimismo, la orden llevará a cabo un ritual de protección en tu honor —anunció para tranquilizar a Teyrnon—. Nadie mejor que tú, su propio hermano, para encontrar a Serbal.

CAPÍTULO SÉPTIMO

Cuando los celtas querían comprobar si sus espadas eran buenas, las cogían con la mano derecha por la empuñadura, y con la otra del extremo de la espada y poniéndola sobre la cabeza, la doblaban por una y otra parte hasta tocar los hombros, y, tras eso, la sueltan rápidamente alzando ambas manos; y ella, una vez liberada, se endereza de nuevo y vuelve así a la situación del principio, de modo que no queda ninguna huella del doblamiento; y, aunque hagan eso muchas veces, siguen rectas.

FILÓN DE BIZANCIO
Tratado de mecánica

Derrien se había ofrecido a ir en busca de Serbal, y cumplió con su palabra.

Tal como había dicho el druida jefe, el rey apoyó activamente la iniciativa prestándole uno de sus caballos para que realizase el largo viaje. Meriadec, por su parte, decidió que Eboros acompañase a Derrien, pues la presencia del druida le abriría todas las puertas y le garantizaría la inmunidad frente al resto de las tribus celtas con las que se cruzasen en su recorrido. La constitución atlética de Eboros, así como su destreza como jinete, hacían de él el perfecto candidato.

La travesía transcurrió sin incidencias, beneficiándose allá por donde pasaron de la reconocida hospitalidad celta, común a todas las tribus. No fue hasta llegar a las inmediaciones de la colonia griega cuando sufrieron su primer contratiempo de especial significación. Un grupo de asaltantes les salieron al paso, exigiendo que les entregasen sus pertenencias y sus cabalgaduras. Los bandidos empuñaban toda clase de armas blancas y vociferaban órdenes a diestro y siniestro para infundirles temor. Sin embargo, aquella puesta en escena les sirvió más bien de poco, pues a Derrien le bastaron unos cuantos mandobles para hacer entender a los asaltantes que más les valía huir si querían conservar la vida. Incluso el propio Eboros se defendió con oficio valiéndose de su cuchillo, haciendo gala de un gran valor.

—Te manejas bastante bien con el cuchillo para ser un druida —bromeó el joven guerrero esbozando una sonrisa.

—Tantos años sacrificando bestias me han servido de escuela —replicó Eboros en tono burlón.

Cuando llegaron a Massalia, el dominio de la lengua griega que tenía el druida probó ser clave en su empresa. Por suerte, Serbal no solo no había abandonado la ciudad, sino que continuaba empleado en el taller metalúrgico más próspero de la colonia helena. Encontrarle, por tanto, les resultó mucho más fácil de lo que en un principio habían creído, ya que no tardaron ni tres días.

Serbal tuvo que parpadear varias veces seguidas, porque la visión de su hermano en el umbral del taller le pareció más un espejismo que el reflejo de la realidad, y no fue hasta que recibió el fuerte abrazo de Derrien cuando se convenció definitivamente de que no estaba soñando. Eboros, que también se hallaba presente y le saludó afectuosamente, se encargó de explicarle el motivo de su presencia allí. Serbal se sintió embargado por una profunda emoción cuando supo que había sido eximido de toda culpa y que si lo deseaba podía regresar a su tierra de origen.

En esos meses, Serbal no había sido capaz de sentirse integrado en aquel sitio. Ni la religiosidad, ni tampoco el carácter individualista del estilo de vida griego, tenían nada que ver con la espiritualidad celta y la mentalidad de tipo tribal que primaba entre los suyos. Ni siquiera los esfuerzos de la hija del herrero palestino, Fadilah, que le ayudó a establecerse y le mostró los lugares más emblemáticos de la colonia helena, sirvieron para que Serbal se adaptase a aquel mundo tan distinto. A lo único que pudo aferrarse fue al trabajo de metalúrgico que su padre le había inculcado con tanto ahínco, al que se acabó dedicando en cuerpo y alma durante su estancia allí.

Así pues, y pese a haberse labrado un porvenir en Massalia, Serbal no tuvo la menor duda de qué decisión tomar. ¿Acaso podía concebir una dicha mayor que retornar a su hogar y reencontrarse con su familia? Serbal se despidió del herrero palestino y de su hija Fadilah con sentidas palabras de gratitud por todo lo que habían hecho por él. Ambos lamentaron su marcha tan repentina, pero entendieron sus motivos.

Las ganancias que había obtenido las empleó en comprar un caballo con el que emprender el viaje de regreso. Serbal estaba ansioso por partir.

Si la ida les había llevado un mes, la vuelta, otro tanto. Y cuando por fin se hallaron en territorio de los celtas nóricos, Serbal pidió hacer un alto en mitad de ninguna parte. Aquello desconcertó tanto al druida como a su hermano, que observaron atónitos cómo el muchacho se apartaba de la vereda y se adentraba en el bosque con los ojos iluminados.

Serbal avanzó a campo través y se tendió sobre un lecho de hierba, con la mirada apuntando al cielo y la sombra de un árbol proyectándose sobre su piel. No tardó en volver a sentir el poderoso pulso de la naturaleza circulando por sus venas. Serbal no había olvidado la principal lección de Meriadec: el bosque había constituido desde siempre el verdadero hogar de los celtas.

Llegaron a Hallein en la estación veraniega. El sol entibiaba sus rostros y una delicada brisa endulzaba el camino. Al cruzar las puertas, Serbal advirtió que la población se giraba para mirarlo, asombrada ante el regreso del proscrito, si bien no había el menor rastro de odio o recelo en sus miradas, más allá de la natural curiosidad. El propio Meriadec había admitido su fatal error ante su pueblo, y se había dedicado durante las últimas semanas a limpiar el nombre de Serbal.

Antes de nada, se dirigió a su casa, donde su madre se deshizo en lágrimas de felicidad por haber recuperado a un hijo al que ya había dado por perdido. Teyrnon apareció poco después y le estrechó entre sus brazos largamente, dando gracias a la Divinidad por haber escuchado sus ruegos. Aquel día, por primera vez en mucho tiempo, no pisó el taller en toda la jornada.

A última hora de la tarde, Serbal fue convocado al alojamiento personal del rey. Derrien venía de allí, y le comunicó a su hermano que las autoridades más importantes de Hallein le estaban esperando.

Un par de antorchas iluminaban débilmente la estancia, que permanecía en su mayor parte en penumbra. El rey y el druida jefe les aguardaban acomodados en sendas sillas de respaldo alto. Meriadec se puso en pie, depositó su bastón de fresno en el suelo, y a continuación inclinó la cabeza ante Serbal, asumiendo su culpa.

—Cometí un grave error —reconoció—. Lo siento, Serbal. Me precipité en mi juicio contra ti. Ahora sé que decías la verdad y que nada tuviste que ver con la profanación del roble sagrado.

Serbal agradeció su disculpa y, tras examinar en el fondo de su corazón, se dio cuenta de que no le guardaba rencor alguno.

—¿Quién lo hizo? —inquirió—. ¿Lo habéis averiguado?

El druida negó con la cabeza.

—No tenemos la menor idea. Y de poco serviría iniciar una investigación a estas alturas. —Meriadec tomó asiento de nuevo—. En cualquier caso, no puedes imaginarte lo que significa para mí tenerte de vuelta.

Seguidamente, Calum tomó la palabra.

—Bienvenido, muchacho —dijo. Serbal notó al rey algo más desmejorado. Pese a ello, seguía infundiendo el mismo respeto que el día de su coronación. Calum tomó un objeto y se lo entregó de forma ceremoniosa: era la espada que Ewyn le había arrebatado a los germanos—. Tu hermano Derrien se ha convertido en uno de nuestros mejores guerreros, si no el mejor. ¿Lo sabías? —Serbal asintió sin dudarlo—. Sin embargo, no tiene posibilidad alguna de plantarle cara a nuestro fiero enemigo del norte, pues nuestras armas de bronce son incapaces de rivalizar con las espadas forjadas con el hierro de la Piedra del Cielo.

Serbal ya estaba informado, pues durante el viaje Derrien le había puesto al corriente de todo cuanto había pasado en su ausencia, y muy especialmente de la batalla que habían perdido contra las tropas de Reginherat.

—Muchacho —prosiguió Calum—, tu hermano me ha dicho que en el lugar de donde vienes has podido adquirir el conocimiento para convertir el hierro corriente en un poderoso metal, de dureza similar a la espada que sostienes entre tus manos. ¿Es eso cierto?

Lo era, pero solo a medias. El herrero palestino no le había desvelado la técnica, ya que para eso debía de haber sido su aprendiz durante mucho más tiempo. No obstante, Serbal había observado cuidadosamente el proceso, aunque jamás había tenido la oportunidad de llevarlo personalmente a cabo. Aun así, replicó:

—Podría intentarlo, señor.

—Está bien —concedió Calum—. Quiero que tú y tu padre os pongáis a trabajar enseguida. Y aunque no creo que haga falta, transmítele a Teyrnon la trascendencia de este encargo. No creo exagerar si afirmo que el futuro de nuestro pueblo descansa ahora en tus manos.

De los labios de Meriadec asomó una imperceptible sonrisa. El druida no pronunció palabra, pero en ese instante supo que los auspicios acerca de Serbal habían estado siempre en lo cierto, si bien en un sentido muy diferente al que él había pensado.

2

A oídos de Serbal no tardó en llegar la noticia de que Brianna se había prometido con el hijo del rey, por lo que sus esperanzas de retomar la relación apenas iniciada antes de su exilio se desvanecieron en el acto. Tales fueron su decepción y su dolor, que ni siquiera le quedaron ánimos para hacerle una visita. Además, su prioridad ahora residía en cumplir el encargo de Calum.

A Derrien se le eximió de cumplir sus obligaciones como guerrero, para que pudiese acudir diariamente al taller mientras Teyrnon lo necesitase a su lado. Así pues, Teyrnon, sus dos hijos y su sobrino Belig se encerraron en el taller metalúrgico para sacar adelante el proyecto del modo que fuese. Aunque Serbal ignoraba el procedimiento al detalle, sí que conocía las bases fundamentales del mismo. Todo apuntaba a que la clave del éxito, si es que lo tenían, solo podía venir de la combinación de los conocimientos recientemente adquiridos por Serbal y la amplia experiencia que Teyrnon poseía en la producción del bronce y otros metales.

Para empezar, Serbal señaló que debían construir un nuevo horno para el proceso de fundición, que tuviese diversas mejoras, entre ellas, una cámara de combustión más grande y una tobera con tiro vertical que favoreciese la circulación del aire. Ubicaron el horno al aire libre, en el patio trasero del taller, y destinaron dos días enteros a su construcción, y varios más en comprobar que funcionaba a la perfección.

Mientras que Teyrnon solía utilizar como carburante madera sin tratar, el siguiente cambio que introdujo Serbal fue la obligatoriedad de emplear únicamente carbón vegetal como fuente de combustible. El cobre, el estaño y la mayoría de los minerales requerían para su fundición temperaturas relativamente bajas. Por el contrario, el hierro exigía temperaturas mucho más elevadas, superiores a los mil grados, que solo el carbón vegetal, debido a su extraordinaria capacidad calorífica era capaz de ofrecer.

Aquello les supuso el primer revés, ya que hasta entonces solo un habitante de Hallein se dedicaba al carboneo, y la demanda de combustible que ellos precisarían era mucho mayor de lo que aquel era capaz de producir. Desde luego, el hecho de que existiesen en la región densas formaciones boscosas hacía que la transformación de la leña de ciertos árboles y arbustos en carbón no fuese un problema, si bien, para cubrir sus necesidades, uno de ellos tendría que dedicarse en exclusiva a aquella labor. Teyrnon decidió entonces que Belig se ocupase a partir de ese momento de las tareas de carboneo y posterior transporte del combustible hasta el taller. El suministro de hierro, en cambio, estaba asegurado, pues aquel mineral abundaba en aquellos lares, a diferencia del estaño, que estaban obligados a importarlo de tierras lejanas.

Tras el proceso de reducción del mineral, obtenían lingotes de hierro de cierta pureza, pero de escasa consistencia y excesiva ductilidad. Teyrnon, que había alcanzado resultados similares en el pasado, temió que su hijo no hubiese aprendido lo suficiente como para poder salir de aquel punto muerto. Sin embargo, Serbal le tranquilizó diciendo que aquel era solo el primer paso de un procedimiento mucho más largo y complejo.

Una vez extraída la masa férrica del horno, la siguiente fase consistía en recalentar los lingotes y someterlos a un largo martillado destinado a separar la escoria del metal, sobre una fragua alimentada con carbón. Nuevamente, la utilización de aquella fuente de combustible se tornaba fundamental, ya que el monóxido de carbono derivado del carbón vegetal se extendía por la superficie del hierro, proporcionándole una capa de acero que aumentaba su dureza.

A esas alturas, cuando ni siquiera habían llegado al final del proceso, los resultados ya superaban con creces cualquier intento de los que Teyrnon había acometido por su cuenta. Pero Serbal todavía se reservaba una innovadora técnica destinada a aumentar aún más la calidad de la pieza: el enfriamiento del metal tras su rápida inmersión en agua. El método resultaba tan asombroso, que dejó incluso al experimentado herrero sin palabras.

—Padre, esto es todo lo que puedo enseñarle de cuanto aprendí —señaló Serbal—. ¿Será suficiente?

—Haremos que lo sea —afirmó Teyrnon.

Con todo lo aprendido, comenzaron a experimentar con el fin de conseguir una espada con la flexibilidad, resistencia y dureza deseadas. Las posibilidades eran múltiples, dependiendo de cómo realizaran cada uno de los pasos del proceso. Unas veces Serbal se encargaba de fundir el hierro, mientras que Teyrnon se ocupaba de forjarlo, y viceversa. Y en cada uno de los casos observaban con atención los cambios de color que sufría la pieza, probaban diferentes tiempos de exposición al fuego, o aplicaban una determinada forma de martillado. Derrien, por su parte, además de colaborar en las citadas tareas, se encargaba también de someter las espadas a prueba y dar su veredicto.

Se empleaban sin apenas descanso, y la labor en el taller era sufrida y exigente. A veces surgían tensiones derivadas de las interminables horas de trabajo, cuando las cosas se torcían o las armas no eran tan buenas como esperaban. No obstante, los desencuentros quedaban rápidamente olvidados, pues la experiencia de trabajar en familia, especialmente después de todo por lo que habían pasado, compensaba las interminables horas de esfuerzo y sacrificio.

Al mismo tiempo, Serbal estaba sufriendo su propio proceso trasformador, pues se había prendido en su corazón una chispa relacionada con el oficio de metalúrgico, que se había originado en Massalia y se había acentuado tras su regreso a Hallein, como consecuencia de la reciente complicidad que había nacido entre su padre y él. Ciertamente, el universo de los metales había despertado un interés en él como nunca lo había hecho en el pasado.

Transcurrieron tres semanas hasta que dieron con la combinación más adecuada para la fabricación de lo que consideraron la espada perfecta. La hoja se elaboraba mediante la unión de varias láminas de hierro, y la clave para obtener un resultado idóneo radicaba en exponer al fuego durante más tiempo las láminas que configuraban las caras externas. De este modo, conseguían que el interior de la hoja permaneciese más blando y flexible —evitando así que la espada resultase quebradiza—, mientras que el exterior no solo ganaba en rigidez y dureza, sino que permitía que sus filos fueran mucho más cortantes y resistentes.

Padre, hijos y sobrino lo celebraron con una salva de aplausos, orgullosos del éxito logrado tras infinitas horas de esfuerzo. Teyrnon, exhausto y con sus barbas y bigotes empapados en sudor, dibujó una sonrisa de oreja a oreja que apenas le cabía en el rostro.

Después de media vida intentándolo, por fin el hierro había dejado de tener secretos para él.

3

Brianna se apostó en la orilla del río donde las mujeres del poblado acostumbraban a lavar la ropa. El incesante parloteo de las lavanderas se mezclaba con el rumor del agua y el canto de las avecillas. El lugar resultaba idóneo para dicha tarea porque el caudal del riachuelo discurría con suavidad y los árboles de ambos extremos, que se rozaban con sus ramas simulando un abrazo imposible, las protegía del intenso calor.

La muchacha se arrodilló sobre una roca de superficie plana y remojó en el agua uno de los vestidos de su tía Ardena. Un sinfín de pensamientos bullían en su mente desde la llegada de Serbal, al que Brianna no había visto todavía, debido a que el joven se pasaba las horas encerrado en el taller. Sabía que el reencuentro se produciría tarde o temprano, aunque fuese de manera fortuita, pero... ¿qué sentiría cuando le volviese a ver? ¿Despertaría en ella los mismos sentimientos de antaño? ¿Y cómo reaccionaría entonces? Brianna sacudió la cabeza. Aunque quisiera, no podría romper su compromiso con Cedric. Su tía Ardena jamás se lo permitiría. Y en cualquier caso, todas aquellas conjeturas no llevaban a ningún sitio, porque había transcurrido tanto tiempo desde que se marchó y habría pasado por tantas experiencias, que lo más probable era que Serbal ya ni siquiera estuviese interesado en ella.

Brianna giró la cabeza tras escuchar a su espalda el ruido de fuertes pisadas, y descubrió a Cedric aproximándose a ella con gesto serio.

Le gustase o no, el retorno de Serbal también le afectaba a él. Para empezar, pasó un miedo atroz cuando se enteró de que Anghus había confesado. Por suerte, más tarde supo que aquel imbécil no le había mencionado, de modo que continuaba libre de toda sospecha... No obstante, su testimonio había servido para exculpar a Serbal, y nada impedía que en el futuro le diese por contar lo que hasta el momento se había callado. Anghus había demostrado ser demasiado imprevisible, y Cedric no podía permitirse el lujo de dejar ese cabo suelto por más tiempo. Aquel problema exigía una solución definitiva, que debía acometer con la mayor brevedad.

Por otra parte, le preocupaba enormemente la posición que Serbal adoptase en relación a Brianna. ¿Cuál sería su actitud? ¿Seguiría enamorado? Y si así fuese, ¿respetaría el compromiso existente, o intentaría recuperarla a pesar de todo? ¿Y cuál sería la reacción de ella? Desde luego, Cedric había notado que desde el regreso de Serbal, Brianna se había mostrado más inquieta que de costumbre. Por todo ello, pensó que había llegado la hora de abordar aquel asunto con ella y averiguar qué era lo que pasaba por su cabeza.

—Hola, Brianna. Tu tía me dijo que te encontraría aquí.

—Hola —musitó ella. La joven le devolvió el saludo con cierta frialdad, mientras el resto de las lavanderas miraban de reojo al hijo del rey Calum.

Cedric se sentó junto a su prometida en la orilla del río.

—Los beneficios que obteníamos con el comercio del ámbar han disminuido —comentó—. La demanda es continua, pero han entrado muchos otros mercaderes en el negocio y ahora la competencia es mayor.

—Estoy segura de que tu tío sabrá lo que hacer —repuso Brianna.

El joven hizo una pausa, para a continuación sacar el tema que verdaderamente le había llevado hasta allí.

—Serbal casi no se ha dejado ver desde su vuelta, ¿verdad? —preguntó fingiendo desinterés. Cedric jugaba con ventaja, pues había sido testigo de los besos furtivos entre Serbal y Brianna, mientras que ella estaba convencida de que nadie más lo sabía.

Aunque Brianna se encogió de hombros, Cedric percibió que la sola mención de aquel nombre había provocado en ella cierta tensión.

—¿No has hablado con él? Pensé que se reincorporaría al grupo de iniciados.

—No —repuso Brianna, frotando con fuerza la tela del vestido. El jabón, elaborado con grasa de cabra y ceniza de abedul, se le deshacía como arena fina entre las manos.

—¿No es una vergüenza que después de lo que hizo, le dejen volver ahora como si nada? —Cedric la estaba poniendo a prueba.

—No veo el problema. Los druidas han determinado su inocencia.

—Sí, claro —replicó con ironía—. Los mismos druidas que anteriormente decidieron desterrarle de la tribu. ¿Y qué les ha hecho cambiar de opinión? ¿El testimonio de un retrasado al que ni siquiera se le entiende cuando habla?

Brianna restregaba hacia delante y atrás la ropa contra la piedra de forma mecánica, y la remojaba de vez en cuando en el agua fresca del río.

—No infravalores a Anghus —contestó—. Yo le conozco bien y, aunque no sea especialmente listo, tampoco es tan tonto como la gente cree.

Cedric guardó silencio. El sol se reflejaba en sus cabellos y le arrancaba destellos de color rojizo. La reacción de Brianna no le había gustado lo más mínimo, tras comprobar que todavía seguía defendiendo al dichoso hijo del herrero. Su instinto le decía que debía permanecer alerta, porque no podía fiarse de ninguno de los dos.

—Ya nos veremos luego —concluyó dándose la vuelta. Pero antes de regresar por donde había venido, añadió—: Por cierto, cuando seas mi esposa no hará falta que vengas a lavar. Ya se encargará de eso una sirvienta.

Brianna no dijo nada, simplemente continuó centrada en la tarea como si no le hubiese escuchado.

4

Después de haber cumplido con el encargo de Calum, Serbal se concedió un merecido descanso y aprovechó para reintegrarse paulatinamente en el poblado del que tuvo que marcharse de forma tan traumática. Los habitantes de Hallein se acostumbraron pronto a su presencia, y algunos de ellos incluso se disculparon por el escarnio al que le sometieron el día de su destierro. Serbal había recuperado el honor que le convertía de nuevo en un miembro de la comunidad.

Aquella tarde en concreto, Serbal decidió desplazarse hasta una granja cercana para visitar a la persona a la que le debía que su nombre hubiese quedado limpio y había hecho posible su regreso: Anghus. La aparición de aquel inesperado testigo que había corroborado su versión de los hechos, aunque tardía, había resultado milagrosa para él.

El cielo vespertino arrojaba una luz ambarina que se derramaba sobre los cultivos de cebada como si fuese oro fundido. Serbal pasó junto a un rebaño de cabras recluido en un corral y se encaminó hacia la cabaña que se erigía en el centro de la modesta granja. Un curtido campesino salió a recibirle a la puerta. Nisien había reconocido a Serbal desde la distancia, y su visita, en el fondo, no le sorprendió lo más mínimo.

—Tan solo quería agradecerle a su hijo que diese la cara por mí —explicó tras los saludos de rigor.

Nisien asintió con la cabeza y esbozó una sonrisa. Que alguien acudiese a ver a Anghus era siempre motivo de satisfacción.

—Lo encontrarás en la parte trasera.

Serbal rodeó la estructura de madera, a cuya espalda se extendía un modesto huerto. Anghus estaba de rodillas sobre la tierra, concentrado en arrancar las malas hierbas que entorpecían el crecimiento de las hortalizas. Su perro jadeaba con la lengua fuera, echado en el suelo a escasa distancia de allí.

—¿Me reconoces? —inquirió Serbal.

Anghus le miró con los ojos muy abiertos, demasiado sorprendido como para poder articular palabra, y también espantado en cierta forma, pues temía el reproche de Serbal por no haber intervenido a tiempo para evitar su destierro, cuando tuvo la oportunidad.

—Tranquilo, he venido para darte las gracias. —respondió el recién llegado adivinando sus pensamientos. Anghus respiró aliviado, aunque su lenguaje corporal reflejaba todavía cierto desasosiego—. Dicen que tú presenciaste lo que me ocurrió en el cerro, ¿es verdad?

—Sí —repuso bajando la mirada.

Serbal jamás había comprendido por qué alguien se había tomado tantas molestias en tenderle una trampa, y pensaba que quizás Anghus pudiese ponerle sobre la pista del sujeto que tanto daño le había hecho. No había duda de que alguien había querido perjudicarle, y Serbal quería averiguar quién y por qué.

—Anghus, hay detalles de tu historia que no me quedan claros, y desearía mucho que me ayudaras —señaló—. Por ejemplo, si fuiste capaz de reconocerme a mí, ¿De verdad no pudiste reconocer a la persona que me atacó?

—No —replicó con voz temblorosa—, ya le dije a los druidas que no pude verle la cara.

—Está bien, pero dime al menos cómo era: ¿alto o bajo? ¿Gordo o delgado? ¿Vestía como un guerrero o como un campesino? —Serbal buscaba cualquier indicio, por pequeño que fuera, para iniciar sus pesquisas.

Anghus esquivó la mirada y se mordió el labio inferior. De pronto se le aceleró la respiración y sus manos comenzaron a temblarle de forma incontrolada. Era evidente que el muchacho ocultaba algo. Sin embargo, Serbal comprendió enseguida que si le presionaba, no obtendría nada de él.

—Lo siento, Anghus. No pretendía disgustarte. —Serbal acompañó sus palabras con una afable sonrisa—. Intenta, al menos, aclararme otra cuestión. Si viste cómo me arrojaban por la ladera… ¿por qué no avisaste a nadie para que acudiese en mi ayuda?

Lágrimas de impotencia acudieron a los ojos del chico.

—¡Tenía miedo! —estalló.

—¿Miedo de qué? ¿De quién? —inquirió con amabilidad, pero Anghus rompió a llorar y comenzó a golpearse la cabeza con las manos. *Pardo* percibió el nerviosismo de su dueño y se apostó a su lado al tiempo que se alzaba sobre sus patas.

—¡Cálmate, Anghus! —Serbal le sujetó por los antebrazos para impedir que se hiciese daño—. No te estoy culpando de nada. Solo quiero entender qué te llevó a actuar como lo hiciste.

A Anghus le llevó unos minutos recobrar la compostura.

—Ya está. Ya pasó todo. Lo siento. Soy tu amigo, y lo último que pretendía era hacerte pasar un mal rato —dijo Serbal, quien había llegado a la conclusión de que solo si se ganaba la confianza del muchacho lograría que este se sincerase con él.

—Entonces… ¿No estás enfadado conmigo? —preguntó Anghus.

—¡Claro que no! ¿Por qué iba a estarlo? ¡Gracias a ti he podido volver!

Anghus meditó unos segundos.

—¿En serio eres mi amigo?

—Sí, soy tu amigo —afirmó Serbal con la misma rotundidad que si le estuviese jurando lealtad al rey.

El rostro de Anghus mudó de golpe, hasta el punto de que pareció resplandecer. Serbal decidió cambiar radicalmente de tema y abordó asuntos más triviales relacionados con los animales o el mantenimiento de la granja. Anghus se mostró mucho más comunicativo, extendiéndose largo y tendido en sus respuestas. Poco después, él mismo tomaba la iniciativa de la conversación para plantear una serie de desconcertantes cuestiones referidas al amor y la sexualidad, que Serbal contestó lo mejor que pudo. El hijo de Nisien se sentía dichoso de poder compartir al fin ciertas inquietudes con alguien al que poder llamar amigo.

—¿Y sabes quién es también mi amiga? —inquirió un radiante Anghus—: ¡Brianna!

Serbal bajó una ceja, no muy convencido.

—¡Es cierto! —insistió—. ¿Y sabes qué me dijo? ¡Que te amaba! —Anghus se cubrió la cara como si se ruborizase por lo que acababa de decir.

Aunque perplejo, Serbal no tenía motivos para dudar de la palabra del chico.

—¿De verdad dijo eso?

—Bueno, no lo expresó con palabras —repuso Anghus—, pero sus ojos brillaban cuando hablaba de ti.

—No te ofendas, Anghus, pero tú no eres precisamente un experto en las cosas del amor. ¿No crees que pudiste hacerte una impresión equivocada?

El muchacho, contrariado, arrugó el entrecejo.

—A veces, cuando mi madre me mira de cierta manera, distingo en sus ojos un brillo similar —explicó—. ¡Y ella me quiere más que a nada en el mundo!

Serbal no rebatió un argumento que, por su simplicidad, parecía incontestable. La tarde había avanzado y los últimos vestigios de luz del sol se disipaban en el cielo. Había llegado la hora de volver.

—¿Vendrás a verme otro día ahora que somos amigos? —preguntó Anghus esperanzado.

—Cuenta con ello.

Serbal rodeó la granja para enfilar el camino principal. Realmente, Anghus era un buen chico a quien su ligero retraso había condenado a una vida marcada por el rechazo y la incomprensión. Sin embargo, Serbal estaba seguro de que el muchacho sabía algo que por el momento se guardaba para sí mismo, aunque confiaba en que cuando se sintiese preparado, el propio Anghus le revelaría de motu propio aquello que por el momento no parecía dispuesto a contar.

Antes de abandonar el lugar, Nisien salió de la cabaña y extendió un brazo para llamar su atención.

—Aguarda un momento, por favor —rogó—. He oído decir que tu padre ha sido capaz de fabricar una espada de hierro de gran dureza.

—Así es.

—Pues desearía hacerle un encargo. Mi azada de bronce se rompe con demasiada facilidad cada vez que golpea una piedra cuando estoy labrando la tierra, y había pensado que tal vez sería una buena idea probar con una de hierro.

—Descuide, se lo diré —le aseguró Serbal.

—Gracias. Y dile también que, aunque ahora no tengo con qué pagarle, cuando llegue el tiempo de la cosecha saldaré mi deuda con él.

5

Tras lo intrigado que le había dejado Anghus, Serbal no quiso posponer por más tiempo su encuentro con Brianna, a quien decidió visitar al día siguiente.

Serbal ignoraba que Brianna residía con su tía Ardena, así que se dirigió a la antigua vivienda que compartía con su padre, ahora deshabitada. No obstante, Brianna acudía a limpiarla una vez a la semana, y justamente coincidió que esa mañana ella estaba allí. Y es que aquella casa pasaría a integrar el patrimonio de Cedric como parte de la dote una vez que el matrimonio se formalizara.

Brianna escuchó que llamaban a la puerta y, cuando la abrió, se quedó petrificada. Sus miradas se cruzaron y ambos contuvieron la respiración. Serbal creyó ver en los ojos de su amada el brillo del que Anghus le había hablado, aunque le hubiese sido muy difícil afirmarlo con seguridad. Los recuerdos del pasado, al tenerse frente a frente, emergieron a la superficie igual que los restos de un naufragio que hubiesen permanecido durante largo tiempo bajo las olas del mar.

—¿Cómo estás? —Las palabras de Serbal brotaron de su boca como un susurro.

—Bien… Me enteré de tu regreso, pero no te he visto por el poblado…

—Es cierto. Las últimas semanas las he pasado encerrado con mi padre en el taller.

Serbal permanecía de pie bajo el umbral, y cuando Brianna se dio cuenta, se apresuró a invitarle a pasar.

De las paredes del antiguo hogar de Murtagh aún colgaban los viejos escudos de guerra que le habían pertenecido. Brianna no había querido tocar nada porque toda aquella parafernalia le recordaba a su padre. Sobre un estante, incluso, todavía se exhibía la colección de cabezas embalsamadas de los enemigos más temidos a los que se había enfrentado el gran general y que había derrotado en el campo de batalla. Los celtas creían que el alma se alojaba en la cabeza, y que al decapitar al adversario no solo se le privaba de alcanzar la inmortalidad, sino que además se obtenía su poder.

—Fue horrible lo que te ocurrió, Serbal. Ojalá hubiese podido hacer algo.

—No te preocupes. Nada de lo que hubieses hecho me habría librado del exilio.

Brianna invitó a Serbal a tomar asiento y ella hizo lo propio. Entre ambos se alzaba una mesa rectangular totalmente vacía. Por espacio de un minuto se sostuvieron la mirada sin pronunciar una sola palabra. Serbal volvió a recrearse en la asombrosa belleza de Brianna, de cuya realidad había llegado a dudar mientras estuvo en Massalia, pese a saberse sus facciones de memoria. A Brianna, por su parte, se le habían acelerado los latidos de su corazón. Enfrente tenía al único hombre del que se había llegado a enamorar alguna vez, y todos los sentimientos que habían permanecido adormecidos aquellos meses regresaron a ella de repente, como un río que se desborda tras la caída de un fuerte aguacero.

—Siento mucho lo de tu padre —terció Serbal—. He oído decir que murió con honor en la batalla.

Brianna aceptó sus condolencias con una ligera inclinación de cabeza.

—¿Cómo sobreviviste al destierro? —inquirió a continuación.

Serbal le narró entonces las distintas etapas de su increíble travesía: su viaje a bordo del mercante griego, su incierta llegada a Massalia, y cómo había logrado ganarse la vida allí gracias a los conocimientos metalúrgicos que había adquirido de Teyrnon.

—¿Y qué hay de ti? ¿Pudiste continuar tu formación como druidesa?

—Después de tantas desgracias, eso ha sido lo único bueno que me ha pasado. —Brianna dejó entrever una sonrisa—. ¿Y tú? ¿Te reincorporarás de nuevo al grupo de iniciados?

—Supongo, aunque todavía no he hablado de ello con Meriadec.

Serbal había posado sus manos sobre la mesa, y Brianna observó que algunas leves quemaduras le habían tatuado la piel. Sus brazos lucían más torneados, y sus hombros y espalda también habían aumentado de talla. Era evidente que Serbal se había empleado a fondo en el taller del herrero palestino durante su estancia en la colonia griega.

La joven deslizó su mano por la superficie de la mesa, hasta rozar con la yema de sus dedos la mano de Serbal. El leve contacto fue como una corriente eléctrica. Sus miradas también colisionaron, aullando en silencio por confesar lo que sentían. Sin embargo, Serbal retiró su mano de forma repentina y dijo con voz neutra:

—He oído lo de tu compromiso con el hijo de Calum.

Brianna pareció dolida por su reacción.

—Así es… pero es más complicado de lo que parece…

—No me debes ninguna explicación —le interrumpió—. Fui desterrado y se suponía que no habría de volver.

Serbal arrastró la silla hacia atrás, se puso en pie y encaminó sus pasos hacia la salida, pero Brianna fue tras él y le sujetó del brazo antes de que llegara a la puerta.

—Espera…

Serbal se giró y sus caras quedaron tan cerca, que cada uno percibió en su boca el aliento del otro. Brianna entreabrió los labios y le dedicó una mirada en la que se reflejaba todo lo que en voz alta no se atrevía a decir. Durante un instante, el beso entre ambos pareció un hecho inevitable del que no podrían escapar aunque quisieran. Sin embargo, Serbal logró recuperar el control de sí mismo en el último momento y, lentamente, dio un paso atrás. Mientras Brianna estuviese comprometida, sus actos debían regirse con la máxima cautela. Lo último que necesitaba en aquellos momentos sería complicar aún más las cosas.

—Me alegra mucho volver a verte, Brianna. —Y dicho esto, abandonó a toda prisa la antigua casa de Murtagh.

6

El druida jefe caminaba hacia la herrería sumido en sus pensamientos.

Aunque habían transcurrido varios meses sin rastro del «Verdugo», Meriadec intuía que no tardaría en volver a actuar. Para empezar, sabía que aún permanecía entre ellos, porque podía sentir la maldad de aquel sujeto flotar en el ambiente. El «Verdugo» no se había marchado, sino que continuaba agazapado esperando el momento oportuno para dar rienda suelta a su instinto homicida. Pronto tendrían lugar las fiestas de Lugnasad, y Meriadec temía que el asesino aprovechase aquellas fechas para exhibirse de nuevo, pues era un hecho que durante las celebraciones la gente solía bajar la guardia.

Además, la ausencia de crímenes mientras Eboros estuvo fuera en busca de Serbal contribuyó a incrementar los rumores que le señalaban como el presunto asesino. Meriadec sabía que no era más que una simple coincidencia, pero tampoco podía obviar que si no daban cuanto antes con el verdadero criminal, una parte cada vez mayor de la población comenzaría a desconfiar de su protegido.

Por otro lado, ciertas informaciones no del todo contrastadas hablaban de la presencia de guerreros germanos en tierras celtas. De ser cierta tal cosa, ¿qué se traería ahora entre manos Reginherat? ¿Acaso no tenían ya suficientes problemas?

Meriadec espantó las preocupaciones con un movimiento de cabeza y, tras plantarse en la puerta del taller, se asomó con cautela al interior. Teyrnon y sus dos hijos se hallaban tan enfrascados en su trabajo, que ni siquiera le vieron entrar. Desde hacía varios días venían fabricando nuevas espadas de hierro para el ejército celta, con el fin de actualizar progresivamente su armamento de bronce, ya desfasado. Belig, entretanto, se dedicaba por completo al carboneo, que había decidido convertir en su actividad profesional.

—Mirad este ejemplar y decidme qué os parece. —Serbal mostraba a su padre y su hermano una espada recién forjada que terminaba de pulir.

—¿Pero qué has hecho? —inquirió Teyrnon sin disimular su sorpresa.

Serbal sostenía una espada corta, diametralmente opuesta a la tradicional espada celta, de hoja larga y pesada.

—Durante mi estancia en Massalia tuve ocasión de familiarizarme con este tipo de espadas. Son típicas de algunos ejércitos del área mediterránea.

Derrien se la arrebató de las manos y la blandió en el aire, trazando una amplia selección de movimientos de defensa y ataque.

—¿Hablas en serio? —se burló el guerrero—. ¡Esta espada parece estar hecha pensando en una tropa de mujeres!

Teyrnon prorrumpió en sonoras carcajadas. Serbal aguardó a que cesaran y, lejos de tomárselo a mal, expresó su punto de vista.

—A diferencia de nuestras espadas de bordes cortantes, ideadas para asestar poderosos tajos laterales, esta es corta y ligera, y de punta muy afilada que la dota de un rápido y eficaz golpe de estoque —explicó—. La ventaja es que una perforación en el tórax o en el abdomen casi siempre es letal, mientras que los cortes en los costados suelen curar por muy profundos que sean y requieren de mayor fuerza para resultar mortales.

—Entiendo lo que dices —replicó Derrien—, pero sabes bien que las espadas germanas son muy similares a las nuestras. ¿Qué posibilidades crees que tendría uno de nuestros guerreros de defenderse en el campo de batalla empuñando un arma tan pequeña? ¡Frente a una espada de hoja larga no tendría ni la menor oportunidad!

—El trabajo es bueno, hijo —elogió Teyrnon, valorando el acabado de la pieza desde un punto de vista exclusivamente técnico—. Sin embargo, tu hermano tiene razón. No tendría sentido alguno armar a los nuestros con este tipo de modelo. Sería como si nuestro druida jefe sustituyese su bastón de fresno por una cimbreante rama de sauce.

Meriadec, que había asistido a la escena en silencio desde el umbral de la puerta, se aclaró en ese instante la garganta para advertir de su presencia, que hasta el momento les había pasado inadvertida.

—Admito que tu símil es bastante acertado —terció el druida—. Sin embargo, para azotar a una bestia de carga que rehúsa obedecer a su amo, sería mucho más apropiado utilizar una rama de sauce que un bastón de fresno. Lo que quiero decir es que ninguna herramienta es inútil si se la usa de la forma adecuada.

Teyrnon saludó al druida jefe con un gesto de cabeza.

—¿Qué te trae por aquí, Meriadec? ¿Necesitas algo?

—He venido a ver a Serbal —repuso señalando al muchacho—. Quisiera hablar con él.

Serbal dio un paso al frente y le sostuvo solemnemente la mirada. Lo que tuviese que decirle podía hacerlo allí mismo, delante de su familia.

—Seré muy directo —repuso Meriadec—. Cuando te expulsamos, habías iniciado tu proceso de formación como druida y eras, de hecho, mi alumno más prometedor. Pues bien, ahora que has vuelto, me gustaría que supieses lo mucho que me complacería que retomases de nuevo tu preparación.

Un estremecimiento de emoción recorrió el cuerpo de Serbal. No obstante, enseguida comprendió que las experiencias vividas durante el último año le habían cambiado de un modo que jamás habría podido llegar a imaginar. Desde que era niño, Serbal siempre había admirado a los druidas, había deseado adquirir su sabiduría y conocer sus conjuros... pero con el tiempo, había terminado por germinar en él una pasión cuyo verdadero significado no había llegado a comprender hasta aquel mismo instante. La metalurgia constituía un conocimiento arcano que estaba al alcance de solo unos pocos y, pese a que la magia druídica siempre le había intrigado, Serbal se había dado cuenta de que la transformación de los metales constituía otro tipo de magia no menos misteriosa y sí, en cambio, mucho más real.

Meriadec le había enseñado que la magia druídica se basaba en la interrelación de los cuatro elementos que conformaban la esencia de la naturaleza: tierra, aire, fuego y agua. ¿Y acaso no aplicaba su padre aquella misma filosofía, aunque desde un punto de vista distinto? Los herreros utilizaban los minerales que se extraían de la tierra; hacían uso del fuego para fundirlo; se valían del aire para aumentar su temperatura; y sumergían el metal en agua con el fin de mejorar la calidad de la pieza. Teyrnon llevaba haciendo magia toda la vida, pero Serbal no había sabido verlo hasta ese momento.

—Gracias por el ofrecimiento —contestó—, pero he decidido quedarme como aprendiz en el taller y seguir los pasos de mi padre.

Aquella afirmación les pilló a todos desprevenidos, pues ni siquiera el propio Serbal sabía lo que iba a decir.

Teyrnon, que se jactaba de ser un hombre duro como la roca y ni siquiera en las situaciones más dolorosas rompía a llorar, sintió un nudo en la garganta y tuvo que volver la cara para que los demás no advirtiesen sus ojos anegados en lágrimas.

Meriadec asintió con lentitud.

—El pueblo de los celtas nóricos se perderá a un gran druida —sentenció—, pero ganará al mejor herrero que en el futuro podrá tener.

7

Después de varios minutos intercambiando mandobles, Cedric sentía que iba a escupir el corazón por la garganta. Un sol de órdago caía sobre el patio trasero de su vivienda, donde el hijo del rey continuaba su adiestramiento de la mano de Ewyn.

—Necesito un descanso —jadeó bajando la guardia y secándose el sudor de la frente que le entraba constantemente en los ojos.

—¡No puedes hacer una pausa cada vez que se te antoje! —bramó el guerrero—. ¿O es que crees que durante el fragor de la batalla el enemigo tendrá contigo tanta consideración?

—¡Ya lo sé! ¿Te crees que soy idiota? Pero esto es un entrenamiento, no una lucha real, ¿no?

—Pues deberías tomártelo como si lo fuera. De lo contrario, jamás estarás preparado para cuando te llegue el momento de participar en una auténtica contienda.

Cedric prefirió reservarse lo que pensaba al respecto. Bajo ningún concepto estaba dispuesto a entrar en combate, por más que perteneciese a la aristocracia militar.

—¡No te he dicho que pares! ¡Vamos, defiéndete!

Pero Cedric, en lugar de obedecer, se quedó en pie mientras llenaba de aire sus pulmones. Ewyn alzó entonces su espada y colocó el filo de la hoja a escasos centímetros de la carótida de su pupilo.

—¿Qué haces? ¿Te has vuelto loco?

Ewyn sonrió y, en lugar de retraerse, la acercó aún más, hasta hacerle un ligero corte en la garganta del cual brotó un fino hilo de sangre. El joven guerrero sabía que tenía carta blanca para hacer lo que quisiera. Días atrás, Calum le había hecho llamar para que le diese cumplida información acerca de los progresos de su hijo, y el rey se disgustó mucho al saber que Cedric apenas se esforzaba y que seguía sin mostrar interés alguno por adiestrarse en el arte de la guerra. Por consiguiente, Ewyn contaba con su aprobación para imponer los métodos de aprendizaje que estimase más oportunos, sin importar lo radicales que estos fuesen.

—¡Deja de quejarte y defiéndete!

Cedric se revolvió e hizo chocar impetuosamente su espada con la de su instructor.

—¡Eso es! —exclamó Ewyn—. ¡Saca la furia que llevas dentro!

Herido en su orgullo, Cedric se empleó durante el resto de la tarde como no lo había hecho nunca. El cambio de actitud satisfizo a Ewyn, tras comprobar que su alumno se dedicaba por fin a pelear. Fue la puesta de sol lo que marcó el final de la primera clase verdaderamente provechosa.

—Mañana volveré a la misma hora. Tu padre quiere aumentar la frecuencia de nuestros encuentros. —Por toda respuesta, Cedric chasqueó la lengua en señal de protesta—. Tu técnica deja mucho que desear, pero si le pones las mismas ganas que hoy, conseguirás más avances en menos tiempo. —Y dicho esto se despidió con un gesto de la mano.

—Aguarda, no te vayas todavía. Me gustaría hablar contigo.

Ewyn se giró poco antes de enfilar la salida.

—Ah, ¿sí? ¡Qué raro! No sabía que fuésemos amigos.

—Quiero encargarte un trabajo —aclaró Cedric, soportando la desconfiada mirada del guerrero—. Te pagaré bien.

La promesa de una recompensa provocó en Ewyn un repentino cambio de actitud.

—¿Qué tendría que hacer? —inquirió.

—Matar a alguien —replicó Cedric de forma automática, sin alterar lo más mínimo la inflexión de su voz. De entrada, Ewyn enmudeció, para a continuación estallar en carcajadas, convencido de que se trataba de una broma—. No te muevas de aquí —rogó—. Vuelvo enseguida.

Cedric se perdió en interior de la vivienda, y regresó poco después con una bolsa de cuero bajo el brazo. La depositó en el suelo y la abrió, dejando a la vista su tentador contenido: un abundante surtido de joyas de ámbar, y también de valioso oro, que Cedric había reunido en el curso de diversas transacciones comerciales en las que había intervenido junto a su tío Eoghan.

Los ojos de Ewyn brillaron ante la visión de aquella pequeña fortuna, y Cedric supo al instante que había elegido a la persona adecuada. Por lo que había podido averiguar, Ewyn tenía fama de conflictivo, carecía por completo de escrúpulos, y en el pasado se había visto involucrado en más de un incidente de dudoso honor. Por tanto, había dado por sentado que el joven guerrero no se escandalizaría por la propuesta que le iba a hacer.

—Antes de nada, debe quedar muy claro que jamás le podrás contar a nadie lo que hablemos hoy aquí.

—Aún no he dicho que vaya a aceptar el encargo —repuso Ewyn—. ¿De verdad me estás pidiendo que liquide a una persona?

—Sí, pero no tienes de qué preocuparte. No es nadie de la clase alta. Al contrario, el objetivo no es más que el hijo de un vulgar campesino. Su muerte se olvidará en poco tiempo. —Ante el temor de que Anghus le delatase el día menos pensado, Cedric había llegado a la conclusión de que solo quitándole de en medio se aseguraría su silencio. Eso sí, no debía mancharse personalmente las manos, para evitar verse implicado en un asunto tan feo—. De hecho, es un retrasado cuyos padres debieron haberle dejado morir al poco de nacer.

Cedric le facilitó todos los datos relativos a la víctima y le indicó el lugar donde vivía.

—El mejor momento para actuar es cuando pastorea sus reses en lo alto del cerro. Allí la soledad es total.

Ewyn le clavó una penetrante mirada, casi tan incisiva como su nueva espada de hierro.

—¿Y qué te ha hecho a ti ese pobre desgraciado para que quieras verle muerto?

—Eso no es asunto tuyo —replicó Cedric—. Tú limítate a cumplir con tu cometido, y entonces recibirás tu recompensa.

—Necesitaré un tiempo para planificar el trabajo y ejecutarlo como es debido.

—De acuerdo, pero ocúpate de ello lo antes posible…

8

El rey Calum se hallaba en la sala de asambleas flanqueado por sus dos principales consejeros, Eoghan y Meriadec, en espera de recibir un informe cuyo contenido podía determinar el devenir inmediato de los celtas nóricos. La sala, poco ventilada, olía a grasa de cerdo rancia de antiguos banquetes y lucía casi en penumbra. Todo tenía un aspecto ligeramente sucio, y el vino que antaño había corrido en abundancia brillaba ahora por su ausencia.

Torvic entró con paso firme, exhibiendo un semblante alterado que anticipaba las malas noticias que se disponía a transmitir. De constitución oronda adquirida por el discurrir de los años, pero poseedor de una descomunal fuerza que todavía no le había abandonado, Torvic había ocupado el puesto de gran general tras la muerte de Murtagh.

—Señor, no solo hemos podido ver algunas patrullas germanas en nuestro territorio, sino que la presencia de nuestros enemigos no deja de aumentar. Merodean en torno a los cruces de caminos y también junto al embarcadero. Cuando son detectados se repliegan y rehúyen cualquier tipo de enfrentamiento. —Torvic soportó la inquisidora mirada del rey y sus consejeros—. Por el momento, no sabemos más.

—¡Está muy claro lo que pretenden! —exclamó el hermano del rey—. ¿No es obvio? Están estudiando el terreno para tomar posiciones en un futuro próximo. ¡Quieren hacerse con el control de nuestras rutas comerciales con el fin de utilizarlas para la exportación de la sal! —Eoghan había enrojecido de repente y temblaba de alarma e indignación. Si tal cosa ocurriese, se habría arruinado antes de que llegase la siguiente primavera.

—Sin duda, es lo que parece —admitió Calum.

—Debemos expulsarles inmediatamente de nuestros territorios —exigió Eoghan.

El general Torvic tomó la palabra de nuevo.

—En las condiciones actuales, no podemos plantarles cara. Por ahora tan solo unos cuantos de nuestros guerreros disponen de espadas de hierro. Teyrnon hace lo que puede, pero semejante carga de trabajo requiere su tiempo.

—¿Y qué sugieres que hagamos?

—No lo sé, señor —repuso el general—. A juzgar por la actividad reciente, yo apostaría a que los germanos atacarán más pronto que tarde y, lógicamente, en el proceso de hacerse con nuestras rutas comerciales, nos arrebatarán también parte de nuestras tierras, arrasando las granjas y aldeas que encuentren a su paso. La situación es muy delicada.

El rostro de Calum se contrajo en una mueca de horror. Conscientes de su superioridad, en los últimos tiempos la ambición de los germanos se había acentuado hasta límites insospechados.

—¿Crees que se atreverían a asaltar Hallein? —inquirió.

—Lo dudo mucho. Y si lo hicieran, jamás lo lograrían. La ubicación del poblado en lo alto del promontorio y la empalizada son suficientes para repelerles.

Eoghan se carcajeó con ironía.

—No les haría falta irrumpir en el poblado para derrotarnos —terció—. Les bastaría con sitiarnos. En pocas semanas el hambre nos empujaría a la rendición.

Un perturbador silencio salpicado de bufidos y miradas inquietas se adueñó de la estancia, como si el aire hubiese adquirido un repentino espesor. Nunca antes los celtas nóricos se habían sentido tan indefensos. Sus enemigos estaban dispuestos a expulsarles de las tierras de sus ancestros, y parecía que ellos no podrían hacer nada por evitarlo.

—No tenemos otra alternativa que pedir ayuda a las tribus celtas vecinas —dijo Eoghan.

—Eso no servirá de nada —repuso Calum—. Los latobicos y tulingos firmaron no hace mucho una alianza de la que nos han excluido.

—¡Pues algo habrá que hacer!

La tensión alcanzó su punto álgido, momento en que el druida jefe, que hasta entonces había permanecido en silencio, dio un par de golpes en el suelo con su bastón de fresno para anunciarles que acababa de improvisar un plan.

—Quizás tengamos una oportunidad —señaló—. Calum, forma una embajada con Torvic y el resto de los generales que te acompañe a territorio enemigo para entrevistarte en persona con Reginherat. Les devolveremos la visita que ellos mismos nos hicieron el pasado año.

—¿Con qué objeto?

—Le amenazarás con enfrentarte a ellos en una guerra abierta en caso de que no retire a sus hombres de nuestras tierras. —Meriadec se inclinó hacia delante para enfatizar sus palabras—. Y le darás de plazo hasta Samain para que tome una decisión.

Calum comprendió rápidamente las intenciones del druida.

—Entiendo. Tu amenaza no es más que una estratagema para ganar algo de tiempo, ¿verdad?

—Exacto. Aún faltan dos meses para Samain. Teyrnon tendrá que emplearse a fondo para equipar a nuestro ejército de las armas adecuadas, pero creo que lo conseguirá.

Eoghan negó con la cabeza, manifestando su disconformidad.

—No saldrá bien —protestó—. Reginherat no tiene ninguna necesidad de entrar en nuestro juego.

—Tienes razón, Eoghan —admitió el druida—, pero confío en la astucia de tu hermano. A los germanos les pierde su orgullo, de manera que cuanto mayor sea la provocación de Calum, más obligados se sentirán a aceptar su desafío, aunque para ello tengan que esperar algo más de tiempo. En cualquier caso, Reginherat estará convencido de que, de un modo u otro, obtendrá lo que pretende. —Meriadec se atusó la barba antes de añadir algo más—: Pero para ello, es fundamental que los germanos sigan ignorando que hemos aprendido a fabricar espadas de hierro. De lo contrario, el ardid no funcionará.

Calum, algo más animado por contar con un plan al que atenerse, se hizo de inmediato cargo de la situación.

—Torvic, envía ahora mismo un emisario que advierta a Reginherat de nuestra llegada —ordenó—. Y después avisa a los demás generales para que se vayan preparando. Partiremos mañana al amanecer.

Torvic abandonó la estancia como una exhalación, seguido de Meriadec, quien debía atender otros asuntos. Calum y Eoghan se quedaron solos, atrapados en el tejido de sombras que consumía la sala de asambleas.

—¿Y si Reginherat aprovecha para matarte a ti y a los otros durante vuestro encuentro? —planteó Eoghan—. Los germanos carecen de un verdadero código de honor, ya quedó demostrado durante la última batalla. ¿O acaso ya se te ha olvidado el modo tan ruin en el que resolvieron el duelo de paladines?

—Eso no ocurrirá. Las embajadas son respetadas por cualquier pueblo que se precie. Ni siquiera Reginherat caería tan bajo.

—De cualquier manera, no has considerado otras alternativas antes de aceptar la propuesta de Meriadec.

—El tiempo corre en nuestra contra, hermano.

Eoghan sabía que el plan de Meriadec era lo bastante bueno como para que mereciese la pena intentarse, pero lo cierto era que no podía soportar que últimamente el rey escuchase más al druida que a él. Además, le enfurecía que Meriadec se inmiscuyese cada vez más en asuntos de índole política cuando su labor de asesoramiento se restringía al ámbito de lo espiritual.

Entonces, Calum adoptó un gesto serio que le cogió desprevenido y le pidió que escuchase con atención lo que le iba a decir.

—Como sabes, me he encargado de que Cedric reciba adiestramiento como guerrero. Quiero que participe en la guerra contra los germanos, cuando sea que esta tenga lugar.

—El muchacho hará lo que le parezca —replicó Eoghan—. Le conoces tan bien como yo.

—Lo sé, pero tú serías capaz de convencerle para que hiciese lo correcto. Y más te vale hacerlo —recalcó—, porque si Cedric se niega a combatir, jamás me sucederás en el cargo… En tal caso, dejaré establecido que a mi muerte sea Torvic quien ocupe el puesto de rey. Y si Torvic pereciese en la batalla, dejaré en manos de los druidas la decisión de nombrar a mi sucesor. ¿Queda claro?

Eoghan apretó los labios y se mordió la lengua para evitar maldecir en voz alta a su hermano. Nada ganaría enfrentándose a él en ese momento. En vez de eso, se irguió sobre su única pierna y abandonó la sala de asambleas apoyado en sus muletas de madera, haciendo gala de toda la dignidad que pudo reunir.

CAPÍTULO OCTAVO

Los guerreros celtas levantan sus espadas en alto y hieren a la manera de los jabalíes, echando todo el peso de su cuerpo en el golpe, como cortadores de leña o los hombres que cavan con azadas, y otras veces lanzan golpes transversales sin dirección concreta, como si trataran de cortar en pedazos el cuerpo entero de sus adversarios, corazas y todo.

DIONISIO DE HALICARNASO
Historia antigua de Roma

Tras la reunión con los teutones, Calum sintió que la pesada carga que llevaba sobre los hombros se aliviaba ligeramente.

El plan de Meriadec probó ser incluso más efectivo de lo esperado, pues Reginherat mordió el anzuelo sin apenas esfuerzo. El ultimátum de Calum provocó la indignación del rey germano, que entre reproches y aspavientos juró dejar el campo de batalla repleto de cadáveres celtas la próxima vez que se enfrentaran en el Valle de los Espíritus. Ni siquiera los guerreros que se batiesen en retirada, amenazó, escaparían esta vez de la voracidad de sus tropas, y después les arrebatarían tantas tierras como quisieran, para hacerse así con el control de todas las rutas comerciales que estimasen oportuno.

Finalizado el encuentro, Calum y su embajada abandonaron rápidamente el territorio enemigo, satisfechos por haber conseguido lo que habían ido a buscar. Ahora solo faltaba que todo su ejército contase con las armas adecuadas a tiempo para la decisiva batalla.

Tan pronto estuvo de vuelta, Calum le resumió al druida jefe los detalles de su entrevista con el rey teutón, elogiando lo acertado de su consejo.

—Todo transcurrió tal como habías previsto.

—¿Y qué harás ahora?

—Poner en marcha la segunda parte del plan inmediatamente.

—Te acompaño —se ofreció Meriadec.

Los dos principales líderes de la tribu celta se desplazaron hasta el taller de Teyrnon, bajo cuya puerta de entrada estaba teniendo lugar una estampa tan desconcertante como llamativa. Un grupo de campesinos se arremolinaba en torno al herrero, que armado de paciencia alzaba los brazos pidiendo calma a la multitud. Al parecer, un granjero había ensalzado las bondades de su recién adquirida azada de hierro, y ahora todos los demás le reclamaban a Teyrnon la fabricación de nuevos aperos del campo que sustituyesen a sus antiguos útiles de bronce o de piedra, de inferior calidad.

Calum alzó entonces la voz y anunció su intención de tratar con Teyrnon un importante asunto que concernía a toda la tribu. Los campesinos protestaron y bufaron como toros embravecidos, pero al final se dispersaron para dejar paso a su rey.

Los tres accedieron al interior del taller, donde Serbal, parapetado tras la fragua y envuelto en una lluvia de chispas incandescentes, se afanaba en dar forma a un pequeño arado. Meriadec le saludó afablemente con un gesto de cabeza.

—Teyrnon, escúchame bien —le pidió Calum dirigiendo al herrero una profunda mirada—. Quiero que a partir de ahora dejes de fabricar cualquier tipo de herramienta y te centres exclusivamente en producir espadas de hierro.

—Pero ya has visto la enorme demanda que tengo —replicó—. Como no atienda los encargos de la gente que se amontona a la puerta, se acabará formando una rebelión.

Calum extendió las palmas de las manos en un ademán tranquilizador.

—No te preocupes por eso, yo mismo me encargaré de quitártelos de encima —repuso—. Hemos venido a decirte que muy pronto nos enfrentaremos de nuevo a los germanos en una guerra abierta. Si no logramos equipar a todo nuestro ejército con esas sólidas espadas de hierro, sufriremos una nueva derrota.

—¿De cuánto tiempo dispongo?

—Hasta Samain —aclaró el rey—. Cada uno de nuestros guerreros deberá contar al menos con una espada; si te sobra tiempo, podrías fabricar también lanzas y hachas. El esfuerzo será titánico, lo sé, pero creo que no exagero al afirmar que el destino de nuestro pueblo depende ahora de ti. ¿Crees que podrás hacerlo?

Teyrnon frunció el ceño y adoptó una pose pensativa.

—Necesitaré un suministro ininterrumpido de hierro, así como la ayuda adicional de mi hijo Derrien…

—Haré que te proporcionen todo lo que pidas.

Entretanto, Meriadec, que había estado deambulando en silencio por la estancia sin perder ripio de la conversación, se detuvo ante la espada corta que Serbal había fabricado a semejanza de las que había conocido en Massalia, y que tan escaso interés había despertado entre los suyos. El druida jefe asió el arma con cuidado y, de repente, un presentimiento atravesó su pecho como un rayo, con una intensidad como no recordaba haber sentido en mucho tiempo. La última vez que su don natural para la adivinación se manifestó fue poco antes de que la Piedra del Cielo cayese sobre territorio enemigo.

El druida jefe deslizó sus dedos por la hoja, como hipnotizado por los reflejos que despedía, mientras un carrusel de imprecisas imágenes desfilaba por la parte posterior de sus ojos.

Su extraña actitud atrajo la atención de Calum.

—¿Qué ocurre? —le preguntó intrigado.

—Es esta espada —repuso tras agitar la cabeza como si saliera de un trance—. ¿Conocías este modelo?

—No, pero salta a la vista que es demasiado pequeña.

—Exacto —corroboró Teyrnon—. Por eso la descartamos. Su hoja es demasiado corta en comparación con las espadas germanas, lo que pondría al hombre que la empuñase en clara desventaja.

Meriadec ignoró el argumento del herrero y fijó su mirada en él.

—Además de la tradicional espada celta… ¿podrías armar a nuestros hombres con este otro modelo más propio de las naciones del sur?

—¿De qué hablas? —terció Calum claramente contrariado—. ¿Acaso has perdido el juicio?

—Admito que no estoy en disposición de ofrecer un razonamiento lógico, sencillamente porque no tengo ninguno. —Meriadec aún parecía estremecido tras su reciente visión—. Solo puedo decir que he tenido una especie de presagio que no puedo expresar con palabras.

Calum y Teyrnon cruzaron sus miradas, dejando muy a las claras su reticencia a atender la petición del druida jefe.

—Lo intentaremos —intervino Serbal, que hasta el momento se había limitado a interpretar el papel de simple espectador—. Me encargaré de hacer un molde y trabajaremos día y noche si hace falta para que nuestro ejército disponga también de una espada corta que poder llevar al cinto. —El muchacho sorprendió a todos por la increíble seguridad que desprendía—. Yo no ignoraría un augurio nacido en el corazón de nuestro más ilustre druida —añadió.

Meriadec esbozó una sonrisa rebosante de gratitud. Teyrnon, a su vez, se encogió de hombros, como dando a entender que si su hijo se ofrecía a complacer el deseo del druida jefe, él no se opondría.

—Está bien —cedió Calum a regañadientes—. Si os empeñáis, fabricad esas ridículas espadas, pero siempre y cuando no interfieran en el encargo principal. ¿Entendido?

2

El calendario seguía avanzando, acercándose implacable a la inminente llegada de Samain, que aquel año, más allá del significado que se le atribuía a la popular festividad celta, anunciaba los ecos de una nueva guerra que se antojaba crucial.

La población se sentía inquieta, pues a nadie se le escapaba que aquella no se trataría de una batalla más. Una derrota implicaría que los germanos no solo se contentarían con arrebatarles las minas de sal, sino que después se lanzarían a ocupar sus tierras, saquear sus granjas y arrasar sus aldeas.

Calum intentaba aparentar calma para inspirar confianza entre la población; de lo contrario, ¿qué sería de la moral de su pueblo si su propio rey se mostrase dubitativo? No obstante, la procesión la llevaba por dentro, y una bola de nervios cada vez mayor le zumbaba en el estómago, como si una colonia de furiosas avispas hubiese establecido su nido allí. Calum supervisaba constantemente el entrenamiento de sus tropas, dirigidas con rigor y disciplina por el voluntarioso Torvic.

Pero además de una acertada combinación de técnica y fuerza, el rey sabía que las armas volverían a jugar un papel fundamental en el devenir del combate. Por ello, esta vez esperaba de todo corazón que las espadas que saliesen de la fragua de Teyrnon estuviesen a la altura de las que se decían forjadas a partir de la Piedra del Cielo.

Por su parte, y aunque extenuado por completo, Teyrnon se sentía orgulloso por haber cumplido a tiempo la petición que le hiciera su rey. Con la ayuda de sus dos hijos y su sobrino Belig, el esforzado herrero había fabricado espadas de hierro para todo el ejército, sin descuidar un ápice la calidad de las mismas. Cada arma había sido dotada del punto exacto de dureza y resistencia, y había sido tratada con un extraordinario mimo durante el complejo proceso de fundición, forjado y temple.

Completado el encargo principal, Teyrnon se afanaba ahora en satisfacer el deseo del druida jefe, consistente en equipar al mayor número posible de guerreros con la espada corta de punta afilada que Serbal había sabido imitar tan hábilmente. La producción de aquel modelo, no obstante, avanzaba con algo más de lentitud, pues Derrien había tenido que dejarles para dedicarse única y exclusivamente a prepararse para la contienda.

A pesar de que Serbal arrastraba un formidable cansancio, no estaba dispuesto a tomarse el menor respiro hasta haber despachado la última de las espadas. Además, en términos de aprendizaje, aquellas semanas le estaban reportando la misma experiencia para la que normalmente hubiese necesitado todo un año de trabajo. Y solo cuando todo aquello hubiese acabado se concedería un más que merecido descanso, el cual aprovecharía entre otras cosas para visitar al bueno de Anghus, al que no había vuelto a ver desde su encuentro anterior.

A Brianna, de momento, prefería mantenerla apartada del pensamiento... o al menos eso intentaba, con escaso éxito la mayoría de las veces.

Por su parte, los druidas tenían sus propias preocupaciones. En fechas muy recientes, un Eboros tenso y agitado había acudido ante Meriadec, tras haber leído con total nitidez en las entrañas de la bestia que acababa de sacrificar que el llamado «Verdugo» actuaría en breve, segando la vida de una nueva jovencita. El druida jefe no dudó un instante de la llamada de alerta efectuada por Eboros, pero no le quedó más remedio que admitir que, en las circunstancias actuales, poco o nada podía hacerse para evitar el suceso. Las habituales patrullas de vigilancia que recorrían el poblado y sus alrededores se habían reducido al mínimo después de que Calum hubiese movilizado a la práctica totalidad de sus centinelas, con vistas a la inminente batalla que pronto tendría lugar.

Ante semejante panorama, Ducarius propuso que los propios integrantes de la comunidad druídica se dedicasen a advertir a la población del peligro que corrían, para que de esa manera pudiesen tomar las precauciones que estimasen oportunas. En especial, las muchachas debían evitar las calles y senderos poco transitados, particularmente cuando fuese de noche. Lo cierto era que el druida helvecio se había ganado el afecto de todos, y se había convertido en un personaje clave en la vida cotidiana de la tribu, en cuyo seno había decidido quedarse mientras las adversidades continuasen cebándose con los celtas nóricos.

A Meriadec le alarmaba sobremanera el modo en que el tejido existencial, cada vez más perjudicado por la perversidad y el menoscabo de la moral, se deshilachaba como un paño viejo y desgastado ante la falta de armonía que debía regir entre los hombres y los espíritus de la naturaleza. Los recursos cada vez más escasos, la amenaza de los fieros germanos, la profanación del roble sagrado y la presencia entre los suyos de un despiadado asesino sobresalían como las principales causas que perjudicaban el delicado equilibrio que los druidas intentaban salvaguardar, en su tenaz defensa del alma de la tribu.

Por último, incluso el propio Cedric se sentía insatisfecho ante su incapacidad para resolver una serie de problemas que, desde luego, no desaparecerían por sí solos.

Había pasado el tiempo y, pese a la recompensa prometida, Ewyn todavía no había acabado con Anghus, esgrimiendo en su defensa las excusas más variopintas. En realidad, había decidido no asumir ningún riesgo hasta después del enfrentamiento con los germanos, que no estaba dispuesto a perderse por nada del mundo. Ewyn no ignoraba que los héroes se forjaban en guerras como la que se cernía sobre ellos.

Cedric, además, había continuado su adiestramiento como guerrero con el fin de contentar a su padre, aunque al parecer aquello tampoco bastaba. Recientemente, su propio tío Eoghan, por petición expresa de Calum, había tratado de persuadirle diciéndole que debía participar en la batalla, si es que de verdad aspiraba a ser considerado como un verdadero celta. La discusión fue acalorada. Cedric jamás había visto a su tío defender las tesis de su padre con tanta vehemencia, cuando hasta la fecha había contado con su apoyo más o menos explícito; sin embargo, se mantuvo firme en su postura, argumentando que él era un comerciante, y que como tal había decidido conducirse en la vida. Cuando comprendió que no le convencería, Eoghan se marchó tremendamente enojado, sin que Cedric llegase a entender el súbito interés de su tío por que emprendiese la carrera militar.

No obstante, lo que peor llevaba el hijo del rey era la conducta cada vez más distante de Brianna. Dicho cambio de actitud había coincidido con el regreso de Serbal, que de nuevo se había convertido en un escollo del que parecía que nunca iba a librarse. Brianna, en efecto, se había propuesto persuadir a su tía Ardena para que anulase su compromiso con Cedric, pese a ser perfectamente consciente de las escasas posibilidades que tenía de conseguirlo. Mientras tanto, continuaba centrada en su formación como druidesa, habiéndose especializado en la cada vez más apasionante rama de la sanación.

Una mañana como otra cualquiera, la llegada de un mensajero procedente de la tribu teutona puso fin a la calma tensa que se respiraba entre los celtas nóricos. Reginherat, harto de tanta espera, había decidido adelantar el enfrentamiento al día siguiente a la luna de cuarto creciente, inmediatamente anterior a la festividad de Samain.

Había llegado la hora tan temida, en que finalmente se pondrían a prueba tanto las espadas como el coraje de ambos pueblos...

3

Los dos ejércitos rivales volvían a encontrarse frente a frente en el consabido escenario del Valle de los Espíritus.

El cielo había amanecido teñido de púrpura, como si las nubes supurasen sangre y el viento se hubiese ocupado de esparcirla por el éter. Una brisa cortante rasgaba el aire y descendía hasta el terreno que ocupaba el valle, cuya superficie estaba preñada de charcos que la llovizna había sembrado la noche anterior.

El rey Calum y el general Torvic comandaban la facción celta, con la inesperada presencia de Meriadec, que a lomos de su propio caballo había querido asistir a la decisiva batalla en la que estaba en juego la supervivencia de su pueblo. El druida jefe aguardaba acontecimientos y oraba en silencio para obtener el favor de la Divinidad. El número de efectivos —aproximadamente un millar— era similar en ambos bandos. El grueso de las tropas celtas se había dispuesto en tres filas de profundidad, mientras la caballería, en lugar de ocupar la vanguardia como era habitual, se había situado en los flancos, a la espera de instrucciones más precisas cuando diese inicio el combate. A espaldas del ejército celta se alzaba un denso bosque de robles, muy propicio para perderse entre la arboleda en caso de batirse en retirada.

Encajados en mitad de la formación, Derrien y Ewyn hacían chocar sus espadas y escudos junto al resto de la milicia, formando una espectacular algarabía destinada a amedrentar al enemigo y minar su moral. El ejército germano no se quedaba atrás, y se dedicaba a proferir proclamas de guerra y feroces aullidos con el mismo objetivo. No obstante, lejos de verse afectado, Calum se mostraba de hecho más confiado que nunca. Dotados del correspondiente armamento de hierro, no le cabía la menor duda de que sus hombres pondrían de nuevo las cosas en su sitio.

Calum espoleó su montura y se dirigió al trote hacia el centro de la explanada, seguido de Torvic y Meriadec. Enseguida, del frente enemigo emergieron la figura de Reginherat, así como la del *godi*, que no se separaba de su lado cada vez que se avecinaba algún tipo de negociación.

—Fijaos en sus expresiones de arrogancia —murmuró Calum—. Ni se imaginan lo que les viene encima. Para cuando se den cuenta de que nuestras espadas no son de bronce, será demasiado tarde para todos ellos.

El rey germano llegó a la altura de su homólogo celta, a quien dedicó una sonrisa lobuna por todo saludo. El druida y el *godi* tampoco ocultaron su aversión mutua, obsequiándose el uno al otro con sendas miradas gélidas. Cada uno de ellos encarnaba la ética que habían elegido para sus respectivos pueblos, opuestas a más no poder.

—Admito que no tenía nada claro que acudieseis finalmente al encuentro —dijo Reginherat por boca del *godi*, que como era habitual se encargaba de traducir sus palabras—. Realmente me conmueve el modo en que tratáis de oponer resistencia. Sois todavía más ingenuos de lo que en un principio había creído.

—Confundir ingenuidad con valentía podría costarte más caro de lo que piensas —replicó Calum.

El rey germano estalló en carcajadas, salpicando su propia barba de esputos.

—En el fondo no deseo provocar una masacre —manifestó en tono condescendiente—. Quizás podríamos solucionar este conflicto de una forma mucho más práctica... —Reginherat cruzó una fugaz mirada con el *godi*—. ¿Duelo de paladines? —ofreció.

El trío celta, ligeramente desconcertado, retrocedió unos metros para considerar la propuesta del soberano teutón.

—No serviría de nada —argumentó Torvic—. Estoy seguro de que si salimos victoriosos del enfrentamiento individual, Reginherat no acatará el resultado. El precedente del duelo anterior habla por sí solo.

—Comparto tu desconfianza —convino Calum.

Meriadec aspiró una profunda bocanada de aire antes de decir su opinión.

—Estoy de acuerdo —terció—. Sin embargo, creo que deberíamos agotar todas las vías de negociación posibles antes de lanzarnos a un baño de sangre, que inevitablemente salpicará a ambos bandos.

Calum resopló, pues reconocía que el argumento del druida merecía ser tenido en cuenta.

—Torvic, ¿a quién elegirías tú para que nos representase en un hipotético duelo? —inquirió.

—Si tuviese que decantarme por un guerrero, optaría por Derrien —contestó—. Aunque su inexperiencia es un lastre, en el combate cuerpo a cuerpo no tiene rival.

Calum asintió, y a continuación los tres retornaron hasta donde les aguardaba Reginherat y su sacerdote.

—Aceptamos —dijo el rey nórico—. No obstante, ¿cómo podemos estar seguros de que os someteréis al resultado del duelo de paladines y respetaréis la tradición?

—Me temo que la vez anterior, pese a ganar el duelo, no pude reprimir el entusiasmo de mis guerreros por entrar en combate. —Reginherat sonaba tan poco creíble como la excusa que había esgrimido—. Pero descuida, hoy no dejaré que tal cosa se vuelva a repetir.

A Calum no se le había pasado por alto que Reginherat le había asegurado no entrar en combate solo en caso de salir vencedor, como si ni siquiera contemplase la derrota de su paladín.

Ambas delegaciones se dieron la espalda y ocuparon su posición al frente de sus respectivos ejércitos. Torvic se encargó de comunicar al resto de sus generales la decisión adoptada. Enseguida, el nombre de Derrien se extendió entre la tropa hasta llegar a oídos del afectado. El hijo de Teyrnon, conmocionado, abrió la boca y respiró con dificultad, pues parecía que las vías respiratorias se le hubiesen obstruido de repente. Sin previo aviso, le habían confiado nada más y nada menos que el destino de todo su pueblo.

—Tranquilo, Derrien. Nadie mejor que tú para representarnos en un duelo a muerte. Simplemente recuérdate a ti mismo que nadie te ha vencido hasta ahora —le animó su amigo Ewyn.

Después, sin tiempo para reaccionar, se vio a sí mismo arrastrado por sus compañeros ante la presencia de Torvic.

—Muchacho, creo que no hace falta que te explique lo que está en juego. —El general posó las manos sobre sus hombros—. Sal ahí y demuéstrale a tu rival el coraje que atesora el corazón de un guerrero celta.

Derrien recibió también las palabras de aliento del rey Calum, así como la bendición de Meriadec, que se encomendó a todos los espíritus sagrados que habitaban las aguas de pozos y manantiales, antes de encaminarse hacia el centro de la explanada. Del lado germano se adelantó un joven guerrero que, aun siendo muy fornido, no llegaba a alcanzar la corpulencia de Derrien. Se trataba de Lothair, quien había adquirido una gran fama entre los suyos después de haber aniquilado a Murtagh en el combate individual que había precedido la batalla del pasado año.

Los dos guerreros se situaron frente a frente e intercambiaron sus nombres, como era preceptivo en un duelo de aquellas características.

—Tendrás suerte si me duras la mitad de lo que me llevó acabar con Murtagh. —Aunque Lothair se había propuesto intimidar a su rival desde el primer momento, Derrien no se dejó influir por la artimaña de su enemigo.

Los ejércitos rompieron su formación de partida y se prepararon para presenciar el combate, animando a sus respectivos candidatos con vítores y aplausos. El *godi*, sin embargo, apretó las mandíbulas en un gesto de rabia, tras reconocer al guerrero que representaría al bando celta.

—¡Es el prisionero que en el último instante escapó del ritual de sacrificio! —exclamó—. Es una mala señal. Nuestros dioses se enfurecerán por haberlo permitido.

—Cálmate —repuso Reginherat—. Sabes tan bien como yo que pase lo que pase tenemos la situación controlada.

Entretanto, Derrien y Lothair desenvainaron sus espadas y se observaron mutuamente, mientras se desplazaban lateralmente en el sentido de las agujas del reloj. Los dos se conducían con cautela, calibrando a su adversario, hasta que Lothair asestó un potente mandoble. Las espadas colisionaron en el aire cuando Derrien detuvo el golpe, produciendo un estridente rugido metálico. Tras esa primera toma de contacto, una rápida sucesión de golpes de uno y otro lado sirvió para poner las cartas sobre la mesa. En comparación con el año anterior, Lothair había experimentado una notable mejoría. Derrien advirtió enseguida que el guerrero germano poseía una depurada técnica de combate, tanto en defensa como en ataque, indiscutiblemente superior a la suya. Para colmo, el hijo del herrero no había entrenado durante los últimos meses de la forma apropiada, a causa del largo viaje que había realizado en busca de su hermano y al hecho de haber estado ayudando a su padre en el taller. La falta de una preparación adecuada le ponía ahora en una clara posición de desventaja, a la que de un modo u otro se tendría que sobreponer.

Lothair llevaba la iniciativa, mientras que Derrien se limitaba a defenderse, concentrado en no descuidar los flancos ni dar un paso en falso que le dejase a merced de su rival. El buen uso que hacía Derrien de su escudo estaba siendo clave en el desarrollo del combate, y en parte se debía a que Serbal había añadido un refuerzo metálico en la parte alta que contenía con mayor eficacia los golpes descargados tanto de arriba abajo como en diagonal.

Lothair se sentía tan confiado, que de vez en cuando le dedicaba un improperio a su adversario para socavar su moral. Las tropas, situadas a ambos extremos de la explanada, vibraban con cada embate, sin dejar en ningún momento de jalcar a su candidato. El combate se estaba alargando en el tiempo y, si Derrien hubiese esgrimido una espada de bronce, a aquellas alturas ya se habría quebrado ante el hierro de su rival.

Calum también permanecía atento a las reacciones del rey germano y de su siniestro sacerdote.

—Es extraño —murmuró alarmado—. La expresión de Reginherat no refleja sorpresa alguna ante el hecho de que la espada de Derrien se muestre tan sólida como la de su paladín, forjada con el hierro de la Piedra del Cielo.

—Yo estaba pensando lo mismo —corroboró Meriadec, negando con la cabeza en un claro gesto de preocupación.

El enfrentamiento prosiguió su avance y, tras un cuarto de hora de frenética lucha, el cansancio comenzó a hacer mella en Lothair, al que de nada le había servido mantener la pelea bajo control, pues Derrien se había convertido en una muralla infranqueable que no había podido tirar abajo. Lothair ya ni siquiera se molestaba en insultar a su adversario, prefiriendo ahorrar saliva y aliento en los pulmones. No quedaba rastro de la frescura con que el germano había comenzado el duelo, por lo que sus golpes habían perdido contundencia y ganado en lentitud. Derrien, viendo que se igualaban las fuerzas, se lanzó por vez primera al contraataque obligando a su rival a retroceder.

Los siguientes minutos se convirtieron en un caótico intercambio de golpes del que Derrien tampoco logró sacar ventaja. Las espadas surcaban el aire y se entrelazaban tras cada sacudida, mientras los escudos actuaban como baluartes defensivos, soportando un mandoble tras otro.

El combate entró entonces en una segunda fase más contenida, fruto del agotamiento y la fatiga, en la que incluso Derrien, que gozaba de una excelente forma física, comenzó a mostrar signos de extenuación. Aun así, ninguno de los contrincantes podía permitirse el lujo de bajar la guardia o cometer el menor error, a riesgo de pagar muy caro su descuido. Los dos guerreros respiraban agitadamente y tenían sus rostros bañados en sudor, y aunque apenas habían sentido el peso de sus espadas al comienzo del enfrentamiento, ahora les suponía un monumental esfuerzo el solo hecho de sostenerlas.

Los ejércitos de una y otra facción habían silenciado sus muestras de apoyo y, absortas ante semejante derroche de coraje, asistían al duelo como espectadores privilegiados, sabedores de que los bardos compondrían fabulosos poemas épicos sobre aquel día, con independencia de quién saliese finalmente vencedor.

Derrien advirtió en la mirada de Lothair un fuego llameante que parecía insuflarle una fuerza sobrehumana, y que le impedía desfallecer, pese al enorme esfuerzo acumulado. A juzgar por su delirante expresión, parecía incluso ofendido de que le estuviese plantando cara del modo en que lo estaba haciendo, como si aquello constituyese una especie de ultraje imposible de concebir.

—¡Mi espada se ha forjado con metal procedente del aliento de las estrellas! —exclamó Lothair con los ojos inyectados en sangre—. ¡Los dioses están de mi parte y, pase lo que pase, jamás me dejarán caer! ¡¿Acaso puedes decir tú lo mismo?!

Derrien comprendió entonces de dónde extraía Lothair aquella inusitada energía que le permitía mantenerse en pie. Pero él tampoco se quedaba atrás, si bien el secreto de su motivación procedía de una fuente bien distinta.

—Ningún dios está detrás de la fabricación de esta espada —replicó Derrien alzando su arma con orgullo—. Mi padre la forjó con sus propias manos, y después recibió la bendición de nuestro druida jefe.

Y dicho esto, el joven guerrero enarboló su arma por encima de la cabeza y formando un amplio arco la descargó sobre su rival, al tiempo que arremetía furiosamente contra él para derribarle con el cuerpo. Lothair detuvo el golpe, pero no pudo evitar la temeraria embestida del celta, que acabó con los dos en el suelo tras la brutal colisión. Ambos contendientes se sumieron en unos instantes de confusión, hasta que Derrien, reaccionando un segundo antes que Lothair, soltó instintivamente un tajo lateral que impactó en el brazo de su adversario.

Cuando se pusieron de nuevo en pie, Lothair ya no sujetaba el escudo con la misma fuerza que antes, pues el corte del brazo era bastante más profundo de lo que en un principio había creído. Derrien vio por vez primera el miedo en los ojos del germano, y, sin darle el menor respiro, arremetió contra él en una serie de golpes continuados, concentrando la mayoría de ellos en el flanco debilitado por la herida. La sangre comenzó a manar a borbotones, y Lothair no tuvo más remedio que dejar caer el escudo, incapaz de sostenerlo por más tiempo.

Derrien había conseguido al fin una importante ventaja que bajo ningún concepto pensaba desaprovechar. Para ello, siguió atacando con la misma intensidad —asistiendo al progresivo declive de Lothair, que a duras penas podía defenderse—, hasta que uno de los espadazos logró impactar en el costado derecho del germano, causándole un daño del que nadie se habría podido sobreponer.

El duelo estaba sentenciado.

Lothair apenas resistió un minuto más las acometidas de su enemigo; luego cayó de rodillas y Derrien le dio muerte de una sajadura en el cuello.

El silencio imperante en el Valle de los Espíritus se vio interrumpido por la explosión de alegría de los celtas por la extraordinaria victoria de su paladín. Derrien regresó con los suyos, tan exhausto como si se hubiese enfrentado a un centenar de enemigos, pero con la satisfacción de haber cumplido con lo que se esperaba de él.

—¿Crees que aceptarán el resultado? —inquirió Meriadec.

—Lo dudo mucho —replicó Calum—. Pero no lo sabremos hasta deliberar con Reginherat. Acudamos al centro de la explanada y salgamos de dudas.

Sin embargo, antes siquiera de que llegase a espolear su montura, el druida le alertó del sospechoso comportamiento de su enemigo. El soberano teutón no se movió del sitio y, lejos de mostrar intención alguna por parlamentar, se dedicó a gesticular y a dar una serie de indicaciones a sus generales de las que varios cuernos de guerra se hicieron rápidamente eco.

—Torvic, reorganiza nuestro ejército —ordenó Calum—. Habrá guerra después de todo.

—Estamos preparados, señor. Cuando menos, el triunfo de Derrien habrá servido para enardecer la moral de nuestras tropas.

De pronto, del otro lado de la elevación situada a espaldas de los germanos surgieron dos nuevas legiones, que se desplazaron en perfecto orden hasta ocupar ambos flancos del ejército teutón.

—¡Por la madre Dana! —exclamó un atónito Calum—. ¿De dónde han salido tantos efectivos? ¡Es imposible!

—¡Son ilirios, señor! —constató Torvic tras reconocer los estandartes que se recortaban contra el promontorio.

El rey celta no daba crédito al espectáculo que se desplegaba ante sus ojos. Reginherat se había aliado con un pueblo antagónico para formar un frente común. ¿Cómo les habría convencido? ¿Quizás la promesa de un suministro ilimitado de sal había facilitado las cosas? Sea como fuere, el enemigo les superaba ahora en una proporción de tres a uno, lo cual les condenaba a una derrota sin paliativos.

—Lo sabían… —murmuró Calum.

—¿Cómo? —replicó Meriadec—. ¿Qué quieres decir?

—Reginherat sabía que disponíamos de armas de hierro; de lo contrario, jamás se habría asociado con los ilirios. —Calum extravió su mirada en el vasto horizonte—. Alguien nos ha traicionado... ¿Es que no lo ves?

4

Al mismo tiempo que se libraba el duelo de paladines en las tierras fronterizas de uno y otro pueblo, los habitantes de Hallein amanecían a un nuevo día temerosos de las terribles consecuencias que una derrota a manos de los germanos tendría sobre todos ellos.

Mientras aguardaban noticias, muchos trataban de ceñirse a su acostumbrada rutina. No obstante, otros se sentían incapaces de hacerlo, y optaban por permanecer en el interior de sus hogares, como conejos ocultos en sus madrigueras, haciendo acopio de sus pertenencias por si tuvieran que hacer frente a una precipitada huida. El barrio de los artesanos lucía apagado y sin apenas actividad, las calles estaban desiertas, y el mercado no era más que un pálido reflejo de la estampa que hubiese ofrecido cualquier otro día.

Brianna, de hecho, había sido la única iniciada que, pese a la oposición de su tía Ardena, había acudido aquella mañana a recibir las enseñanzas de los druidas. En ausencia de Meriadec, Eboros había asumido el mando, y para que Brianna no quedase desatendida le pidió a Ducarius que se ocupase de su formación por aquella jornada. El druida helvecio aceptó encantado, siempre solícito a prestar su ayuda a la menor ocasión.

—Brianna, estoy a tu entera disposición —anunció Ducarius exhibiendo una afable sonrisa—. ¿Sobre qué materia te gustaría que versase la lección de hoy? ¿Magia? ¿Rituales? ¿Adivinación?

—Sanación —contestó la muchacha sin dudarlo un instante.

—Buena elección —repuso el druida—. Vayamos al bosque. El entorno del calvero donde se ubica el altar de los sacrificios está repleto de plantas curativas cuyas propiedades todavía ignoras.

Eboros les observó partir en silencio, especialmente orgulloso de Brianna por su inquebrantable compromiso, pese a las circunstancias adversas a las que había tenido que enfrentarse debido a su condición de mujer. Particularmente, el druida sacrificador consideraba un acierto la admisión en la comunidad del sexo femenino, pues estaba seguro de que ellas, gracias a su especial intuición y sensibilidad, contribuirían a ampliar aún más las bondades del druidismo. Meriadec había sido muy valiente adoptando aquella decisión en contra de la mayoría, y el propio Eboros se preguntaba a menudo si llegaría a estar a su altura como druida jefe, si es que un día le sucedía en el cargo, como todo parecía indicar.

Un centinela le arrancó de sus pensamientos para informarle de que un mercader extranjero venido de muy lejos preguntaba por el druida jefe.

—Yo le atenderé —resolvió Eboros.

—Está bien —repuso el guerrero—. Está aguardando a las puertas de la ciudad.

Al llegar allí, Eboros distinguió a un hombre orondo junto a una carreta tirada por un escuálido caballo, cargada con una amplia variedad de prendas y ropajes femeninos, así como de abundante bisutería.

—Hace poco más de seis meses no le habría costado nada vender toda su mercancía en cualquiera de nuestras ferias —le dijo a modo de saludo—, pero últimamente nuestra tribu no pasa por su mejor momento.

—Sí, soy consciente de ello —replicó el hombre—. Sin embargo, no estoy aquí por negocios.

—¿Y qué le trae entonces por nuestras tierras?

—Cierta preocupación —admitió—. Yo procedo de tierras helvecias, de donde nuestro druida jefe partió hace ya más de un año con destino a Hallein, y desde entonces no hemos vuelto a saber nada de él, salvo algún que otro lacónico mensaje que nos ha llegado a través de las rutas comerciales. Y, dado que mi actividad me ha llevado por vez primera hasta la tribu latobica, creí que merecería la pena alargar un poco más el trayecto hasta vuestras tierras e interesarme por él.

—Está hablando de Ducarius, ¿verdad?

—En efecto —confirmó el mercader, cuyas facciones se aliviaron un tanto tras oír el nombre de su druida jefe en boca de un representante de los celtas nóricos.

Eboros le calmó enseguida alzando los brazos con las palmas de sus manos abiertas.

—Sí, está aquí y se encuentra perfectamente. De hecho, es muy probable que se haya cruzado hace unos instantes con él, pues acaba de salir de la ciudad acompañado de una joven.

El mercader arrugó la frente dejando traslucir su desconcierto.

—¿Ese druida? No puede ser —negó de forma tajante—. Ese hombre no era Ducarius.

—¿Cómo? —Eboros sacudió la cabeza en señal de confusión—. Pero… ¿está seguro?

—Desde luego —corroboró—. Bueno, reconozco que no me fijé muy bien cuando pasó a mi lado —El rubor que cubrió sus mejillas daba a entender que Brianna había constituido su principal foco de atención—. De todas formas, estoy convencido de que no era él, pues Ducarius, aunque no es un anciano, cuenta ya con una edad considerable, y el rostro de ese druida apenas tenía unas pocas arrugas.

Eboros, que se resistía a creer lo que estaba escuchando, trataba por todos los medios de hallar una explicación razonable que esclareciese aquel malentendido.

—Pero ese hombre apareció en las puertas de Hallein diciendo ser Ducarius. Su llegada había sido anunciada con anticipación, y portaba un trisquel que le identificaba como druida…

—Eso no quita que pueda ser un impostor —sentenció el mercader sin el menor asomo de duda.

Eboros recordó entonces el recelo con que había recibido a Ducarius a su llegada, a causa del cofre que había traído consigo y su extraño comportamiento. ¿Y si después de todo el extranjero estaba en lo cierto?

—Admito que en un primer momento advertí algo raro en ese hombre. —Eboros había resuelto sincerarse con el mercader, decidido a llegar hasta el fondo de aquel asunto.

—¿A qué se refiere exactamente?

—El druida traía consigo un cofre del que no se separaba nunca, y cuyo contenido ha procurado siempre mantener en secreto.

—¿Y dónde está ese cofre ahora?

—No lo sé. Un día registré su aposento sin encontrarlo, por lo que supuse que lo había ocultado en otro sitio. —Eboros lamentaba ahora haber sido tan poco diligente a la hora de abordar aquella inquietante cuestión—. Se lo mostraré. Por favor, venga conmigo.

El hombre se dejó guiar hasta la residencia de los druidas, dispuesto a colaborar en lo que fuese para resolver aquel misterio. Por el camino, una espantosa idea comenzó a cobrar forma en la mente de Eboros, convencido más que nunca de que la clave para desentrañar aquel enigma se hallaba en el pequeño baúl.

—Esta es su habitación —señaló Eboros cuando accedieron al interior—. Como puede ver, aquí no hay muchos sitios donde esconder ningún objeto.

A pesar de todo, el mercader comenzó a registrar la estancia. Primero miró en el arcón, después bajo el banco de madera y, por último, detrás del camastro de paja. Fue al retirar el lecho cuando sus ojos captaron un detalle que a Eboros le pasó en su día completamente inadvertido.

—Aquí hay una porción de tierra que parece removida. ¿Lo ve?

Eboros se sintió como un idiota. ¡El cofre había estado todo aquel tiempo en ese cuarto, enterrado debajo de la cama! El mercader no perdió un instante y, valiéndose de un puñal que llevaba a la cintura, escarbó en la tierra hasta dejar a la vista lo que andaban buscando. El cofre tenía un cierre metálico, pero no se precisaba de llave para abrirlo.

—Adelante —dijo tendiéndoselo al druida—. El honor es todo suyo. Veamos lo que hay dentro.

Eboros acercó una mano temblorosa y levantó la tapa con cautela, como si temiese que un espíritu maligno fuese a emerger del interior. Lo que descubrió, en cambio, le pareció aún más turbador: una cabeza humana embalsamada al modo de los celtas le contemplaba desde el cofre, con los ojos vidriosos y la mirada serena. El druida la asió entre las manos y la alzó para poder observarla con más detenimiento.

—Es él… —murmuró el mercader con un hilo de voz—. Es Ducarius, nuestro druida jefe.

Eboros encajó aquella revelación como si le hubiesen propinado un puñetazo en el estómago. Sin embargo, una reconstrucción de los hechos a la luz de aquel sorprendente descubrimiento le permitió llegar a una conclusión que ahora se le antojaba evidente: bajo la identidad del falso Ducarius se ocultaba el sádico asesino al que apodaban «el Verdugo».

Eboros recordó aquella información que largo tiempo atrás le llegó por boca de un comerciante, según la cual un individuo de una lejana tribu celta había sido desterrado por haber cometido un asesinato de características muy similares a los que se estaban produciendo en Hallein. En aquel momento, Eboros descartó aquella pista porque si un forastero hubiese llegado a sus tierras y se hubiese afincado allí, todos sabrían quién era, y ninguna cara nueva se había establecido en Hallein en los últimos tiempos...

... Pero ahora se daba cuenta de que sí que lo había hecho.

Bajo su falsa identidad, aquel peligroso asesino se había ganado la confianza del poblado, por el que se había podido desplazar libremente sin levantar la menor sospecha.

Eboros depositó de nuevo la cabeza en su sitio y se incorporó como un resorte: el falso Ducarius se había adentrado en el bosque, y ahora mismo Brianna estaba a solas con él...

5

El hombre atravesaba la arboleda junto a Brianna, que caminaba unos pasos por delante de él, completamente abstraída en su búsqueda de una planta de brezo. Caradoc, que así se llamaba el taimado impostor, la observaba con la mirada impregnada de lujuria, al tiempo que un irrefrenable impulso de volver a matar se iba adueñando poco a poco de él.

Conforme se alejaban de la ciudad, el bosque se poblaba de sombras cada vez más alargadas, semejantes a telas de araña tendidas por los árboles que conformaban la espesura.

Desde que fuese tan solo un niño, Caradoc había sabido que era distinto a los demás, debido al placer siniestro que le producía exterminar pequeñas criaturas, como pájaros o lagartijas, cosa que terminó por hacer a escondidas para evitar la reprimenda de sus mayores. La entrada en la pubertad, lejos de mitigar aquel comportamiento, lo acentuó aún más si cabía, y empezó a ensañarse con animales más grandes —gallinas, conejos, etcétera—, a los que aniquilaba sin un fin en concreto, más allá de satisfacer su extraña adicción. Durante su adolescencia las cosas no mejoraron, sino que fueron a peor. La lujuria se asoció a su instinto asesino, y Caradoc se asustó de verdad por vez primera cuando aquella inexplicable fuerza casi le empuja a acabar con la vida de una chica por la que había sentido una irresistible atracción. En aquella ocasión, Caradoc logró controlar aquel poderoso impulso antes de llegar demasiado lejos, pero estaba seguro de que si no ponía remedio, acabaría matando a alguien antes o después.

Caradoc decidió entonces ingresar en la orden de los druidas para de esa manera luchar contra el mal que anidaba en su interior. Si la recta moral druídica que a partir de ese instante regiría su vida no lo erradicaba, ninguna otra cosa podría hacerlo. Caradoc fue admitido como iniciado de la mano de Ducarius, quien advirtió en los ojos de aquel muchacho una súplica silenciosa que no pudo ignorar. El druida jefe de la tribu helvecia lo acogió bajo su ala y se ocupó personalmente de su formación. De entre el amplio abanico de especialidades, Caradoc resolvió hacer carrera como druida sacrificador. La decisión estaba cargada de sentido, y muy pronto se dio cuenta de que mediante el sacrificio de ovejas y corderos, que él mismo degollaba con el cuchillo, lograba canalizar su instinto asesino hacia fines provechosos. De hecho, durante los años que se prolongó su formación, jamás intentó hacer daño a ninguna otra persona.

Con todo, su trastorno no desapareció, sino que se mantuvo latente como un volcán inactivo que de repente entra en erupción cuando menos se le espera. Tal cosa le ocurrió a Caradoc, precisamente a escasas fechas de su nombramiento como druida, durante la celebración de unas multitudinarias fiestas. Aquella tarde su maldición emergió a la luz con tanta fuerza, que le resultó imposible evitar que se hiciese con el control de su mente. Poseído por aquel mal que le envenenaba por dentro, Caradoc violó a una muchacha, a la que después asesinó como si llevase a cabo uno de sus habituales rituales de sacrificio. Ni siquiera pensó en las consecuencias, pues dejó el escenario del crimen plagado de pruebas que enseguida condujeron a los druidas hasta él.

La comisión de un delito tan grave se castigaba con la muerte. No obstante, Ducarius intercedió en su favor, logrando que la pena capital se le conmutase por el exilio. El druida jefe se sentía en parte responsable por lo ocurrido, pues durante todos aquellos años no había reparado en la silenciosa lucha interior a la que

Caradoc se había tenido que enfrentar a diario para someter a su otro yo. De haberlo hecho, Ducarius habría tomado otro tipo de medidas, y probablemente el curso de los acontecimientos hubiese discurrido de modo muy distinto.

Tras su destierro, Caradoc se refugió en el bosque, en donde una hipotermia casi acaba con su vida cuando no llevaba ni una semana de estancia allí. Con el tiempo logró adaptarse a la hostilidad de aquel entorno y aprendió a sobrevivir, llevando la vida de un vulgar proscrito. Más adelante se atrevió incluso a asaltar a ciertos caminantes que se desplazaban en solitario, a quienes robaba sus provisiones y sus vestimentas. Aquella miserable existencia se prolongó varios meses, durante los cuales deseó haber muerto antes que vivir en aquellas condiciones tan horrendas.

Sin embargo, todo cambió el día en que descubrió a Ducarius recorriendo a solas una vereda que conducía más allá de las fronteras de su tribu.

Caradoc le salió el paso de improviso. Sus ropajes raídos y su aspecto demacrado despertaron la inmediata compasión del druida jefe. Tras un sentido saludo, ambos se sentaron al borde del camino como si nada hubiera pasado, y conversaron largo rato compartiendo la comida que Ducarius había traído consigo para el inicio de su viaje. El druida jefe se encaminaba hacia las lejanas tierras habitadas por los celtas nóricos, donde esperaba intercambiar conocimientos y experiencias con el sabio Meriadec. Caradoc asentía mientras Ducarius le ponía al día de las novedades del clan, hasta notar cómo aquella oscura e inseparable parte de su ser se apoderaba rápidamente de él, y un velo de iniquidad cubría sus ojos con cada parpadeo. Instantes después, y sin poder hacer nada por evitarlo, Caradoc se veía a sí mismo asfixiando a Ducarius con sus propias manos mientras en su rostro se dibujaba una sádica mueca de satisfacción.

Caradoc decidió entonces rendirse a su naturaleza inequívocamente siniestra, contra la que estaba seguro de que ya no podía luchar. Tratar de contener el mal que le subyugaba equivalía a intentar frenar la corriente de un río colocando una piedra en mitad de su cauce. Además, a raíz de aquel lance se le había presentado una oportunidad única para escapar de su infame vida como proscrito. ¿Y si suplantaba la identidad de Ducarius y continuaba adelante con el viaje que el propio druida había planeado? Era arriesgado, pero merecía la pena intentarlo. Así pues, Caradoc se embutió en la túnica de Ducarius, se colgó su trisquel al cuello y recogió sus pertenencias. Los celtas nóricos ignoraban qué aspecto tenía el fallecido, de manera que aquel particular no le supondría ningún obstáculo. Por el contrario, sí temía no estar a la altura de lo que cabría esperarse de un druida del prestigio de Ducarius, pues aunque sus conocimientos eran vastos, en modo alguno podían igualarse a los de su antiguo maestro. Él mismo, de hecho, ni siquiera ostentaba formalmente la condición de druida, pues su expulsión de la tribu se había producido poco antes de su nombramiento.

Pero incluso para aquel problema de apariencia insalvable, Caradoc también encontró una solución. El proscrito decapitó a Ducarius, motivado por la creencia popular celta de que la cabeza humana conservaba su esencia incluso después de separada del cuerpo, y de que su poder e inteligencia se transmitían a su poseedor. Caradoc embalsamó la cabeza y la guardó dentro de un cofre para llevarla siempre consigo, e imbuirse así de la sabiduría de Ducarius cada vez que se sintiese inseguro o le surgiese la ocasión.

Caradoc emprendió aquel largo viaje, y se benefició de la hospitalidad que las numerosas tribus celtas le dispensaron por el camino, debido a la condición de druida que se le presuponía. Durante el trayecto, Caradoc se acostumbró a convivir con su instinto asesino, sobre el que aprendió a ejercer cierto control siempre que le saciase a cambio con una víctima cada cierto tiempo.

Al llegar a su destino, Caradoc no acudió inmediatamente a Hallein, sino que se ocultó en el bosque durante una breve temporada, momento que aprovechó para cobrarse una nueva vida con la que satisfacer a su yo más perverso. Aquel asesinato, cuya víctima resultó ser la joven hija de un granjero, le sirvió a Caradoc para sentar las bases de su futuro *modus operandi*, cuyo escrupuloso cumplimiento le aseguraría no dejar ninguna prueba en el escenario del crimen: de ahí en adelante mataría como si llevase a cabo un ritual de sacrificio, del mismo modo en que lo había venido haciendo durante su preparación como druida con los animales que ofrendaba a la Divinidad.

Finalmente, Caradoc dejó pasar algo más de una semana antes de hacer su aparición en Hallein, asegurándose así de que nadie le relacionase con el reciente asesinato. A partir de ahí, no le costó mucho afincarse en el poblado bajo la falsa identidad de Ducarius sin que nadie cuestionase la veracidad de su historia. Su integración en la tribu se produjo de forma escalonada, ganándose en muy poco tiempo la confianza de todos.

La dulce voz de Brianna devolvió a Caradoc al momento presente.

—Ducarius, ¿has visto el brezal que se extiende a partir de este arbusto? ¡Todas las plantas de la misma familia se agrupan en este sitio!

—Excelente —repuso el falso druida—. Recogeremos unas cuantas para el muestrario.

Caradoc sabía que llevaba ya demasiado tiempo sin dar rienda suelta a su instinto homicida. Si no se ocupaba pronto de satisfacerlo, este acabaría actuando por su cuenta sin que él ejerciese ningún control. La situación actual era perfecta y Brianna, la víctima con la que había soñado en más de una ocasión. Sin embargo, actuar de forma improvisada implicaba asumir un riesgo excesivo, como por ejemplo, que alguien les hubiera vistos saliendo juntos de la ciudad. Por otro lado, su estancia en aquellas tierras ya se había alargado más de la cuenta, no podía seguir tentando a la suerte. Cuanto más tiempo permaneciese en un mismo lugar, más aumentarían las probabilidades de ser descubierto. Aquella línea de pensamiento le condujo a una posible conclusión: ¿y si inmediatamente después de ocuparse de Brianna se esfumaba de aquellas tierras y nadie volviese nunca a saber nada más de él?…

Brianna se volvió con una planta de brezo en la mano, y cuando retomó el contacto visual con el druida, instintivamente dio un paso atrás. Las pupilas de Ducarius se habían dilatado, y del iris de sus ojos brotaba una fina red de filamentos que se extendía a través sus globos oculares como relámpagos en el cielo, confiriendo a su mirada una apariencia macabra y temible.

La muchacha intentó decir algo, pero el miedo le atenazó la voz. Una terrible certeza la golpeó como si la hubiesen abofeteado. Acababa de darse cuenta de que bajo aquella afable apariencia, se escondía el misterioso asesino conocido como el «Verdugo».

—Si te resistes, será mucho peor —murmuró Caradoc relamiéndose los labios, al tiempo que estiraba el brazo para retenerla por la fuerza…

Mientras todos estos acontecimientos tenían lugar, Eoghan había puesto tierra de por medio y ya se encontraba a una considerable distancia de Hallein.

El comerciante celta había abandonado de madrugada la ciudad, con toda su riqueza personal distribuida entre varias carretas, más un enorme carromato cargado de oro puro.

Oro que había recibido de manos de Reginherat.

Así era. Eoghan se había reunido en secreto con el rey germano hacía justo una semana, y le había revelado que los celtas nóricos estaban fabricando sus propias armas de hierro. En parte le había dolido tener que traicionar a su pueblo, pero Eoghan se había convencido a sí mismo de que tenía motivos de sobra para haber tomado semejante decisión. Para empezar, su actividad comercial había decaído de forma alarmante en la región, y las perspectivas eran cada vez peores. El alto estatus que Eoghan había sabido conservar comenzaba ahora a tambalearse tras perder el monopolio que había ejercido en los últimos tiempos sobre el comercio del ámbar, tras la aparición de nuevos competidores extranjeros. Y si los germanos les infligían una nueva derrota —posibilidad que no podía descartarse del todo, pues a priori cualquier cosa podía suceder— significaría que sus días como mercader habrían tocado a su fin. Pero incluso aunque obtuviesen la victoria y recuperasen las preciadas minas de sal, Eoghan ya estaba más que harto de ser ninguneado en favor de Meriadec. El rey había dejado que los druidas se inmiscuyesen cada vez más en asuntos que no les concernían, y los consejos que él le daba, tan valiosos en el pasado, actualmente apenas si los tenía en cuenta.

Con todo, el verdadero detonante que le había llevado a tomar una decisión tan drástica respondía a una causa de naturaleza muy distinta: el efectivo incumplimiento de la promesa de su hermano. Tras la negativa de Cedric a participar en la batalla, Calum consumó su amenaza y excluyó a Eoghan de la línea sucesoria al trono, culpándole de haber llevado a su hijo por la senda equivocada. Furioso e indignado, Eoghan reaccionó de la peor forma posible, fijando un encuentro secreto con Reginherat para cobrarse así su venganza, desvelándole el plan puesto en marcha para derrotarle a cambio de una cantidad obscena de oro.

A continuación, Eoghan planificó su huida con el fin de comenzar una nueva vida en alguna tribu lejana y con una floreciente actividad comercial. Para evitar que le descubriesen, no hizo a nadie partícipe de sus intenciones, ni siquiera a sus esposas, a las que no dudó en dejar atrás. Tan solo se llevó consigo a sus más leales sirvientes, y solo porque necesitaba a alguien que le echase una mano con el transporte de sus riquezas. Decidió salir la misma madrugada del día fijado para la batalla, pues así se cercioraba de que no encontraría oposición. A los centinelas que custodiaban las puertas del poblado los despachó con un generoso soborno para que no hiciesen preguntas indiscretas. Y en su camino a través de los diferentes territorios que tendría que cruzar hasta llegar a su destino, contaría con la ayuda de ciertos comerciantes de la zona con quienes mantenía tratos desde hacía años y a los que había advertido de su llegada mediante el envío de mensajeros.

En la frontera con los celtas latobicos, un siervo del comerciante Connagyn le aguardaba con instrucciones de guiarle hasta su señor. Por un precio aún indeterminado —probablemente bastante elevado—, Connagyn, con quien había hecho infinidad de negocios en el pasado, se aseguraría de que la caravana de Eoghan alcanzase el siguiente puesto fronterizo sin sufrir ningún tipo de molestia por parte de las autoridades locales.

Al siervo le acompañaba una niña próxima a la adolescencia por la que Eoghan enseguida se interesó. Se trataba de una criada que acababa de entrar al servicio de Connagyn y a la que aún estaban formando. Por lo visto, su señor la había conseguido a precio de ganga, y aunque hasta la fecha se había mostrado terca y poco comunicativa, estaba seguro de que cuando creciese le sería de gran utilidad.

—¿Hay algún problema por que haga el trayecto conmigo? —le preguntó al siervo de Connagyn, que se encogió de hombros, mostrando su indiferencia.

Eoghan le indicó entonces a la niña que se subiese al pescante de la carreta y se sentase a su lado. Esta obedeció la orden que se le había dado y tomó asiento junto al mercader celta, tratando de dejar la máxima distancia entre los dos. Sus ojos apuntaban al suelo, y su pelo, que llevaba suelto y echado a un lado, le tapaba la mitad de su perfil.

Eoghan azuzó al jamelgo y la caravana se puso de nuevo en marcha.

Conforme avanzaban al son del lento traqueteo, Eoghan comenzó a posar su mirada sobre la niña cada vez con menos disimulo. La chiquilla no había pronunciado palabra y se había limitado a mantener la cabeza gacha en todo momento.

—No me explico que le hayas salido tan barata a Connagyn —terció Eoghan—. A mí me gusta bastante lo que veo —añadió con voz sedosa al tiempo que deslizaba su mano izquierda por el muslo de la niña.

La sirvienta dio un respingo y se pegó cuanto pudo al borde del pescante.

—Vamos, no me tengas miedo. Estoy seguro de que podemos llevarnos bien —insistió el comerciante—. Muéstrame la cara al menos, que apenas si te la he podido ver.

La niña alzó ligeramente la cabeza, momento que Eoghan aprovechó para apartarle el cabello del rostro con suavidad. La mata de pelo ocultaba una grotesca cicatriz que le cruzaba la mejilla en diagonal, lo cual explicaba el irrisorio precio que Connagyn había pagado por la esclava. La niña le devolvió la mirada, y Eoghan reconoció al instante a la dueña de aquellos enormes ojos negros que le observaban con un odio visceral.

A continuación, la niña se movió con una velocidad tal, que Eoghan solo fue consciente de que le había clavado un objeto punzante en la yugular cuando sintió su propia sangre manar a borbotones de la herida. Instintivamente, el comerciante trató de contener la hemorragia con las manos, pero la chiquilla, saboreando el placer de la venganza, se ocupó de rajarle todo el perímetro de la garganta como si le dibujara un fino collar de color carmesí.

La niña se había valido para perpetrar el acto de un pedazo de punta de lanza, del que jamás se había desprendido desde que lo halló.

Eoghan trató de pedir auxilio, pero más allá de una débil expectoración, de su boca no salió otra cosa que sanguinolentos esputos. Aterrado, el comerciante percibió cómo la vista se le nublaba conforme la vida se le escapaba, mientras se lamentaba de que a tan solo unos palmos, bajo la lona que cubría aquella carreta, transportaba una fortuna en oro puro...

7

Cedric se levantó aquella mañana con la extraña noticia de que su tío Eoghan había desaparecido, sin avisar a nadie de su repentina marcha ni de su posible paradero. Ni siquiera sus esposas fueron capaces de dar razón de su inusual comportamiento. Además, algunos de sus siervos de mayor confianza tampoco estaban en sus puestos, de lo que podía deducirse que se habían marchado con él.

Cedric no le dio mayor importancia, convencido de que su tío había acudido al Valle de los Espíritus para presenciar la crucial batalla que les enfrentaría a los germanos. De cuando en cuando, Eoghan mostraba cierta añoranza de su pasado de guerrero, y muy probablemente habría querido asistir a la decisiva contienda como espectador, desde un promontorio cuyas vistas cubrían la totalidad del campo de batalla. En cualquier caso, Cedric tenía sus propios planes para aquel día, los cuales tenían que ver con un asunto que últimamente no le había dejado dormir.

Pese al tiempo transcurrido, el maldito Ewyn todavía no se había ocupado de Anghus, ni parecía que fuese a hacerlo debido a su esquiva actitud. Harto de excusas, Cedric llegó a la conclusión de que solo resolvería el problema si él mismo se encargaba de hacerlo. ¿Y qué mejor ocasión que la que se le presentaba aquella jornada? Casi todos los guerreros habían sido reclutados para el enfrentamiento, por lo que prácticamente no había patrullas ni centinelas de los que preocuparse, ni en el poblado ni en los alrededores. Esta vez sí, aquel estúpido entrometido podía considerar sus horas contadas.

Cedric cruzó las puertas de Hallein y enfiló el camino que descendía hacia el valle, a lo largo del cual se extendían un sinfín de granjas y unas cuantas aldeas. El hijo del rey rodeó la granja de Nisien y se apostó al pie del cerro situado en el extremo opuesto, cerca del paso que Anghus tomaba a diario para llevar a pastar a sus cabras. Días atrás se había dedicado a observar la rutina diaria del muchacho, para no dejar nada a la improvisación.

286

El joven se ocultó tras unas rocas y, al cabo de un rato no demasiado largo, avistó la figura de Anghus caminar en su dirección. Según la posición del sol, lo había hecho a la hora acostumbrada. Por precaución, Cedric se distanció aún más del lugar por el que pasaría el muchacho, para evitar que el perro pastor que le acompañaba detectase su presencia. Anghus tomó el sendero que ascendía por la colina, seguido muy de cerca por el obediente rebaño de cabras, que parecía conocer el camino tan bien como su dueño. A continuación, Cedric comenzó a seguirle a una más que prudente distancia, no fuese echarlo todo a perder por un descuido. De acuerdo con el plan, no actuaría hasta que Anghus hubiese llegado a la cumbre del altozano, que por ser el punto más apartado reunía las mejores condiciones para llevar a cabo el asesinato que tan meticulosamente había concebido en su cabeza.

Anghus se incorporó al sendero que circunvalaba la montaña y continuó bordeándola en dirección a la parte más elevada, donde solía dejar pacer al rebaño a su antojo. Una vez allí, se sentó sobre una piedra tan próxima a la ladera, que hubiese hecho estremecer a cualquier persona que sufriera de vértigo. Aquel lugar le ofrecía un espléndido panorama del estrecho valle situado entre dos cerros, a la vez que le obsequiaba de una agradable brisa que le revolvía el cabello y le hacía cosquillas en la piel. Las cabras, por su parte, se desperdigaron a su aire por el terreno circundante, bajo la estrecha vigilancia de *Pardo*.

Anghus se sentía lleno de dicha por el rumbo que su vida había tomado en los últimos tiempos. Su trabajo, tanto en la granja como con las cabras, recibía los continuos elogios de su padre, cuya mirada reflejaba lo orgulloso que se sentía de él. Su madre, incluso, le había sugerido la conveniencia de que en el futuro se buscase una esposa. ¡Una esposa! Solo de imaginarlo, a Anghus se le aceleraba el corazón. ¿Qué misteriosos secretos encerraría el matrimonio? ¿Cómo sería estar enamorado y compartirlo todo con otra persona? ¿Encontraría él a la mujer adecuada? Además, su confianza en sí mismo ya era tal, que incluso se planteaba acudir a Hallein con motivo de la siguiente festividad para relacionarse con los otros chicos. Esperaba que Brianna y Serbal le ayudasen a integrarse, pues ya les consideraba como sus verdaderos amigos.

El súbito chasquido de una rama interrumpió los pensamientos de Anghus, alertándole sobre la posible presencia de algún depredador. El muchacho se giró a tiempo para distinguir una silueta humana emerger tras los matorrales. Eso le produjo más espanto aún que si hubiese sido un lobo salvaje. Cedric esgrimía un afilado cuchillo, a juego con la más perversa de las miradas. *Pardo* prorrumpió en furiosos ladridos, que Anghus se apresuró a acallar para evitarle el mismo final que hubiese corrido *Ciclón*. Por suerte, el perro le obedeció enseguida y se mantuvo alejado de Cedric, pero sin dejar de gruñirle.

Cedric utilizó el arma para trazar una finta en el aire, en un claro gesto intimidatorio. La distancia entre uno y otro era de apenas cuatro o cinco metros. Anghus estaba acorralado y no tenía la menor posibilidad de huir. Si se movía hacia delante, Cedric le clavaría el cuchillo, y si daba un paso atrás, se despeñaría por el barranco que tenía a su espalda. Y la caída desde aquella altura se adivinaba mortal.

—Te lo advertí —espetó Cedric—. Pero tú decidiste no hacerme caso.

Anghus le observaba con los ojos abiertos como platos.

—No pudiste mantener la boca cerrada, ¿verdad? —insistió el hijo del rey—. Al final tuviste que acudir a los druidas y contarle lo que habías visto. ¿Acaso creíste que no me enteraría?

—Pero no les dije tu nombre —gimió Anghus temblando.

—¡No importa! ¡Me perjudicaste igualmente! —Cedric blandía el cuchillo con firmeza, haciéndolo oscilar de izquierda a derecha a la altura de su pecho—. Por tu culpa absolvieron a Serbal.

—Juro por la madre Dana que no diré nada más. —Lágrimas de pánico se desbordaron de los ojos del muchacho como gruesas gotas de lluvia.

—¡Ya no puedo fiarme de ti! ¡¿Es que no te das cuenta?! Yo no quería llegar a este punto, pero tú te lo has buscado.

Cedric dio un paso adelante, recortando sustancialmente la distancia que había entre los dos. *Pardo* continuaba en tensión, con las orejas hacia atrás y el lomo ligeramente inclinado. Las cabras, esparcidas por el altozano, permanecían indiferentes a lo que sucedía a su alrededor.

Anghus balbuceó una penosa súplica, escupiendo palabras sin conexión.

—Ni siquiera se te entiende, idiota —se burló Cedric—. ¿Cuándo te vas a dar cuenta de que no eres más que un pobre retrasado? Tus padres debieron abandonarte en el bosque al nacer, para dejarte morir allí. Eso es lo que se hace con los que son como tú, ¿no lo sabías? Pues así es. ¿No ves que eres una vergüenza para los celtas?

Desesperado, Anghus trató de lanzar un último grito de auxilio, pese a ser consciente de que allí nadie podría escucharlo. Sin embargo, era tal su nerviosismo, que de su garganta no brotó el menor sonido.

—Deja de lloriquear como una chica, y al menos muere con la dignidad de la que siempre has carecido.

Cedric dio un nuevo paso al frente, provocando que instintivamente Anghus deslizase un pie hacia atrás. Un puñado de guijarros cayó por el abismo. Si Anghus no hacía nada por evitarlo, la muerte se cernería sobre él en menos de un suspiro. Cedric advirtió entonces que si le continuaba presionando, era muy posible que el propio Anghus acabase precipitándose accidentalmente al vacío. Tal cosa le supondría sin duda un gran beneficio, pues ante la ausencia de signos de violencia en el cadáver del pastor, su muerte sería calificada como un desgraciado infortunio.

Cedric lanzó otra cuchillada al aire, que obligó a retroceder a Anghus un nuevo pasito. Parte de su talón ya ni siquiera hacía contacto con el suelo, sobrevolando por encima del abismo. Fue en ese momento, ante la confusa mirada de Cedric, cuando Anghus se aferró a su último recurso: el muchacho se llevó los dedos pulgar e índice a la boca, los situó debajo de la lengua, y después sopló con todas sus fuerzas.

Un potente silbido afloró al exterior, que acunado por el viento se propagó por todo el valle, más allá del cerro.

Era la primera vez que Anghus lograba silbar en toda su vida.

8

Conforme progresaba la mañana, el cielo iba tomando su tono azul acostumbrado, deslizando un tapiz de claridad que se había extendido como un remanso de agua límpida sobre el Valle de los Espíritus.

La mirada de Calum oscilaba entre la resignación y el desconcierto, mientras contemplaba la imprevista coalición enemiga formar en el campo de batalla, a punto de lanzarse sobre ellos como una jauría de lobos ávidos de una presa fácil. Germanos e ilirios les triplicaban en número, y ni siquiera un milagro impediría una aplastante derrota del ejército celta.

—Que los nuestros se preparen para la acometida inicial —indicó Calum.

Torvic asintió y comunicó a sus tropas las órdenes del rey. Los guerreros se agazaparon tras sus escudos, y esgrimieron las enormes espadas salidas de la forja de Teyrnon con el extremo apuntando al frente.

—¿De verdad vamos a enfrentarnos a ellos? —preguntó un incrédulo Meriadec.

—Por supuesto —repuso Calum sin el menor asomo de duda.

—Pero la batalla está sentenciada de antemano. No tenemos ni la menor oportunidad de vencer.

—Los celtas jamás rehuimos un combate. El valor que siempre nos ha caracterizado forma parte de lo que somos.

Meriadec, contrariado, negó con la cabeza.

—Calum, te ruego que lo reconsideres. Ríndete ante Reginherat y salva al menos la vida de los hombres que tienes bajo tu mando. El resultado final será el mismo de un modo u otro. ¿Para qué luchar entonces?

El solemne silencio de Calum convenció al druida jefe de que nada le haría cambiar de opinión. Al otro lado de la explanada, la facción rival comenzaba a marchar hacia ellos, acercándose al inevitable enfrentamiento. En cuestión de minutos, el lenguaje de la guerra decidiría el futuro de los celtas nóricos.

Calum y Meriadec, a lomos de sus respectivas monturas, se dirigieron hacia las posiciones de retaguardia que ocuparían durante el combate, a la altura de la linde con el robledal. Fue entonces cuando una insólita idea acudió a la mente del druida, como si la madre Dana, encarnada en una ráfaga de viento, se la hubiese susurrado al oído.

—Escúchame, Calum —solicitó Meriadec midiendo cuidadosamente sus palabras—. Ordena a las tropas que se replieguen al interior del bosque que queda a nuestra espalda.

—Déjalo ya, Meriadec. Si de verdad esperas que ordene la retirada, es que no me conoces.

—No me has entendido. No quiero que claudiques, sino que combatas en un escenario distinto.

Calum le miró sorprendido.

—¿Pretendes que una batalla de semejante magnitud se produzca en mitad de un robledal? ¿Te das cuenta de lo que dices? ¡No tiene sentido!

Sin embargo, en los ojos del druida se había prendido una chispa que sugería justo lo contrario.

—En el bosque contamos con refuerzos —desveló Meriadec—. ¡Allí nos aguardan nuestros propios aliados!

Aquella afirmación cogió a Calum completamente desprevenido. ¿Acaso Meriadec había negociado a sus espaldas una alianza con alguna tribu celta vecina?

—¿De qué aliados hablas? ¿Los latobicos? ¿Los tulingos? ¿O te refieres a los ambisontes?

—Ninguno de ellos. ¡Me estoy refiriendo a los árboles! —exclamó Meriadec alzando los brazos al cielo, como si todo el saber del universo se encerrase en aquella respuesta.

Calum miró al druida de hito en hito, convencido de que el hecho de llevar toda la vida adorando a la naturaleza le había afectado al juicio.

—No hay tiempo para explicaciones —prosiguió Meriadec—. Creo que mis consejos han probado ser útiles hasta la fecha. Solo te pido que confíes en mí una vez más.

El enemigo ya casi se les había echado encima, lo que obligaba a Calum a tomar una decisión urgente. ¿Estaría la magia druídica de algún modo relacionada con el fondo de aquella propuesta, o es que sencillamente el druida había perdido la cabeza en el momento más inoportuno? Calum sopesó el asunto por última vez y, convencido de que de cualquier manera la suerte ya estaba echada, se dejó llevar por su instinto y accedió a la petición de Meriadec.

Sin tiempo que perder, el propio Calum dio la orden, que se transmitió a las tropas mediante el estridente sonido de los cuernos de guerra. Enseguida, Torvic se acercó hasta ellos al galope, desconcertado ante aquella inesperada maniobra de última hora.

—¿Nos retiramos al bosque? —preguntó el general.

—Así es —replicó Calum—. Por lo demás, combatiremos a nuestros enemigos como estaba previsto.

Las tropas se replegaron de forma ordenada, sin hacer preguntas ni cuestionarse la decisión de su rey. Entretanto, al otro lado de la explanada, los líderes germanos valoraban aquel sorprendente giro de los acontecimientos.

—Parece que tocan retirada —señaló el *godi*—. Después de todo, no son tan valientes como parecían...

—Ocultarse en el bosque no les servirá de nada —repuso Reginherat—. Acabaremos con todos ellos, aunque tengamos que darles caza uno a uno.

En el bando celta, el ejército intentaba situarse de la mejor manera posible, teniendo en cuenta las particularidades del nuevo entorno donde iban a combatir. El bosque semejaba la piel de un erizo, poblado como estaba por una infinidad de robles que apenas se distanciaban entre sí un metro o dos.

—Mcriadec, he de reconocer que si ahora mismo los árboles cobrasen vida, nuestro ejército sería más numeroso que el del enemigo —comentó Calum—. Por desgracia, ambos sabemos que tal cosa es imposible.

—¿Estás seguro de ello? Confía en mí —replicó el druida jefe apuntando una enigmática sonrisa—. No obstante, aún falta un detalle más para que mi plan funcione como es debido —añadió con total convicción.

—¿Qué propones ahora?

—Es el momento de las espadas cortas, Calum. Créeme cuando te digo que solo mediante el uso de las espadas cortas nuestros hombres podrán alzarse con la victoria.

Tras un descomunal esfuerzo, Teyrnon y Serbal habían conseguido equipar a la mayor parte de las tropas con una espada corta auxiliar, satisfaciendo así la caprichosa petición de Meriadec, la cual respondía por aquel entonces a un mero presentimiento.

Calum no comprendía nada de todo aquello, pero si había decidido ponerse en manos del druida, lo haría con todas sus consecuencias. La nueva orden corrió de boca en boca entre los guerreros celtas un instante antes de que el enemigo cargase sobre ellos.

Tan pronto se internaron en el bosque, las huestes germanas e ilirias apretaron el paso para caer sobre los celtas nóricos, aprovechando el impulso de la carrera. Sin embargo, enseguida se toparon con un primer problema con el que nadie había contado: los guerreros se zambulleron en un mar de árboles que inevitablemente les llevó a disgregarse, perdiendo así la eficacia de atacar formando un bloque sólido y compacto. La superioridad numérica, por tanto, perdía de entrada cierta relevancia, a diferencia de lo que hubiese ocurrido de haber combatido en campo abierto.

Pero aquello tan solo fue un pequeño anticipo de lo que estaba por venir.

Ewyn apretó las mandíbulas y trató de contener la embestida del rival que le había tocado en suerte cubriéndose con el escudo y asentando firmemente los pies en el suelo. A unos pasos de él se hallaba Derrien, al que no quería perder de vista, pues su amigo aún acusaba el cansancio derivado del interminable combate con Lothair. Según las órdenes recibidas, Ewyn empuñaba la espada corta en clara actitud defensiva, sin comprender el porqué de la peculiar estrategia impuesta por el rey Calum. ¿Cómo se suponía que iba a romper la guardia de su adversario esgrimiendo un arma tan pequeña en comparación con la de su enemigo? Sin embargo, la respuesta llegó por sí sola tras los primeros compases de la pelea. El germano que tenía en frente blandía una espada gigantesca, y cuando la alzó para preparar un golpe cortante desde el lado, tropezó con el tronco del árbol más cercano, quedando su filo atorado en la corteza por un breve instante. Ewyn vio enseguida cómo sacar ventaja del contratiempo de su rival, cuya guardia había quedado repentinamente expuesta, y ejecutó un rapidísimo golpe vertical, estirando el brazo hacia delante al tiempo que se impulsaba con un largo paso. La hoja penetró en el cuerpo del germano, que cayó de rodillas al suelo, fulminado, y se desplomó.

Calum observaba atónito la batalla desde la retaguardia y pronto se dio cuenta de que por todas partes se reproducía un patrón de lucha similar al protagonizado por su joven guerrero. Como consecuencia de la gran envergadura de sus espadas, los mandobles de germanos e ilirios precisaban de un amplio arco de apertura para ejercerse, sin que contasen con el espacio suficiente debido a la multitud de robles que sofocaban el bosque. Los guerreros celtas, sin embargo, se manejaban a placer con las espadas cortas, valiéndose del golpe de estoque para aguijonear al enemigo en cuanto este se veía entorpecido por los árboles que se alzaban a su alrededor.

Dondequiera que se mirara, era evidente que, tal como había pronosticado Meriadec, los árboles se habían convertido en inestimables aliados.

—Podemos ganar... —murmuró Calum para sí mismo, como si la verbalización de aquel pensamiento lo hiciese más real.

La superioridad numérica de germanos e ilirios pronto quedó neutralizada, debido al condicionamiento táctico que les suponía tener que combatir desperdigados en mitad de un frondoso bosque, y sin contar con las armas adecuadas para hacer frente al enemigo. Derrien se adaptó enseguida al improvisado método de lucha, y no tardó en causar estragos entre sus adversarios, como si hubiesen metido a un lobo en el interior de un cercado lleno de ovejas. Ewyn no se separaba de su lado, empeñado en proteger la vida de su amigo, a costa de la suya propia de ser preciso.

Los celtas, completamente entregados a una batalla que parecía perdida antes de su inicio, se emplcaban con una ferocidad como pocas veces se había visto en la historia de su pueblo. La batalla prosiguió su curso y, aunque las bajas se sucedían por ambos lados, poco a poco la balanza comenzó a inclinarse en favor del bando celta.

En cuanto Reginherat fue consciente de lo que estaba pasando, ordenó a sus hombres que abandonasen el bosque de inmediato y retornasen a campo abierto. Calum, sin embargo, anticipándose al movimiento de su rival, ya había alertado a la caballería para que, desde los flancos, se ocupase de los efectivos que emprendiesen la huida. Los guerreros enemigos que salían a toda prisa del bosque se topaban entonces con los jinetes celtas, que, esta vez sí, valiéndose de sus tradicionales espadas largas, les barrían sin apenas encontrar oposición.

El rostro del *godi* se retorcía de incredulidad al presenciar la severa derrota que los malditos celtas les estaban infligiendo. La gloria que el pueblo germano había acariciado gracias a la Piedra del Cielo apenas había supuesto un leve parpadeo, tan efímero como el paso de una estrella fugaz. Sus dioses habían demostrado no ser lo bastante poderosos como para hacer frente a la Divinidad, ni tampoco a los espíritus de la naturaleza que poblaban bosques y manantiales y ante los cuales los druidas se postraban con tanto fervor. Reginherat se batió en retirada junto a un puñado de supervivientes, con el corazón envenenado de deshonra y frustración. Su exceso de ambición sellaría definitivamente su fracaso como soberano, al tiempo que condenaba a los suyos a un nuevo periodo de escasez y sufrimiento.

Una vez que todo hubo acabado, el rey Calum descendió de su montura y, en cuanto Meriadec hizo lo propio, le abrazó con todas sus fuerzas, deslumbrado aún por el modo en que los acontecimientos habían tenido lugar.

—¿Cómo sabías que ocurriría tal cosa? —inquirió sin poder creerlo todavía.

El druida se encogió de hombros.

—No es ningún secreto —replicó—. ¿Acaso te has olvidado de que el bosque ha sido desde siempre el verdadero hogar de los celtas?

9

Brianna giró sobre sí misma para iniciar la carrera, pero antes siquiera de dar un paso, sintió cómo la poderosa mano del supuesto druida la sujetaba del brazo y la atraía bruscamente hacia sí.

—No te resistas —murmuró Caradoc—. Será lo mejor para ti.

El rostro del falso Ducarius, caracterizado por su gesto dulce y bondadoso, se había transformado de súbito en una máscara de depravación. Brianna se asomó al abismo de aquella mirada, y supo al instante que le aguardaba el mismo destino que a su amiga Lynette.

Caradoc extrajo un cuchillo que ocultaba entre los pliegues de su túnica y lo posó con delicadeza en la garganta de la muchacha. Después la recostó en el suelo, sobre una fina capa de hierba cubierta de rocío, y utilizó la otra mano para levantarle el vestido y hurgar entre sus piernas. Brianna sintió el incómodo peso de aquel hombre sobre ella, pero se limitó a apretar los labios y a tragarse las lágrimas que descendían por sus mejillas. Caradoc se había abandonado del todo a su yo más perverso, y trataba de desfogarse penetrando a la muchacha, como preámbulo al ritual de sacrificio que efectuaría a continuación. En aquella ocasión, además, la lectura que hiciese de sus entrañas se tornaría fundamental para determinar su siguiente paso a seguir.

De repente, la oleada de éxtasis que recorría el organismo del falso druida se vio brutalmente interrumpida por un estallido de dolor procedente de su costado derecho. Caradoc se echó a un lado y contempló horrorizado el daño que había sufrido a la altura del abdomen, debido a una pequeña daga fraguada en bronce que la muchacha le había clavado hasta el borde de la empuñadura. Brianna jamás pensó que algún día se defendería echando mano del regalo de Serbal, del que jamás se había separado debido a su valor afectivo.

Mientras Caradoc se arrancaba la daga reprimiendo un aullido, Brianna aprovechaba la ocasión para zafarse de su agresor. La muchacha se giró y, tras arrastrarse unos palmos sobre la hierba, consiguió ponerse en pie. Sabía que si lograba emprender la huida, Caradoc difícilmente la alcanzaría, lastrado como estaba por la herida que le palpitaba en el abdomen. Brianna dio un primer paso, pero entonces la mano del falso druida la sujetó por el tobillo haciéndola caer. Por suerte para Caradoc, la escasa longitud de la hoja le había salvado de sufrir una profunda laceración.

Desde el suelo, Caradoc retuvo a Brianna con una mano y se arrastró hacia ella, al tiempo que empleaba la otra mano para cubrirse la herida. Aunque el daño no fuese excesivo, tampoco podía dejar que la sangre se le escurriese sin control. Sin embargo, Brianna no estaba dispuesta a rendirse sin oponer resistencia. Gritó lo más fuerte que pudo poniendo a prueba sus cuerdas vocales y la emprendió a patadas con la otra pierna, logrando hacer impacto en el rostro de su agresor.

—Me estás causando tantos problemas, que no puedes imaginarte el inmenso placer que me producirá degollarte como a una res —masculló Caradoc supurando odio.

Brianna se agarraba a las raíces que brotaban de la tierra para impedir que Caradoc la atrajese hacia sí, hasta que le fue imposible evitarlo por más tiempo. Tras una leve pugna, el falso druida la inmovilizó aplastándola con el peso de su propio cuerpo. No obstante, enseguida advirtió la presencia de un nuevo contratiempo: durante el forcejeo, Caradoc había perdido su cuchillo, el cual debía de haberse extraviado entre la maleza que crecía a su alrededor. Sin tiempo para lamentarse, aguzó la vista y comenzó a buscar el arma palpando entre la hierba. Brianna, mientras tanto, sentía el codo del falso druida clavado en su espalda, que la mantenía con el rostro pegado al suelo.

—¡Basta! —reverberó una voz a cierta distancia de ellos.

Caradoc giró la cabeza y, sobresaltado, distinguió a Eboros atravesar la arboleda en su dirección. Sin tiempo para reaccionar, se desentendió de la muchacha y centró toda su atención en localizar el dichoso cuchillo, sin el cual nada podría hacer frente al druida sacrificador. Cuando Brianna notó que por fin se libraba de la fuerza que la retenía, aprovechó para separarse de su agresor, como el ratón que en el último momento logra escapar de las garras de una comadreja.

—¡Basta! —repitió Eboros cada vez más cerca—. ¡Sabemos que no eres Ducarius y también lo que hiciste con él!

En ese instante, la mano de Caradoc tropezó con el cuchillo, al que se aferró con gran alivio, convencido de que aún tenía una posibilidad de escapar con vida de allí. El asesino se puso en pie y enarboló el arma con fiereza, frenando el avance de Eboros, que se sintió intimidado por el cuchillo detrás del que Caradoc se escudaba con gesto amenazador.

—¡Brianna, aléjate de él y regresa de inmediato al poblado! —indicó Eboros. Había evaluado la situación, y había decidido que, una vez que la muchacha se pusiese a salvo, se enfrentaría cara a cara con el «Verdugo», al que de ninguna manera pensaba dejar huir. Aunque su enemigo estuviese armado y él no, había advertido que una mancha oscura le empapaba la túnica a la altura del costado, por lo que debía de estar herido.

Brianna obedeció al druida y comenzó a separarse lentamente de Caradoc, hasta situarse a una prudente distancia de él. No obstante, en lugar de volver a Hallein, se quedó para intentar convencer a Eboros de que no asumiese riesgo alguno.

—Regresemos juntos, Eboros, por favor —suplicó.

Pero el druida sacrificador se limitó a negar con la cabeza, sin perder en ningún momento de vista los movimientos del «Verdugo».

—Haz lo que te digo —insistió.

Caradoc sabía que el tiempo corría en su contra, y decidió actuar ahora que todavía contaba con cierta ventaja. Primero debía deshacerse de Eboros para, acto seguido, curarse la herida del costado antes de que la hemorragia le provocase daños mayores. Por último emprendería la huida a través del bosque, hasta alcanzar la frontera de la tribu celta vecina más próxima.

Dispuesto a acabar con todo aquello, Caradoc avanzó hacia Eboros con pasos cortos pero decididos. En cuanto hubiese probado el filo de su cuchillo, ese druida se arrepentiría de haber querido hacerse el héroe, pensó. Pero Eboros no se amedrentó, sino que adoptó una posición defensiva, confiado en salir bien parado del enfrentamiento, debido tanto a su notable corpulencia como a su buena condición física. Cuando le tuvo lo suficientemente cerca, Caradoc le dedicó una mirada asesina y le lanzó un primer tajo, del que Eboros se salvó dando un salto hacia atrás. De esta manera, se inició una suerte de coreografía en la que Caradoc descargaba cuchilladas al aire, en tanto que Eboros las esquivaba con gran acierto.

Entretanto, Brianna se esforzaba por controlar el temblor de sus rodillas, al tiempo que su corazón amenazaba con salírsele del pecho. Pese a saber que debía aprovechar aquel momento para huir, la muchacha se resistía a dejar a Eboros solo ante el peligro. Si el druida se había empeñado en plantarle cara al «Verdugo», tenía que haber algo que ella pudiese hacer. Fue en ese instante cuando, al atisbar un destello dorado entre la maleza, se agachó para escudriñar meticulosamente el terreno.

Aunque Eboros sorteaba las acometidas de su adversario con relativa facilidad, no encontraba el momento de contraatacar y quitarle su cuchillo. Y tampoco podía permitirse el menor descuido si no quería acabar ensartado en la afilada hoja de Caradoc. Por otra parte, Eboros no entendía la actitud de Brianna, que se negaba a marcharse de allí. ¿A qué esperaba para volver a Hallein y pedir ayuda? Entonces se dio cuenta de que la muchacha trataba de llamar su atención, agitando una de sus manos mientras en la otra sostenía un pequeño objeto.

Brianna pretendía hacerle llegar la daga de bronce de Serbal, pero la única forma de conseguirlo entrañaba un alto riesgo, pues implicaba lanzársela y que Eboros la cogiese al vuelo. La daga voló por el aire y describió una trayectoria curvilínea hacia Eboros, que se vio obligado a descuidar la guardia un instante para atrapar el objeto. Caradoc aprovechó ese momento para descargar la puñalada definitiva, estirando el brazo hacia delante e impulsándose con el resto de su cuerpo, pero Eboros logró esquivar el tajo por centímetros girando sobre sí mismo y echándose a un lado. Acto seguido, y empuñando con fuerza la daga que todavía goteaba la sangre de su adversario, se apresuró a hundir la hoja en el estómago del falso druida antes de que este recuperase su posición defensiva, y le rajó de abajo arriba, desde los intestinos hasta los pulmones.

Caradoc cayó de rodillas, con la mirada perdida en el infinito y un dolor atroz recorriéndole las entrañas. Su muerte le supondría una lenta agonía, de la que Eboros no se compadecía en absoluto.

Brianna rompió a llorar, liberando así toda la tensión acumulada desde que el falso druida hubiese revelado su verdadera identidad. Eboros musitó palabras de consuelo al oído de la muchacha, y la rodeó entre sus brazos para convencerla de que el peligro había quedado atrás. Después de largos meses de angustia e incertidumbre, por fin se acababa para siempre con la fatídica serie de crímenes protagonizada por el «Verdugo».

10

Cedric reaccionó al silbido de Anghus con una sonora carcajada.

—Aquí estamos solos, ¿entiendes, idiota? —señaló—. No te molestes en pedir auxilio porque nadie podrá oírte por mucho que te esfuerces. —Y dicho esto, lanzó su primera cuchillada sobre el cuerpo de Anghus.

El joven pastor se encogió como pudo, sorteando por muy poco el filo del puñal. Acto seguido, *Pardo* saltó sobre el agresor como una exhalación, tras haberse mantenido en un segundo plano durante toda la escena.

Instintivamente, Cedric dejó escapar una maldición y levantó su antebrazo izquierdo para protegerse del ataque del perro. *Pardo* gruñó con fiereza y cerró sus fauces en torno a la muñeca del chico, resuelto a defender a su dueño al precio que fuese. Cedric bregó con el obstinado animal, que colgaba de su brazo como un apéndice más debido a su escaso tamaño. Mientras tanto, Anghus observaba la escaramuza completamente paralizado, con sus talones a escasos centímetros del precipicio que se abría justo a su espalda.

Cedric trató de apuñalar al perro con la mano que sostenía el cuchillo. Sus dos primeros intentos erraron en el blanco, pues *Pardo* no dejaba de zarandearse en el aire como una trucha de río recién pescada. Al tercero, sin embargo, le acertó en los cuartos traseros, pudiendo escapar por fin de su bocado cuando el perro abrió la boca para aullar de dolor.

Pardo cayó al suelo chorreando sangre, y Cedric lo apartó de sí de un fuerte puntapié. De momento se había deshecho del porfiado animal, que yacía malherido en el suelo, sin apenas poder moverse. Cedric se examinó la muñeca, de la cual brotaban finos hilos de sangre allí donde había tenido clavados los colmillos del maldito chucho.

—Ya estoy más que harto —bramó centrando de nuevo toda su atención en Anghus—. No pienso permitir que me causes más problemas.

Pero antes de que Cedric pudiese hacer nada, la repentina aparición de un tercer invitado le dio un completo vuelco a la situación. Ante la atónita mirada del hijo del rey, Serbal se abrió paso a empellones entre los matorrales que desembocaban en la cumbre de la montaña. El joven se detuvo, apoyó las manos sobre sus muslos e intentó recuperar el aliento tras haber corrido sin descanso el último trecho del camino. La expresión de Anghus dejó traslucir un rastro de esperanza después de que ya lo hubiese dado todo por perdido. Cedric, por su parte, le dedicó una mirada incrédula, incapaz de comprender qué estaba haciendo Serbal allí.

—No te lo esperabas, ¿verdad? —dijo el muchacho aún entre jadeos—. Confiar en Ewyn fue tu primer error. ¿O realmente creías que alguien como él sería capaz de mantener en secreto tu miserable encargo? Ewyn y mi hermano son uña y carne, era cuestión de tiempo que le hablase de tu propuesta. Y cuando lo hizo, Derrien le pidió que se mantuviese al margen hasta después de la batalla, confiado en que Ewyn olvidase tu petición en caso de salir victoriosos. Pero por si acaso no sobrevivía, ayer mi hermano me hizo partícipe de tu secreto, poco antes de partir hacia el Valle de los Espíritus. —Cedric escuchaba con atención el relato de Serbal, lamentando ahora haber dejado aquel asunto en manos del imprevisible Ewyn—. Admito que al principio no le encontraba ningún sentido. ¿Qué interés podía tener el hijo del rey en acabar con la vida de un inofensivo pastor? ¿Qué motivo podía ser tan poderoso como para asumir el riesgo a ser condenado al exilio si le descubrían? Pero a poco que lo medité, todas las piezas encajaron en su sitio. ¡Fue a ti a quien Anghus vio empujarme ladera abajo! Eso explicaría por qué querrías quitarle de en medio. No obstante, seguía sin saber por qué me habías tendido aquella elaborada trampa, con el fin de hacerle creer a todo el mundo que yo había profanado el roble sagrado. Esa última incógnita, lo reconozco, me llevó más tiempo resolverla. —Serbal estiró el brazo y le señaló acusadoramente con el dedo—. Fue por Brianna... ¿Me equivoco? —La furia con que Cedric contrajo el rostro bastó para confirmar sus sospechas—. De algún modo averiguaste que entre ella y yo había surgido algo, y te diste cuenta de que jamás podrías conseguirla si no te deshacías antes de mí...

Un viento helado se levantó durante unos segundos, provocando el escalofrío de los tres muchachos congregados en la loma. No muy lejos de allí, descendiendo por la cornisa que bordeaba la montaña, se hallaba el lugar donde Cedric había empujado a Serbal con Anghus como testigo, entrelazando para siempre el destino de aquel trío.

Serbal desterró aquel recuerdo de su mente y reanudó su discurso.

—Cuando por fin comprendí lo que había pasado, estaba tan impactado que no sabía qué hacer. Me pasé toda la noche en vela, pensando, y esta mañana llegué a la conclusión de que te enfrentaría cara a cara con los hechos, por si hubiese algo que tuvieses que alegar en tu defensa... pero no estabas en casa, y los únicos que supieron darme razón de tu paradero fueron los centinelas de la entrada, que te vieron salir del poblado en dirección a las granjas del valle. —Serbal seguía desgranando con gran aplomo la cadena de sucesos que le había llevado hasta la cúspide del altozano—. Ahí fue cuando por vez primera se me pasó por la cabeza que tal vez habías decidido ejecutar por tu cuenta lo que Ewyn no había llevado a cabo. Desde luego, ningún día como hoy para cometer un crimen con la mayor impunidad. Así pues, me dirigí de inmediato a la granja de Anghus y, al comprobar que no estaba allí, fui a buscarle en el cerro donde habitualmente lleva a pastar sus cabras, cada vez más preocupado de hallarme en lo cierto. Y he de admitir que, de no haber sido por el lejano silbido que llegó hasta mis oídos y que me guio para llegar hasta aquí, jamás os habría localizado.

La mente de Cedric discurría a toda velocidad, pensando en la manera de revertir la situación. A Serbal le bastaba con dar media vuelta y emprender la huida. Tan pronto llegase al poblado, le denunciaría ante los druidas, y si eso ocurría, podría considerarse acabado. Por tanto, su única salida pasaba ahora por acabar con los dos.

—El retrasado tiene que morir —improvisó Cedric—. Pero si sabes ser discreto, a ti podría colmarte de riquezas.

Serbal se percató enseguida de que la oferta de Cedric no era más que una burda estratagema para retenerle, que en realidad no tenía intención alguna de dejarle escapar con vida de allí. Sin embargo, Serbal no contemplaba la posibilidad de huir, pues de hacerlo estaría condenando a Anghus, al que debía salvar como fuese. Por el momento, lo mejor era seguirle el juego, mientras barajaba sus opciones de plantarle cara. Serbal estaba desarmado, y su única ventaja con respecto a Cedric radicaba en que eran dos contra uno, siempre y cuando Anghus venciese el terror que le mantenía paralizado.

—No me interesan tus riquezas, pero podrías comprar mi silencio de otra manera.

—Tú dirás —repuso Cedric dando un primer paso hacia Serbal, alejándose así de Anghus.

—Cancela tu compromiso con Brianna y deja que vuelva conmigo.

Cedric le escrutó, pensativo.

—Aunque pides demasiado, estoy dispuesto a considerarlo. —Cedric dio un paso más. Si continuaba avanzando, pronto se situaría a una distancia de la que Serbal no podría escapar a su cuchillo.

Serbal sabía que su estrategia era arriesgada, pero también era cierto que empezaba a dar sus frutos: Anghus comenzaba a sacudirse el miedo de encima conforme Cedric se alejaba de él.

—Además, no quiero que le causes el menor daño a Anghus.

—El retrasado no es asunto tuyo. Lo mejor será que te olvides de él.

Pasito a pasito, Cedric ya tenía a Serbal casi a su alcance. En contrapartida, se había despreocupado totalmente de Anghus, que, situado a su espalda, se encontraba en una situación inmejorable para atacarle por sorpresa. Serbal le buscó con la mirada, por encima del hombro de Cedric para intentar hacerle entender que debía actuar antes de que fuese demasiado tarde para los dos.

Pero Anghus seguía clavado en el sitio como una estatua de piedra, lo cual obligó a Serbal improvisar algo distinto, algo que provocase que Cedric cometiese un error.

—¿Sabes, Cedric? —terció—. En el fondo no eres más que un cobarde. Tan solo eres capaz de matar si te enfrentas a un pastor desarmado, pero si de lo que se trata es de dar la cara junto a tu padre en la decisiva batalla contra los germanos, huyes con el rabo entre las piernas.

Cedric enrojeció de ira y, dolido en su orgullo, descargó una estocada sobre Serbal cuando aún no estaba lo suficientemente cerca que le llevó a errar por escasos centímetros. Fue en ese momento, viendo el peligro que corría su amigo, cuando Anghus salió de su parálisis y reaccionó al fin ante la amenaza que suponía el hijo del rey. Transcurrió poco más de un segundo antes de que Cedric volviese a alzar el arma, tiempo que aprovechó Anghus para salvar la escasa distancia que les separaba y sujetarle por la espalda para inmovilizarlo. Cedric reaccionó enseguida y le pateó con el talón en plena espinilla. El dolor hizo que Anghus aflojara la intensidad de su abrazo, lo justo para que Cedric pudiese soltarse y lanzar un contraataque.

Esta vez Cedric arremetió contra Anghus, que recibió una cuchillada en el brazo a pesar de girarse en el último momento, pero logrando evitar el tajo que iba directo al corazón. Serbal vio su oportunidad de arrojarse sobre Cedric con todas sus fuerzas. Ambos se precipitaron al suelo y rodaron por el sendero hasta detenerse justo al borde del precipicio. Se inició entonces un forcejeo, pugnando por el cuchillo que se había convertido en el objeto de deseo para los dos. Entretanto, Anghus se miraba el brazo con los ojos desorbitados, hipnotizado con la sangre que le manaba de la herida.

La refriega se prolongó durante cerca de un minuto. En un momento determinado, Cedric logró sentarse a horcajadas de Serbal, inmovilizándole debajo de su cuerpo. El hijo del rey tenía el cuchillo aferrado con firmeza y lo aproximaba peligrosamente hacia el pecho de Serbal, quien intentaba oponer resistencia empujando las muñecas de su adversario en dirección opuesta, mientras su cabeza colgaba por encima del abismo.

Por más que se esforzaba, Serbal no conseguía frenar el ímpetu de Cedric, cuya mirada encerraba la locura del odio y el fanatismo. Finalmente, la punta de la hoja hizo contacto en la base de su cuello, y Serbal sintió el frío contacto del metal morderle la piel. Bastaba con que el cuchillo se le hundiese un centímetro más para brindarle una agonizante muerte ahogado en su propia sangre…

De pronto, una enorme silueta se alzó a espaldas de Cedric, arrojando su alargada sombra sobre él, y un instante después, este caía a un lado como si fuese un fardo tras recibir un contundente golpe en la cabeza que le dejó inconsciente en el acto. Serbal rodó sobre sí mismo para alejarse del precipicio, y en cuanto se sintió a salvo, se apoyó sobre los codos para contemplar a su salvador. Anghus le observaba con la piedra todavía en la mano, temblando de arriba abajo y tremendamente asustado por lo que acababa de hacer.

—Gracias, Anghus —murmuró Serbal intentando esbozar una sonrisa—. Eres mucho más valiente de lo que había imaginado.

—¿Le… le he matado? —inquirió estremecido.

—No. Aún respira. Creo que se recuperará.

—¿Y ahora qué hacemos?

—Nosotros, nada. Dejaremos su destino en manos de los druidas.

Serbal se puso en pie y examinó el brazo de Anghus.

—Regresemos cuanto antes para que te curen esa herida. Y no te preocupes, es menos grave de lo que parece.

Antes de partir, Anghus se inclinó sobre *Pardo* tratando de contener las lágrimas, y lo recogió del suelo con una compasión infinita. El animal, pese a haber perdido una gran cantidad de sangre, aún seguía con vida.

—¿Se morirá? —inquirió el pastor en un susurro.

—No dejaremos que se muera mientras esté en nuestra mano evitarlo —replicó Serbal—. Brianna sabrá qué hacer. ¿Sabías que pronto se convertirá en una experta sanadora?

Aunque Serbal desconocía el alcance de los daños sufridos por *Pardo*, sus palabras sirvieron al menos para que Anghus emprendiese el camino de vuelta con una sonrisa en los labios y un destello de esperanza en el corazón.

EPÍLOGO

Aquí termina nuestra historia. Ha sido un viaje largo, pero el trayecto ha merecido la pena.

Mi avanzada edad ha supuesto un ligero obstáculo, pero me enorgullece haber podido contártela de una sola vez, sin apenas interrupciones. En estos tiempos los bardos escasean; quizás yo sea el último de una larga estirpe que tiene los días contados. Aunque resulte triste, de poco vale lamentarse. Por desgracia, el ocaso celta es ya una realidad indiscutible.

Pero aguarda, no te marches todavía. Estoy seguro de que querrás saber qué fue de los celtas nóricos, y en particular de nuestros estimados protagonistas.

La arrolladora victoria sobre los germanos sirvió para recuperar las preciadas minas de sal y devolver la prosperidad a toda la región. Además, la población de Hallein se sintió especialmente aliviada tras conocerse que el asesino apodado como el «Verdugo» había sucumbido ante los representantes de la ley.

El rey Calum, que después de la épica batalla pareció haberse quitado diez años de encima, continuó gobernando sobre los suyos con la misma o mayor entrega que en sus inicios. Y aunque le costó encajar la traición de Eoghan, al menos le reconfortó saber que su hermano encontró al final el destino que se merecía. El disgusto que le dio su hijo, por el contrario, no le cogió desprevenido. Cuando la verdad salió a la luz, Cedric recibió el más severo de los castigos: la muerte en forma de sacrificio. Calum no solo no cuestionó el veredicto de los druidas, sino que tampoco hizo nada para que le conmutasen la pena de muerte por el exilio. Cedric había hecho siempre lo que había querido, y ahora le tocaba asumir las consecuencias de sus acciones.

Al hijo del rey le ataron a un poste de madera y le quemaron vivo en una enorme hoguera, entre pavorosos aullidos.

El juicio contra Cedric fue uno de los últimos actos que Meriadec presidió en calidad de druida jefe, quien tras los recientes acontecimientos vividos, decidió que ya le había llegado la hora de ceder el testigo a alguien más joven que él. Como no podía haber sido de otra manera, Eboros fue el candidato que propuso para tal fin, elección que recibió el apoyo unánime del resto de la comunidad druídica. Eboros fue nombrado nuevo druida jefe en una solemne ceremonia que se celebró al amparo del roble sagrado, en presencia de una considerable multitud.

La fama que adquirió Teyrnon por su extraordinario dominio de los metales traspasó rápidamente fronteras, y muy pronto colegas de profesión de otras tribus celtas acudieron a visitarle para aprender de él. En poco tiempo, aquel revolucionario conocimiento que desentrañaba los secretos del hierro se extendió a lo largo y ancho de toda la geografía celta, incrementando aún más el ya de por sí elevado prestigio de su gremio.

La contienda contra los germanos trajo consigo la consagración de Derrien como guerrero, y su encumbramiento como nuevo héroe tras la muerte de Murtagh. Con el tiempo se convertiría en el gran general, despertando un temor reverencial entre sus rivales germanos e ilirios, así como entre el resto de tribus celtas. Su incorregible amigo Ewyn se mantuvo siempre a su lado, tanto fuera como dentro del campo de batalla.

Sin nada que obstaculizase ya la relación entre Brianna y Serbal, la pareja contrajo matrimonio durante la festividad de Beltaine del año siguiente. La muchacha se quedó poco después embarazada, y ambos fueron bendecidos por la madre Dana con un retoño de cabellos rubios al que llamaron Artus.

Serbal se entregó en cuerpo y alma al trabajo de metalúrgico, y pasados algunos años, Teyrnon le cedió con orgullo el mando del taller. Para entonces, Artus ya se había convertido en un revoltoso niño que adoraba pasar el tiempo con su padre, correteando entre la fragua y el horno y jugando con el carbón y las numerosas herramientas que colgaban de la pared. Todo parecía indicar, pues, que la transmisión paternofilial del oficio quedaría asegurada por lo menos durante una generación más.

Brianna prosiguió su formación como iniciada bajo la especial tutela de Meriadec, quien liberado del cargo de druida jefe quiso ocuparse personalmente de su preparación. La muchacha logró consagrarse como druidesa, abriendo así las puertas a las nuevas candidatas que se avinieron a seguir sus pasos, y su fama como experta sanadora se extendió rápidamente por toda la región.

Pardo se recuperó de sus heridas hasta el punto de que pudo seguir acompañando a las cabras en su recorrido diario, haciendo así extremadamente feliz a su dueño. Pasados unos años, los padres de

Anghus consiguieron encontrarle una esposa que se trasladó a vivir con ellos. Aunque bastante callada, demostró ser muy trabajadora, y pese a tratarse de un matrimonio pactado, con el tiempo llegó a amar a Anghus, del que supo apreciar su ternura y buen corazón. La joven, sin embargo, no era de origen celta; una familia de la frontera la había acogido en su granja cuando la hallaron vagando sola, siendo solo una niña. Anghus fue inmensamente feliz a su lado, aunque ella evitó siempre hablarle de su pasado, y en particular de una enorme cicatriz que le cruzaba el rostro en diagonal…

Esta es la historia que como último representante de los bardos celtas te he querido narrar. Yo, por mi parte, todo lo que deseo es poder realizar pronto el Gran Viaje y poder así renacer en el Otro Mundo.

NOTA DEL AUTOR

Mucho tiempo antes de que el hombre aprendiese a dominar los secretos que encerraban los minerales ferrosos, distintos pueblos antiguos lograron transformar el hierro procedente de los meteoritos, pues debido a su particular composición no requerían de ningún tratamiento especial. Tanto sumerios como egipcios usaron el llamado «metal del cielo», al igual que sucedió en Groenlandia o en China. Asimismo, cuando Hernán Cortés preguntó a los aztecas cómo obtenían el hierro para sus cuchillos, estos señalaron al cielo.

Los meteoritos caídos del firmamento cautivaron la imaginación de los antiguos, que con frecuencia los consideraron sagrados por la procedencia divina que le atribuían. Por ello, además de la ventaja que por sí mismo el novedoso metal les ofrecía, los guerreros dotados de armas de origen meteórico sentían que contaban con el poder y el favor de los dioses.

El paso de la Edad del Bronce a la Edad del Hierro provocó que, a partir del siglo VI a. C., el pueblo celta iniciase un imparable proceso de expansión.

La sustitución de las herramientas de piedra u otro metal por las realizadas en hierro supuso una revolución en el ámbito de la agricultura, debido al gran ahorro de tiempo y esfuerzo que proporcionaba su uso. El aumento de los recursos generó una explosión demográfica, que unida al endurecimiento del clima en Europa Central, empujó a los celtas a emprender una sucesiva oleada de desplazamientos en busca de nuevas tierras con que satisfacer las necesidades de la población.

Inicialmente, los celtas migraron hacia occidente: unos se extendieron por la Galia y más allá de los Pirineos, hasta llegar a la península ibérica, mientras que otros atravesaron el canal de la Mancha y emprendieron la ambiciosa tarea de colonizar las islas británicas. Pero esto no fue suficiente y, atraídos por el deseo de conseguir los preciados productos del sur —como el vino o el aceite—, los celtas descendieron por los pasos de los Alpes dispuestos a enfrentarse a los pueblos que allí residían. Pronto hicieron gala de la ferocidad por la que eran conocidos, además la superioridad de sus armas forjadas por sus excepcionales herreros, lo que les llevó a someter a los etruscos y, más tarde, a los romanos, a quienes en el siglo IV a. C. asediaron en su capital durante meses hasta que se retiraron voluntariamente tras obtener un extraordinario botín.

La voracidad celta no encuentra refrenamiento, y en el siglo III a. C. protagonizan una nueva migración que les condujo a la invasión de los Balcanes. Primero conquistaron Macedonia y, poco después, seducidos por las riquezas helenas, atacaron y saquearon el mismísimo santuario de Delfos, considerado por los griegos como el «ombligo del mundo». Finalmente, atravesaron el Helesponto y llegaron hasta Asia Menor, donde se asentaron y fundaron el reino de Galacia, en la actual Turquía.

Durante un breve periodo de tiempo, los celtas se convirtieron en los dueños de Europa, desde el océano Atlántico (Irlanda) hasta el mar Negro (Turquía), si bien, el desmoronamiento de aquel frágil dominio no se tardaría en producir.

A partir del siglo II a. C., los celtas acusaron la presión de los ejércitos germanos por el norte, y muy especialmente el ascenso del Imperio romano por el sur. Comenzaron entonces a sufrir severas derrotas y fueron perdiendo terreno, hasta que en el siglo I a. C. Julio César acabaría por conquistar la Galia al mando de legiones bien organizadas. La invasión romana culminaría en el siglo siguiente, con la ocupación de Gran Bretaña. Irlanda fue la única tierra céltica que no fue invadida por Roma ni por las fuerzas germánicas y que conservó su cultura intacta hasta el inicio de la Edad Media, con la llegada del cristianismo.

Las últimas comunidades celtas, con el fin de conservar sus creencias y tradiciones y mantenerse tan alejadas como les fuese posible de las imposiciones de la Iglesia, tuvieron que ocultarse en el corazón del bosque, el cual desde tiempos inmemoriales había constituido su verdadero hogar.

Tal como se apunta en la novela, además de su rol espiritual, los druidas comenzaron a participar cada vez más de la vida política y social, hasta llegar a jugar un papel fundamental como principales consejeros de los reyes, prestándoles soporte intelectual e ideológico. Los druidas pasaron a controlar la elección de los soberanos, poniendo su sabiduría a disposición de los mismos. En las asambleas, el rey no podía tomar la palabra sin que antes lo hubiese hecho el druida jefe. El poder que alcanzaron fue tal, que el historiador griego Dion Crisóstomo escribió a propósito del mismo:

«Los celtas tenían sacerdotes que son llamados druidas; eran expertos en adivinación y en todas las demás ciencias; sin ellos no le era permitido al rey tratar asuntos ni tomar una decisión, hasta tal punto que en realidad eran los druidas los que gobernaban, no siendo los reyes más que servidores y ministros de su voluntad».

Conocedores de la importancia de los sacerdotes celtas, el druidismo fue proscrito por el gobierno romano bajo el mandato de los emperadores Tiberio y Claudio en el siglo I d. C., para evitar así que encabezasen levantamientos contra Roma. Los druidas fueron apresados y exterminados, y sus bosques sagrados incendiados para que no pudiesen esconderse. Los druidas sobrevivieron únicamente en Irlanda, hasta la posterior llegada del cristianismo.

Por otra parte, la Historia acredita la existencia de druidesas, y con el tiempo la presencia de estas como guías espirituales se fue haciendo cada vez más común. En general, la mujer ocupó en la sociedad celta una posición de mayor igualdad en comparación con sus homónimas griegas y romanas, de manera que no solo hubo druidesas, sino también destacadas reinas y mujeres guerreras que ostentaron el mando militar en la lucha contra el invasor extranjero.

Pese a la desaparición de los celtas, su legado en toda Europa aún persiste hasta nuestros días.

Aunque las lenguas se extinguieron, sustituidas por el latín de los romanos y por el idioma de los invasores anglos y sajones, el gaélico aún es hablado en la actualidad por una minoría en Irlanda y Escocia, así como lo es el córnico en el condado británico de Cornualles. Del mismo modo, de la unión de los antiguos idiomas celtas y el latín surgieron lenguas y dialectos galorromances que siguen vigentes hoy en día. La presencia de lo celta puede encontrarse también en el nombre de muchos lugares geográficos, y en muchas fiestas de carácter tradicional, tan arraigadas entre la población, que la Iglesia fracasó en su intento de reprimirlas, no quedándole más remedio que adaptarlas al sistema de valores cristiano conservando su espíritu primigenio. La festividad de Samain, por ejemplo, se transformó en el Día de Todos los Santos y Lugnasad, en la Virgen de la Asunción.

Resulta indiscutible, por tanto, que la civilización celta, a través de las artes y las tradiciones, jugó un papel fundamental en la formación de la actual identidad europea…

AGRADECIMIENTOS

En primer lugar a ti, lector. Tú haces posible que la historia que yo concebí cobre vida ante tus ojos e imaginación. Gracias de todo corazón por estar al otro lado.

A mi familia y amigos por su constante apoyo.

A Mónica, mi habitual correctora de estilo. Y a mis lectores "beta": Domingo, Nina, Chelo, Loren, Pablo "Brother" y Juanlu. Los primeros en asomarse al manuscrito y darme a conocer su opinión.

Tampoco me quiero olvidar de los blogs de literatura que abundan en la red, y que tanto hacen por la difusión de los libros y la lectura. Y para evitar reproducir una lista que sería interminable, citaré a Laky de «Libros que hay que leer» en representación de todos ellos.

Otras obras del autor:

LA ESPERANZA DEL TIBET
"Descubre el bestseller de Amazon que ya ha cautivado a miles de lectores"

Otras obras del autor:

EL LLANTO DE LA ISLA DE PASCUA

"Sumérgete en una apasionante intriga
con trazos históricos y atrévete a descubrir
el secreto mejor guardado de la isla"

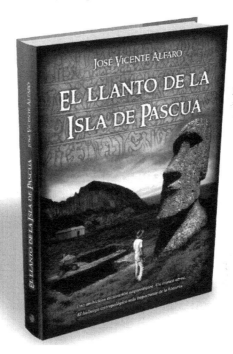

Gracias lector, por haber dedicado tu tiempo a leer el libro que yo escribí con tanto trabajo e ilusión. Si te ha gustado, te agradecería mucho que me dejases tu valoración en Amazon.

Además, si visitas mi web, recibirás un exclusivo ebook de REGALO. ¡No te lo pierdas!

http://josevicentealfaro.com/

Made in the USA
Lexington, KY
07 August 2016